中共陕西省委宣传部重点文艺创作资助项目
中共汉中市委宣传部重点文艺创作资助项目

橘子青橘子红

溪 洋 著

陕西新华出版传媒集团
陕西旅游出版社

图书在版编目(CIP)数据

橘子青橘子红 / 溪洋著. — 西安:陕西旅游出版社,2019.12

ISBN 978-7-5418-3825-5

I.①橘… Ⅱ.①溪… Ⅲ.①长篇小说-中国-当代 Ⅳ.①I247.5

中国版本图书馆 CIP 数据核字(2019)第 248111 号

橘子青橘子红　　　　溪　洋　著

责任编辑:贺　姗　　郑佳欣
出版发行:陕西新华出版传媒集团　　陕西旅游出版社
　　　　　(西安市曲江新区登高路 1388 号 邮编:710061)
电　话:029-85252285
经　销:全国新华书店
印　刷:陕西天丰印务有限公司

开　本:787mm×1092mm　　1/16
印　张:20
字　数:330 千字
版　次:2019 年 12 月　　第 1 版
印　次:2019 年 12 月　　第 1 次印刷
书　号:ISBN 978-7-5418-3825-5

定　价:49.00 元

目录 mulu

第一章　李代桃僵 ………………………………………… (5)
第二章　痛心交易 ………………………………………… (12)
第三章　情窦初开 ………………………………………… (17)
第四章　爱情电影 ………………………………………… (23)
第五章　爱被拒绝 ………………………………………… (29)
第六章　步入歧途 ………………………………………… (36)
第七章　一场恶斗 ………………………………………… (45)
第八章　希望成空 ………………………………………… (52)
第九章　唢呐呜咽 ………………………………………… (58)
第十章　铁窗泪痕 ………………………………………… (65)
第十一章　车站遭劫 ……………………………………… (72)
第十二章　风雨关切 ……………………………………… (77)
第十三章　人间真情 ……………………………………… (83)
第十四章　紧急出手 ……………………………………… (87)
第十五章　病房备战 ……………………………………… (95)
第十六章　真情所向 ……………………………………… (100)
第十七章　乡愁满漫 ……………………………………… (108)
第十八章　入学路上 ……………………………………… (114)
第十九章　同学聚会 ……………………………………… (119)
第二十章　发现宝贝 ……………………………………… (130)
第二十一章　群山沸腾 …………………………………… (137)
第二十二章　一张剧照 …………………………………… (146)
第二十三章　山路弯弯 …………………………………… (155)
第二十四章　突然相逢 …………………………………… (159)

· 1 ·

第二十五章　枯木逢春 …………………………………（165）
第二十六章　悲情村妇 …………………………………（174）
第二十七章　龙凤呈祥 …………………………………（184）
第二十八章　把心靠拢 …………………………………（192）
第二十九章　冤家路窄 …………………………………（198）
第三十章　亲人相见 ……………………………………（206）
第三十一章　贼喊捉贼 …………………………………（210）
第三十二章　现场大会 …………………………………（217）
第三十三章　赶野之战 …………………………………（222）
第三十四章　狼口脱险 …………………………………（225）
第三十五章　报仇雪恨 …………………………………（229）
第三十六章　人狼情缘 …………………………………（236）
第三十七章　发财信息 …………………………………（241）
第三十八章　财迷心窍 …………………………………（247）
第三十九章　螳螂捕蝉 …………………………………（252）
第四十章　南天猎鹰 ……………………………………（258）
第四十一章　小楼夜话 …………………………………（263）
第四十二章　脑洞大开 …………………………………（268）
第四十三章　初心不改 …………………………………（273）
第四十四章　幸福花开 …………………………………（279）
第四十五章　最好礼物 …………………………………（286）
第四十六章　新的征战 …………………………………（293）
第四十七章　精准识别 …………………………………（300）
第四十八章　六个麻花 …………………………………（305）

后　记 ……………………………………………………（311）

序

　　溪洋的长篇小说《橘子青橘子红》我是去年读的。读后感觉优点很多，缺点也不少。

　　小说从一个叫石正峰的山里青年起笔，写了他人生几十年的沉浮起落。这不是一段简单的人生经历，而是横跨了近半个世纪，囊括了许多复杂的社会变迁的过程。从大的背景说，这是中国实行改革开放，由计划经济向市场经济转化的阶段；从小的方面说，它为身处其中的青年们提供了无数可供驰骋的机会，也为他们设下了无数进退维谷的陷阱。应当说，恰恰是这个历史阶段的丰富和多元，为每一位有志于写作的作家们提供了丰富的写作素材，也开拓出巨大的写作空间。尽管以溪洋的个人之力，还不能将这个过程全面而详尽地勾勒出来，但是他却通过石正峰的人生波折，力图在为我们立体地展示"这一个人"的同时，也呈现出中国社会这四十年来的巨大变革。这样一种构思，跳出了小圈子，也甩开了脂粉气，气魄很大，相当难得。

　　另一个优点则是溪洋的记忆力很好。他对往日生活的描述相当真切。随着故事的阅读，你可以感觉到从前农民的贫穷，农村青年对前途的无望和无奈，以及随着政策的不断宽松，这些从前闭塞的山村青年逐渐融入到另一种新生活中的新奇、振奋和迷茫困顿。他们目睹了喇叭裤的兴起，欣赏着邓丽君的歌声，在交谊舞的旋律中感受到商品和物质的逐渐丰裕——尽管这一切变化放在今天来看，都是些微不足道的鸡毛蒜皮，但放在思想僵化的当初，却是一次次不可思议的拓荒之举。作者正是通过对这些生活细节的书写，努力为我们勾勒出了一幅新时期农村青年拼搏奋斗的画卷。

　　我注意到，溪洋的笔触放得很开，如果说起笔是20世纪80年代的初期，那么落笔则已经到了精准扶贫的如今。其间包括石正峰上学期间的种种坎坷，包括他大学毕业以后的工作经历，也包括他以后又重回乡村，准备开发大理石产业等等，可以说石正峰所走过的道路，几乎囊括了改革开放以来农村变化的全部历程。我不知道溪洋对这段历史了解和熟悉到什么样的程度，但从字里行间看，至少他对这段历史是有相当的思考的，并且这些思考的基本方面我是完全认同的。

　　溪洋的这部小说也存在着明显的缺点。

　　最突出的缺点是他驾驭宏大题材的能力还不足，他还不善于把跨度久远、内容浩瀚的社会变迁通过具体的人物和事件紧密地扭结在一起，进而构织出内涵丰厚的故事和塑造出鲜活灵动的人物。除此之外，或许是从前他一直写剧本的缘故，他在文字上总是习惯于用片断式的语言来表述，这就影响到小说特有的韵味。也包括他对小说节奏的把握，对人物心理活动的揣摩，对各种环境恰到好处的濡染等等，都存在着不同程度的欠缺。这些欠缺，绝非一朝一夕就能够弥补，而只能在长期的创作实践中不断地提高。

最后我还想说说溪洋的创作态度。

我第一次阅读《橘子青橘子红》时，曾直言不讳地对他的写作提出了批评意见。由于我是一边阅读一边就手在书稿上写意见，所以开门见山，直冲问题，完全不斟酌言辞，这就使得许多意见提得十分尖锐，甚至时有尖刻。偏偏为了保持意见的原貌，我又把这些写满了意见的书稿原封不动地交还了他。等真正交还他之后，我心里反倒感觉不安。一是怕挫伤了他的自尊心，怕打击了他今后写作的积极性；二是就我的经验，作品都是自己的好。尤其许多初学写作的人，当你给他提出意见时，他常常不是认真地去消化，而是竭力为自己辩解。每逢这时，我就禁不住感慨：我认真地阅读并给对方提出意见，究竟是在帮他还是在害他呢？为什么就不能沉下心来想一想别人说的是否有可取之处呢？

恰恰在这一点上，溪洋和许多年轻作者不同。当我犀利而尖刻地给他提出批评意见后，不久就收到了他的一封短信，随后又写来了一封长信。在短信和长信中，他都言辞恳切地对我表示了感谢，对我提出的意见进行了认真思考，并告诉我，他将根据这些意见对小说进行毫不留情地修改。

这样一种对待意见的态度，是应当，却也难得！

溪洋的《橘子青橘子红》即将出版，我祝贺他。这部小说修改以后，我虽然也零零星星地读了一些，但始终抽不出时间来完整地阅读，因而也难以给出一个准确而精到的评价。但我坚信三点：一是如今的书稿，一定比当初的书稿有明显的进步；二是无论他多么努力地修改，仍然会存在着不少缺憾和问题；而第三点则至关重要，这就是：一个人在写作上抱有这样一种抱诚守真、虚心求教的态度，他在写作的道路上就一定会走得迅速，走得踏实！

莫 伸
2019 年 4 月 12 日于西安

引 子

秦岭南麓,丽日碧空,橘林似海。

甘甜的清水,游龙般在崇山峻岭之间萦绕盘旋,之后向南,一路高歌着扑向汉江。

正是春末夏初时节,这里的橘子花开了,洁白素雅,灿若星辰,浓郁的馨香布满人间。

橘城八中,松青柏苍,橘树掩映,古朴流芳。

一群白鹭在校园上空低飞,琅琅的读书声十分清爽。

星期四

午餐:米饭　红焖肉

价格:6角

这是八中学生食堂的特色定制,每周如是。

此刻,坐在教室靠窗位置的石正峰,低头看了看旧兮兮的腕表,心里嘀咕:"老师啊,今天可不要再延堂了好吗?我可是三周没有吃到食堂的红焖肉了啊。"

已经十一点二十分了。讲台上,数学老师还是不紧不慢地讲着函数。

石正峰郁闷起来,黑里透红的国字型脸膛儿不由地黯淡了许多,一双剑眉微蹙,心急难耐。

他咂吧着嘴,喉咙里口水汩汩,连着低声呐喊:"老师啊,你闻闻,肉香扑鼻啊!下课吧!"

学校饭堂和高中年级的教学楼只隔着一溜平房,浓浓的肉香不时地飘散过来。他似乎已经看见了摆放在食堂窗口的两大盆油滟滟、红嘟嘟的红焖肉正散发着缕缕热气。那用红白萝卜,外加白菜梆子焖制的大菜,色香味俱佳,有着无比的诱惑力。

石正峰是个来自秦岭山里的学生,过惯了简朴生活,每周的生活费都是细细密密地省着花。开学至今,他已经三周没舍得开一次"洋荤"了,肠胃早就闹开了意见。于是,这个周四的午餐他可是下了狠心,无论如何都要吃一餐荤的。

下课的铃声终于响起。老师望了望窗外,似乎也抽搐了几下鼻子:"下课!"

"老-师-再-见!"石正峰还没等班长开喊,第一个抢先呼喊了出来,声音洪亮,满是感激。

"走喽!得赶快去排队,去迟了连肉汤都没得喝。哈!"石正峰心里嘀咕着,又是第一个冲出了教室。

可是,当他去宿舍拿上碗筷赶到学生食堂门前时,开饭的几个窗口前早就有学生排成了三四条十几米长的"长龙"。

"嗬,还有比我来得快的啊!"石正峰一边往一个队列后边去排队,一边戛然而笑,"吃饭不积极,长大没出息!排队、排队。"

其实,他来得还不算晚。说话间,在他的身后又接续上了一大串同学,个个手拿着碗筷,眼盯着食堂的窗口,热切地希望那些打饭的师傅们动作快些、再快些!有几个调皮的学生还不时地用汤匙或筷子敲击着手里的空碗,发出"叮叮当当"的响声。

"快了,前边还有两个同学就该轮到我了。"石正峰现在完全能够越过前面两个同学的脖颈儿,透过饭堂的窗口,看到食堂里边那些师傅不停地抡着大勺的潇洒样子。

好。一个同学打上饭笑嘻嘻地走了。

另一个同学也开始打饭了。

好了。这位同学竟然先用嘴叼了一块覆在米饭上的菜,咂吧咂吧着嘴,也走出了队列。

"该我了,终于该我了!"石正峰咽了一下口水,乐哈哈地把碗向窗口递去。

可就在这时,一个大个子斜刺里冲过来,"唰"地把碗抢先送了进去,并且大大咧咧地喊道:"来,六两米饭,一份焖肉!"

石正峰正在往窗口里递碗,不料想被大个子猛地一个冲撞,"咣当"一声,手里的白底红花的"洋瓷碗"就掉到了房檐下的干水沟里,不由得大怒:"你咋插队呢?"

不料,那大块头同学把粗黑如鬃毛似的头发往上一捋,瞪目道:"插队就插队,老子就喜欢插队!你能做啥?"

有几个好事的学生跟着起哄,"嗷——嗷——嗷——""插队喽——""插队喽"!饭堂前的队列开始骚动起来。

不知谁在人群里说:"啊哈,原来是复读班的'猪大肠',那家伙可是练体育的。"

"对哩。他可是校园里横着走路的主,少惹为好。"不知又是谁在下面轻声说。

……

"什么?喜欢插队?喜欢插队到别处插去,在我这儿恐怕不行!"石正峰没想到这个家伙不但不道歉,反而蛮横无理地对自己吼叫,顿时气冲如斗牛,"啪"地一掌就把大个子推出了队列。

也不知他用了多大力,那家伙一个把持不住,"噗嗒"一下竟然跌翻在地,引得大家哈哈大笑。

后面有许多准备打饭的同学,连饭也不打了,都"呼啦"围上来想看热闹。

这个外号叫"老猪"的同学,其实本姓朱,叫大成,由于长得五大三粗,加之那一阵子电视上正好在热播《西游记》哩,于是,有些爱开玩笑的同学就来了个对号入座。又加之他的名字叫"大成",有些好事同学就更是喜欢把这两个字念成"大肠"。因此,索兴有人就在私底下给他送了一个"老猪"或者"猪大肠"的外号。

叫他"老猪"应该是对他的尊重了,个别同学甚至直接在背地里唤他"猪八戒"或者"猪大肠"。因为,这个朱大成仗着自己肌肉发达,有股子力气,性格十分蛮横,平时看谁不顺眼就想冲上去"修理"。说真的,有些胆小怕事的同学见了他都是躲着走哩。

一个在校园里很有名气的"惹不起",竟然被一个名不见经传的山里娃一掌推倒在地,这是何等的丢份子?以后,还在学校里混什么混?

老猪直气得嗷嗷直叫:"反了反了,你他妈的竟敢在太岁爷头上动土!今天我不废了你才怪。"

石正峰蔑视了他一眼,捡起碗在衣襟上擦了擦泥灰,复又递进打饭的窗口,根本就没把他放在眼里。

哪曾想,老猪突然翻身而起,顺手摸起一块烂砖,猛地朝石正峰头顶砸去。

"哎呀!"不少同学大惊失色。

石正峰不把老猪放在眼里,并不是对他不做防备。毕竟把人家这个校园"名角"给掀翻在地,人家焉能不反扑?所以,他在打饭的同时,也在留着神提防着。这不,果真老猪跳了起来。

正要往出来端饭的石正峰忽然感觉后脑勺有一股冷风袭来,叫声"不好",急忙顺势一个旋身,危之险乎地避过了流星般砸来的砖头。

然而,他身旁的一位男同学就没有这么好运了,只听"咚"地一声闷响,老猪的这一砖头误拍在了这个男同学脊背上。

当时,这位同学正在往嘴里喂饭,沉重的一击使他发出"啊"的一声惨叫,一口还没下咽的饭菜"噗噗"地喷了出来,接着,就是"哎呀呀""哎哟哟"的疼呼连连。

被误击的同学疼得干叫了几声后,铁青着脸,愤怒异常:"我又没招惹你,你怎么给我一下?"说着,顺手一碗就朝老猪的头上砸去。

老猪见一碗饭朝自己飞来,也是把头一偏,那碗饭就在空中划了个弧线,"啪"一下,却反扣到另一名同学的头上,剩饭剩菜、肉块油汤直顺着脸颊往脖颈里钻。

城楼失火,殃及池鱼。这还了得!

"你咋回事?老子又没招惹你,你怎么扣我一盆子?"这个同学也不愿意了,冲过去就与那个飞碗的同学扭打起来……

这样一来,你骂我,我骂你;他向我出拳,我向他踢腿,谁也不让谁,吵闹声鼎沸,食堂门前顿时乱成了一锅粥……

第一章　李代桃僵

1

八中是橘城县一个乡村中学,就在清水河边的橘林镇上。

橘林镇因盛产柑橘而得名,橘城县又因橘林镇而扬名,怎么这样讲呢?

春秋时的大学问家晏子曾说:"橘生淮南则为橘,生于淮北则为枳,叶徒相似,其实味不同。"然而,橘城北依秦岭,南屏巴山,远距淮河以北数千里,却偏偏就盛产柑橘,尤其是这个橘林镇更是盛产皮薄、色艳、肉嫩、汁多、酸甜可口的橘子。

而且这里还特产一种似算盘珠子大小的朱红橘,形如丹,色若朱,味甘美,自秦汉以后被多个朝代征选为贡品,更是身价不菲。这个神奇的现象,极大地颠覆了人们的正常认知。因此,这里被公认为世界上最北纬的柑橘盛产地。

年年五月,橘花盛开,洁白如雪,蝶飞蜂舞,馨香四溢;岁岁金秋,橘子熟了,红果满坡,飞霞流光,恍如仙境。橘城想不出名都不行。

其实也不尽然,橘城自秦汉设郡置县,两千多年间,人文历史厚重,可圈可点的名人盛事不胜枚举,岂是一枚橘子可概论之。

从橘林镇沿清水河向北,便进入了秦岭山区。

长峪村就坐落在秦岭腹地的一条大山谷之中。这里山峦叠嶂,林木苍翠,不足百户的人家散落在东西狭长十多里的山沟之中,犹如世外桃源。不过这里交通不便,经济落后,人们思想相对封闭。

"十里长峪一线天,一弯套着一道弯。"这是当地的一句顺口溜,比较形象地给长峪村画了个像。

在这条山沟中段的一个山湾里,有一块方圆不足半个足球场大的向阳平地,因为残存有一处不知何年修建的老庙,人们习惯叫它为"庙场"。

庙门口正对着下山的村口,村口有一块灰褐色磨盘状的大山石,大山石的右侧长着一棵水桶粗的银杏树,枝繁叶茂,直插云天,宛如一尊守护神将,十分威武。

　　庙门的两侧还生长着两棵高大的皂角树,主干黧黑如铁,枝桠遒劲似龙。据村里老辈人讲,白果树与皂角树都是建庙时的住持亲手所植,三棵树距今足有六七百年了。

　　这三棵树犹如三足鼎立,在这里正好构成了一个形似三角形的立体布局。老庙也不知何年就没了住持,中华人民共和国成立后就被政府改建成了村委会。

　　渐渐地,围绕着这块风水宝地,有些村民也把房子建在了周围,因此,不几年下来,这两棵树冠几乎掺在一起的皂角树下便成了长峪村的政治、经济和文化"交流"中心。

　　村委会的左边是戈秃子摆的剃头摊子,右边是连寡妇开的一间带杂货的小茶铺。还有几间房里安装着打米磨面的机器,一看就知道是村上的加工厂。说是加工厂,可是这里山高林密,电力跟不上不说,还时常断电,这些机器就形同废铁,大多数村民晚上还是点着煤油灯照明。

　　这块地方因为平坦、向阳,更因为集中,所以每天都有许多男人和女人在这儿来来去去走动,在这儿说、笑、闹、骂,甚至下棋、喝酒、讲荤话,很是热火,尤其是下雨天。

　　今天也不例外,人照样很多,只是情调和氛围都没了往日的明快和愉悦,失去了那种往日的坦诚劲儿,变得寂谧和有一种说不出的低沉味儿。

　　女人们停住了手头的针线,凑到一块儿窃窃私语;男人们也聚作一堆,一边抽旱烟一边很注意的"哼哼""哈哈"地比划着只有他们才会意的手势。

　　就连闻名乡里的"铁嘴"张秀才,此刻也胆战心惊地坐在戈秃子的刀光剪影下,眯着眼,一言不发。

　　还是戈秃子胆大声大,用右手"嘚、嘚、嘚"地敲了敲"铁嘴张"那被刮得发青的半个脑袋:"唉,老铁嘴,你说现在的娃娃咋这么不懂事!爹娘累死累活地供他们能多读点书,以后人学得有出息些,可这些小爷们就是不知父母心,胡整乱搞。你看那石家小子,竟惹出这等丢面子的事来,马上就要高考了却叫学校给开除了。唉,还听说他们在打架期间,一个小子打懵了头,竟然顺手拿起一把铁锁子,砸在了赶来拉架的一个老师的头上,当时就给老师头顶开了个'天窗'。唉,你说石明理这么个老好人,咋弄出了这么个害人的惹祸精呢?唉!"

　　张铁嘴显然很不满意戈秃子的无礼,使劲往上翻白眼仁,没好气但仍不失其"秀才"的美名,摇头晃脑、一副穷酸相地说:"这,这个就叫好人没好报嘛,你懂不懂?没文化!"

　　戈秃子盯着铁嘴张这摇来晃去的小脑瓜,怎么也不敢下刀,一生气,抬手就是一巴掌。

— 6 —

铁嘴张"哎呀"一声就弹了起来,双手抱住还没有剃好的花花脑壳,惊慌失措地尖叫起来:"救命啦!救命啦!戈秃子杀人啦……"

皂角树下,一直悄然低沉的人们这才哄然大笑起来。

2

石正峰的家在山村西头的最高处,有三间低矮破旧的瓦屋和一间四面透风的破烂圈舍。

一头大花猪饿得嗷嗷直叫着,并不停地用长长的嘴巴使劲地拱着圈门。

石正峰的父亲石明理佝偻着背,半蹲半坐在堂屋的门槛上一声不响,只是一支接一支地卷"喇叭头"抽,哀伤的眼神无奈地看着门前那条终年低吟的涧流。

他的手在微微地颤抖,他的心在痛苦地颤栗……

"难道这真是命吗?真是命吗?真是……"石明理一直在心里质问着,往事不堪回首。

其实,石明理原本姓陈,叫陈明理,老家在山下橘林镇的成仙村,"石明理"是他后来入赘到长峪村石家后才改过姓的名字。

二十多年前,一个晚霞绯红的下午,他高举着高考估分单兴奋地跑回成仙村,按捺不住内心的喜悦,使出了浑身的劲儿,拉响了村中那挂在古柏树上用来传人开会或上工的大铁钟。

"老师说我的成绩上大学没问题!我可以上大学了!"他激动得语无伦次地大声吆喝着,吸引着许多乡亲们围了过来,共同分享他此刻的喜悦。

"呵,真看不出,这个平时少言少语的娃,没想到还这么有出息哩!"

"不简单!不简单!"

"厉害!厉害!"

……

"可喜可贺!可喜可贺!"大家纷纷议论。

因为大家知道,农村娃考个大学可太不容易了!现在村里终于出了一个即将跳出"农门"的人物了。

跳出农门预示着什么?预示着以后就可以不成年累月地与黄泥巴打交道,看天吃饭;预示着就可以由国家给安排工作,旱涝保丰收,吃喝不用愁了;预示着就可以在人前人后都能活得体体面面的了。

从中华人民共和国成立到现在,他们村子里还没有出过一个大学生哩!所以乡亲们是既羡慕又为他高兴。

孰不知,他原想给乡亲们先通报一下,让大家也高兴高兴,可却激起了同学陈明利的无比忌恨。

　　陈明利和他同村又同班,就连名字都是相同的音,然而他们并非是好朋友。

　　因为这个陈明利仗着老爹在公社当主任,自己在校内校外横行霸道,学习上一塌糊涂,却很好面子,每次考完试都要逼着班主任把自己的分数改到八九十分以上,不然就要滋生事端让老师吃苦头。老师们都给整怕了,所以事事处处都依着他。

　　这样的人,岂能眼看着自己同村的同学上大学而不去打坏主意?

　　果真,半个月后,自信满满的陈明理没有收到什么通知书,可是一份硬扎扎的大学录取通知书却被公社派人敲锣打鼓地送进了陈明利的家里。

　　"也许我的通知书还在路上,等等,再等等。"他这样安慰自己。

　　可是一个月过去了,两个月过去了,通知书还是没有来,有的同学都已经到大学去报到了。

　　他着急了:"明明在学校进行了估分的,老师们都拍着桌子说我这分数是稳上大学,而且还是重点大学哩!可是,可是为啥我就收不到任何大学的录取通知书呢?"

　　他是同学们公认的全年级学习尖子,也很清楚自己的答题情况,不相信自己会落榜。"那会出什么问题呢?"他当时小跑几里路去学校打探消息,满脸落寞,焦急万分。

　　他在学校找到了正在修理一张破旧课桌的班主任。

　　班主任看到他先是一愣,接着就是满眼的惋惜。因为他在班里学习好,所以这位班主任老师一直都对他很关心、关怀的。

　　可是现在,班主任老师只能无可奈何地摊摊手,小心翼翼地说:"明理呀,这都是上面的意思,我们没有办法呀!而且,这上大学与否不光要看分数,更重要的还要看政审情况,这是个很严肃的事情。并且,这送录取通知书也是个慎重事情,一般都是由县上送公社,公社再送考生家里,一级一级往下送的,学校和老师是不叫沾手的。唉!"

　　"政审我不怕!我家三代贫农,根正苗红!"他理直气壮地望着十分为难的班主任,希望能知道为什么。

　　"唉,唉。这我们也知道的。可……可是。唉!"班主任干咳了两声,谨慎地看了看周围,见并没有其他人,才战战兢兢地低声说,"我也在分析这件事情,就陈明利那混家子水平,还能考出好成绩?也许,噢,对了,那天你们从学校估分回去的第二天晚上,我去给校长汇报学习思想,在门口听到陈明利的父亲与校长窃窃私语,交谈甚欢。是不是这里面有啥见不得人的事?当然,也许不是这样的。这仅仅是我的猜测。唉!"

"什么?"他一听老师这样低声说道,气得差点晕了过去,苦熬苦搏了七八年就这样完了。他清楚老师的为人,相信老师是不会无来由地乱讲的。而且,他知道,要不是老师几年来吃了不少陈明利的苦、没少挨整,以老师的脾性他是不会这样大胆往出来说的。

后来才知道,事实上就是陈明利的老爹在上面打通了"关节",借口把"理"字误写成了"利"字,而且迅速地在公社给儿子改了户口簿上的名字,要了一个"李代桃僵"的把戏,把本是属于他的通知单"巧妙"地说成是自己儿子的,提前取走了。

唉,制度缺失真的很可怕啊,一个漏洞就可以改变或者葬送一个人的命运。不过事情的起因也要怪他自己太激动,竟然兴奋地在村里拉响大挂钟吆喝、显摆。殊不知,他的这一举动当即就点燃了陈明利莫大的妒忌之火,"你骚情个啥哩,飘得很是吧?那我就让你这回上不成!"

"这分明就是依仗权势欺负人嘛!"从学校出来,他跌跌撞撞地大声疾呼,"是我的成绩!是我考的!上大学的应该是我!应该是我啊!……"一路上,过往的人们还以为他是个疯子,都争相躲避。

怎么办?又能怎么办?人家老子是权倾一方的公社主任,而自己的家人和亲戚里连个吃公饭的人都没有,到哪评理去?

他绝望了,他第一次感到自己在这个社会上是那样的渺小和无助,这样活着真是无望极了,他想到了死……

就在陈明利家大摆宴席,邀朋呼友庆祝"高中"的时候,他却像丢了魂似的,深一脚浅一脚地向清水河走去。

半道上,夏天的响雷紧追着刺目的闪电劈空打来,他没有惧怕,更没有驻足,反而癫狂般地疾奔了起来。

老天爷急了,仿佛抬腿一脚踹翻了盛雨的宝器。霎时,白雨从黑沉沉的乌云中倾盆而下。

在暴雨中,他跌倒了几次,从头至脚流淌着散发着土腥气的泥浆水。

一只忘了归巢的麻雀在一条柳枝上瑟瑟发抖,他不禁连打了几个冷颤,步履也开始沉重了起来。

一路上,他口里一直喃喃地责问:"'学好数理化,不如有个好爸爸。'这是真的?这是真的啊!"

终于,他来到了清水河的一处深水湾,一个叫"桂花树潭"的地方。

这里因生长着一株千年丹桂而得名,是清水河最富有诗情画意的地方。每年农历八月,丹桂怒放,香飘四野,加上两岸的柳丝弄情,芦苇吐秀,牧童放歌,真是万种风情不如此。

这原本是一处生发美好景象的好地方,曾几何时,他在这里寻过猪草,背过课本,甚至放声歌唱。

然而,此刻的桂花树潭在暴雨中却显得异常烦躁不安,这可以从那些在潭面上吵闹不休的水花和不停地画着势力圈儿的涟漪们身上看个清楚。

倾盆而下的大雨并没有减弱的势头,潭水开始翻腾、怪笑,甚至是嘲笑,在他看来。

在潭边的一块褐色大河石上,他的双脚再也挪不动了,慢慢地跪了下去,和着雨水的眼泪串珠似的掉在石头上,发出只有他自己能听见的"吧嗒"声。

突然,他仰天长叹:"天啊!这公平吗?这公平吗?在这个时候活着有什么意……思……"话还未说完,就一头扎进了潭水里,几片被雨点打落的桂花树叶,也随着他跳水而引发的漩涡凄伤地沉入了潭底………

最先发现他跳入潭中的是一头大水牛,它诧异地长哞了几声,这才引来了三个十三四岁的放牛娃。

这三个机灵勇敢的孩子不假思索地跳进深潭里把他救上了河滩,并费力地把他搭上了牛背,尽快送回了村子。

当他从"龙宫"里回过神来,第一眼看到的是母亲那凌乱的白发和一把一把的浑浊老泪。

窗外的雨还在稀里哗啦地下着,看着母亲那因为哀伤而微微颤栗的柔弱身子,他再也抑制不住自己的感情。

母子俩抱头痛哭了一场后,他清醒了许多:"我怎么能撇下可怜的母亲,就这样甘心死去?真没出息!"

他在心里暗暗发誓:"我上不成大学,以后,我一定要让我的子女上大学。哪怕我吃尽千辛万苦!"

3

快燃尽的烟头把他从悠远的记忆中拉回来,他赶忙又接上一支,蠕动了一下喉头,动了动眼珠。

地上满是烟灰,呛人的烟味熏得几只飞来的山雀抗议般地"喳喳"了两声又"呼"地飞走了。

里屋,石正峰裹在被窝里,呆呆地像截死木头。

他母亲的血压又升高了,指着他的鼻尖,浑身哆嗦着骂道:"正峰,你这个不争气的东西!我们上辈子造了多大的孽,养了你这个祸害。你好好想想,你对得起谁呀?为了供你上高中,你爸和我没明没夜地干活;为了供你上高中,让你弟弟退学回家放牛；去年，为了给你准备学费，你爸冒雨上山采草药，滚到山沟里跌断了腿，差点连命都搭上了……呜呜……"

母亲伤心地哭了起来，石正峰不敢听下去，把头在被窝里埋得更严了。虽然是大热的天，可是他现在觉得自己一身冰凉，没有温度，因为他的心里一直在泛着丝丝悲凉，是一种对前途命运的莫大悲凉。

他恨自己！他恨自己为什么就学不会忍事，不就是一个同学在食堂打饭时有点蛮横地插队嘛，何必要逞强把人家揪出去？怎么也不想想，那些个不遵守规矩的家伙有几个是善茬？

那天的战端一开，就像一个池塘投进了一块石头，涟漪不断扩大。一时间，食堂门前就出现了一场意想不到的大混战。看热闹的有之，趁乱添冷拳的也有之，哭的哭，喊的喊，场面非常混乱。

"战报"很快就传进学校办公室。

这还了得！校长亲自带领四五名值班老师赶过来制止。在此过程中，不知怎么搞的，有两名老师挂了彩，其中一名老师被一只飞来的铁锁给砸伤了头，鲜血直流，被抬进了医院抢救。

后来才知道，那是挂在食堂大门上的铁锁，足有成年人的拳头那么大，不知是哪位同学在混战中，顺手摘下来当成了一把"暗器"。

就因为一个吃饭插队，竟闯下了这么大的祸，学校怎能容忍？即便他们是即将要参加高考的学生，也不能手软。为严肃校纪，以正视听，他和大块头老猪一并被学校开除了。

他真的不敢去看父母那痛苦无奈的面容，只能把自己裹在被窝里自责自恨，他恨自己不忍事，恨自己不能给父母争气。

他虽然没出声，可他知道自己哭了，枕头湿了一大片。毕竟苦心巴累地学了三年，即将要高考了却进不了考场，这是多么的遗憾和懊恼啊！谁不痛心疾首？

天已经黑透了，四周山峦像一只只张牙舞爪的怪兽，远处有忽明忽暗的灯光，那是山里人家的希望。

一串沉重的脚步声近了，一个个子不高的瘦弱男孩赶着一头大黄牛走进了院坝，是弟弟石正强，小名月儿，放牛回来了。

看到坐在门槛上抽闷烟的爸爸和坐在灶台前抹眼泪的妈妈，月儿的眼睛也不由得湿润了。

他回村的时候路过庙场，已从几个长舌妇的笑谈中知道了一切。他用袖头擦了一把眼泪，轻轻地走进堂屋，语调轻柔地说："妈，你去歇会儿吧，我来做饭。"说着，就不顾上山放牛的疲劳，折身钻进灶房去做晚饭了。

妈妈望着这个儿子的瘦小背影，一阵心酸，眼泪又一次夺眶而出。

第二章 痛心交易

4

月儿果真是个非常懂事的孩子,能够体会此刻父母的痛彻心扉。

约莫个把小时后,他端着一碗饭走进里屋,"哥哥,哥,哥哥。起来吃饭吧,别再怄气了。"

是弟弟月儿的声音。

石正峰木讷地抬起了头,似乎刚从另一个世界里回过神来,他呆滞地盯着小弟那清瘦的脸庞,一阵悲凉,泪水又涌了出来。

他心里难过得如刀绞一般,就是这个瘦弱的小孩,他还不满十岁的弟弟,为了供他上高中而被迫辍学在山里放牛。

月儿见哥哥流泪了,自己的眼里也噙满了泪花,可他强忍着眼泪把一碗米饭递到石正峰的嘴边,声音沙哑着,极不自然地笑着说:"哥,你吃嘛,这是我给你特意做的,尝尝我的手艺如何?"

石正峰再也忍不住了,猛地把弟弟拢到怀里,"呜呜呜"地大哭起来:"弟弟呀,哥哥真混啊!哥哥太对不住咱爸咱妈,太对不住你了啊!我太不争气了!我真该死,真该死呀!……"

"呜呜……"月儿也哭得像个泪人似的。

夜,已经很深了,但哥俩的哭声仍在寂寥的山谷里一波一波地回旋着。

儿子的哭声揪动了父母的心,做父母的哪个又不心疼子女?母亲停止了抽泣,父亲捻灭了烟头。

他们点亮了堂屋的煤油灯,开始重新寻思儿子的出路。

还是正峰的妈先开了腔:"他爸,我们就这样生闷气也不是个头呀。"

"那你说咋办?"

妈妈见孩子他爸的火气似乎也消了些下来,才进一步说:"我看孩子也会想了,受次挫折他也应该知道了、灵醒了。干脆你明天下山找熟人转转门路,重新给娃找个复学的机会,兴许咱娃以后还能成块料,你看?"

"我也是这样想的,可是咱到哪儿去找有能耐的熟人呀?"顿了顿,石明理满脸忧愁地说,"唉,明天我还是下山去碰碰运气吧。唉!"

正峰妈心里清楚,像他们这样住在穷山沟里的,能认识几个有出息的人?况且自己男人是个最不爱求人的老实人,难啊!可又有什么法子哩?总得要一个儿子走出大山吧。可是想走出大山,对于他们来说,除了好好上学考大学外还有什么路子呢?

山里温差大,夜深风凉,远处不时传来猫头鹰的叫声,怪瘆人的。

正峰妈拿了件外衣轻轻地给自己男人披上,关切地说:"他爸,进里屋睡吧,夜深了。"

"唉,你先去歇息吧,让我再静静。"石明理又点上一支喇叭头,抽了一口。

这一夜,其实谁也没有睡好。

5

天还未亮,石明理就忧心忡忡地下山了。

石正峰也知趣,起了个从未有过的大早,和弟弟月儿一块儿到屋后的山林深处采药去了。

秦岭深处到处都是野生的药草,什么柴胡、前胡、红丹参、白芨、黄连等等,种类很多,山里人一有空闲就会上山循着去处,采点草药回来晾干了,再背到集镇上去卖了补贴家用。

正峰妈一整天把心都提到嗓子眼里,既担心下山的老伴,又担心上山的儿子们,神经绷得紧紧的。为了保险起见,她还在灶头上点了香蜡,三拜九叩地祈求灶王爷等仙佛的保佑。

也许是神灵帮助吧,石明理下午四点多钟就风风火火地赶了回来。他还未进门,正峰妈就急不可耐地迎上去问:"他爸,那事咋样?有眉目吗?"

石明理喘了口粗气,不紧不慢地只说了一个字:"有。"

正峰妈高兴地摇晃着男人的胳膊,催促:"太好了,灶爷就是灵,你还不信神哩。快说说,咋这么好的运气?"

石明理把胳膊一甩,没好气地说:"什么好运气?什么灶爷显灵?你先别高兴哩。"

"咋了?"正峰妈看着男人那难堪的脸色,有些吃惊。

"唉!"石明理一声长叹,才道出苦衷。

早上九点多的时候,石明理刚走到山下的集镇上,就一头撞见了专做山货生意的钱二麻子。

钱二麻子见他行色匆匆,便问起缘故,石明理见是故友,就把事情的经过和想法,诉苦似的给钱二麻子吐了个遍。

谁知这钱二麻子听后把大腿一拍,口气很大地说:"这就巧了,算你运气好遇着真人了。你知道我是谁的亲戚?明着给你说吧,县文教局局长把我叫叔哩!他是我老婆娘家兄弟媳妇的表妹夫的女婿哩,办这种事,找我好了。"

石明理一听,高兴得不知道怎么是好,赶忙把钱二麻子拉到一个小酒馆里,要了一瓶烧酒,炒了三盘菜,美美地喝了起来。

石明理一边给钱二麻子敬酒,一边央求:"钱大哥,侄儿的事就拜托给你了,麻烦你给多费点心,日后我一定重谢,一定好好地重谢你!"

钱二麻子听到这儿,不客气地说:"那好,兄弟,你怎么个法谢我?"

老实憨厚的石明理一时语塞,自己家徒四壁,怎么谢人家呀?

钱二麻子却紧追不放:"我看这样吧,看在咱哥俩这么多年的交情上,权当给你帮忙,不要你什么重谢,只问你要一条……"说到这儿,他竖起一根手指把话锋暂堵。

石明理一看钱二麻子那根在眼前晃着的手指,心里一松,笑着接上问:"烟?"一条烟,那好办,再怎么穷,砍上几天柴卖了就能买上一条好点的,他想。

"不,牛。"钱二麻子突地挺直了手指。

"啊?"

石明理惊得目瞪口呆,心里愤愤地骂道:"狗日的钱二麻子,你真能要得出?你的心也太黑了,全然不念往日的交情啊!"

钱二麻子一见石明理那异样的表情,立即摊牌:"现在的事儿嘛,关系归关系,买卖归买卖,买卖面前不论关系,何况我老钱还是看在咱们这些年的交情上只要一头牛的,要是换作别人,办你儿子这样的难缠事,哼,不要个万儿八千才怪。反正你看,我也不难为你,行就办,不行就拉倒。我还有要事去办哩,失陪了。"说着就要离座。

石明理左右为难,不给牛吧,自己两眼一抹黑,到哪儿去找人拉关系,儿子的事不是没指望了?给吧,一头牛值近千元不说,山里人种地、拉车都离不开它呀。

看着钱二麻子一副傲慢要走的样子,石明理急得汗水直冒,最后还是恳求道:"钱大哥,这样吧,我回家和老婆商量一下,行,明天就给你把牛牵来,好吧?这事嘛,还得仰仗你老兄给操心办哩。"

钱二麻子这才笑了:"嗨,这就对了。现在办事就那回事。行,你们就快点。办这种事得抓紧。我也该走了。"说完,捻了一捻长在尖下巴上的几根长胡子,洋洋得意地哼着小曲儿走出了酒馆。

听完石明理讲的全过程,正峰妈差点没气晕过去:"钱二麻子呀!你也太狠心了、太没良心了！前些年你哪回进山不是在我们家吃、我们家里住的,我们哪回把你当外人慢待过？现在求你给办点事了,你就这样心黑呀？这不是趁火打劫吗？哎呀,现在这世上竟有这样没情没义的人呐！"

她骂完了觉得很累,就走过去坐在牛圈门口的一块石墩子上,不时地用手帕揩拭着溢泪的眼睛,怎么办？不给牛,儿子上学咋办？给吧,以后家里又咋办？心里一团乱麻。

知了在叫,院子里一时却是令人窒息的沉默。

最后,还是石明理做了主,只见他把半截烟头往地上一甩,用脚使劲地踩灭："算了,他妈,为了娃儿,就把牛给他,这回咱们可是全赌上了。"

"你疯了！没有牛,犁地咋办？拉车咋办？你的腿伤还没好利索。"

石明理一咬牙："没牛,我一镢头一镢头挖,我一步一步拉。事儿就这么定了,趁钱二麻子还在集镇上,我立即把牛给他送过去,好让他给峰儿早点去办事,孩子早点去复课要紧啊。"

正峰妈没有作声,既没点头,也没摇头。家里可就是这头牛值点钱,可是为了儿子上学的大事,自己还能怎么样呢？

石明理从牛棚里牵出了那头他家唯一值钱的大黄牛,心情沉重地扬起了赶牛的鞭子。

正峰妈扑了上来,用颤抖的手抚摸着和她家同呼吸共命运多年的老黄牛,心里实在不是个滋味,颗颗辛酸的泪珠直往牛背上滚。

大黄牛亲热地舔了舔女主人那粗糙的手心,哞叫了几声,才迈出了沉重的脚步。

落日的余晖里,她斜倚在山峁上的一棵歪脖子苦楝树干上,愣怔地目送着男人赶着牛向山下走去。

大黄牛一路走着,还不时地哞叫着,好像也有十分的不舍。

每当时远时近的牛哞声传来,正峰妈的身子就颤栗一下,不知为什么,此时此刻,她直觉得牛的哞声怎么是那样的揪心呐！

钱二麻子还算讲信用,第三天下午就把信给捎来了："费了老大的劲儿,总算办妥了,让石正峰九月初去县一中插班报到。"

石明理夫妇一听甭提有多高兴了,虽然这个喜讯是用一头大黄牛换来的,但毕竟儿子有了个再上学的机会,而且,一中是全县有名的重点中学,说不定经过这次教训,儿子会痛改前非,认真学习的,说不定这回还能考上个好大学哩。夫妇二人的脸上这天终于露出了舒心的微笑。

月儿也高兴得很,手舞足蹈地在门前的石板路上跑上蹿下地喊："我哥又能上学了,我哥哥这次要进城当洋学生了。"虽然他失去了整天陪着他的牛伙伴,但是因哥哥又能上学了,他这会儿也高兴得不得了。

6

皂角树下,人们在七嘴八舌地议论着。

连寡妇的茶铺里烟气呛人,酒气熏天,人声嘈杂。

"……"

"哎哟,你说嘛!"

"呵,这小子可够牛的,八中把人家开除了,可过不了多长时间,人家反倒要进一中了。你们知道吗,那可是咱们县教育质量最好的中学啊!呵,你们知道吗?你们去过吗?我曾经路过一次,嗨,那才叫气派哩!……我听人说……"一位三十多岁的愣头青呷了口酒,竖起大拇指津津乐道。

连寡妇一边给铁嘴张茶碗里添水一边说:"这就叫吉人自有天相!我说这娃有福气嘛!你们看,是不是呀?"

铁嘴张眯缝着眼睛,似睡非睡地喏喏称"是"。一只苍蝇飞来,在他的鼻尖上狠吮了一口,铁嘴张这才极不情愿地睁开了耷拉的眼皮。

他刚要伸手端茶碗,猛然间戈秃子一阵风似地闯了进来,一把将茶水抢到手里,闷住头就"咕嘟"地喝了起来。

铁嘴张死死地盯着戈秃子那使劲吮吸着茶水的胡碴儿嘴,气得眼珠越鼓越大……

铁嘴张刚要发作,戈秃子却放下了茶碗,用手背把嘴角一抹,叹息道:"唉,什么吉人自有天相,你们知道个屁,你们以为石正峰复学到城里咋样弄成的?吓死人了!是用他家那头大黄牛换来的!"

"啊?"

听到的人都发出了惊讶的声音,"是真的吗"?

"哎呀,多棒的牛呀,不值得!太不值得了!"

"是不值得!山里人嘛,只要认得钱,会算个小账就行了嘛,花那么大本钱上学,图个啥呀?"

"对!你说的是,那有啥用哩!"

"啧啧,那是一头牛啊,划不来!真划不来!"

"石明理真是笨怂!冷怂!瓜怂!"

"傻瓜蛋!"

"他可真是夜壶里下汤圆——冷怂疙瘩。"不知谁说了句骂人的歇后语,逗得大家"哈哈哈"笑起来。

第三章　情窦初开

7

九月在一家人的期盼中很快就到了。

三号这天是橘城一中新学年报到的最后一天,也是钱二麻子又带信让石正峰去高三(五)班插班复读报到的日子。

也许是心情好吧,今天的天都觉得亮得比往常要早些,窗外的鸟叫就像赛歌,十分好听。空气里飘散着松柏的味道和野花的馨香,清爽宜人。

妈妈赶早起来为儿子准备了一顿比较丰盛的饭菜,石正峰吃得肚皮胀鼓鼓的。

该走了,妈妈检查了一遍他带的洗漱用品,又叮咛道:"正峰啊,前些时候妈在气头上骂了你,甭生妈的气。你这次出远门可要学会照顾自己,饭要往饱里吃,甭省。关键是要好好学习,可千万不要在城里学坏了。要把胳膊上的肉咬一口,努力学习。你记住了吗?"

眼泪在石正峰的眼眶里打转儿,他想哭,一时竟说不出话来,只得冲妈妈使劲地点了点头。

这一两个月来的深刻反省和悔恨熬煎,使他早就暗下了决心:"这回我一定要'两耳不闻窗外事'地埋头苦学,一定要考上名牌大学,让为我操碎心的爸妈真正高兴高兴!"

石正峰和妈妈道别后,走出家门。爸爸为他扛着铺盖卷走在后边,弟弟帮他背着书包嘻嘻哈哈地在前面跑着,像只欢快的小鹿。

爸爸和弟弟沿着弯弯曲曲的山道一直把他送到集镇上的客车停靠点。山里的集镇,说白了就是个小型交易市场,由于交通不便,物资不怎么齐全,因此,并不是每天都会人来人往、熙熙攘攘。

这里的集市是每月按民间自发的日子来定的,也就是所谓的"逢场"。遇到逢场日,大小沟岔里的人们总会拖家带口地下镇上来"赶场(小集市)",置办米面油和一些家庭日用品什么的。

因此,如果镇子上是逢场的日子,清河镇还是十分热闹的。但是,如果不是逢场的日子,人们一般是不会到镇子上来闲逛的。所以,县运司每天往这条线上安排的班车也就一两趟。

所幸,他们这个镇还不是县辖区向北山最远的镇子,每天还有一两趟发往大山更深处几个乡镇的班车也要经过这里。算起来,从他们这里经过的班车就会有四五趟之多了,这对于他们清河镇来说也算是很大的福利了。

清河镇沿河而建,街道弯弯曲曲如游蛇状,长不到二里。街道两边多是些石墙灰瓦的房屋,红砖小楼不是没有,只是很少。石板路是这里街道的一个特色,青褐色的石板缝里除了泥土和苔藓外,总会有一些叫不上名字的小花探头探脑。

今天就是逢场的日子。街道两旁的店铺早早都打开了门面,店老板个个面露喜色,精神焕发。

当太阳爬上东面的山顶,赶集的人多了起来,山集又开始了往日的喧闹。

石明理看了看对面商店的挂钟,知道班车就要来了,拍了一下石正峰肩头上的些许微尘,语重心长地说:"正峰啊,你可要珍惜这来之不易的复学机会呀!"

一直替石正峰背着书包的弟弟月儿这时也跑过来,拉着他的手,天真地说:"背上书包就是牛气。爸,哥,你们看,我牛气不牛气?"说着月儿还不时地挺着腰杆儿"咯咯"地笑。

石明理看了小儿子一眼,心头猛地一寒,急忙把头扭向一旁,他不想在孩子们面前流泪。可石正峰再也无法抑制自己,心酸的泪水瞬间充盈了双眼,大有喷涌而出的可能。

谁不想上学呀?何况是自己聪明伶俐的小弟弟,可是家里境况一时不允许同时供两个学生,爸妈几经考虑,还是狠心地把弟弟从学校拉回了家。

听村里人讲,当时父亲从学校拉着弟弟退学回家的路上,弟弟哭喊着"我要上学,我要上学"死拽着往后退。

一趟过路进城客车的笛鸣很快打破了这个悲伤的场面,石正峰急忙登上了车,没敢再回头。

8

下午四点多钟的时候,石正峰才拎着行李满头大汗地走进了县一中。

"呵,多美的校园啊!"他简直被眼前的一切惊呆了,有崭新的教学大楼,幽静的松柏园,流溢着芳香的百草园,还有假山以及设置在里面的自动喷泉群。

看到这些瑰丽的景观,石正峰感到了从未有过的惬意。他把行李往花池沿儿上一放,擦了一把脸上的汗水,看着那如人工降雨般的喷泉水柱,竟然走过去不假思索地把头一仰,连脖子一齐伸进了喷泉水雾之中。

丝丝清凉的水雾舔舐着石正峰那黑红色棱角分明的脸膛,舒服极了。昨日的烦恼一下子烟消云散,他身心开始渐渐放松起来。

"哟,快来看哟,这儿有个大象在喷雨哩。"一个个子高挑、留着长发的女学生笑嘻嘻地走过来。

女生诧异的叫声使石正峰从美妙的感觉中抬起了头。一大群刚下课的学生把他围了起来。他慌忙抹了一把脸上的水珠,"嘿嘿嘿"地傻笑,显得十分尴尬。

"哈,真好玩。"一个带近视眼镜的矮个子同学笑哈哈地看着他。

"喂,'大象',你是哪个班的?"那位刚才叫喊的女生调皮地对他眨着眼。

"是高三(五)班的。"

"什么?这么说咱们是一个班的?可我从来就不认识你呀。"这个女生一脸的不相信。

"噢,我知道了。呵,你是石正峰吧?"忽然,她欣喜地叫了起来,毕竟一下子就猜中了嘛。

"你怎么知道?"石正峰有些好奇,这个未曾谋面的女生怎么会知道自己的名字。

"昨天下午,班主任告诉我们的,要来一个插班生。"高挑儿女生扬了扬头,又自我介绍,"我叫秦小雯,是班上的学习委员,你就坐在我后排的那个空位子上。"

"啊,是吗?邻居呀,呵,那以后请多关照。"石正峰这才大胆地看清面前的这位学习委员,鹅蛋形的脸上,扑闪着一双灵气的大眼睛,是挺漂亮的女孩子。

"那还用说。"秦小雯大大方方地说,"走吧,石正峰同学,我领你到教务处报到去。"边说就准备帮他拿行李。

石正峰急忙抓过来背到身上,十分感激地说:"谢谢,谢谢!我来我来,咱们走吧。"就这样,石正峰跟着秦小雯一路向教务处走去。

晚习时,石正峰正式走进了三楼高三(五)班教室。班主任老师果真把他安排在秦小雯后排的座位上。

他刚坐定,秦小雯就偷偷地偏过头来冲他扮了个鬼脸,那意思是,嗳,我没说错吧?

石正峰也回了她一个谦恭的笑脸,赶紧打开了课本。

从此,他在县一中开始了新的学习生活。

没多久,因他人高马大、体格棒,同学们一致通过,选他当上了班里的劳动委员。他也的确不负众望,每周的劳动课干起活来不怕脏不怕累,以一顶十,成了全校有名的"劳模"。

没过多久,高大健壮的他又被学校篮球队的李教练相中。这下子,石正峰可忙得够呛,整天除了学习就是打球,除了打球就是学习,可他从没叫苦叫累,反而从心里感觉到了无比的充实和愉悦。

半学期下来,石正峰的学习成绩和球技都有了很大提高,尤其是他打球的技艺真是叫绝,他曾在一次与外校的联谊赛上,创下了一人投六球的纪录,每次比赛他都像健牛一样在球场上猛冲猛打。

只要他一上场,观众席上就会掌声雷动,因为他们知道比赛的高潮就要到来,精彩的场面即将出现。

石正峰的突出表现赢得了学校教师的关注和同学们的好感,渐渐地,在他的周围也有了一些追捧者,他开始有了一种幸福自得的感觉,时常流露出惬意、满足的笑容,人也越发精神了。

秦小雯不知是因活泼开朗、乐于助人的性格还是出于对他的好感,对他也很关心,尤其是在学习上。

秦小雯是学校的英语尖子,恰恰相反,石正峰的英语却学得一团糟。为了帮助他提高英语学习成绩,秦小雯主动放弃每周日下午的休息时间,来学校帮助他补习功课,这使得石正峰十分感动。

每周日下午,静静的教室里就他们俩人,秦小雯是老师,石正峰是学生,一个尽力地教,一个认真地学。

9

时间在一点点过去,他们之间的友情不知不觉地加深。好多次,秦小雯那明朗、甜润的发音令石正峰走神,他从心底里感觉到秦小雯不但人美,而且心灵美。"这样的女孩子太少了!"他时常在心里暗暗赞叹。

单独相处的时间一长,石正峰的心里渐生了一种莫名的烦恼,致使在以后的补习中,他觉得很累,因为他要不停地去尽力约束好飘逸的思绪和发呆的眼神。

有一次,秦小雯带他读一篇课文,主要想听听他的发音以便校正,石正峰欣然答应。可是他读着读着,声音变小了,眼光却从课本上移到了秦小雯的身上。

正在专心领读的秦小雯觉得奇怪,一抬头正好撞上了石正峰那火辣辣的目光,"唰"地一下,秦小雯的脸颊上飞出了两朵红云,她竭力控制住加速的心跳,戛然顿住了读书,用一双美丽的大眼睛嗔怒地瞪着他:"喂,石正峰,你出什么神?"

石正峰猛然回过神来,不好意思地低下了头,脸涨红着结结巴巴地掩饰:

"哦,没有啊,可……可……可能是因为你朗读得太吸引人了!"

"少装糊涂了,继续往下读吧!"她抿嘴一笑,接着,又正色地领读起英语课文来,可是怎么也没有前面那么自然和流畅了。

这一堂课,石正峰似乎从后来秦小雯那略显慌乱的眼神中,窥视到了些许她心里的青春讯号。

这个周末,学校的夜晚很安静。可躺在宿舍架子床上的石正峰怎么也无法入眠,秦小雯的音容笑貌走马灯似的在他眼前旋转着。

他在回顾这几个月来的学校生活,他觉得从刚进校门的第一天开始,秦小雯的身影就常常伴随着他,这难道是一种缘份吗?

想着想着,石正峰的心里似乎有一股炽热的火焰直往外窜,难道这就是点燃了爱情的圣火?

从此,石正峰多了个爱看课外书的习惯,尤其是那些港台新潮作家写的爱情小说。他被那许多美丽的爱情故事吸引得神魂颠倒。

在课堂上,他的视线经常会不自觉地从黑板上滑落到秦小雯的身上。望着秦小雯那紧靠在自己课桌前沿的背,多少次他都想紧紧地抱住她。

可这种冲动瞬间就会怦然消失,他本能地有一种自惭形秽的悲哀:"城里的洋小姐能看上你个山里娃?真是癞蛤蟆想吃天鹅肉!"可他越是这样自卑地想,反而越发感觉秦小雯太值得去爱了。

他开始喜欢清静,常常在校园一些不引人注目的角落徘徊。失眠也成了经常的事。

他深切地体会到暗恋一个人的痛苦,好多次他真想抓住秦小雯的手对她直接表白,可是他不敢,他现在没有足够的勇气。

为了宣泄情绪,他曾好多次跑到汉江岸边望着滚滚东流的江水,高喊:"小雯,我爱你!我爱你!我……爱……你……"

情是最折磨人的东西,又是人人少不得的东西。在一中的这个学期,石正峰在老师和同学们的关心关怀下,在学习上是振作了起来,然而在感情上却又不知不觉地走进了一团迷雾。因为他感觉自己心底的那束青春的火焰越烧越旺,有时令他十分烦恼和不安。有一段时间,他真想寻个僻静的地方好好调整调整。

幸好,新年很快就到了。虽然毕业班只放短短的一周假,但他还是喜出望外地回到山里。因为这样,他觉得就可以暂时与秦小雯拉开一些距离,让狂放的甚至有时快要脱缰的思想野马回归平静。

看到儿子从县城回来,爸妈脸上堆满了笑容。腊月二十八就把炭火烧得旺旺的,大年三十就开始包饺子,炖鸡汤,焖腊肉,喝米酒。弟弟月儿更是成天想缠着他,要他给讲城里的故事听。这个春节,一家人围着火塘又说又笑,其乐融融。

说来也怪了，自从他进了县城读书，家里好像一切都顺利了许多，父亲的腿很快就痊愈了，而且每次进山挖草药什么的都是满载而归，经济收入也比往年增加了不少，自然今年这个年就过得像个样子，最起码有了许多可口的饭菜。

其实说白了，人如果心情好了，精神面貌就好了，干什么事情就更有干劲了，有干劲了就自然会有好的收获。其实还是那句至理名言——"天道酬勤"，一顺百顺其实细想，也蕴含着这个道理。

亲情像年糕一样黏，像米酒一样醇，这个年过得十分难得，一家人非常开心。

经过过年这段时间的缓冲，石正峰终于放下了在学校的那种说不清道不明的烦恼，他又一次暗下决心：要好好学习，争取在高考时取得好成绩。

第四章 爱情电影

10

  时光匆匆,这个美好的春节很快就过完了,石正峰又满怀信心地回到学校。
  春暖花开,一切正常,同学们都在紧张有序地为心中的理想努力准备着。石正峰也在看似平静地认真复习着功课。不过只有他自己知道,他可是在心里时时提醒自己要坚决控制好那个"心魔"。
  然而,这次石正峰还是没能坚持多久,因为只要一见到秦小雯他就心跳加速,坐立不安。那种宛如乱麻一样的情愫,竟然一天一天挠心似地疯长起来。看来,这感情之火想压是压不住的,而且你越压它,它会烧得越旺。
  "完了,完了。我控制不住自己的心魔了。小雯,我咋这么爱你呀!"石正峰常常在心里呐喊,"我不管了,我管不住了。我就是爱你,就是这么强烈地爱你啊!再说,爱一个人有什么错?"
  "五四"那天,天气格外晴朗,校园里欢声笑语、彩旗缤纷。操场上,学校为了庆祝节日特意组织的高三年级篮球对垒赛正在激烈地进行。
  赛场四周站满了球迷,秦小雯身穿粉红色的连衣裙领着班上的啦啦队挤站在人群的最前面,她们在耐心地等待自己班和(六)班的比赛。
  十点半左右,石正峰他们终于闪亮登场了。同学们报以热烈的掌声,欢迎他们。
  石正峰今天的心情也格外得好,显得特别的兴奋。因为一进场他就发现秦小雯站在赛场的最前边,并不时地向他微笑。他心里翻过阵阵热浪,因为他觉得,这是对他最大的鼓励。
  果真,一开场,石正峰就弹起来抢了个头球,赛场的气氛顿时活跃起来。
  接着,石正峰就像一只敏捷的猴子在球场上时而高空跃起,时而箭步飞奔,身姿矫健,搞得对手应接不暇、防不胜防、节节失利。
  精彩的表演吸引了越来越多的观众,掌声此起彼伏,叫好声不绝于耳。赛场的激烈气氛,似乎一下子就把初夏的天气,烘托得十分炎热。

秦小雯盯着石正峰在球场上那矫健潇洒的身姿,激动得泪花直冒,她兴奋地挥着手臂率领着(五)班啦啦队员们使劲地呼喊、助威:"(五)班加油!"

"石正峰加油!"

"(五)班必胜!"

"石正峰真棒!"

……

石正峰听着秦小雯的助威声更加来了精神,他在心里暗暗地说:"小雯,放心吧,我一定不会让你失望!"

"嘭,唰!"石正峰此时接过一个球,在场上几个运走,摆脱了几个对手后,一个三步跨栏,又投进了一个球。

"进球了!"

"石正峰又进了!好哇!"

……

太阳此时火辣辣地晒着大地,热得队员们个个汗流浃背。看球的许多同学似乎比那些驰骋赛场的运动员还觉得热,不停地用手帕擦拭脸上的汗珠。

"石正峰加油!"不知谁又叫了一声,尖声尖气的,在他身边的几个女同学受不了似的赶紧捂住了耳朵。

"这个尖刻的猴子!"石正峰也听到了那个独特的尖利声,似乎能穿透砖墙一样。他寻声回头苦笑着看了一下,抹了一把额头上的汗水,又向比赛最激烈的地方冲去。也就在这个时候,突然,对方球队的一名队员脚下一滑,狠狠地绊了他一脚。

由于他冲刺得太猛,一下子失去了重心,身体像一发出膛的炮弹向前射出了三四米远,最后才"嘭"地一声重重地跌倒在地。石正峰耳膜轰鸣,眼前一黑就什么也不知道了,鲜血从他的额角和膝盖上直往外渗。

赛场一时大乱,秦小雯尖叫一声,第一个冲到他的身旁,单膝跪下去,轻轻地用双手把他的头搬到自己的怀里,然后腾出右手去用力地掐拭着他的人中穴。

老师和同学们在不断地呼喊着他的名字:"石正峰!石正峰!你醒醒!你醒醒呀……"

石正峰在昏迷中恍惚感觉似孩提般时躺在妈妈的怀里,妈妈用一只温柔的手轻抚着他红红的脸蛋,多舒服呀!他真想就这么多睡一会儿。

忽然,天上似乎下起了雨,脸颊上有雨点打落的感觉,接着他好像听见有许多人在嘈杂,在呼叫着什么。"唉,这在搞什么搞呀?把我的好梦都给搅和了。"他这才很不情愿地慢慢睁开了眼睛。

啊,那双会说话的、十分熟悉的大眼睛,此刻正噙满泪水在怜爱、焦虑地看着他。

嗯？我怎么躺在医院的病床上？噢,上午打球……自己……猴子……哎!

这时,他回过神来,知道刚才自己是在幻觉中。

他挣扎着想从病床上坐起来,但头晕得厉害,嘴肿胀得连话都说不出来,眼泪在眼眶内直想往外淌。可他硬是咬着牙使劲地控制着自己的情绪,他不愿在秦小雯面前流眼泪。男子汉大丈夫,这会儿流泪,多丢面子呀。

一连几天,班主任和同学们都到医院里去看望他。秦小雯还给他带去了罐头、奶粉、水果之类的营养品。

住院这几天,石正峰想得最多的不是自己的伤痛和学习,而是秦小雯以及球场上那一幕幕。只要一想起,石正峰就觉得热血上涌,那种无法言表的感觉终生难忘。他的头就枕在她那温柔的怀抱里,他真后悔那天不该过早地醒来,真情愿就那样再多跌几跤。

"可以看出,秦小雯的心里一定有我。呵呵。"

每想到这里,石正峰的心里就有按捺不住的喜悦,恨不能立即飞到秦小雯的身边去,向她倾诉衷肠,向她直言表白。

11

出院那天是个星期三,天气出奇得闷热。

下午,石正峰办理了出院手续就急匆匆地往学校走去。在病床上躺了几天,他感觉县城又有了不小的变化。

几条街道上有工人师傅在绿化带里栽植花卉和其他绿色植物;路灯似乎也换成了玉兰花型的灯罩,漂亮大气;文化路上叫卖新潮服装的店铺多了好几家。

人行道上,那些年轻男女好像一夜之间都烫起了各式卷发,穿上了牛仔衣、喇叭裤,潇洒靓丽,自成风景。

"咦？别说,这些从港台影视里学来的穿着,看起来就是新颖洋气。"石正峰在一家服装店的玻璃橱窗前驻足,照了照一头灰蓬蓬乱发的自己,自嘲了一句,"真是个土锤子样嘛!"

他摸了摸灰色中山装口袋,把目光投向十米外一家装饰一新的美发店,看到几个卷发青年男女容光焕发、说说笑笑地从店里出来时,他的心也热了,"我也要烫一个'卷毛'发型,不过花儿不能太大,小一点,稍微卷一下就行,免得老师找茬。呵呵。"

"人靠衣装马靠鞍。"两三个小时后,从理发店出来的石正峰也大变了样,一头花儿不大的卷发把他那一张棱角分明的"国"字脸衬托得更加有型,更加帅

— 25 —

气了。

这样一来,唯一不搭配的就是这一身衣服了。理发店里一个打扮妖艳的美女理发师站在门口还给他建议:"小帅哥哎,赶紧去换一套牛仔衣、喇叭裤吧,今年都流行疯啦。以你这样的身板,穿上那才叫个酷。嘻嘻。定会有好多妹妹追你的。咯咯咯——"

"好嘞。"石正峰一听这话,脸上腾得红了,像有一团火在燃烧一样。

"再怎么着也要把自己武装武装,免得让城里人笑话,更不能让秦小雯看不起。"想到这儿,他又捏紧口袋角,快步向不远处的一个服装店走去。

经过理发、买衣这样一磨蹭,已是黄昏时分了。街上的行人更多了,大多是三三两两出来逛街消闲的,尤其那些双双对对的红男绿女很扎眼。

经过电影院的路口时,他看到电影院门口被人群围了个水泄不通。

"一定有够味的电影!"他心里很肯定,不由地停住了脚步,并试探性地向站在身边一位描眉画眼、打扮入时的女人询问,"喂,大……大……大姐,今天是什么片子?"

那女人白了他一眼:"日本彩色爱情片《生死恋》,帅哥,赶快买票去吧。喏。"边说还扬了扬手里的电影票。

"什么?爱情片?"石正峰的心又怦怦地乱跳起来,因为他现在对"爱情"两个字是非常敏感的。再看看身旁那些等着看电影的恋人们勾肩搭背的亲热劲儿,他的小心脏被撩拨得几乎要爆炸了,直觉得自己胸膛里就好像关了一圈横冲直撞的小鹿。

"哪个少女不怀春,哪个少年不钟情!小雯啊,小雯,我实在太爱你,太爱你了,找机会一定要向你表白!"石正峰越想心里越痒痒,"嗯?我何不请她来看场电影?对,就这样,今晚我一定要向她吐露心声!"石正峰拿定了主意,便急急忙忙地向购票处挤去。

12

石正峰兜里揣着两张电影票,兴冲冲地向学校走去,连几个同学给他打招呼都没有听见,只管一边急急地走,一边搜肠刮肚地准备着今晚约会时要说的台词。

他先回到宿舍,翻箱倒柜拿梳子照镜子地着实把自己又打扮了一番,才满意地朝教学楼走去。

石正峰一跨进教室,同学们就七嘴八舌地和他打起招呼来:"哟,我们的男一号回来了。"

"这么快就好了。"

"哈,这形象太牛逼了嘛,够帅。"

"哈,这敢情不是去住医院而是住的美容院吧,大变样了呀。"

……

面对同学们的打趣,他只敷衍了几句就径直走到自己的座位上。

秦小雯却十分专心地在看书,待他已在座位上坐稳了,才回过头微笑着和他打招呼:"喂,全好了?"

他急忙回答:"全……全好了。你在看书哩。我……"石正峰还要说什么,可秦小雯已回过头去,他不得不把已蹦到嘴边的后话又硬生生地咽了回去。

"这可咋办?"他看看手表,七点整,时间不多了,还有半小时就要开演了。石正峰不知如何请秦小雯才好,他的心怦怦乱跳,脸颊开始发烫,额头上已明显渗出了汗珠。

时间在一分一秒地逼近,秦小雯仍在不慌不忙地看书。

石正峰焦急得坐立不安,不停地搓着手指,眼睛一会儿望着窗外,一会儿又傻看着秦小雯,先前的勇气不知又躲到哪儿去了。

他又看了看表,还有最后的十八分钟,不能再拖下去了,他掏出手帕擦了擦额头上的汗珠,终于鼓起了勇气,用书顶了一下秦小雯的背,故作自责地说:"噢,小雯,我上楼时,邻班有位同学让我告诉你,她有事找你,请你下楼去一会儿。唉,看我这臭记性,差点儿给忘了,真是对不起!"

人到急处计自生,石正峰这一招"调虎离山"还真奏效。秦小雯一听,嗔怪地瞪了他一眼就急忙走出了教室。

石正峰心里一喜:"行了。"

秦小雯在楼下左找右寻,不见人影,心里嘀咕着正要上楼,却见石正峰下来了,于是逮住他质问:"石正峰,人哩?你说找我的人呢?"

"来了。"石正峰指着自己的鼻尖,笑着扮了个鬼脸。

秦小雯这才知道受了捉弄,没好气地指着石正峰:"呵,敢情你在捉弄人,真是无聊!"

石正峰慌忙赔起笑脸,不好意思地有点结巴地解释:"小……小雯,实在对……对……对不起!我……我……我想请你看……看电影,可在教室里,我又不敢对你说,时间又快到了,所……所以,我只好……"

秦小雯看他那面红耳赤的窘态,气早没了,忍不住"噗嗤"地笑了。

看到秦小雯乐了,石正峰才松了口气。

秦小雯半开玩笑地对他说:"哟,今天竟这么大方?舍得请我看电影?"

石正峰不好意思地说:"嗨,这算什么呢,念起你这学期来对我的帮助和关心,说真心话,真不知如何感谢你才好哩!"

"说哪里话,同学之间相互帮助是很正常的事嘛。"听了石正峰道谢之类的话后,秦小雯反而不好意思起来。

不能再迟了,石正峰亮出了两张电影票,弯下腰抬手做了个请的姿势,笑嘻嘻地说:"秦委员,走吧,望能赏脸。"

秦小雯看着石正峰那俏皮的样子,顿时乐了:"好吧,今天就破例一次,不过可别让老师发觉了。"这下,石正峰心里别提有多高兴了,他感到爱情在向他飞来,天上的星星格外灿烂。

13

影院里座无虚席。

闹哄哄的人群中,不时袭来的汗腥味虽令人作呕,但男男女女、老老少少的眼睛却生怕放过任何一个美妙的镜头。

观众的魂早让银幕里那些如醉如痴的亲吻、神魂颠倒的拥抱给勾引到故事情节里去了。有些不自觉抽烟的人竟忘了弹烟灰还烫了指头;有些吃雪糕、咬冰棍的人竟吃到鼻子、眼睛上去了;甚至,有些磕瓜子的还把自己的手指当瓜子给咬疼了。

漆黑的影院里,有的人眼睛里喷射着奇异的光彩,似乎要将银幕烧出个大洞来。石正峰的神情与那些人也没什么两样,唯一不同的是,他可是把最主要的心思一直放在秦小雯的身上。

此刻,秦小雯紧挨着他的右边坐着,一语不发,静静地看着银幕。

石正峰那闪着亮光的眼睛不时在银幕和秦小雯的身上游移着,电影中男女主人公的每一次拥抱和亲吻,都会令他心跳加速、面红耳赤。

渐渐地,他感觉有一股无名的烈火在吞噬着自己的躯体,血液在沸腾,并一阵阵地向他头顶、向他全身的每一处猛烈地冲击。

哦,太厉害了!石正峰燥热不安起来,他心跳加速,呼吸都急促了许多,不能再忍受了!一股血气激荡上涌,他哆嗦着伸出右手,试探性地按住了秦小雯那只被他琢磨了好一会儿且就放在椅托上白皙的左手。

秦小雯触电般地转过头来,看着他那火辣辣的目光,也只是轻轻地把手往怀里缩了一下,就羞涩地闭上了眼睛。这下,石正峰的胆子就更大了一些,把秦小雯的手攥得更紧了……

第五章　爱被拒绝

14

电影在无数如火如箭般目光的注视下结束了。观众拥挤着离场。

街灯点亮县城,逛街的人流依然如潮,空气中没有一丝风,不远处舞厅里那激烈的"迪斯科"声响,增加了夏夜的燥热和烦闷。

秦小雯和石正峰一前一后,不自觉地沿着一条僻静的老街走着,谁也不想说话,或者是谁也没有做好先开腔的准备。

暗红的街灯把他们的身影拉得很长很长。

在一处十字巷口,一声突然而来的响雷吓得秦小雯惊慌地朝石正峰背后躲去,石正峰急忙像保护神一样张开了双臂,秦小雯却慌乱地避到了另一边。

秦小雯定了定神,用右脚踢了踢破损的路面,不好意思地柔声说:"已经快十点了,不行我就不去学校了,我想回家了。"

"嗯?那好吧,那我送送你。"石正峰心里有点怅然若失。

"不用了,你也快回学校吧,免得老师责怪。可能也快下晚自习了。"秦小雯有点担心地说完,就转身往另一条巷道走。

"唉,不。等等,小雯,我……我……我有话要对你说。"石正峰一急,快步赶了上去,可是他先前准备的说词全忘光了。

秦小雯那双美丽的大眼睛里忽地迸射出了少女特有的那种莹光,但只一刹那,就消失得无影无踪。

她不再看他,还有点惊恐地阻止他:"不……不用说了。请不要说,不要说。"说着,又要转身离去。

石正峰的心一下子凉了半截,脚步愣愣地僵在那儿。秦小雯却转头默默地加快了步子,向巷子深处走去……

突然,又一声炸雷打来,石正峰也打了个惊颤。他不愿放弃这难得的机会,同时也很担心秦小雯的安危,便加快了步伐,小跑似地向秦小雯追去。

在巷子深处的一棵老槐树下,石正峰撵上了秦小雯,情感像决堤的洪流,他走上去猛地抱住了她,声音颤抖且语无伦次地打开了心扉:"小雯,我爱你!我爱你小雯,我太爱你了!为了你我可以牺牲一切,包括我的生命!小雯,我爱你爱得发痴、发狂!……"

"不……不……我们不能,我们都还是学生。快松手,快放开我。"秦小雯惊慌失措得眼泪都要出来了。

"不……不!我不管,我爱你!我只想对你说,我对你是真心的、最真诚的,小雯。"石正峰根本不去考虑秦小雯的心情,反而把秦小雯搂得更紧了。

秦小雯挣扎着抽出右手,慌乱而恼怒地打了他一个响亮的耳光。

这一耳光使石正峰惊愕地松开了胳膊,但是他却羞愧、懊恼地指着秦小雯,颤声说:"啊?你打我!你瞧不起我!你嫌我是山里娃!你嫌我穷!你嫌我没钱!你说,是不是?"说着,他抱头痛苦异常地蹲在了树下,眼泪也流了出来。

坏了,秦小雯没想到她的这一耳光不但没有打醒他,反而加重了他那隐藏在心底的一种没来由的"自卑病"。她哪里知道,此时此刻的石正峰已经严重失态了。

那年月,几乎所有的农村人相对城里人来说,都有一种发自心底的自卑感,因为除了工作的形式不同外,一些政策的倾斜使得城里人的优越感大大高于乡里人。

对乡里人来说,一年能进次城都是一种莫大的幸事,总要在村子里时不时地炫耀。

城里总有新鲜事、新景致,而乡里、山里,来来去去就是这么几条土路、这么些人、这么些横七竖八的土坯房,说白了就是讯息落后,说到底就是经济薄弱。一句话,就是缺钱,穷。

这个巷道有点偏,此时黑乎乎的,加上乌云压城,气氛郁闷,糟糕极了。

没想到石正峰这样子说话,秦小雯真是欲辩无语,走也不是,不走也不是。

忽然,一阵凉风吹过,漆黑的夜空竟"噼噼啪啪"地下起了雨。

看着石正峰那颓废伤心的样子,秦小雯掏出手帕递了过去,可石正峰抬手一挥,失去理智般地怪声吼道:"不用你怜悯。城里人,你走吧,你走,你走。"

秦小雯一愣,眼泪"唰"地流出,怨恨地白了他一眼,像一只受伤的小鹿哽咽着跑走了。

石正峰望着秦小雯消失在黑暗中的背影,歇斯底里地嚎叫:"钱……钱!我要钱!我要挣大钱!我要改变命运!"

一道闪电划破夜空,石正峰失魂落魄地在街上走着。

雨下得更大了。

15

石正峰病了,浑身烧得像火炭。

"猴子"魏明为他请来校医挂上了点滴。几个要好的同学都来看过他了,可秦小雯始终没有来。

看过了医生,石正峰就这么昏昏沉沉地在宿舍躺了两天。

第三天早晨,太阳的光束扯开了他的眼皮,他感觉舒服多了。他好像刚从噩梦里醒来一般,想坐起来,可一阵目眩迫使他重新躺下。

他睁着一双失神的眼睛,傻呆呆地盯着宿舍的天花板,他不愿想,也不敢想那个雨夜的任何一幕场景,他有一种不可名状的自卑,甚至是屈辱和愤慨!

他恨,他恨老天爷为什么要把自己造生在山沟沟里;他恨,他恨父母老实巴交得太没出息;他恨,他恨自己没钱,穷,是个窝囊废;他恨,他恨秦小雯为什么不接受他的爱……失恋使石正峰的心态严重失衡了。

上午放学后,同学们说说笑笑地走进了宿舍。

和石正峰最要好的魏明蹿到他的铺上,用手轻轻地拍了拍他的额头:"哎哟,峰子哥,你可醒了,前天可真悬呀!高烧39.8度。喂!今天礼拜六,你不回家吗?"

这几个月来,石正峰很少回家,也不怎么想家,可是经今天猴子这么一提,不知咋的,石正峰想家的念头特别强烈。

他慢慢地下了床,对猴子说:"唉,猴子,帮个忙,把被子叠好,我去把书包整理一下。"说着,就无精打采地走出了宿舍。

在教学楼二楼的楼梯口,他和秦小雯撞了个正着。秦小雯停住了脚步,似乎要说点什么,可石正峰头也不回地径直走上了三楼。

看到石正峰那不屑一顾的愤然神态,秦小雯的眼里噙满了委屈的泪水。

石正峰来到自己的座位上,气嘟嘟地一把扯出书包。忽然,一张信笺飘落到地上,他诧异地拾了起来,数行娟秀的字迹映入眼帘:

正峰,你好!

我伤了你的心,请原谅!但是,正峰,我们都还不够成熟,我们还是学生,我们正处在学知识的黄金时刻,容不得有半点分心!的确,我对你颇有好感,但,这只是纯洁的同学友谊,希望你能正确对待。眼看就要高考了,让我们抓紧点滴时间,勤奋努力,互相勉励,争取金榜题名吧!噢,听说你病了,希望你能尽快振作起来!

秦小雯即日

看罢,石正峰狠狠地把纸条撕了个粉碎,把书包往肩上一搭,气冲冲地走出了教室。

16

夜幕降临时分,石正峰疾步走进了山村。

皮鞋踏在石板路上发出的"咔嚓"声惊动了山村,几扇破旧的柴门被推开了,三四张神态各异的脸从各自的门缝里露了出来。

"哎哟,是我们的洋学生回来了。"快嘴李大妈首先开腔,算是打招呼。

"哈,瞧,正峰那一身牛仔服可真带劲。"一个后生十分羡慕地说。

"带劲个屁,瞧他烫的一头卷卷毛,男不男,女不女的,不像话。"一个白胡子老头呵斥着自己的孙子,又说,"再瞧瞧,再瞧瞧他那喇叭裤,把屁股绷得像蒜瓣似的,真不害臊。二娃子,快把门给我关上,有啥好看的,别学坏了。"

……

原本想和他们亲切地打招呼的石正峰,这时连半句话都无法说。他装作什么也没听见,加快了脚步。

在山道的一个拐弯处,石正峰登上了路侧的一个小山包。回首望去,庙场在浓重的山雾里越来越迷离。

一阵山风吹来,石正峰的心里泛起了阵阵悲凉:勤劳艰辛的乡亲们啊,难道你们永远只知道躲在这穷山僻壤里开荒种地、打柴摘果地来养育你们的子孙后代?难道你们不敢到外面的世界去多走走、多看看?是该开放的时候了。现在都快进入90年代了。石正峰的心里实在不是个滋味。

俄顷,他摇着头喟叹:"这连绵的大山就像一道道横亘千年的重门啊,它不但阻隔了交通,而且阻隔了信息,更要命的是阻隔了人们的思想和认知水平。唉,这个闭塞的环境实在太可怕了!"

石正峰刚走到自家院坝边,眼尖的月儿已活蹦乱跳地迎了过来。看到可爱的小弟弟,石正峰亲热地把他抱起来,高高地举过了头顶。

月儿的脸笑得像一颗大歪嘴桃子:"哥哥,你可回来了,想死我了!你咋这么长时间不回家?"

这时,妈妈出来了,爸爸也出来了,一家人可高兴哩。

进了屋,妈妈赶忙钻进厨房。半年来,儿子难得回次家,她要多做几道可口的饭菜。

石正峰和他爸坐在堂屋里闲聊着,弟弟月儿像一只快活的小马驹在他们周围跳来蹦去。

石正峰望了望表情木讷的父亲,内心一阵痛楚,才几个月没见,爸爸苍老了许多,面容灰黄,头上的白发又添了许多。

很快,妈妈就弄了一桌难得吃上的好饭菜。月儿调皮地对他说:"哥呀,今晚我们可又是沾了你的光才能吃上这么香的饭哩。"逗得他爸和他妈都笑了。

石正峰也苦笑了一下,他心里知道弟弟讲的是实话。这么些年来,哪次不是自己从学校回来过周末时,家里才会煮肉、炖鸡来改善一下生活的。

石正峰不知如何回答,望着弟弟那削瘦的脸蛋,默默地给他碗里夹了一大块肉,可弟弟硬是不要,死活又给他夹了回去。

妈妈笑着说:"看你哥俩还蛮客气的,吃,都多吃点好的。"

弟弟却天真地笑着说:"我人小,应该吃小肉嘛。哥哥比我大就应该吃大肉嘛。"

听了小儿子的话,石明理心里既感慨又隐痛,他摸了摸月儿的头,顿了片刻才轻声说:"唉,我们的月儿,可真是懂事啊!"

其实,石正峰的心里更不好受,酸酸得很不是滋味,连吃饭都有点不自然了。

看到他吃饭慢腾腾的样子,妈妈又给他夹了一大筷头菜,笑着说:"峰儿,快吃呀,多吃点。学校的生活也很清苦吧,你看你都瘦多了。吃吧,快夹肉吃。"

石正峰的心里一阵抽搐,喂进嘴里的一口饭怎么也咽不下去。他在慢慢地咀嚼人生,细细地品味生活。他在想,这顿饭不知饱含了父母和弟弟的多少艰辛啊!此刻,他才算真切地体会到了什么是"五味人生"的深刻哲理。

饭后,一家人围坐在煤油灯下继续聊天,气氛温和舒心。

石明理津津有味地抽着自卷的喇叭头旱烟,妈妈用劲地纳着鞋底,弟弟月儿着迷地看着石正峰给他新买的几本小人书。

"正峰,这半年多在学校里咋样啊?"石明理美美地吸了一口烟,微笑着问。

石正峰的心里掠过一丝惶恐,他极力回避的问题,爸爸终于还是提出来了。为了不使父母觉察出什么,他清了下喉咙,装作一本正经的样子回答:"好,好着哩。老师和同学们都挺关心我,一中到底是咱县的重点中学,不但环境、教学设备好,而且老师教得确实好。"

"那就好,可要再攒把劲用心学哩哟。"他妈用牙使劲地把针从厚厚的鞋底中拔了出来,又在发丝里磨了一下,一脸微笑。

这时,月儿也急忙插上了嘴,他摸着石正峰的脊背,傻乎乎地问:"哥哥,城里大吗?城里好玩吗?"

"城里当然大了,可好玩哩,有电影、有录相、有旱冰场、有游泳池、有大舞厅、有高楼大厦、有百货大楼、有大体育场,还有许许多多好玩的新鲜玩意儿……"石正峰饶有兴趣地给弟弟讲着,月儿听得如痴如醉。

— 33 —

月儿越听越心动,禁不住缠着石正峰央求起来:"哥哥,我也要到城里去玩。城里有这么好啊!这回你带我去,好不好?哥。"

石正峰猛地把弟弟举了起来,笑哈哈地说:"好,乖弟弟,等哥哥高考完了,一定带你去城里多玩两天,好不好?"

月儿乐得拍着手直叫:"好嘞!"惹得全家人都哈哈大笑。

这少有的笑声溢满了整个院落,并和着门前的涧溪向山下流去……

17

晚上,石正峰久久难眠,思想如一匹脱缰的野马,又似被狂风吹起的一头乱发。

"这半年多来,我到底学了些什么?有什么收获?"石正峰在心里暗暗问自己,可是他不知道。他现在有的只是面对父母时的自责和那晚自己求爱被拒的屈辱,他已经理不出个头绪来了。

再说,现在高考实在不是件容易的事情,百里挑一,我能行吗?父母拼死豁命地供我上学,还不是为了让我能跳出这个深山沟沟,好到外面的世界里去找碗轻省饭吃。但不管干什么都是一样地为了挣钱,俗话说,"千里路上坐官,也不过是为了吃穿"嘛!

"钱"这个东西就是好。在这个社会里,有了它几乎没有办不成的事儿,有了钱就有了胆,有了胆就有了底气;有了钱就可以住洋楼、开洋车;有了钱就可以吃香的、喝辣的;有了钱就有了朋友、女人……总之,有了钱就潇洒。

这一夜,他满脑子里都在想钱,似乎一摞钞票在他眼前放着金光飞旋。

他在想,城里那些八九岁的娃娃都能在街上耍秤杆卖水果什么的挣钱,许多工厂中的年轻人都出来在街边"练摊"赚外快。而自己一个十七八岁的大小伙子了,还在刮父母的血本,太丢人了。我要学会赚钱,要疯狂地去赚钱……

这晚,他做了个美梦,他梦见自己赚了好多好多的钱,成了万元户,成了百万富翁,开了大公司,住上了高楼大厦。他有了高级小轿车,有了美女秘书,还有了一大群戴着墨镜、膀大腰圆的保镖。

一天,他西装革履,和漂亮夫人手挽手地走在大街上,很巧地碰见了秦小雯。于是,他故意走上去把自己的夫人介绍给她,秦小雯一个吃惊后就羞愧地走了。

而他却得意地哈哈大笑了起来……

"正峰,快起来,吃饭了。"妈妈在窗外的叫声打破了他的美梦。

石正峰睁开了疲惫的眼睛,"啊,太阳都出来一竿子高了。"他一骨碌就爬起来。

下了床,他环顾了一会儿自家这破破烂烂的房间,又回想了一下刚才的美梦,不由得哑然失笑。

可能是想钱想得一晚上没有睡好吧,他摇了摇昏沉沉的头,喟叹:"钱啊钱,你这个狗日的东西呀,唉!"

吃过早饭,就该回校了。

石正峰在一家人的目送下匆匆忙忙地下山了,不过这次下山,他有了新的追求,那就是金钱。

第六章 步入歧途

18

石正峰变了。

时常有同学看到他在街市、茶馆、剧院溜达。他把妈妈的叮咛、爸爸的嘱托、老师的期望,全都丢到九霄云外去了。

一天下午,猴子魏明请他去看电影,他俩慢悠悠地走到剧院门口。

买票的人拥挤不堪,猴子拍了拍石正峰的胳膊:"哎,峰哥,你在这儿等着,兄弟我去买票去了。"说完就猴一样地向人群窜了过去。

石正峰望着猴子那瘦小的身体在人群里被挤来挤去的可怜相,不禁哑然失笑:"真像只小猴子!"

忽然,他发觉一只手伸进了猴子的裤兜。

"不好,有贼娃。"石正峰迅速冲了过去,一把抓住了那个家伙的衣领,大喝一声"我让你扒窃!",一使劲就把一个打扮时髦的大小伙给揪了出来。

这时猴子才反应过来,把裤袋一掏,惊叫道:"哎呀,我的七十元钱没了。"

人群一阵骚乱,许多人都围过来看热闹。

有的人还愤慨地叫嚷着:"揍!打!"

"打死这个贼东西!"

"把这坏怂的手给剁了!看他还敢再偷!"

……

石正峰瞪着惊恐万分的扒手喝斥道:"快把你偷的钱交出来。"

扒手见石正峰这强壮的体格,早没胆了,就欲掏钱。突然,一伙气势汹汹的流气青年闯了进来,围观的群众纷纷躲让。

为首一个穿着花衬衫,留着长头发,蓄着八字胡的家伙冲上去,指着石正峰的鼻尖就恶狠狠地骂:"你是哪里来的杂种、土包子,竟敢在我的地盘上撒野,简直是'蛤蟆蝌蚪撵鸭子——找死'哩!放开我的兄弟。"

猴子一惊,啊,这不是城里道上有名的老大,绰号叫"牛脑壳"的钱牛娃吗。

这可惹不起,就急忙上前给牛老大点头哈腰地赔不是:"原来是牛大哥的人,算了,算了,我不要钱了。今天不知道,冒犯了您的人,请老大您多多包涵、多多包涵。改日我们一定上门赔罪。"说完就去拽石正峰的衣襟,想快点走。

石正峰从来还没有受过谁这样的臭骂,自尊心很强的他觉得人格受到了严重侮辱,加之最近心情糟透了,脸色顿时涨红,气就不打一处来了,早把"忍耐"二字丢得干干净净。

正在气头上时,又见猴子那般熊样,不由得怒火中烧,一咬牙,使劲地捏了一把那个扒手的肩膀,那小子疼得"妈呀""哎哟"地乱叫起来。

牛脑壳大怒,猛地一勾拳向石正峰打去。石正峰没来得及躲闪,左脸被打得火辣辣得发疼。人群中这时却又发出一些人的叫"好"声,猴子吓得在一旁瑟瑟发抖。

"狗日的!"石正峰这下真的愤怒了,只见他把腰里的皮带紧了紧,大喝一声,"好吧,想打架?好,今儿就陪你练练。"话音未落,早一个劈空穿心脚飞了过去。

牛脑壳这样的地痞流氓哪见过这种凌厉的招式,还没反应过来,身子已飞出了五尺多远,瘫在地上哼哼着,怎么也爬不起来。

那一伙爪牙都傻了眼,谁也不敢再近前,围观的人群中又发出了一阵惊呼:"哈,看不出,这小伙子还有两下子哩,好像练过功夫。"

"就是哩!就凭这招式,一定是个练家子。"

"厉害!厉害!"

没想到石正峰还有这么好的身手,这下猴子长了精神,一转身大步上前,紧挨着石正峰把双手叉在腰间摆开丁字步,扎了个很吊的姿势,那意思是,看你们这会还牛不?哼!

牛脑壳"哎哟哎哟"了好一会儿才捂着胸口从地上爬了起来,一边给石正峰和猴子恭敬地发烟,一边求饶:"大哥,别打了。兄弟我认栽了,服了,我服了。怪兄弟我有眼不识泰山,有眼不识泰山。您就饶了我们吧。"

石正峰见牛脑壳这会儿一下子孙子似的不住地求饶,起先一肚子的气就消了一半,准备往影院里走。可是,这会儿猴子却不愿意了,仗着石正峰的势,双手背在身后踱着方步过去质问牛脑壳:"哎,老牛,你说咋解决这事?"

牛脑壳急忙赔着笑脸:"有话好说,有话好说,不如就请二位大哥移驾到'夜来香'酒楼去,兄弟我摆宴谢罪,好不好?"

"这还差不多,哼!"猴子心里一喜,这可是县城最有名气的高档大酒店了,能在这里享受上一顿那可是太安逸了。

牛脑壳说着,就异常殷勤地走过来,连推带拉地把石正峰和猴子请上了一辆黑色的小汽车。

那些刚才还围着一圈看热闹的人全都愣怔不已,这个横行街市的混混头儿,也不过如此嘛,连一个看起来比他还小的年轻人都打不过,真是金玉其外,败絮其中。

不过,也有人在摇头寻思,"嗯?今天这个牛老大可是怎么了,竟能如此折了面子?这有点不符合常理呀?哼哼,这里面必定有猫腻。"

19

在夜来香酒店四楼的雅间——"牡丹厅",牛脑壳真的摆了一桌十分丰盛的赔罪酒菜。

其实这样搞,牛脑壳是有他自己的苦衷和目的的。

因为最近县城里又闪出一伙小青年,年龄不大,却心狠手辣,干啥事都不计后果,敢打敢杀,社会上一些人习惯叫他们"半截干鞑",其实就是指没有长大的"熊孩子"。

这些小年轻大多都深受一些港台枪战、武打、艳情、仇杀影视片的影响,沉迷什么江湖轶事,拉帮结派,在社会上恃强凌弱,惹是生非,全然不把他牛脑壳这个在县城道上滚爬了十几年的头号人物放在眼里,常常抢他的生意和地盘。

尤其是一个外号叫"土鸡"的小子,自恃练过武术,气焰最为嚣张,竟然公开和他作对,甚至公然在道上提出了"杀牛剥皮当老大"的口号。

牛脑壳也曾派弟兄们去教训过,可那小子手下个个身手不凡而且心狠手辣,他们不但没有教训到人家,反而被"修理"得鼻青脸肿甚至"零件不全"。

"没法呀,谁叫我的人马本事不行哩。唉!"这一段时间,牛脑壳心里一直在隐隐作痛,一直在生闷气,也一直在寻找对付土鸡的办法,可就是想不出来个什么高招儿。

今天石正峰在电影院门前的那一脚,使他受益匪浅,让他清楚明白了一个道理:那就是人在社会上走,不管你走什么道,发现和有效地利用人才,才是至关重要的道。

所以,当石正峰还在愤怒地瞪着他的时候,他已从地上爬起来先给石正峰赔笑脸了,因为他发现了理想中的人才,他要采取"以夷制夷""以暴治暴"的办法去打垮土鸡,来巩固自己在道上的老大地位和势力。

要不是想拉拢和利用石正峰,作为在道上早就成名的牛脑壳,岂有挨了打还要设宴请客的道理?简直是开天大的玩笑。

不过,牛脑壳的这些心思和伎俩,石正峰他们这样的学生娃娃,此时是怎么也想不明白的。

20

石正峰长这么大,哪进过这么富丽堂皇的酒店,哪到过这样雅致的餐厅用过餐,更别说吃过那满桌子的高级菜肴了。

他和猴子被眼前的一切惊呆了,尤其是猴子,看到漂亮的女服务员不时端进来的一盘盘美食,口水咕嘟咕嘟直往喉咙里倒灌。

牛脑壳看着他们那傻样,心里暗暗高兴,便热情招呼:"两位兄弟,别发愣了。来,咱们动筷子吧。"

"好!"猴子早馋了,回应了一声,就先用筷子夹住了一只煎得金黄油亮的鸡腿。

席间,牛脑壳频频给他们劝酒、夹菜,并不时地说些很客气的道歉话、恭维话和笑话。

气氛友好起来,他们的话也就多起来,天南海北地侃,越谈越投机,越说越亲热,双方不时地交头接耳、握手抱拳,真好似不打不相识的兄弟一般,先前的气愤和伤疼在酒精的作用下早就化为乌有了。

酒过三巡,菜过八味,牛脑壳醉醺醺地拉着石正峰的手叨叨:"石兄弟,你是哪里人呀?老哥我很欣赏你,很看中你,以后有什么用得着哥哥我的地方,尽管开腔,在这个县城里没有我钱某人办不到的事。"

一通烧酒下肚,石正峰也开始对牛脑壳钦佩起来,他在心里想,牛脑壳不愧是道上老大,人家就是能拿得起放得下嘛。于是,便有点敬意地给牛脑壳往茶杯里添了少许水:"牛哥,我是北山人,在城里无亲无靠,以后少不了要麻烦大哥你的。"

"北山人?那你也厉害呀!进城一中,不简单。"牛脑壳的一个随从有点拍马屁地接口。

"当然不简单啊。"石正峰长叹一声,"你们知道吗?我这个学上得的确不简单哩。你们一定想不到,我这个复学机会可是用一头大黄牛换来的。唉,一说起来真让人心里不好受啊!"

"什么?是咋回事?牛?"听到牛,牛脑壳睁大了醉眼,嘟囔着问,"牛怎么了?"

看到牛脑壳很想知道的样子,石正峰仰饮了一杯酒后,就把那桩伤心的交易讲了出来。

不过还没待他讲完，牛脑壳就酒醒了一大半，只见他把桌子一拍："哎哟,这个老家伙,咋这么爱钱！"说着又双手抱拳地给石正峰连赔不是,"哎呀,石兄弟呀,石兄弟,请谅解！你这么一说,我全记起来了。你不知道,要了你家牛的人就是我家老头子呀,对不起,对不起,实在是对不起呀！这样吧,兄弟,你就把这笔账记在老哥我的头上,放心吧,哥哥一定不会让你吃亏的。"

牛脑壳一边说,一边从屁股后兜里摸出了一叠钞票往石正峰手里塞："兄弟,这一千五百元你也别嫌少,拿上,权当赔你的牛钱,等日后有机会了,我再上山看望二老。好不好？啊？"

石正峰被牛脑壳这么仗义的举动感动得不知说什么才好,小心翼翼地装好钱,心里顿时有了一种说不出来的平衡："牛啊,你终于回来了。"

猴子哪里赴过这样的酒宴,又看到牛脑壳那出手阔绰的架势,心里也痒痒的。又胡吃海喝了一阵后,猴子才打着饱嗝儿说："哎,牛哥,你们可真快活呀！谁像我们,整天呆在校园里读烂书、穷读书,实在没意思,憋死人了。哦,对了,老大,你可是咱县城里响当当的人物,我们峰哥很想找一些能赚钱的门路,你能给指些道儿吗？"

"嗨,门路多得是,钱也可以大把大把地赚,只要你们看得起我牛老大,必要时能帮哥哥我一把就行了。相信我,绝对亏待不了你们。"牛脑壳狡黠地眯着眼睛看着石正峰,一脸奸笑。

听了牛脑壳的话,石正峰的心里更加热乎起来,他"噌"地站了起来,端了两大杯"橘城特曲",激动地对牛脑壳说："来,牛大哥,今天承蒙你能瞧得起我这个山里娃,我很感激。同时也为今晚的不礼貌向你赔罪,以后只要你牛老大用得上的地方,兄弟我一定两肋插刀。再说了,论父辈,不管咋讲,咱们也应该是哥们儿。"

"对、对,就是哥们儿！好兄弟,来,咱们共饮一杯！"

"等、等等,还有我哩！"这时候猴子也醉歪着身子,端了杯酒凑了上来。

"好！弟兄们,咱们干杯！"牛脑壳的声音又粗又大,心里暗暗高兴。

"好！"

"干！"

这顿酒,他们一直喝到子夜时分才结束。石正峰和猴子与牛脑壳以及牛脑壳的几个手下醉歪歪地走出了"夜来香"。

临分手时,牛脑壳又从裤兜里掏出了几张百元钞票塞进石正峰的手里,嘿嘿笑道："兄弟,先拿着花。以后有用钱的时候,就来找老哥。"

石正峰万分感激地握着牛脑壳的手,不知说什么才好……

21

结识了牛脑壳这个在县城道上混的朋友,石正峰好像看到了一把把的钞票在眼前飞,于是就三天两头地找借口逃课出去与牛脑壳他们厮混。

刚开始,老师还对他进行一些说教,可是他隔三岔五地请假,把老师也给整烦了。

有一次,班主任宋老师直接对他警告道:"距离高考还有多长时间了?抓紧时间好好复习功课有多重要,我想就不用我再说了吧?毕竟都是这么大的人了,自觉学习是第一位的,我不可能天天把你们跟着督促。反正,你看,学习是你自己的事,以后你想干啥就干啥,不要再对我扯什么肚疼、屁股疼各种理由请假了。"

此时的石正峰就像哂吧上了盐味的耗子,隔几天不出去瞎跑就心神不定,哪里又会把老师的警告放在心上,他在心里默默地说:"高考我自己心里有数。好哇,你不管,我正好落得个逍遥自在。"

所以,以后石正峰就更加忘形地逃课,不是出去与牛脑壳一伙厮混于地下赌场,就是鬼混在酒楼、茶房等一些场所,有时还配合牛脑壳去调停一些社会上的纷争。每次"活儿"干完了,还能分得一点零金碎银花花。他觉得,这有酒喝、有肉吃、有钱赚的,这不挺好嘛。

不知不觉中,石正峰踏上了歧途,而且越走越险。

一天晚上,牛脑壳让一个手下到学校带信,请他到家里去喝酒,末了还故作神秘地给他说:"牛老大还有好东西要给你看哩。"

石正峰心里不由痒痒起来,好东西?什么好东西呢?一般牛脑壳是不会请谁到家里去喝酒的。看来,今天这个晚自习也无法静下心来上了。于是,他又偷偷地溜出了教室。

当石正峰急火火地赶到牛脑壳家里时,却看到牛脑壳与两个打扮娇艳的女子一边喝着啤酒、啃着烧鸡,一边眼睛放彩地盯着一台黑白电视,正在津津有味地欣赏那些污浊不堪的录像画面。

"妈的,我可没兴趣,更没时间。"石正峰暗骂一声,瞪了一眼牛脑壳就欲转身离去。可是被其中一个女人一把拉住:"哎呀,石哥哥哎,来了就陪妹妹们耍个嘛。"

"去去去,老子还有正事哩。"石正峰一把就把那个打扮妖艳的女人推了个趔趄。

牛脑壳见石正峰这个样子,哈哈哈地笑了:"哎呀,我的好兄弟哩。这都啥年月了？玩玩女人又咋了？做人嘛，其实不就是图个快活？"

"哎,牛哥,我可告诉你,我可不像有些人。"石正峰把拳头搓巴了一下,"最近我很忙,没啥紧要事不要影响我。"

"好好好。我知道兄弟心里有人、有好女人。呵呵。"牛脑壳的脸上一阵青一阵红。在他看来,自己原本是一番美意,没想到石正峰还是这副要翻脸的样子,心里不由得骂道,"装个球呀你,总有一天,老子不把你捆结实在我的战车上才怪。哼!"

"少来啊,"石正峰一指牛脑壳:"少提,说什么屁话啊,我不爱听。"

"知道知道,我不说,我不提,行了吧。"难得麾下有了一员猛将,牛脑壳这时还不想得罪他,"来来来,兄弟,其实今天呀,哥哥就是有几天没见兄弟了,叫你过来聚一聚。"牛脑壳说着,"嘚"地一下关了电视。那两个女人这会儿也消停多了,赶快给他摆好了筷子和酒盅。

"来,兄弟。干!"牛脑壳端起酒杯,"今晚啥也不想了,来个一醉方休如何?"

石正峰脸上这才有了点笑容:"其实,我只是觉得吧,我瞎好还是个学生。出格的事还是不做的好,违法的事更是不能沾。"于是,也就把手中的杯子伸过去,轻轻地与牛脑壳的杯子碰在了一起。

"呵呵,好、好。"牛脑壳很勉强地苦笑了一下,心里想着,"什么意思？上了钩的鱼我还能让你跑了？看来还得拉上你往深水区跳跳才行。"于是,仰脖而饮,"痛快、痛快!来,兄弟,我们继续。哈哈。"

"好。干!"几杯下肚,石正峰有点不胜酒力,"来、来来,我给老哥你满上。哈哈,喝!"

"好、好!喝!"

"再来,干!"

"干!"

"哈哈哈……"

正在兴头上,突然,牛脑壳的一个手下连滚带爬地跑进来,上气不接下气地说:"两位大……大……大哥,快!快、快去。土鸡的人在火车站又吃了我们今晚钓的'鱼'啊!"

在橘城,当时的火车站可是南来北往的第一中转枢纽,比汽车站要热闹繁华得多。一般能坐火车出行的大多都是要出远门或者从远地回来的人,因此,这些人大多都会带一些贵重钱物和行李等等。也因此,这地儿自然成了一些贼娃子和流氓喜欢表演"特技"和打架滋事的"理想场所"。牛脑壳的一些贼娃子马仔就经常在此做"生意"。

"看来,今晚牛脑壳的哪个贼娃子,被另一个什么的贼娃子给'黑吃黑'了。哈哈,有意思。"石正峰心里暗暗发笑,举杯仰头,又是一杯酒下肚,他觉得这时候喝酒就像喝凉水一样,没一点劲道,再来一瓶都能给喝了去。

牛脑壳一听,勃然大怒:"他妈的!好你个土鸡!老子让你多少次了,给你脸你不要脸,老子今天非拾掇了你不可。"说完牛脑壳就从枕头底下抽出一把尺许长的开刃砍刀向外闯。

"这可使不得。"石正峰一把扯住他问,"土鸡?土鸡是什么人?我好像以前听你提说过一点。"

牛脑壳眨了眨眼睛,长叹一声:"土鸡就是最近才混起来的一个小混混,自称'菜刀帮'帮主,他自恃会点武术,笼络了一大批闲杂人等,经常和我过不去,不是打我的弟兄就是抢我的生意。唉,兄弟,你在屋里呆着,我去和他拼个死活。"

"什么?'菜刀帮'?"石正峰一听,不禁冷笑了起来,"嘿嘿嘿,什么精怪,还号称什么'菜刀帮''斧头帮'哩。我看是《上海滩》看多了。妈的,老子今天也要去见识见识,看他们有些什么能耐。走,牛哥,兄弟我陪你去。"说着,抢先出了门。

牛脑壳气哼哼地推出一辆很时髦的大摩托,一脚踩下,油门一加,那车就"嗡嗡嗡"怪叫起来:"兄弟,上!"石正峰一个虎跃就坐在了后座上。

这晚,街灯不怎么明亮,空气十分闷热,出门散步的行人不少。

他们摩托过处怪声刺耳,行人躲避,一个老者恼怒异常,站在街边望着他们的背影就破口大骂:"疯狗日的些,跑这么快急着投胎去呀,流里流气的,一看就不是些好东西。"

当他们骑着摩托车风驰电掣般赶到火车站时,土鸡的三个手下还在痛打牛脑壳的一个马仔。

牛脑壳怒不可遏,冲上去一拳就把一个打得最凶的家伙撂翻在地,其余人见形势不妙,拔腿就想逃走。

可是已经迟了,石正峰早已堵住了他们的后路,两个家伙"噌、噌"两声从腰上拔出两把明晃晃的尖刀,准备下狠手。

石正峰一声冷笑,身子往空中一跃,一个凌空前滚翻,接着使了一招"无敌铁扫帚",那两个家伙只觉得眼前人影一闪,还没看清是咋回事哩,就已被一脚扫翻在地,口鼻流血,哀嚎一片。

这时,牛脑壳的两个手下也赶来了,和那名刚才挨打的马仔一齐冲了上去,一阵猛揍,直打得那两个被石正峰踢翻在地的家伙哭爹喊娘,不住求饶。

看着土鸡这两个手下鼻青脸肿、头破血流、连连求饶的狼狈样子,牛脑壳兴奋地"哈哈"大笑,他觉得今天总算出了一口恶气!

一列"长龙"高举着雪亮的"眼睛"呼啸而过,钢铁巨轮辗轧轨道的轰隆声令人心惊胆战。

石正峰不由得打了个冷颤,愣愣地望着那势不可挡的"巨龙"出神。良久,他揉了揉自己的眼睛,酒好像一下子全醒了。

第七章　一场恶斗

22

离高考还有不到半个月的时间了,石正峰才真正着急了。他觉得好歹都混到现在了,无论如何还是要把高考应付过去才是。

所以,这些天他连校门都不出,很认真地坐在教室里温习功课。牛脑壳几次来请,都让他一口回绝了。老师和同学们都觉得他变了,收心了,连好一阵子都不理他的秦小雯,这几天也对他重新有了关注。

可谁知,就在高考前的两天,他又闹出了大事。

那天下午七点多钟,石正峰和同学们一样,坐在教室里静静地上晚自习。

突然,"嘭"地一声,教室门被踢开,接着,闯进四五个手持铁尺、木棍和菜刀,身穿奇装异服的家伙来。同学们哪见过这阵势,许多人吓得连大气都不敢出。

石正峰明白,这是冲他来的。他知道今晚难免一场恶战,就急忙向坐在旁边快要被吓呆了的猴子魏明使了个眼色。

猴子会意,胆战心惊地从后门溜出了教室,拔腿就往牛脑壳的老窝跑去。他明白,石正峰那眼色是叫他去给牛脑壳报信,好调集弟兄前来帮忙的。

为首一个瞪着三角眼的家伙用菜刀指着同学们大声质问:"谁是石正峰?有种的站出来!"

石正峰不慌不忙地站了起来,指着他们说:"你们想干啥?竟敢闯进学校里闹事?"

"就是他。"石正峰循声望去,那晚在火车站被他揍过的那两个家伙也在里面,其中一个破着嗓子肯定地喊道。

"上,把他抓出去。"那个提刀的小头目又厉声道。

那四个家伙一听,手持器械气势汹汹地向石正峰冲去。跑在最前面的一个胖高个儿,不小心被桌腿给绊了个"狗吃屎",逗得几个同学忍不住笑了起来。

胖子爬起来,恼羞成怒地举棒就朝石正峰胡乱地打去,边打边恶声恶气地骂着:"狗日的石正峰,你他妈的还害得老子跌了一跤。今天我非打碎你的狗头不可。"胖子肥得跟大狗熊一样,骂骂咧咧的样子十分滑稽。

石正峰见一根长棍直奔脑门飞来,急忙往左边一闪,顺势一把抓住了木棍,再一使劲,"嗨"地一声,那根檀木齐眉"杀威棍"已稳稳地握在他的手里。

石正峰愤怒了,只见他把那根棍在手里一抖,厉声呵斥:"想打架,可以。走,到体育场去,不准在我们教室闹事。"说毕,怒火中烧地朝外走去。

石正峰暴怒的气势,一时吓呆了那五个刚才还张牙舞爪的家伙,他们不自觉地纷纷让道。不过,他们也在心里暗喜着:"好啊,石正峰,你自己去送死吧。我们的老大'土鸡',在体育场已等候你多时了,嘿嘿,今儿不剥了你的皮才怪哩。"

出了校门就是体育场。

这个体育场当时是县城唯一的一个大众活动场所,除了每年春夏开几场中小学生运动会外,其余时间就成了当地群众健身锻炼的好去处。不过这里晚上没有灯光,加之又在县城东郊,十分空旷,一般人晚上是很少来的,除了那些谈恋爱的年轻人。

天已渐黑,游逛的人们都在向灯火通明的街上走去。暮色中,体育场很快冷清下来。低空中,三两只黑色的蝙蝠在不停地飞来旋去。

土鸡带着一伙凶神恶煞般的地痞流氓早已等得很不耐烦了。前几天,他的几个手下在火车站被牛脑壳毒打,很丢他的面子,他恼恨异常地想报仇,可畏惧石正峰和牛脑壳联手的威力,一直无法下手。

土鸡是个十分阴险狡诈的家伙,这期间,他在暗地里对石正峰做了详细的调查,摸清了他的底,包括家在何方,有无厉害的社会背景,等等。结果令他惊喜不已。石正峰不过是一个没见过锅盖大天的山里娃而已,"妈的,好狂,竟敢在太岁头上动土,真是不想活了。"

这两天,他们突然观察到石正峰一直躲在学校里,牛脑壳多次去请都置之不理。这可是个难得的机会。

所以,他们昨天晚上已把牛脑壳给砍翻了,还敲诈了八千元的现金,今天他们又做了充分的准备,专门来学校要收拾石正峰。

23

石正峰拖着那根夺来的木棍,大步流星地来到了体育场,自我感觉犹如一员奔赴沙场的战将。

但是,当他看见土鸡带着十几号人马时,不禁头皮发起麻来,心里先慌了三分。他焦急地向街口望去,牛脑壳和猴子连个人影都没见。

他在心里急速地盘算:"打,一人难敌众手。那就逃。不行,这不但丢了面子,而且会被揍得更惨。哎呀,牛脑壳呀,你他妈的咋还不来呢?完了,今天我非得被整死不可。"冷汗顺着脊梁骨直流,石正峰的背心湿透了。

借着远处街灯射来的昏暗微弱的光线,土鸡眯着眼看了看石正峰那慌张的神情,不禁阴阳怪气地笑了起来:"哈哈哈,嘿嘿嘿,哦哦哦……你就是那个栽了牛脑壳又打了我弟兄,后来被别人吹嘘得神乎仙乎的'山棒'(对山里人的贬称)石正峰、石大侠?嘿嘿,别看了,别指望牛脑壳能过来帮你了。哈哈哈,告诉你吧,牛脑壳和他老子钱二麻子已被我砍翻躺在医院了。今晚就是你完蛋的日子!为什么呢?哈哈哈……"

"我再告诉你一个秘密。"土鸡向后摆了一下卷卷长发,故作神秘地在嘴上竖起一食指,"算起来,咱们两家还是世交啊。想想,可真是有缘分,因为我们从上辈人开始就是对头,就有仇。你知道吗,小爷我是成仙村老大队长图三和的长孙。"

"从上辈人开始就有仇?"石正峰觉得这个土鸡说话阴阳怪气,有点好笑,"这不是天方夜谭嘛。我以前认识你是谁呀?你他妈的找事就找事,怎么还编排起这样的故事来。可笑!"

不过,又一想,"嗯?成仙村?不过我父亲的老家可就是橘林镇成仙村的。至于土鸡讲的什么爷爷、大队长、图三和什么的我就搞不清了。哼!管他说的是真话还是屁话哩,都这份上了,没必要攀什么熟人、亲戚。对头就对头,有仇就有仇,兵来将挡,水来土淹,大不了一命抵一命。"

土鸡觉得现在胜券在握,也不急着下手,见石正峰有点不相信他说的,于是咧嘴一笑,"可笑?你不信?二十多年前,你老子陈明理乱搞女知青时,被我爷爷当场抓住,的确可笑。不过,你老子这个王八羔子抗拒抓捕,竟然打掉了我爷爷的两颗门牙。哼,狗日的,今天咱们就老账新账一起算,非打得叫你满体育场找牙不可。哈哈哈……哈……我也觉得很可笑啊。"

土鸡干笑了几声,他那一干子手下便也兴奋地嘲讽谩骂:"瞧他那熊样,能有啥能耐?"

"就是!他妈的一个泥腿子,能有啥真本事?"

"他一个山棒能做啥?"

"他算个啥,还用得着我们来这么多人手,老子两根手指就能把他给捏死!"

"……"

土鸡一伙的肆意嘲讽和谩骂,像一支支带火的利箭直往石正峰心里钻:"山里人怎么了?你们谁敢说你们先人都是城里人?你们上推几代或者几十代,恐怕还不如我们山里人。妈的,城里人有啥了不起?连你们这些人渣也这样瞧不起山里人？"

　　石正峰的心在颤栗，他的自尊心受到了极大的伤害，怒火在心里熊熊燃烧起来，那根棍在他掌中紧紧捏着，似乎快要被他生生捏断。如果说刚才看到土鸡人多势众而有些惊慌的话，此刻，他的胸中已被羞辱燃起了万丈愤怒的烈焰。他用一双似乎要喷火的眼睛逼视着黑骡子般的土鸡。

　　当土鸡的目光再次与石正峰的目光相对，他似乎看到了对方眼中的愤怒，不由得激灵灵打了个冷颤，不自觉地倒退脚步，不过他清楚自己人多势众，"哼，老子还怕你不成？"因此，他倒退没两步就把双手一挥，一声吆喝，"弟兄们，给我上。"

24

　　一场恶斗瞬间爆发，土鸡的十多号人蜂拥而上，有的抡棒，有的操着钢管，有的挥着明晃晃的菜刀，一齐向石正峰打了过来。

　　石正峰心里明白，牛脑壳是靠不住了，此刻只有靠自己硬拼一条出路。

　　"呀啊！"

　　只见他退后几步，突然大吼一声，挥棍迎了过去。

　　可是一人难敌四手，只顾招架正面的石正峰，突觉脑后冷风飕飕，暗叫一声"不好"就迅速地把头一偏。借着远处街灯的亮光，他看见两把寒光闪闪的菜刀向他天灵盖砍了下来。

　　他急忙把头一偏，躲过了头上的一刀，可第二刀再也无法闪避，他的右肩被土鸡狠狠地砍了一刀。

　　"啊！"一声，石正峰抱住了肩头，一股殷红的鲜血顺着他的指缝和手臂流了出来。剧烈的疼痛使他冷汗直冒，失去了自卫能力。

　　土鸡见机会来了，便大喊一声："打，往死里打。"一阵乱棍之后，石正峰倒在了地上，不停地呻吟着。

　　土鸡还不解恨，分开人群冲过去，又抡起了菜刀。

　　就在这十分危险的关头，两辆警车鸣着警报呼啸而至，十几名公安干警冲了下来。

　　土鸡一见，扔刀就逃，可是迟了，警察和学校的师生已将他们重重围了起来。

25

　　警车在城北的看守所停了下来。石正峰、土鸡等一伙小流氓被公安人员押进了拘留所。

看到墙上"坦白从宽,抗拒从严"八个大字,石正峰这才回过神来。

其实,一被带上警车,他就给震懵了,脑子里一片空白,呆呆地像个泥坯子,直到现在,他才又想起了刚才发生的那一场流氓斗殴,他才意识到他到了什么地方,他做梦也没有想到自己会到这种地方来。

打他记事起,大人们就告诉他,监狱、牢房是关押坏人的地方。

"难道我是一个坏人?是个大坏蛋了?明天就要高考了,啊!完了,全完了。"石正峰的心如刀剜般疼。

他不敢再往下细想,他只觉得血往头上涌,头越来越沉,便再也支撑不住了,双腿一软,昏倒在地,受了刀伤的肩头又流出了血……

两名警察急忙把他抬进了看守所医务室。

经过医生一个多小时的急救,石正峰苏醒过来,医护人员和门外的两名公安这才松了口气。

看到两名公安人员从门外表情严肃地走进来,石正峰的眼泪如决堤之水,蓦地,他从病床上坐了起来,一把扯掉了输液的针头,面对着那个年纪较大的公安人员"扑通!"一声双膝跪了下去,后悔地哭喊:"叔叔,你放了我吧。我要参加明天的高考,我上学太不容易了。叔叔,求求你,求求你们了!我要高考,我要高考呀……"

那位年长的公安人员皱下了眉头,严肃而又不无遗憾地说:"早知今日,何必当初!娃娃,你醒悟得太迟了,太迟了!"

经审讯,这场流氓斗殴事件主要是土鸡一伙冲进学校故意挑衅而引起的,严重地破坏了学校的正常教学秩序,情节恶劣,影响极坏。而且,公安局又调查出了土鸡一伙的其他犯罪事实,必然要严惩他们。

对于石正峰,公安人员也进行了认真审讯和调查。鉴于他在一些违法事情上没有造成严重后果,大多只是被逼参与,加之他是在校学生,所以,公安局本着"惩前毖后,治病救人"的原则,根据有关法规从轻处罚,对他只做出收审两个月的处理决定。

石正峰被押进了十七号拘留室。

他耷拉着脑壳,像秋天霜打的茄子,憔悴了很多。一进号子,他就重重地躺下,蜷缩在阴暗的墙角里,连床前马桶的臭气似乎都没有一丝感觉。

他在反思,他的脑海里不时地出现令人心酸的画面和场景——父亲微驼的脊背;母亲那双哭肿的泪眼;小弟那弱小的身子;还有那头大黄牛;还有别人的冷眼和长舌妇的唾沫;还有他想进的高考考场;当然还有秦小雯和老师以及那些可亲的同学们……

— 49 —

26

"七一"刚过,月儿妈就开始督促石明理,让他早点下山,去照看石正峰高考。

石明理总是磨磨蹭蹭:"嗨,这你才不懂哩。我这么早就去,不但帮不了他什么忙,反倒分了他的心,影响他考试时的心境,等他考几堂试后,再进城去看他不迟。"

这时候,月儿总是在旁插嘴:"妈,看把你急的,你只管给我哥准备好吃的、好喝的就是了,我哥这次准能考个'状元'的。我敢保证。"

看到小儿子这小精灵样子,他们十分欣慰,尤其是月儿妈,她似乎已看到了大儿子拿着大学的录取通知书,喜出望外地喊着"爸、妈,我考上了!我考上了!"从山梁上向她跑来的情景……

从七月六日早上起,月儿妈就开始在神龛前表情庄重、虔诚万分地点燃香蜡,长跪在地,祈求神灵保佑儿子考试顺利。因为明天七号就是高考的第一天,七八九号连考三天。

八号这晚,全家人忙乎了大半夜,一起准备着石明理下山去看石正峰的事。

月儿妈把家里积攒的十一个鸡蛋,一股脑儿煮进了锅里,月儿在灶前乐哈哈地烧着火,石明理在卧房里拾掇着简单的行李。

蛋煮熟了,月儿妈拣了一个个小的给了月儿,其余十个全部装进了一个塑料食品袋。

月儿笑着逗妈妈:"哎呀,妈,你可真偏心,连吃个鸡蛋都是给哥哥大的。"

妈妈白了月儿一眼,嗔爱地哄月儿:"月儿呀,哥哥高考,费脑筋着哩,让你爸带去给他吃,让你哥补补脑子嘛。别馋着,过两天妈把鸡蛋攒下,专拣个大的多煮几个给你吃,好不?"

说完,月儿妈洗净了手,点燃了两支红蜡,又把一把大香在烛火上点着,慢慢地插在了两支蜡烛的后面,双手合十,曲膝跪在了一尊烟熏火燎得有些陈旧的神像下,一下一下地磕响头,口里还喃喃地祈祷着只有她能听见的话。

石明理收拾好行李,慢慢地走出门,站在院子边的一块山石上点燃了一支烟,不自觉地面朝南边,在夜幕中极力搜索着县城的影子,虽然他也知道,山峦重重,这是不可能的,然而,他惦记着自己的儿子。

父爱的本能使他的心情今晚特别复杂,一会儿激动,一会儿沉重,更多的是担心,他在心里对石正峰说:"儿啊,这两天你考得怎么样?考场上可不要心慌手乱,要冷静仔细。考试费脑子,你要多吃点有营养的东西,可千万不能累垮了身子。"

夜已经很深了,天边的星星已渐渐隐去。门前的山涧小溪"哗哗"作响,就像在唱一首愉悦的歌。

月儿妈敬完神,等了好久仍不见丈夫回屋,就慌忙推门出来,见石明理仍傻傻地蹲在石头背上,便走过去扯了扯他的衣角,轻轻地说:"他爸,很晚了,快进屋休息吧,明天还要早起赶路哩。"

石明理望了望身边勤劳善良的妻子,又回头望了望夜色中安静的山沟,这才慢慢地走进了屋里。

第八章　希望成空

27

　　第二天,石明理背上一个旧黄布挎包,借着微明的天色,深一脚浅一脚地沿着曲曲拐拐的羊肠小道抄近路下山了。一路上,他不时地用手摸摸那带给儿子的十个煮鸡蛋,生怕给碰坏了。

　　从长峪村到山下镇子上的客车停靠点,石明理足足走了近一个小时,还算他走得快,再迟半步,那辆早班车就要开走,他连跑带喊地挤上了车。

　　车子已明显超载,售票员费了许多口舌,才让一位身材臃肿的女人挪了挪屁股,给他让出了些许空位。

　　可石明理刚要落座,那女人却直了直腰,把两腿一分,完了,又没地方了。石明理看了看这个胖女人,又瞧了瞧挺为难的售票员,喉头动了动就没有再说话,心里想:"算了,就这么站一程吧。"

　　汽车很吃力地行驶着,路上竟抛锚了好几次,好在司机是个老师傅,汽车一出问题,他下去总能捣鼓好。

　　青山绿水在渐渐远离,县城里的工厂烟囱、高楼大厦慢慢地清晰起来……

　　下午五点多,汽车才驶进了县城,石明理一下车,长长地出了一口气,掐了掐酸困的双腿,顾不得喝上一口水,就急匆匆地往城一中赶去。他是多么想尽快见到儿子,了解他的考试情况啊!

　　校门口,进进出出的学生很多。传达室窗口旁,一位瘦老头正严肃认真地注视着进出的每一个人。

　　石明理刚一踏进大门,就被瘦老头给喊住了,"喂,你是干啥的?"一边问,一边偏着脑袋用一双锐利的眼睛上下审视着他。

　　"噢,老伯,我是石正峰同学的父亲,来看看他考试。"石明理赶紧上前递上一支香烟,微笑着解释。这种烟他可是很少抽的,怕花钱嘛。这次为了进城看儿子,他专门到商店咬牙买了一盒,他知道现在城里人都兴抽带过滤嘴的,带上好一点的烟,兴许问个路啥的,也算有个支事的媒介。

"看考试?"瘦老头也没有客气,顺手接过来就一边划着火柴点烟,一边心不在焉地说,"考试? 今天下午高考已经结束了,有什么好看的?"

忽然,他好像想起了什么,眼睛一亮,盯住石明理问:"你是石正峰的父亲?高三(五)班的石正峰?"

石明理看着瘦老头那狐疑、吃惊的目光,连忙说了几个"是"。

瘦老头的目光忽又暗了下去,摇了摇头,叹了口气:"如果你真是石正峰的父亲,你也就别往进走了,你去看看校门口贴的那张处分吧,喏,这里正好有一份县公安局责成校方给你们家的收审通知,你就顺便拿去吧。"说完,瘦老头转身走进了门卫室,"嘭"地一声,门自动关上了。

石明理一看瘦老头递给他的那份通知,顿时如雷击一般,疲劳、饥渴、心疼一齐向他袭来,他再也无力支撑下去了,头一晕,重重地瘫坐在地上。

原本破旧的挎包,经不住这重重地一甩,十个鸡蛋先后滚出了六个。过往的学生都吃了一惊,几位胆小的女生还惊叫了起来,校门口一下子围满了人。

门卫室的那个瘦老头一看外边这个样子,暗叫一声"活爷啊,可千万别在我这出事!",推门就跑了出来。

秦小雯和两名同学这时正好走了过来,好奇心使他们停住了脚步。很快,秦小雯从大家七嘴八舌的言语中明白了一切。

她不忍心再看下去,急忙上前去搀扶石明理,并且开导着:"叔叔,你起来吧,快起来。你也不要太生气了。"

门卫瘦老头也赶上前来帮忙,石明理在二人的搀扶下,才慢慢地站了起来,可泪水怎么也抑制不住地往外流,但他尽力控制着没有出声。

这个勤劳憨厚的父亲面对此事,只能在心底里放声哭喊:"儿啊,你怎么这么不争气呀! 你太混蛋了! 你对得起谁啊!"

28

校门口发生的这一幕,很快有同学报告到了班主任宋老师那里。

宋老师急忙赶过去,自我介绍后就很友善地把石明理请到了自己的办公室坐下,又很快给他泡了一杯热茶,双手递了过去:"来,老哥,先喝口水。"

石明理双手微颤地接了过来,不知说什么好。宋老师望着眼前这位朴实的农民,也不知如何说才好。

双方沉默了片刻,宋老师才缓缓地开了腔:"石师傅,石正峰的变化,连我也感到吃惊,他太不严格要求自己了,深受'自由化'思潮的影响,经不住当前社会不良习气的诱惑才走到今天这样的地步啊。唉,太可惜了! 当然,作为校方,尤其是作为班主任,我应负教育不严的责任,我已向学校写了请求处分的检查。"

顿了一会儿,他又说:"不过,我们认为他能早早地暴露自己的缺点和错误,及时受到法律的惩罚和政府的教育,反过来说,何尝又不是件好事呢?以免再应验俗话说的那'小不补,大了尺五'的古话,日后若犯更大的错误那可就真是无法挽回了。所幸这次公安介入让他受到教育。"

"老石啊,你也不要过分地伤感了,事已至此,说什么都有点晚了,不过,我们还是对石正峰有信心的,因为这娃本质不坏,只是年轻气盛,没头脑,被人利用而已。我相信他在看守所里一定会接受教育,痛改前非,做一个回头浪子的。他还年轻,人生的路还长着哩,没准,石正峰日后还能干出一番事业来的。"

又能说些什么呢?事已至此,宋老师想来想去,除了安慰还是安慰。但是作为老师,对待自己的学生那可是永不言弃的。老师和家长心愿是一样的,多么希望他们学有所长、健康成长,做一个对家庭、对社会有用的人才啊!

石明理接过宋老师递过来的茶,连一口也没有心情喝。听宋老师这么说,他面露愧色:"宋老师,这样的事,可真丢人啊!这次一定给您带来了不好的影响,实在是对不住,对不起您呀!"说着说着,石明理竟要给宋老师跪下去。

宋老师见状,忙把他拉住:"老石,你可不能这样,我可受不起啊!对于石正峰的失足,我也有不可推卸的责任啊!"

说话间,窗外的天已渐渐拉开了黑色的帷幕。

石明理急忙起身要告辞,宋老师劝阻他:"不急,不急,我已让秦小雯到学校客房联系去了,你今晚就住在学校里。明天我让秦小雯陪你去见见石正峰吧。"

石明理慌忙推辞:"不了,不了。再不能给您们添麻烦了,我到街上随便找个旅社将就一宿就行。"

正在这时,秦小雯打了声"报告"走了进来,给宋老师汇报了一些班里的事情,回头微笑着对石明理说:"石叔叔,今晚你就住在学校招待所,明天我带你去见见石正峰,好吗?"

"你看,秦小雯都去给你安排好了。"宋老师又劝说。

石明理看着宋老师那认真的样子和秦小雯那热情的笑容,只好同意了。

晚上九点半左右,在宋老师的陪同下,石明理住进了一中招待所,其实,也就是用剩余的学生宿舍改成的客房。

不过,这一夜,石明理彻底失眠了,他想了许多许多……

29

这一夜,石正峰在看守所里也没有睡着。

他坐在铺上,双目微闭地斜靠在墙上。几天来的面壁自省和管教的法制教育,尤其是秦小雯的父亲——县看守所所长秦坚定对他如父亲般的谆谆教诲,使石正峰明白了许多道理和做人的原则。

现在他几乎每时每刻都在心里自责:"石正峰,你还算个人吗?你对得起谁呀?父亲?母亲?小弟?老师?同学?秦小雯?你真是个屡教不改的混账东西!"

他的举动惊醒了邻铺的老姚。老姚是一个五十岁开外,很瘦小的中年人,因要供女儿上大学,可又交不起昂贵的学费,一时糊涂,贪污了单位上万元公款而走进了"小黑屋"。

老姚知道石正峰是一个一时失足的学生娃娃,所以也很关心他,时不时地给他讲些道理和社会上的见识。末了,总还是要说上一句:"现在的市场经济、商品社会,好!但是,娃娃上学的费用实在太高了,这不好!"这也许就是他的心病吧。

老姚翻了翻身,说:"娃呀,睡吧,又胡想啥哩?想家了?你这是小事,过几天就可以出去了。"

石正峰转过脸望着老姚,用低沉的声音说:"姚叔,我该怎么办?以后该咋办呀?"

老姚听出石正峰内心的担忧,也不想睡了,索性坐了起来,拍了拍石正峰的宽脊背,笑哈哈地轻声说:"娃呀,这个算你想到正眼上了。是的,学现在你是上不成了,但你不用怕,这社会不是非要考上大学才能活,才能干出事业。社会大得很,只要你勤奋、努力、肯吃苦,七十二行,你随便拣上一行都能干出成绩的。你还年轻,年轻就是资本。你没听说吗?现在跑南方,到深圳、广州、上海等开放城市去打工挣大钱哩,许多有工作的干部、职工都辞职不干而南下了。唉,我是上年纪了些,要不我早辞职'下海'了,也不至于为了万把块钱而落到如今这个下场。"

老姚说得很激动,瘦小的身子在微微颤栗。石正峰还看出了老姚眼中的泪花,他心里知道,老姚的泪也是酸酸的、苦苦的。

听完老姚的一席话,石正峰心里一下子亮堂了许多,也轻松了许多,他往老姚的身旁靠了靠:"姚叔,睡吧。"

早上刚上班,石明理就在秦小雯的带领下,来到了县看守所。

秦所长很客气地接见了他,这使石明理很激动。他急忙掏出这次下山特意买的那盒香烟,抽出一支用双手递了上去,极尽真诚。

秦所长摆摆手:"老石,谢谢,谢谢,我已戒烟了。"接着,他麻利地给他倒了一杯开水过来,"请坐。你先喝口茶,我去安排一下,然后就带你去会见室见石正峰。"说完就走了出去。

石明理一边答应一边站起来，目送秦所长出了门，才慢慢地坐在了门边的一把椅子上。

秦小雯把水杯给他递了过去："石叔叔，喝点水吧！"石明理机械地接过秦小雯递来的茶杯，却没有喝。因为他此时心里很矛盾、很乱，没有一丁点饥或渴的感觉。

他从一进看守所就在想，该如何去见儿子？是狠揍他，是狠骂他，还是干脆不去见他？然而，他就是一时理不出个头绪来。

就在这时，秦所长走了进来，对他说："老石，走吧，可以接见了。"石明理慌乱地站了起来，稍停了一下，才慢慢地脚步沉重地向外走去。

秦小雯也跟了过去。

30

石正峰坐在接见室里，头一直埋得很低，他觉得无颜见父亲。

"石正峰，你爸看你来了。"秦小雯见石正峰把头埋得很低，轻声地说。

石正峰这才抬起头来，泣不成声地叫了声"爸"，就再也说不出话来。

石明理看着眼前这个全家人抱以希望而现在沦为囚徒的儿子，又可恨又可怜，禁不住泪水夺眶而出："你……你，你真不听话呀！上次你回山，我和你妈是如何告诫你的？让你把那一千多元给钱二麻子的儿子退回去，你不听。让你千万不要和他胡搅和，不要和'社会'上的人接触，你还是没有听呀！你不好好想想，他牛脑壳凭啥要给你牛钱？他是干什么吃的？有这种好事？你……你你真混呀你！儿啊，人家是在拉你下水，是想利用你呀！我们叮咛你的话，你咋就不听一句呢？你……你……你真要把我们往死里气呀！"

"再说，你咋又跟土鸡惹上了呢？他是图三和的孙子呀！他真名叫图吉，是吉祥的吉，但是他从小就学坏了，听你二叔说，他在成仙村一带是出了名的小流氓，因此人们都故意把他叫'土鸡'。这个被图三和老流氓教育出来的小流氓现在竟然瞎混到县城里来了。真是一代更比一代'强'啊！"石明理后面竟嘲讽起图三和来。看来，他们还真有几分怨仇哩！

石正峰望着父亲那痛心、哀伤的神情和愈发憔悴可怜的神态，双膝不自觉地跪了下去，哭喊着："爸，我不是人，我把你们害苦了！我没脸再见您老，您打死我吧……"

他伤感的哭声深深地感染了在场的人，尤其是秦小雯，竟然忍不住地抽泣起来。

石明理擦了一把眼泪,转过头来只好赶忙劝说秦小雯:"小雯,别哭了,别流泪了,为这种人流泪不值。唉!"与其说石明理在劝说秦小雯,倒不如说他在自己劝说自己。

也许是觉得自己真的有点失态了,秦小雯就把脸转到一侧,赶忙用手帕去擦眼睛。

石明理后来对石正峰说:"你也起来吧,上学是你自己的事,上不成,这也是你咎由自取的结果。你进来,也好,在这里才能刹住你的野性子,在这里边待一次,你才能懂些做人的道理。"

临走时,石明理掏出了那仅剩的几个鸡蛋,"这是你妈熬夜给你煮的。"

石正峰的眼前又浮现出母亲那愁苦的身影,泪水再一次如崩堤之洪,他又伤感地叫了几声:"妈妈……妈妈……妈……"就哽咽得什么也说不出来了。

此刻,石明理心情复杂极了,看到儿子这个样子,他不忍再待下去。于是,他叹了口气,用软和了些的口气,望着石正峰:"峰啊,我要走了,家里还有许多农活。你要好好地在这里接受教育改造。出来那天,捎个信,爸来接你。"说完就趔趄着走出了会见室。

石正峰望着父亲那更加佝偻的背影,心里如针扎一般疼楚,他急忙大声地说:"爸爸,你们要好好保重身体啊!"

这时,秦小雯往石正峰身边走了两步:"石正峰,你一定要振作起来,后面的路还长着哩。千万不能灰心丧志。"

石正峰抬头望着秦小雯那双清纯而真诚的大眼睛,点了点头:"嗯,小雯,太感谢你了,太感谢了!"

第九章 唢呐呜咽

31

俗话说："好事不出门,坏事传千里。"石正峰进牢房的事,石明理还没回山哩,就有消息传进了长峪村铁嘴张的耳朵里。

这天一大早,铁嘴张、马哈娃、二驴子就径直蹿到戈秃子的店里。铁嘴张要修胡子,马哈娃要刮脑瓜,二驴子干脆抓过剃刀自己先在脸上摆弄起来。

他们嘈嘈闹闹的,引得在对面连寡妇铺子里转悠的几个小媳妇,指着他们不停地笑骂："你们看哟,那三个糟男人,还臭美哩。"

"那是猪八戒照镜子嘛。咯咯咯……"

这边二驴子也不示弱,蹿出门去嚷嚷："怎么?忍不住了吗?我们还看不上哩。"

"就是,就是。"

"哈哈!"

逗得周围的人们都哈哈大笑。山里人爱开个玩笑,甚至讲上几句荤话,也算一大娱乐。

见他们这样,戈秃子早都有气了,把围裙"啪啪"地两抖,大声地叫骂："你们胡说球哩,嘈得人头皮都麻了,要搞你们出去,到山旮旯里去搞去,别在我这里胡骚情。"

铁嘴张赞同地说："对,对,别闹了,别嘈了,我给你们说点事情。"

马哈娃、二驴子以及对面杂货店那几个小媳妇都竖起耳朵,问："啥事?"

铁嘴张捋了一把山羊胡子,看了看在场的人又向外望了望,才压低嗓音给他们说："你们还不知道吧?明理家大娃进……进班……班房了。"

"什么?石正峰进班房了?"

"真的吗?"

"不会吧?你听谁说的?"

铁嘴张眼皮直跳,正色道："错不了的。昨天下午,镇上邮局送报的老鲁给我送农报时说的。老鲁说他的儿子也在一中上学,和石家那'活宝'是同学哩。这事在城里都传疯了。"

"噢,那一定错不了。"

"唉,石明理也真是命穷呀!养了个讨债的孽障。"

"那球娃也太不争气了!"

"我早看出那小子不是个好坯子,进城没几日就穿戴得不像咱山里人了。"

"你们懂个球,石明理家的庄子有问题。"这时,解跛子不知从哪里跛了出来,冷不丁地插了一嘴。

"有啥子问题?"几个人很诧异地朝他看。

解跛子故意顿了顿,才神秘兮兮地说:"你们没长眼睛吗?他家门前有一条退水,终年不息地从上山沟里往下山沟里流淌,这主退财退气,屋里能安顺吗?"

"唉呀,说不定,说不定!"铁嘴张也随声附和起来。

戈秃子不爱听了,把眼睛一瞪,斥骂道:"解跛子,你净放狗屁,你门前倒没退水,可你前年咋就摔断了腿?哼!"

二驴子也说道:"对,你个怂,少在这里搞封建迷信。"

解跛子见没有人再信他那一套说辞了,脸涨红着嘟囔了一句什么话,就没趣地一拐一踮地走了。

看到解跛子一步一跛的背影,大家都哈哈哈地笑了。

突然,对面杂货铺的连寡妇直声惊呼了起来:"嫂子,你咋了?"边说边惊慌地跑出了柜台。

连寡妇的惊叫声,把人们的目光都收拢了过去。

戈秃子先明白了什么,气急地说:"哎呀,不好,是正峰他妈,肯定是听到咱们说的那些瞎话了。该死!你们这些该割舌头的!"

人们都傻眼了。

还是戈秃子清醒得快,他一丢手里的剃刀,把脚一跺,呵斥道:"还愣啥哩,走,赶快去救人要紧。"

晕倒在地的妇女正是石正峰的母亲——石梨花。石明理下山后,梨花的心也随着下山去了,她心弦整天绷得紧紧的,头时时发晕。

她自己清楚,这是心里紧张从而引起的血压升高。两年前自己在镇卫生院查出来患上了高血压,不过山里人成天这山爬那山滚的,她根本就没当回事,头疼了就随手捋点金银花、葛根叶什么的草药,泡水喝喝就完事。

再者,看病路远不说,关键是要花钱的。儿子在山下上学,家里开销大,有病了,疲一疲,拖一拖也就过去了。其实,当年的农村,哪家人有病了不是这样子拖呢。俗话说:"黄金有价,药无价啊!"说到底是看病难、看病贵。

今天早上，她早早地先给菩萨上了三炷香，跪拜完后才叫醒了月儿，并对月儿说："月儿，你今天就不要上山砍柴了，在家呆着，我下坡到庙场去买点盐，顺便再看看你爸和你哥回来了吧。"

月儿高兴地说："好嘞，妈，我就在家里等哥哥回来。"

梨花到了庙场，直接走到村头那棵大白果树下，往下山的路上眺望了好一会儿才回转到连寡妇的店里去买盐。可刚到店里就听到了对面戈秃子、解跛子们一伙人的议论。

"儿子进了牢房？"这可是多么丢人的事啊！她一听犹如五雷轰顶，直觉得天旋地转、血冲头顶、呼吸困难。她实在是无力再支撑下去了，一口气还没喘上来，就摔倒在连寡妇的铺子里。

盐罐被摔破了，白花花的食盐撒了一地。

32

最先跑过去的是二驴子，他蹲下身子一看，梨花脸色惨白，鼻腔里还渗出了几丝鲜血。

二驴子大惊失色地叫道："秃哥，快，快来看看，鼻子里出血了！"

戈秃子一看，气得直跺脚："唉，都怪铁嘴张和我，我他妈的这嘴特贱！"说着朝自己的嘴巴使劲地扇了两巴掌。

听说这边出事了，许多村民都跑来庙场，可都是傻站着看热闹。有的还嘟嘟囔囔地骂着铁嘴张和戈秃子们嘴贱；有的骂石正峰是个大混蛋。可骂完了，谁也拿不出个主意来。

还是铁嘴张镇定有心计，他蹲下身子，一边叫着梨花的名字"梨花、梨花"，一边用二指试了试鼻口，感觉还有气息，就赶快站起来，拿出从未有过的勇气，大声朝围观的人群喊道："你们都快别嘈了。人命关天，戈秃子，赶紧安排人把她送医院，若迟了，恐怕要出人命。快点！"

戈秃子一听，又慌又忙地在人堆里左瞧右看地准备安排人手。

正在这当儿，村支书刘土根喘着粗气和村医张士仁跑了过来。原来，刘土根正在吃早饭，他儿媳从庙场回来告诉了他所发生的事情，刘土根一听，把碗一推就往庙场跑，半道上他又喊来了村医。

大家见支书和村医来了，"呼"地闪开了一道缝。

张士仁上前一看，十分吃惊："刘支书，大嫂可能是'脑溢血'，得赶快送下山去，就先送镇卫生院抢救吧。"

刘土根一听也着急了："好，就听你的！"接着，就安排了三四个人用竹滑杆单架把梨花往山下卫生院送。末了,他又安排张士仁说,"士仁,你也一同去吧,你人熟,好办事。路上也好应个急啥的,告诉他们,去的人回来,每人给记三个义务工,我把村上的事料理一下就来。"

看到张村医他们走远了,人们悬着的心才放了下来。老支书吐了口长气,转过身来撩起土褂子角,擦了擦脸上的汗水,问戈秃子:"老李,明理哪里去了?他老婆出了这么大的事,他知道吗?"

"明理他下山去看正峰高考去了,前天走的,还没回山哩。"戈秃子急忙凑过去回答。

刘土根皱了皱眉头叹了声气,见还有不少男女围在一起说三道四,就没好气地大声训斥:"你们真没事干吗?你们咋都不去动脑子搞经济、赚钱去,怎么老是爱说东道西地搬弄些是是非非。你们都看看,拿着镜子照照,自己都是个啥穷样子了。唉,真是的。都回去干活吧,好好发展自己的经济,搞富了才是正事哩。唉,唉……"

那些围观的人,见老支书很生气地吆喝他们,这才悻悻地散去。

33

石明理从看守所出来,告别了秦小雯,就匆匆地向汽车站赶去。在路上他向路人问了个时间,已经十一点多了,为了早点赶回山,他也顾不得火辣辣的太阳,更顾不得吃口饭,再说他现在也根本没有胃口,以至于在街上急匆匆地走,撞了人或是人撞了他,他都没有感觉。

到了车站,他买了票,一个售票员把他领上了车。车上的人不多,但石明理一直走到车尾,在左边靠窗的座位上双手捧着额头坐了下来。

车上,他一直在想:"难道这都是命吗?"他从自己当年考学遭人排挤想到石正峰这两次上学所发生的一切;他从这几年城里的飞速发展,想到山里的贫穷落后;他又从近年来社会形势的巨大变化,联想到现在的人在思想观念上的变化。

末了,他还想到了他们的小山村,想到了自己的家:"出来一两天了,家里一切可好?"想到这儿,石明理看看窗外不停倒退的青山,恨不得班车再开快些。

客车在石明理焦心地催促下,终于到了山镇的停靠点。

石明理抢先下了车,在路边的山泉里美美地喝了几口清凉的泉水,又洗了一把脸,感觉凉爽了许多,人也有了些精神。

他长长地出了口气,背靠一棵桐子树坐了下来,直直地望着下午这清淡的山脊出神。

歇了一会儿,只见他把上衣一脱,光着膀子顺着一条小道径直往山上爬去。

因为,这是一条回山村的捷径。

可他刚走了没多远,戈秃子领着月儿风风火火地从山上走了过来。

月儿一见他就哇哇地哭。

戈秃子指着他的鼻子,上气不接下气地骂:"唉,石明理,你……你在哪儿嫖……嫖风去哩,你……你现在才回来。你老婆出事了,你知不知道?"

石明理惊问:"啊?怎么了?出啥事了?"

月儿就哭述了一二,还没听完,石明理就瘫坐在山坡上了:"真是祸不单行啊!"连日来的气和累,他感觉自己好像也快不行了。

戈秃子一见这情形,慌忙走过去又劝慰他:"明理哥,你可要想开些,要硬挺住啊!快起来吧,快起来,咱们得赶快到镇卫生院去看看嫂子怎么样了,好不好?来,快起来,起来。"戈秃子一边说一边使劲把石明理搀扶了起来。

镇卫生院门口围了许多赶场还没回家的山民,石明理他们挤了进去,在抢救室门口,撞上了从里面走出来的村医张士仁。石明理和戈秃子几乎同时问道:"人咋样了?"

张士仁望了望他们汗流浃背、气喘吁吁的焦急样子,摇摇头,小声弱气地说:"你们早点来还可以……唉!"

"你说清楚点行不行,到底咋样了?"戈秃子等不得急,就没有好言语。

张士仁瞪了戈秃子一眼,才又沉痛地说:"嫂子她……她过去了!院里的医生也尽了最大的努力了。我们虽然没敢耽搁地往下送,可是山路,哎,我们送得还是迟了些,就是'脑溢血'死亡的。"

"哎呀,啊!"石明理再也无法承受这几天来突发的这么多事情了,不由地嚎啕大哭起来,"天啦!我石明理的命咋就这么苦啊!我上辈子到底造了多么大的孽?我竟是这样的遭遇啊!这太不公平了!老天!这太不公平了……"

石明理悲怆的哭声在山谷里回荡着,令黄昏的山林同悲,使在场的一些知情人都落下了同情的泪。

34

石明理失去了妻子,石正峰、石正强失去了母亲,长峪村失去了一位贤惠善良的女人。

几天来,悲痛笼罩了整个山村,前来吊唁的人很多,有老年人、有年轻人,还有一些小孩子。

丧事一切从简,不简单也不行啊!家里就这个经济条件。好在山里人不缺木料,木匠出身的马哈娃在二驴子、戈秃子等人的帮助下,锛子、刨子、凿子、拉锯一齐上,叮叮当当一天下来就做好了一口不错的棺木。

有点文化的铁嘴张还给歪歪扭扭地写了一幅挽联。连寡妇从自己的杂货店里翻出了一些五色纸张,和几个会手工的村妇一起给做了一些纸扎的元宝、车马以及童男童女送了过去。

临下葬那天,二驴子悄悄地走到石明理面前,低头想了一会儿才对他说:"明理哥,我差点把一件大事都忘了给你说,看我这臭记性,明天嫂子就要入土了,我这才记起来,我得赶紧给你说。"

"什么事?什么大事?兄弟,你快讲。"石明理一把拉住了二驴子的手,急切地问。

"嫂子在临终时,断断续续地说,'我死了,要把我……把我埋在村口那棵白果树下,我死也不……信……信我儿就那么不争气,他……他不是个坏孩子呀!我要看他,看着他……看……着……他……'。"

听完了二驴子学说的妻子的临终遗言,石明理抹了一把泪水,点了点头,声音沙哑地说:"好,好,就听她的,就葬在村口那棵白果树下的山岇上。"

翌日晨,竟然下起了瓢泼大雨,但前来送葬的人还是很多。雨雾迷蒙,犹如哀思,整个山沟都好似沉浸在悲痛之中。

石明理和小儿子悲切的哭声在戈秃子那呜咽、哀婉的唢呐声中,显得更加悲凉和凄惨。

哥哥被收审,妈妈去世,这一连串突发的变故,对月儿的打击也是十分沉重的。

妈妈下葬后的那天晚上,月儿几乎哭了一个通宵。

石明理凄楚无言地看着躺在身边的小儿子,一句话也说不出来,他又能对孩子说些什么?

为了供石正峰上学,月儿停了学;为了供石正峰上学,月儿在家里帮助大人起早贪黑地放牛、砍柴、扯猪草;为了供石正峰上学,月儿……

他毕竟还只是一个十一岁的孩子啊!扪心自问,作为父亲,为了大儿子,他石明理又对得起小儿子吗?

石明理不敢再往下深想,他往月儿身边挪了挪,紧挨住这个可怜而懂事的小儿子,用右手轻柔抚摸着孩子那因哭泣、抽噎而颤抖不已的瘦弱肩膀……

35

第二天早上,老支书又过来看望了他们。

石明理把支书刘土根让进了里屋,月儿给刘土根沏了一杯茶。

刘土根呷了口,同情地望着石明理和月儿那肿胀的双眼,安慰道:"明理,他妈过世了,人死不能复生,俗话说'生死有命',你们也不必太伤悲了,娃娃们以后还要活人哩,家里家外的一切还得靠你打点,你可要振作起来呀!有什么困难,你就对老哥我讲,咱村上一定帮你。"

听了老支书的话,望着刘土根那诚恳的目光,石明理冷了多天的心里,滚过阵阵热流。他感激地点了点头:"刘支书,这些天够给你添麻烦了,给村上、给众乡亲们也添麻烦了,我们一家人不知如何报答你们才好啊!"

刘土根摆摆手:"明理,你看你咋说这话,都是一个山沟沟的人,都是喝一条沟里水的,相互扶助是应该的。"

临走时,他又对石明理说:"明理,我这就要去县城办些事,你们需要捎点什么东西不?"

石明理说:"谢了,支书。不捎啥,你好走,听说城里的贼娃小偷很厉害,你可要当心点。"

"没事,没事。贼娃子一看就知道咱们是个没钱的山里人。"刘土根摆着手苦笑。石明理就把刘土根送到院场边。

这时,月儿突然从堂屋门背后蹿了出来:"爸,我想哥,我要去看看他。"

"看他做啥?把人害得还不够吗?"石明理没好气地训斥道。

看到父亲气急的样子,月儿没再敢吱声,只是眼巴巴地望着刘土根。

刘土根看看石明理,走过去怜爱地摸着月儿的圆脑瓜对石明理说:"你看你,把孩子吓成这个样子,月儿想去看看他哥,就让他去吧,我把他带上一道去。这次下去,我也是准备去看看峰娃的,看看他这个娃咋就变成这个样子了?就这样吧。"

石明理见支书已决定了,也就不好再阻挡,只好指着月儿说:"那也好,你去给他说,说说你妈是咋死的,叫他永远别回来了,我没有他这个儿子。"

刘土根不爱听地瞪了石明理一眼:"你看你,这咋又犯病了?好了,甭说了。走,月儿,咱爷俩下山。"说完,就没再和石明理打招呼,拉上月儿的手朝山下走去。

第十章　铁窗泪痕

36

自看守所父子离别后，石正峰在狱警的教育下，尤其是在秦所长的教导下，一天天振作了起来。

他从狱友老姚的言谈里明白了当今社会的深刻变革，进一步弄懂了"改革开放"和"商品经济"等许多社会发展情况。

他从秦所长给他找的报刊文章中看到了许多失足青年又奋发上进，成为社会有用之才的真实事例。他精神好多了，心里负担也在逐渐减轻。

他暗暗下定了决心：出去后一定要遵纪守法，在商品经济的大潮中，从头学起，勤奋吃苦地干出一番事业来。

他憧憬着将来能到广州、深圳去打工，学习技术；他憧憬着自己也要开工厂，办公司，当老板；他憧憬着要尽力去改变家乡贫穷落后的面貌，让小弟以及更多的山里娃回到学校去，到县城甚至到省城去上中学、上大学……

这天中午，石正峰正在津津有味地听老姚讲南方一些经济特区飞速发展的新鲜事，一个年轻干警走了过来："石正峰，你出来，有人来探视。"

石正峰急忙应了一声就往外走，一边走，一边在心里猜："会是谁呢？是父亲？不可能，因为父亲刚来过不久的。那么是秦小雯？"他又使劲地摆了摆头。

一进会见室，才知道今天来看他的人是谁了。

一个是他最怕的人，一个是他最疼爱的人。最怕的人正是身板硬朗、脸黑胡碴粗的老支书刘土根；最疼爱的人就是那瘦弱的，此时已开始滚泪珠的弟弟石正强。

石正峰见到他们真是又喜又怕，又惭愧又心酸。

他喜的是支书和小弟能来看望他，怕的是老支书那痛惜的眼神。惭愧的是他对不起老支书对他的关心，辜负了老支书对他的殷切期望。心酸的是和小弟在县城里的相聚竟然是在拘留所里。他的耳边似乎仍在回响着春节回家，小弟央求他要到县城里玩一回的童稚声和欢笑声。

石正峰刚要向他们打招呼,月儿就扑上来"呜呜"地大哭了起来。

看到伤心的弟弟,石正峰酸楚的泪水也夺眶而出。他想把楚楚可怜的弟弟紧紧地拢到怀里来,可是月儿却猛地将石正峰的衣服抓住,怨恨地指责起来:"是你,是你气死了妈妈。你还妈妈来,你还妈妈来……"

石正峰骇异地问:"你说什么?妈怎么了?月儿,你说妈……妈……"他不敢再问下去,急忙冲过去一把拉住刘土根的手,惊恐不安地问,"刘大伯,月儿说的是真的?是真的吗?大伯?"

刘土根见月儿已经说破,心想瞒着石正峰也就没有什么必要了,再说,告诉他也好,就因为他的任性,给家里带来了多么大的灾难,让他深刻地反省一下,这也有助于对他的教育改造。

刘土根沉痛地点了点头:"是的,娃儿,你咋就这么糊涂!为了供你上学,你爸你妈受的啥罪,你不知道?去年春节,我鼓励你的话你都当耳边风了?咱村里就数你书读得好,都指望你能考上大学,日后能为咱穷山村的改变出把力,可你现在却……你……唉……"

刘土根的话还没说完,石正峰已晕倒在地。

老支书慌了,急忙跑上去一边喊着石正峰的乳名"峰娃",一边赶快把他扶了起来。月儿一见哥哥晕了过去,哭的声音更大了。

干警小刘急忙叫来了秦所长。

秦所长见状,说:"不好!得赶快送诊所。"说着,就安排了两名干警把石正峰搀扶了出去。

秦所长回过头来又对刘土根说:"刘支书,你放心,石正峰不会咋的,请你们到我办公室去坐坐。"刘土根点了点头,说了声"好",就拖上月儿来到了所长办公室。

秦所长给他们每人沏了一杯茶,又端了一盘水果出来。他顺手拿了一个梨,走到月儿跟前,摸了摸月儿的头,微笑着说:"你就是月儿吧?你哥哥常夸你哩。不错,真是个懂事的乖孩子,来,伯伯给你这个最大的元帅梨。"

月儿害羞地低着头不敢去接,只怯怯地看着自己的胶鞋尖。

刘土根见孩子那样子,就笑着给他鼓励:"月儿,秦伯伯给你,你就接住吧。嗨,山里娃,第一次进县城,没见过世面。别不好意思了,伯伯给的,就拿上吃。"月儿睁大眼睛又望了望秦所长那慈祥的笑脸,这才接了梨,转过身美美地啃了起来。

秦所长给刘土根也削了一个梨。刘土根一边吃一边问:"秦所长,石正峰会不会有啥大毛病?"

秦所长说:"不要紧的。但是,石正峰也不能再受刺激了。上次打架,因失血过多,他已患上了轻度贫血,这种病一遇精神刺激就容易加重从而导致休克。"

正说着,一名干警走了进来:"秦所长,石正峰已经苏醒过来了,不过他老是哭。"

"好,我知道了,你先去再劝劝他,我等一下过去。"秦所长待这名干警走了后,对刘土根说,"这下你该放心了吧?"

刘土根脸上露出了微笑:"这就好。"

接着,秦所长又把石正峰在看守所里的良好表现给刘土根介绍了一番。刘土根听后高兴了许多,心里又对石正峰充满了希望。

后来,他们又把话题扯到了山村的经济发展上。刘土根就给秦所长介绍了小山村的地理环境及村民的生产和生活现状。

当秦所长问到山村的教育情况时,刘土根很伤脑筋地说:"唉,谁愿意到咱们那穷山沟里教书呀!前几年,县里也曾给派来过两名老师,可人家来一看,转身都走了。村里经济宽裕的或平坝里有亲戚的,还可以把孩子送到坝里去住校念书,可就是耽误了那大多数家穷的孩子。我这次到县城来的目的,主要就是找县文教局要教师的。可上午去了两趟都未见上局长,后来局里办公室叶主任给我传话,现在仍没法子解决。唉!"

刘支书无可奈何地叹了口气,顿了顿又接着说,"作为支书,眼睁睁地看着娃儿们再要沿着我们的老路当睁眼瞎子,我急啊!我心痛啊!"说到后来,刘支书的喉咙有点酸噎。

看着刘土根十分忧愁的样子,秦所长也不无感慨:"是啊,商品经济对人们思想观念的冲击太大了。那些思想觉悟不高的人,现在变得一切都向钱看,功利主义严重,尤其是现在的年轻一代,许多人从小被宠坏了,吃不了苦,缺少担当意识。"

"是呀,你看得太准了!"刘土根很赞同地点点头。

"当然,我们应该看到改革开放这些年农村发生的巨大变化,在解决了大多数人的温饱问题后,党和政府又积极引导农民在致富奔小康的道路上阔步前进着,就咱们山里的发展来说,这几年也有不少变化吧?"说着说着,秦所长站起来推开窗子,一阵清风吹了进来。

刘土根点了点头,很认真地听着,他觉得秦所长讲得非常真切,这几年农村的确有了大变化,最起码人们不会再饿肚子了,实行生产责任制后,家家都能吃饱饭了。

秦所长喝了口水又接着说:"这十多天里,我和石正峰谈了许多,从他那里我也了解了许多关于你们山村的事情,主要是经济发展现状。我很赞同现在从上到下都很流行的两句话。"

"哪两句？啥话？"刘土根越听越有滋味。

秦所长微笑着说："一句是'要想富，先修路'；另一句是'治穷先治愚'。'治愚'就是要办好教育，社会在飞速发展，以后没有文化的人将寸步难行。农民亦是如此，没有文化，你就当不好农民，学不好科技，你就种不好庄稼；'要想富，先修路'，就是说只有把道路修通畅了，才能把山外的客商引进来，才能把咱们山里的林特产品等资源运到山外去，找个好市场，销个好价钱，农民有钱赚，才能把经济搞活，才能使山村经济得到大发展。"

秦所长的一席话，听得刘土根笑逐颜开。他激动地站起来握住秦所长的手晃着："秦所长，你讲得太好了！让我大受启发啊！"

秦所长笑道："刘支书，这不是我讲得好，而是咱党的政策好啊！"

"是啊，是啊！"刘土根深有感触地点着头。

月儿已不再那么怯生，这时他正爬在办公桌沿上，喜爱地用手抚摸着秦所长放在桌上的警帽，正前方那颗明亮的警徽被他在小手里摸了又摸，心里还在说："什么时候我也能当警察就好了，抓坏蛋，当英雄。"

秦所长望了望月儿，忽然他眼前一亮，指着月儿对刘土根说："对了，刘支书，你们有老师了。"

"在哪儿？"

秦所长把手一拍："我倒有个建议，你回去可以把月儿他爸请出来当村小的教师嘛。"

"嗯？对头，我咋就没想到他哩，石明理可是个老高中生哩！"

"你看你，这不是严重的'官僚主义'吗？这么个大人才竟让你给白白浪费、埋没了十几年。"秦所长指着刘土根打趣道。

刘土根轻拍了两下脑门，不好意思地憨笑起来。不过，这下他的心里既亮堂又舒畅。

秦所长送别刘土根和月儿后，就来到石正峰现在待的特护号里。

石正峰一见秦所长低泣得更加伤心。

秦所长在他的对面坐下，轻轻地对他说："正峰，别哭了，不能在看守所里再哭了。再说了，人死不能复生，只要你能真正改过上进，日后干出成绩来，我想你妈在九泉之下也会原谅你的。你可要注意身体，你已经先后晕过两次了，一个大小伙子要拿得起放得下，不要老是被悲痛所阻，要化悲痛为动力才是最重要的。"

秦所长的一番话无异于治疗石正峰心病的良药。石正峰抹掉了脸上的泪痕："秦伯伯，我……我懂了，我……我记下了。"

秦所长会心地笑了。临走时，他从手提包里取出了两斤白糖和两袋奶粉放在了石正峰的床头,说:"正峰,你早晚喝点,补充补充营养,这可是你同学秦小雯送给你的哟。秦小雯可是硬让我违反一次政策给你捎了进来的。另外,再告诉你一个好消息,秦小雯考取了西部农业大学,前天已经报到去了,走得急没能来向你道别,让我告诉你一下,并让我带给你一句话,'希望你不要被挫折击倒,拿出你打球的那股闯劲和猛劲,重写人生!'"

石正峰认真地听完秦所长的话,激动得一句话都说不出来,只是用那双无比感激的泪眼,望着面前这位慈父般的老警察,使劲地点着头。

37

九月二十六日是石正峰收审期满的日子。

下午四时整,秦所长亲自把他送出了威严而庄重的看守所大门。临别时,秦所长把一百元钱塞进了石正峰的衣袋内,语重心长地说:"正峰,这是伯伯给你的一点路费,请你拿上。从现在起,你获得了新生,以后的路希望你能越走越好。"

石正峰想推辞,可是见秦所长一脸认真,也就只好作罢,只是无比感激地说:"秦伯伯,我一定会重新做人,决不辜负你对我的关怀和谆谆教诲。请放心吧,伯伯。"说完,他深深地给秦所长鞠了一躬。

正好有一趟发往北山的客车从此经过,石正峰说了声"伯伯,我走了。",就急忙上了客车。

秦所长一直站在门口,直到客车消失在视线里,才轻嘘了一声走进了单位的大门,他觉得一下子轻松了许多,因为他相信,从这里又走出了一个全新的人,他相信石正峰日后一定会为山村、为社会做出贡献的,因为他真正醒悟了。

客车在绵延的秦岭山脉中缓缓地前行,可石正峰的心却十分自责地在往后退缩。

他一路自问:"石正峰,你还有脸回村?你如何面对你的父亲、弟弟和那些纯朴的乡亲?"看着窗外那亲切的山石、林木,石正峰的心在怦怦直跳。

车到山镇,天已麻麻黑了。

石正峰是最后一个下车的乘客。他站在一间店铺的房檐下,望着山村方向的点点灯火踌躇不前。

他已经没有勇气和胆量再回村子了。

"我干脆到外面去闯闯!"稍后,他又自言自语,"但是,无论如何我得去祭拜一下母亲,和妈妈道个别。"

斜对面的街道上,有一家店铺还开着门。几位喝茶的人还在那里就着昏暗的灯光,一边喝茶抽烟,一边侃着大山。

石正峰走了过去,在店铺里称了一斤点心,用一个塑料袋装好,拎上就向自己的村子走去。

连绵的群山浸染在黑蒙蒙的夜色里,只能依稀看出那些不远处的山头。还好,今夜的月光很亮,林子里还有几只夜莺在鸣叫,大山显得格外静谧。

石正峰仰头望着东面山顶上的半圆月,耳边似乎又回响起小时候和爸爸妈妈赶场回家晚了,为了壮胆子,妈妈拉着他边走边给他教唱的儿歌来:

月亮月亮跟我走,
一下走到大门口,
贼不怕、匪不怕,
豺狼鬼怪都不怕。
……

夜里赶路,一步顶十步。这是对人赶夜路心情和速度的形象描写,现在用在石正峰身上十分恰当。

空旷的山道上,他加足了马力,疾步如飞。

转过一道弯,又爬上一道梁。突然,从前面的橡树林里蹦出了两只小动物来,那可能是两只顽皮的松鼠。

石正峰好似见着了赶夜路的家乡熟人一样,便飞跑着追了上去。可是那两只贼滑的松鼠好似和他闹着玩,总是在他前面跑跑停停,停停跑跑,长尾巴翘得高高的摇来摆去。

不知不觉中,村口那棵高大的白果树已凛然生威地挺立在石正峰的眼前。满树的叶片在阵阵的山风中"哗哗"作响,似欢呼又似悲鸣。

石正峰驻足良久,才又心情无比沉重地缓缓前行。

在白果树右侧的高坎上,一座新坟吸引了他的目光,一个用木板制成的墓碑上的内容依稀能看清。

"是妈妈。"石正峰的双腿此刻就像灌了铅,怎么也迈不动了,眼泪扑簌簌直落,愣了一下就跪扑了过去,"妈,妈妈,我回来了,你不孝的儿子回来了。我,是我害死了你呀!妈妈,我真不是个人啊!妈妈,你为了我操碎了心,可我没有尽一天孝道你就走了,你走得太快了,太……快……了呀呜……呜……"

石正峰的哭声和着山沟里的溪流,在这个空旷的夜晚向远方悲伤地流去……

哭累了,他就斜依在妈妈的墓侧眯着眼睛忏悔,翻来覆去地回忆这些年来妈妈所受的苦和对自己的爱,想到悲伤处,又低声开始哭泣。

就这样,也不知过了多久,月亮已隐退在西山的丛林里。

天快亮的时候,石正峰似乎也哭干了眼泪。他把那斤点心小心翼翼地摆放在墓碑下,跪在那里声音嘶哑地说:"妈,我对不住你,对不住爸,对不住小弟和村里关心支持过我的人。我已经知道错了,但是我决不服输,我一定要干出一番事业来!"说着,他咬破了右手食指,在母亲的墓碑上写下了殷红的两个字"妈妈",又重重地给母亲磕了三个响头。

祭拜完母亲,石正峰才慢慢地站了起来。

晨风中,他又深情地望了望妈妈的坟头和近在咫尺的庙场,把牙关一咬,下定了决心,"爸、妈、小弟、乡亲们,我走了,我干不出个样子,决不回来见你们!"

东方已开始泛白。

山林里的生灵开始苏醒,几只歌喉清脆的鸟儿已经吊开了嗓子。

石正峰拍了拍膝头的泥土,转身向黎明的山巅奔去,那里有一片绯红的朝霞。

第十一章　车站遭劫

38

　　列车穿行在秦巴谷地之间,不时发出刺耳的嘶鸣。

　　石正峰望着车窗外渐渐远离的小城和飞逝而退的村落、小镇、河流,一种从未有过的空虚和孤独袭上心头。

　　前途一片茫然。他在心里问:"你要到哪里去?你去干什么?你又能干什么?你这一走不知何时才能回来?"

　　"管他的,现在也甭想那么多了,走一步看一步吧!"他在嘴里喃喃地自问自答。

　　车过秦岭正值黄昏,西落的太阳染红了嘉陵江的数截江水,波光闪烁,瑰丽极了。

　　石正峰尽量把注意力放在欣赏秦岭的雄奇风光上,不愿再想那些令人烦恼的问题。

　　出了一条长长的隧道,天已经全黑了,车内亮了灯,窗外什么也看不见,他这才把疲惫的双眼收回到车厢。

　　对座的一个鬓发斑白的老者递给他一个削了皮的苹果,微笑着说:"年轻人,你是第一次过秦岭吧?来,吃个苹果。"

　　石正峰点点头,想推辞,但见老人和蔼真诚的神情,只略微迟疑了一下,说了声"谢谢"就接下了。这时,他才感觉到自己真有些饥渴了,从昨天晚上到现在,他几乎没有吃过一顿正儿八经的饭,不是在河里捧口水喝,就是买一个烧饼哄哄肚子。他身上只有秦所长那天塞给他的那一百元钱,现在已经花了二十几块了。后面的路上还不知要遇到多少困难,他得非常谨慎地使用才行。

　　面对这位慈祥和蔼的老者,他一边啃苹果,一边就和老者聊了起来。

　　"大爷,您这是要到哪里?"石正峰微红着脸问老者。

　　"我到咸明,你呢?"

　　石正峰迟疑了一下回答:"我……我到西都。"石正峰脸色显得有些不自然,回答得也很勉强。

"听口音你是汉南人吧?"

"是的。"石正峰吃惊地问,"你咋知道?"

"我以前曾去过汉南的一些地方,并且我们学院就有你们汉南人哩。"

"噢。"

"到西都是上学还是走亲戚?"老人漫不经心地问。

一提上学,石正峰就感到很伤心,他急忙回答:"不……不是,是找活干。"

"找活干?看年纪,你应该还是个学生呀!"老者似乎出于一种职业性的习惯打量着他。

这一老一少就这么从一个站台闲聊到另一个站台,谈得很投缘,时不时地那位老者还"哈哈"大笑。

车到咸明,老人起身下车。石正峰赶忙帮老人取下了行李,并拎着送出了车厢。

老者拍了拍石正峰的肩膀:"年轻人,你很聪明,很可爱。一路好走吧!"接着从上衣口袋里掏出了一张很精美的名片递给他,"孩子,西都城市大,繁荣复杂,在外要处处小心,我离西都市不远,有事可按这上面的地址或打电话找我。"

石正峰接过名片,心里滚过热浪:"好的好的。大爷,谢谢您,谢谢您!"

列车要启动了,二人才挥手告别。

送走了老者,石正峰这会儿才觉得困得不得了,把头一埋,就爬在前面的小架板上睡着了。

凌晨五时许,列车终于在西都站停了下来。石正峰被火车站的嘈杂声惊醒,他揉了揉眼睛,夹在下车的人流中向外走去。

在快出地道时,一位长发披肩,蓄着"八字胡"的小个子青年拍了他一下:"嗳,你到哪里,坐车吗?"

石正峰望了望他那男不男女不女的样子,皱了皱眉头没有理睬,继续走自个的路。

可那家伙又缠了上来,拉住他胳膊一边往外拽着走一边吹:"哥们儿,坐我的车,安全舒适得很。"

石正峰很生气地把左臂一甩:"松手,我不坐车,谢谢你的好意!"

八字胡不高兴了,只见他把眼一瞪,一把扯住他的衣服:"什么?你不坐?哼,不坐也行,拿八十元钱来。"

"我没坐你车,凭啥给你钱?真是怪事。"石正峰十分气愤。

"你耽搁了我的时间、生意,就得赔钱。没听说'时间就是金钱'吗?"八字胡一边叫嚷一边把石正峰拽出了出站口,接着把手向四面一招,"弟兄们,都过来,

— 73 —

这'乡棒子'耽误了老子的时间,你们说不给钱行吗?嗯?"

听到八字胡的叫骂,四下里"呼啦啦"围过来十多个凶神恶煞般的家伙,有的给八字胡帮腔恫吓,有几个还叫骂着抡起了拳头,跃跃欲试。

石正峰初来西都,人生地不熟的,又看对方人多势众,心里已怯了三分,更重要的是,他已在号子里发过誓,以后坚决不再冲动地和人打架了。

面对围上来的一大伙人,他拱手央求:"各位大哥,我是来西都找活干的,哪里坐得起小汽车呀。我一个出门人哪有那么多钱啊。你们就行个方便吧。"

"不行!"

"不给钱,就不能走!"

"不赔钱,就揍!"

……

石正峰心里想:打,一个人难敌众手,再说自己已发誓不能干傻事了。给钱吧,身上仅剩七十多块钱了,这还是秦伯伯当时给的,怎么办?急得他热汗变成了冷汗,直顺着下巴流。

"给不给?"

"掏不掏?"

许多人在帮八字胡喊叫。

石正峰情急之中掏出那仅剩的七十元钱再次央求道:"大哥,你们就放小弟一马吧,我就剩这点钱了,我还要吃饭呀。"

"管你妈的屁事,给我!"八字胡看到他从口袋掏出了钱,冲上去一把就抢了过去,"没钱?没钱这是啥?真他妈核桃变的,不敲打就不出来。哼!"说完,把钱往兜里一塞便扬长而去。

石正峰愣呆了,浑身颤抖地站在那里,望着宏伟的车站广场,望着这座古老而美丽的城市泪流满面。

他感到万分委屈!他气愤,他哀叹!他气愤的是在这座有名的历史文化名城里,竟然还有如此这般的不法之徒;他哀叹自己的命运咋就这么不济,出门第一站就遭了如此一劫。

39

天渐渐亮了,车流如梭,行人如织,一派繁华景象。可站在北街口的石正峰,此时身无分文,又饥又渴。

怎么办?怎么办?此时,他饥肠辘辘,根本就想不出半点主意来。

面对这个古老建筑和现代化文明相映生辉的城市,他一片茫然。这儿除了高楼商厦便是人海车流,除了人海车流就是商厦高楼。"这样的大地方,我能生存吗?"石正峰心里好一阵发怵。

此刻的石正峰,多么希望能从这喧嚣的环境中找寻一些他熟悉的东西啊,哪怕是听到一句老家的方言土语也好,然而……

"嘟嘟嘟"一辆的士停在了他的面前,一位漂亮的女司机探出头来,用一口纯正的普通话问:"帅哥,你坐车不?"石正峰这才收回了一直纷繁复杂的思绪,他扭头看了那位小姐一眼,摆了摆头,慌忙沿着一条偏街小巷走了。

也不知走了多远,石正峰的腿已不听使唤,疲劳和饥饿使他浑身直冒虚汗,走到一棵街边的风景树下,他实在支撑不住了,一蹲下就倚靠着树干睡着了。

一些过往的行人都惊异地望着他,一位摆小吃摊的大娘说:"这娃一定是累坏了。"

一个顽皮的小男孩从他妈妈的手里挣脱掉,跑过去揪了揪他的耳朵,他都没有醒来,只把头偏了一偏,又酣然入睡。

小男孩觉着好玩,又去搔他的鼻子,但被家长喝止了,小家伙这才嘻嘻哈哈地跑掉了,引得周围的人都哈哈大笑……

石正峰实在太困了,坐了一夜不眠的火车,加之到站后的劫后余悸和又饥又渴,能不困吗?不过,他这会儿却在大街上做了一个非常甜美的梦。

在梦中,他穿一身笔挺的西服,带着装满钞票的密码箱,开着一辆豪华的小汽车回到了他们的小县城。

在城里兜了几圈后,车一下子又开到了长峪村的老庙场,全村的人都跑出来欢迎他,夸赞他。

他见到了爸爸、小弟、老支书,还有妈妈。妈妈很高兴,又去忙着给他煮鸡蛋吃。

他阻拦了妈妈,说:"妈,今天咱不吃这个了。我有钱了,我要请全村的人到县城最大的酒店吃席。"

在县城的大酒店里,戈秃子和二驴子吃得直咋舌,老支书也吃得高兴,竖起大拇指直夸赞他是好样的。

石正峰把那一皮箱钱双手交给老支书,说:"刘支书,这些钱是我这些年打工、做生意挣的,你就拿去给咱村修公路、盖学校吧,要让大汽车能跑到咱村庙场去,要让全村的孩子都能上学。"

全村吃席的人们都高兴地跳了起来,欢呼不已!

老支书激动地挥挥手:"大家安静,请安静!峰娃子有出息了,给咱们村出了大力,谋了福利,我今天代表村上这三百多号人给他敬一碗酒。"

说着,刘支书很郑重地斟了一大碗酒,给石正峰捧了上去。大伙儿都嚷嚷起来:"喝！好啊,喝呀！峰娃,这可是咱支书敬的酒哩！"

石正峰看了看周围众乡亲们那淳朴善良的目光,激动得说不出话来。他双手颤抖地捧过酒碗,一仰头,"咕嘟咕嘟"地喝了起来,溢出的酒水顺着他的脖颈直流。

"好！好！好哇！"大伙都高兴地叫喊着,声音大得震天。

石正峰被叫好声惊醒。

他抹了一把脸,呀,天不知何时已下起了大雨,他满脸都是雨水。

在他身旁不远处,一辆装满石材的汽车正在倒车、卸货。货主正在焦急地配合司机,一边指挥着手势一边嘴里"好！好！"地吆喝着。

石正峰慌忙站了起来,望望雨中的街市,苦笑着自嘲:"敢情刚才是这个老板在高喊着'好''好''好'的。那碗流溢的酒水原来是这如注般的大雨呀。哈,真是白日做梦啊我。"

第十二章　风雨关切

40

　　看着高楼林立,石正峰心里有一种无助的渺小感。几片被雨水打落的树叶从他发际飘过,阵阵凉气从心底泛起,他连打了几个寒颤。抹了一把脸上的雨水,整理了一下湿淋淋的衣服,他准备找一块避雨的屋檐。

　　忽然,一个胖胖的约莫四十多岁的女人小跑着走过来,喘着粗气说:"小伙子,你干不干活?"

　　石正峰心里闪过一丝惊喜,赶忙说:"干哩!"

　　"干就往这儿走,快去和那三个川娃子给我把这一车石材卸了,给你们二百元钱。"

　　石正峰望了望雨中那一大车山堆似的石料,皱起了眉头,但是,他不愿放弃这找上门来的第一宗活路。

　　他把裤带紧了紧,振作了一下精神,强忍着饥饿,走了上去。

　　那中年女人见石正峰走了过来,用手指了指汽车,沉着脸说:"喏,就这些,放麻利些,别磨磨蹭蹭的。"石正峰听后,心里很不是滋味,但是为了吃饭,他没有再迟疑。

　　雨越下越大,不时还电闪雷鸣。

　　石正峰和几个四川民工被淋得连眼睛都睁不开,但为了承诺,为了钱,每个人都只能挣扎着抱着一箱箱沉重的大理石板材,颤颤悠悠地从搭接车厢的一块一尺宽一点的木板上不停地运送着。

　　因为下雨,天黑得就比往常早,当西都城里街灯点亮的时候,一车货终于卸完了。他们四个落汤鸡似的都围拢在那女人的门市部里,等待付工钱。

　　胖女人慢腾腾地打开抽屉,抽出了二十张面额拾元的票子,往柜台上一甩:"给,你们去分吧。"

　　一个五十岁左右的四川人一把抓过了钱,满脸堆笑地说:"这位小兄弟,这二百元钱,咋个分哟?"

石正峰微笑着说:"随便。"

听了石正峰的话,那个老四川望了一眼另外一个年轻川娃,就对石正峰说:"小兄弟嗳,一听你就是个直爽人,你看我们刚从四川过来,又都带着娃儿子,看你也是个好心肠的人,能不能把我们帮助一下,给你四十元钱,行不行?要得不要得?"说完,三个四川人都显出了一副可怜巴巴的样子。

听了他们的分钱法,石正峰气愤得半会儿没有开腔,"二百元,四个人分,一人五十不是正好嘛!为啥却只给我四十?"他真想开口臭骂他们一顿,可是他没有。

他若有所思地望了望其中一位两鬓花白的老四川,也许人家真有困难,于是就无奈地说,"好吧。随你们吧。"

分完钱,三个四川人兴冲冲地走了,一边走还一边比划着什么,是不是在背地里骂石正峰是个大傻瓜,也说不定。

现在石正峰最大的愿望是赶快找个小饭馆填饱肚子。他刚要跨出门,那老板却叫住了他:"哎,小伙子,你可真傻,不过,也难得有如此好心肠!"老板边说边把一杯热茶递到石正峰的面前,"坐下来,歇歇。先喝口热水。"

石正峰望了一眼这个富态的女人,感觉她和善了不少。于是就在一箱石材上坐了下来,并赶紧端起了热茶,"咕嘟嘟"喝了一气。

胖老板看着石正峰那又饥又渴的样子,眼睛里浮现出了怜惜的神色。实际上从石正峰卸货开始,她就注意到了这个憨实的小伙子,又通过观察他们几个分钱的情景,她已判断出了这个小伙子是一个淳朴、善良、诚信的乡下人。一种怜惜之情油然涌上了她的心头。

"娃子,你是哪里人?"

"我是汉南人,阿姨。"石正峰望着面前这位现在看起来很慈祥的富态老板,腼腆一笑。

"啊?我说咋口音好熟,你大概还是橘城人吧?"

"是啊,是啊。你到过橘城?"石正峰有点他乡遇故知的兴奋感。

"何止到过,许多年前我在那里生活过。"

"噢。是吗?"石正峰点了点头。

"你多大了?来西都多久了?"

"十九岁了,今早五点多刚来的。"

"难怪,我见你竟靠在树干上酣睡哩。"胖老板接着又关心地问,"那你还没有吃饭吧?"

石正峰苦笑着点了下头。

"哎呀,你看,好,娃子你坐着,阿姨给你叫饭去。"没等石正峰起身推辞,胖老板就走出了店门。

没过多久,一个女服务员端着一大碗米饭和一荤一素两个菜,在老板的带领下走了进来。

"赶快吃吧,孩子,别饿坏了。"

听到女老板这么关切的话,石正峰只觉得一股暖流涌向全身,最后凝成了感激的泪珠。

自那晚从母亲坟头出走后,经过了惊悸和疲劳,能在这举目无亲的大都市里遇到这份关怀,这对于石正峰来说是多么难得!

看到面前热乎乎的饭菜和这么和善的阿姨,他心生感激,叫了一声"阿姨"就泣不成声了。

女老板爱怜地说:"孩子,别……别这样,趁热吃吧,趁热吃。"

石正峰哽咽着点点头,拿起了筷子。

41

这女老板名叫何兰,今年四十七岁,原是区办工厂的工人,有一女儿在南京上大学。

前几年单位效益不好,她和丈夫就在这西大街开了个石材经销门店,由于他们讲信誉,待人宽厚,生意越做越红火,越做越大,由原来单一经营地板砖,发展到现在经营地板条、大理石等二十多种建筑装饰材料。

正当他们生意蒸蒸日上之时,难以预料的灾难突然降临。去年,老伴在一次车祸中去世了。当时许多人都劝她干脆把生意关了,个别眼红的同行还在背地里幸灾乐祸,"这下看这胖婆娘还能做好这生意?"

何兰既悲痛又气愤,为了赌这口气,她在把老伴安葬后的第二天就早早地开了门,照常营业。

为了把生意做得更好,好多次她竟不顾自己的年龄,山高路远,亲自翻山越岭到外地考察市场,进货、销货。

当然,现在这么大的生意,对于一个年近五十的女人来说,的确把她累得够呛。每天晚上门店打烊后,当她拖着疲惫的身体回家休息时,总免不了要哀叹几声。

她很想请一个人来帮助她料理生意,但这样的人太不好寻了。有的人很精,搞不好他会把你的生意做成了他的生意;有的人又很笨,搞不好会把你的生意给做垮塌了。何兰是个很谨慎的人,所以她一直都没有请到合适的人。

石正峰吃饭的时候,何兰一直爱怜地看着,她在心里盘算:"这孩子真不错!

一看就是个正直、善良的实在娃,能把他留在店里该多好!"想到这里,何兰脸上泛起了微笑。

石正峰一口气把饭菜吃了个精光,身子暖和了许多,一下子有了精神。看到女老板微笑着看着自己,有点不好意思地把头搔了搔。

"孩子,吃饱了么?"

"饱了,吃饱了,姨。"石正峰急忙回答。

"你到西都来有什么打算?"何兰又问。

石正峰苦笑了一下,有前声没后声地说:"有什么打算?我想找个活先干干。"

"那好,你看到阿姨这儿干,愿意吗?"何兰喜滋滋地问。石正峰心里更高兴,他觉得何兰虽看起来很严肃吓人,其实心眼蛮好的,能在她这里干,不会错,先干着吧,在这个大都市里总得先有个扎脚之地嘛,就满口答应了。

何兰高兴地说:"孩子,阿姨亏待不了你,包吃住,每月再发三百元工资,好不好?"

"放心吧,阿姨,钱多少没关系,我一定好好干!"石正峰没想到这个人这么大方,又包吃又包住,还要给发这么多的工钱,兴奋地满口答应。

就这样,石正峰留在了何兰的店里。

他很卖力,也很聪明,很快就在何兰的指点下把生意做得有板有眼。

他人也一天天精神起来了,如果不问底细,你还真看不出他是个从大山里走出来讨生活的娃子,所以他深得何兰的赏识和喜欢,连一些生意同行对他的表现也是一片称赞。

42

石正峰出看守所那天,月儿起得特早。

他把两只羊往东面山坡上一丢,一溜小跑,兴高采烈地来到了庙场。

看见戈秃子,月儿一蹦一跳地说:"我哥今天要回来了。"

戈秃子说:"是吗?峰娃今天出来?好,那我得去买卷响炮。他一回来,老叔就去给他放鞭炮欢迎欢迎,也算给他娃娃驱驱晦气。哈哈。"

"那好,那好。"月儿一边说一边蹦跳着向村口跑去,他要站在村口去迎接哥哥。

月儿坐在村头那株老银杏树下,双眼一直盯着回村的山路,逢人便问:"看到我哥哩吗?"

"我峰娃哥你们碰见哩吗?"

80

石正强今天的心情很激动,他很迫切地想见到哥哥。因为他就要上学读书了,而且老师就是自己的爸爸。背上书包上学堂,这可是他做梦都向往的事啊!

那天,月儿和刘支书回山后,刘土根连夜去了他们家,还提了一瓶珍藏多年的"橘城特曲"。

一进石明理的家门,刘土根就兴冲冲地把石明理拦到堂屋的方桌旁坐正,用牙齿咬开瓶盖,让月儿拿来了两只吃饭的土瓷碗,满满地倒上了酒。

石明理觉得十分奇怪,正要问他可有啥事,刘土根却把自己额头一拍:"明理,你是个读书人,是咱们村的大人才啊!可这些年我把你的才华给糟蹋了,也把咱们村的娃娃们给耽误了哇,作为支书,我对不起你,更对不住咱全村的娃娃们啊!"

石明理看看月儿,再看看刘土根,心里着实纳闷,"支书今天是怎么了?难道我在什么地方得罪了他?还是今天下山去看石正峰受了什么气?"

看着石明理那难为情的样子,刘土根直接说:"这次下山和秦所长的一席话,使我大受启发哩。秦所长说得真好啊!治穷先治愚,治愚先要办好教育啊!咱们村里穷,请不来那些洋先生,咱就不会请土先生吗?"说着,指了指石明理。

石明理若有所思地说:"是啊,秦所长说得很正确!秦所长,那可是个大好人啊!"

"刘支书,那土先生又咋个请呀?从哪里去请哩?"看着刘土根那打量自己的诡异神情,石明理心里有些惶惶的。

刘土根这才微微笑:"咋个请,就今晚这么请,你看行不?"

石明理愣了一下才恍然大悟,红着脸结巴地说:"我哪行?哪……哪行嘛?"

"咋不行?你当年考学的事,这十里八村的人谁个没听说,你肚子里有的是墨水,只要你同意,准行。"

"不行不行!不……不行、不……行!"石明理话说得越来越结巴。

"不行也得行!你总不能一直看着娃娃们个个当睁眼瞎吧!哼!"刘土根有点生气了。

石明理没敢再吱声。

其实,他早就有过这个想法,但为了供石正峰上学,他没有时间和精力,也不是不愿出来。

可到头来呢?

说实在的,现在他已对读书考学灰了心,从他当年的考学经历到自己儿子的上学失足,他心里面深深地烙上了这样一种警示:山里的孩子别谈上学。

他认为,一种情况是山里穷人家孩子上不起学。吃饭穿衣都成问题哩,还有余财剩米拿出来供孩子上学?一个大学生没有几万、十几万能供得出来?另一种情况是山里宽裕人家的子女上不好学。有钱人的孩子吃不了苦,下不了恒心,大多是不会好好学习的。

看到石明理没再说"不",刘土根又才笑嘻嘻起来:"明理,你就别推辞了,这可是秦所长给我推荐的哟,你能不干？好了,就这么定了,明早,我们村上再开个会,就把这个事响个众。"

"那教室放在哪里？"石明理看推是推不掉了,刘支书已经搬出了秦所长。又一想,也对,是该发挥自己的文化用处的时候了,石正峰上学不出息,那月儿呢？还有村里那许许多多的娃娃女女们,兴许他(她)们日后会把书念出名堂哩！想到这里,不禁脱口问道。

"教室嘛,就先放到庙场的村委会里。"

"就那座老庙？那你们村委会办公咋办？"石明理有点吃惊,这老支书对教育这么重视,甘愿让出村委会来。

"就先放那,村委会办公暂搞个流动的,村上干部家里一家一个月地轮。等落了冬,筹点钱把村里学校盖起来后,再转回来就是了。"看起来刘土根早计划好了,石明理心里滚过一股热浪,老支书虽然没文化,但是对村里教育事业的关心和贡献那是没得说。

石明理看着老支书那坚定的眼神,一种使命感也油然而生。他望了望窗外星光下的山村,把桌子一拍:"好！那我就干！"

刘土根高兴地端上一碗酒:"好样的,痛快！这就对了,石老师,咱们干了！"说完,先把一碗酒"咕嘟咕嘟"地喝了下去。

石明理也不示弱,几乎和刘土根同时喝干了碗里的白酒。两人把碗底互相一亮,哈哈哈地大笑了起来。

月儿也兴奋地直拍手,因为他知道,父亲今天真的笑了,自从母亲过世后,这是他头一次看见父亲的笑容。他也在为自己高兴,因为自己也能进学堂读书了。

月儿在村口一直等到太阳落山都不见石正峰的影子,天快黑了才赶着"咩咩"叫的羊,嘀嘀咕咕地回到家里。

石明理见小儿子耷拉着脑瓜一个人回来,就知道是怎么回事了。

这两天,他和刘支书整天忙着办小学的事情,石正峰出看守所,他也就顾不上去接了,再一想,这又不是啥光彩事,让他自己回来。

虽然心里是这么想的,但毕竟父子情深,下午石明理早早回到家里,特意炖了一大块腊猪腿,准备给儿子好好吃一顿哩,可是现在……

他望了望不高兴的小儿子,说:"正强,咱们吃饭吧,兴许你哥明早就回来了。"说这话的时候,石明理很确信,因为山里人从城里回山时,赶不上班车的事情常常发生,不稀罕。

第十三章　人间真情

43

　　第二天一早,月儿又要下庙场去接哥哥。石明理也要到庙场去办事,就拉着月儿的手一块儿下到了庙场。

　　到了庙场,石明理往山下望了望,就去找刘土根了。石正强又兴致很高地来到了村口,他一边望着回村的山道一边埋怨:"哥,你今天总该回来吧?真是的,让我好等。我还有好多话要讲给你听哩。嘻嘻。"

　　吃早饭的时候,石明理和老支书一同来到村口,他们一边谈着建校的事,一边问这会儿蔫不唧的石正强:"月儿,你哥还没回来?"

　　"没见嘛!"月儿嘟噜着脸。

　　"这娃,是咋回事,现在还不回山。"刘土根极力地望着山下的路。

　　石明理点燃一支烟,一直皱着眉,没有作声。一来这儿,他就想起了孩子们的娘,他觉得他愧对于她。那天,他若早点回家,她也不会就那样去了……

　　石明理一边这样想着,一边慢慢地向妻子的坟头走去。他要去看看妻子,要去和她说说心里话,要去向她忏悔。

　　突然,他发现妻子墓碑上有几个暗红色的字。

　　他惊奇地跑了过去,在妻子的坟前吃惊地叫道:"啊!是正峰,是正峰!儿呀,你回家了,你回来过了?"

　　刘土根和月儿也惊异地小跑了过去,刘土根急切地问:"明理,你怎么了?"

　　"爸爸,你咋了?"

　　石明理指着墓碑,身子在颤栗:"你们看,这是正峰的字,他回来过,这说明他回来过。"说完他又四下里大声喊叫,"正峰,正峰,儿啊……"

　　月儿也大声地叫着:"哥哥,哥……哥……"

　　然而,在这空旷的大山里,除了四面回响过来的叫喊声,还是叫喊声……

　　刘土根看着石明理父子俩焦急的样子,长叹了一声:"唉!"

　　石正强"哇"一声哭了。

石明理半跪在妻子的坟前,双手抱住墓碑,痛苦地对妻子说:"梨花呀,儿子走了,儿子走了,肯定走了,都是我这个父亲没当好呀!你知道他到哪里去了,到哪里去了呢?嗯?……"说话间,石明理已是泪如雨下。

44

石正峰的出走,对石明理来说无异又是一个不小的打击。他曾到所有的亲朋好友家里去寻找,都没有结果。

每当教课之余,尤其是在月圆之夜,他总是烦躁不安,辗转难眠。他在心里发出声声呼唤:"儿啊,你在哪里?儿啊,你现在好吗?儿啊,外面的花花世界你能适应吗?儿啊,爸爸想你呀!儿啊,你回来吧,回来吧!……"

其实,石明理的担忧大可不必,现在的石正峰已是"秦巴石材批发市场"的业务经理了。

短短的几个月里,在何兰的指点下,石正峰已熟谙石材的经销门道。他吃苦耐劳,待人谦和,加之采取了"微利致胜"的商战策略,石材生意越做越红火。

最近,他根据建筑行情又建议何兰扩大经营规模。

自打石正峰帮助她料理生意以来,何兰轻松多了,对石正峰认真踏实、肯吃苦、忠于职守的工作作风看在眼里,喜在心头。

许多同行都嫉妒地跟她开玩笑:"胖姐,你真有眼力,发现了石正峰这个人才,你好比找了个优秀的大儿一样嘛!这娃能干得就像活财神一样啊!"

何兰对石正峰扩大生意门店的建议十分赞同,石正峰的干劲更足了。经过一番筹措,他把原门市部的招牌取了下来,选了个吉日,在何兰的主持下,在同行商贾们的祝贺声和鞭炮声中挂上了"秦巴石材批发市场"这块金光闪闪的门匾。

从此,他们的石材生意又得到了新的拓展,销售业务辐射到天津、青岛、广州等十数个城市。

石正峰的工作业绩,给何兰带来了丰厚的利润。不过何兰也是个讲情义的大气之人,自他一进门店,就没有把他当成一个打工仔对待。

看着石正峰一天天精明强干起来,她心里的确很高兴。通过几个月的相处,她可以说早已把石正峰当成了自己的孩子,除了第一个月付给石正峰三百元工资外,以后的工资何兰给他加付到了每月八百元,原来说的只管吃、住,可后来,何兰连石正峰的穿戴都给他管得很周到,夏天的衬衫、秋天的夹克、冬天的大衣,还有手表、皮鞋等都是何兰额外给他买的,这使石正峰很感激。有时他想,自己的亲娘对自己也不过如此吧。

自从到何兰这儿做起生意后,他变得精打细算了,每月工资除留一点零花钱外,其余的他都小心翼翼地存在了对面的储蓄所里。

他有一个愿望,他要攒一笔钱,回去首先要给村里建一所小学校,好让小弟和村里的孩子们都能够早一点进学校读书。然后,再帮村里修一条宽畅的山路,把山外的世界引进大山。

这一年的春节来得特别早,大街小巷都传唱着《春天的故事》,所有的人都在为改革开放的大好形势而欢欣鼓舞,喜庆的气氛充满了整个西都城。

为了过好这个佳节,腊月二十七何兰就决定关门过大年。

晚上,他们正在看电视上的新闻节目,突然,"叮铃铃"电话响了,何兰拿过话筒一听,嗔怪地说:"哎哟,你这个没良心的野丫头,都腊月二十七了还不回来,你不想妈妈了?"

石正峰明白了,是何兰的女儿吕小燕。只听何兰又高兴地"哼"了几声才放下话筒。

石正峰笑着问:"姨,是小燕姐吧?"

"是,就是的。她说明天回来,是上午十点的飞机。"

"那咱们去接她吧。"

"好!"何兰很满意地答应。

第二天上午十时,飞机准点降落在咸明国际机场,乘客们缓缓走了出来。

何兰指着一个高个子漂亮的女生对石正峰说:"那不,那就是你小燕姐。"

这时,吕小燕也发现了何兰,她高兴地奔了过来,一下抱住了何兰的脖子,亲昵地叫了声"妈"。

何兰幸福地拍着女儿的肩头:"哎,这孩子。来,燕子,我给你介绍。"

还没等何兰说完,小燕已伸出手向石正峰甜甜地一笑:"你是正峰弟弟吧?"

"是的,小燕姐。"石正峰不好意思地把手也伸了过去。

小燕的归来,给家里增添了许多乐趣和生气。

年三十晚上,三个人一齐下厨,很快就做好了一桌丰盛的晚餐。何兰还特意拿出了一瓶好酒,给每个人满满地斟上:"孩子们,一年到头了,这是个难得的团圆年,今晚咱娘仨就痛痛快快地喝两盅。"

"妈,你也要喝酒啊,你的身体?"小燕吃惊地说。

"没事,你妈我今天高兴,喝两盅没什么大不了的。"说着举起了酒杯,"正峰,来,姨先敬你一杯!"

"不敢不敢,我可承受不起!"石正峰听何兰这样说话,慌忙端起了酒杯,不过,也有点担心地望着何兰,"姨,这个酒,你?"

"喝吧,姨没事。"何兰明白他们是在关心自己。

"砰"地一声脆响,小燕也把酒杯伸了过来,三个人的酒杯在空中碰在了一起。

"好！"

"来，吃！"

"动筷呀，孩子们。"

娘仨一边品尝着美酒佳肴，一边看着热闹的春节联欢晚会，说说笑笑，直到新年的钟声敲响，才各自回房休息。

小燕是个热情、开朗的女孩，三年的大学生活又造就了她聪慧、活泼的个性。

她待石正峰像亲弟弟一样，给石正峰讲了许多外面的故事和流行词，但讲得最多的还是她大学生活的点点滴滴，石正峰每次总是入迷地、充满幻想地听着。

他多么想上大学呀！他时常幻想着自己也坐在大学那宽畅明亮的现代化教室里，听课、读书、操作电脑或侃侃而谈。

从大年初二开始，小燕就开始跑同学、会朋友，而且，每次外出都要叫上石正峰。

石正峰也很乐意跟上这个聪明、活泼的姐姐，因为他感觉和小燕以及她的同学们在一起充满了青春的活力。

他们在雪地里郊游；他们在公园的湖上划船；他们在一起唱歌跳舞；他们在一起看书读报、吟诗诵词……

小燕在西都的同学很多，他们都喜欢石正峰的率真，也很同情石正峰的不幸。

大家一致认为他正是读书的年龄，仍应该毫不气馁地发奋读书考大学，多学些科学知识才是。

小燕的几个同学还很快给他找来了全套高中课本，勉励他一边工作，一边挤出时间复习功课，准备来年高考。

为此，小燕回去专门做了她妈的工作。何兰一听也十分赞同，把胸脯一拍，对石正峰说："娃呀，他们都支持你，我这个做长辈的更应该支持你才对，我可不是老落后哟。以后门上的生意我多干点，你多抽些时间好好复习，只要你能有出息，我这个老婆子也光彩呀。"说完，就爽朗地笑了。

谁说世间无真情？短短几个月，石正峰已和何兰她们结下了深厚的情谊。

石正峰望着眼前这位待他如亲妈一般的女人，禁不住热泪盈眶地跪在何兰面前："阿姨，你们对我太好太好了……姨……我一个山里娃，一个打工仔……你们竟对我这么好！我……我真不知道怎样报答你们才好呀！"

何兰赶紧拉起了石正峰，慈爱地说："傻孩子，姨早就把你当成自己的亲儿子了，还说什么报答不报答的，一家人不说两家话，发奋考上大学就是对我最大的报答。"

第十四章　紧急出手

45

时光流逝,季节轮回。

石正峰在何兰的支持下,一边工作一边学习,不知不觉中又到了一个夏季。

一天清晨,石正峰和何兰从火车站广场搭乘了一辆发往汉南市的客车,他们要到宝凤市的一家石材厂去看样订货。

车出城区已座无虚席,石正峰坐在客车上思绪万千,"汉南"二字在此刻深深地勾起了他的思乡之情。屈指算来,自己离乡已十个多月了,爸爸可好?小弟可好?家乡的一切可好?快一年了,他没有家里的半点音信,也没有给家里半点音信,因为他实在没有提笔写封家书的勇气。

车到咸明,上来了一位穿着白色连衣裙,肩上斜背一个画板的姑娘。石正峰眼睛突的一亮,"啊,这不是秦小雯吗?哦,她太像秦小雯了!"他在心里说,"你看她那弯弯的月眉和大大的杏眼,如果不是那一尺多长的披肩发,简直难以分辨。"

姑娘一上车就微笑着朝后移动,似乎在寻找一个恰当的座位。然而最终她失望地在石正峰座旁的人行道上站住了脚步。

石正峰从她背的画板上估摸出了她的身份,是教师,或者学美术的大学生,至少肯定是一位文艺人才。他开始不自在起来,觉得一个大小伙坐着,让一位楚楚动人的姑娘站着,实在就是一种无声的批评。

于是,他不好意思地站了起来,对那位姑娘说:"大学生,你请坐吧。"

姑娘只是愣了一下,就看着他莞尔一笑:"谢谢,那就不客气了。"

何兰嗔爱地朝他瞪了一眼,意思是,"你小子,有点傻冒哇!"石正峰却站着冲何兰扮了个鬼脸,微笑着没有吱声。

何兰把腿收拢了些,问:"姑娘,你到哪里去呀?"

姑娘含笑回答:"我到凤眉山去,那儿最近逢庙会哩。最主要是那里的风光太美了。"

"噢,是吗?凤眉山的飞凤寺最近逢庙会?那太好了,"何兰又高兴地补充说,"听说那里的风景真是好得很哩!"

在宝凤市办完事已是下午四点多了,他们在一个小餐馆里吃完快餐就准备返回西都。

在等车的时候,何兰忽然想起了什么似的把手一拍,说:"正峰,今天还早哩,咱们也去凤眉山逛逛,放松放松,这段时间可把人忙坏了。"

"山里有啥好看的,咱们还是早点回去看生意吧,姨。"石正峰望着何兰那神秘的样子,心里有点不以为然,因为自己就是从大山里出来的,什么样的山没见过。

"你没听说嘛,这可是个非常有名的旅游景点哩。"何兰兴致很高,满脸都是笑容。

"噢,那……那好吧,我就陪姨去走走。"石正峰见何兰很是期待的样子,也就不好再推辞什么。

"走走走,咱们去逛逛,再说也难得碰上个逢庙会的时候。"何兰不容他再磨蹭,招手叫过来了一辆红色的出租车。

凤眉山因山形逶迤,林木苍翠,远观好似一只凤凰的眼睛而得名,这凤眉山上有一座始建于唐代的大寺院"飞凤寺",终年香火很旺,每年六月都要举办大型庙会活动。

今年的庙会更是盛况空前,寺内寺外,人山人海,喧嚣鼎沸。

何兰在寺门外叫卖香蜡纸张的摊点上选购了两支一尺多高的红色蜡烛和一小捆二尺多高的神香,拉上石正峰挤在祭祀的人群里慢腾腾地挪进了金碧辉煌的佛殿。

光明威仪的佛祖、菩萨们高高地坐在大殿之上,络绎不绝的善男信女都虔诚地跪拜在他们的座下,喃喃祈祷着只有他们自己清楚明白的善恶果报。

石正峰看看上边的神像,又偏头看看双掌合十,微闭双眼,口中呢喃着祈求言辞,甚为虔诚的何兰,强忍着没有笑出声来。

拜完神,出殿门时,何兰又掏出一张百元大钞投在了功德箱里,一位年轻的师父笑眯眯地把他们送出了大殿。

石正峰长长地嘘了一口气,何兰也弯下腰揉了揉有点酸疼的膝盖。石正峰急忙走上去搀扶住何兰。何兰又拍了拍腰杆,微笑自叹:"唉,老了,老了,不中用了!"可是接着又余兴未尽地说,"走,正峰,咱们再到各处景点去看看。"

徜徉在飞凤寺的其他大小景点中,石正峰感受最深的不是拜祭神佛的热闹场景,而是飞凤寺那些保留数百年的古老建筑,以及它们所蕴含的足以令后人叹为观止的瑰丽文化。

46

　　他们参观了近一个小时后,才恋恋不舍地向山下的小镇走去。
　　虽已是下午七点多了,然而山道上的游客还是很多,地摊上的生意都很红火,商贾小贩的叫卖声、露台唱戏的锣鼓声不绝于耳,一派热闹祥和的庙会景象。
　　山道虽然坎坷不平,但是挡不住人们欣赏满目苍翠山景的兴致。石正峰搀扶着何兰一边小心翼翼地走路,一边继续观赏着沿途斜阳下凤眉山的风光。
　　突然,一个披头散发的少女一边哭喊着"救命呀! 救命呀!",一边从山道南侧的松林里踉踉跄跄地跑了出来,一头撞在了石正峰的身上,吓得何兰惊叫了一声。
　　石正峰蓦然觉得这女子眼熟,可一时却想不出在哪儿见过。
　　那女子全身发抖地抬头看了一眼何兰,就像见到了救命稻草一样,上前一把拉住了她,惊慌失措地说:"救救我,阿姨,救救我。后面有流氓追我。你还记得我吗? 我是今天上午和你坐同座的,救救我,阿姨。救救我!"姑娘说着就"呜呜呜"地大哭起来,而且浑身颤栗不已,害怕极了。
　　石正峰仔细一看,没错,是那个很像秦小雯的姑娘。姑娘也认出了石正峰,看到这位人高马大的结实小伙子,她好像更有了获救的希望,急忙泪流满面地央求:"大哥,请你救救我,救救我吧!"
　　石正峰正要询问是怎么一回事哩,只见三个如狼似虎的壮汉扑了过来。那姑娘吓得一下子缩到了石正峰的身后,浑身颤栗得更加厉害了。
　　一个留着络腮胡子的矮胖汉子,摸了一把脸上被抓的血印,咬牙切齿地骂道:"臭婊子,看你往哪里钻,你能逃得出我的手心,算我是你生养的。"说着就要冲上去抓那个姑娘。
　　石正峰抬眼一看就知道这家伙绝非良善之辈,急忙张开手臂挡住,呵斥道:"你们想干啥?"
　　络腮胡想不到这半路里杀出个程咬金,他瞧瞧石正峰又看了看他的弟兄,突然指着石正峰骂道:"你是哪里钻出来的鸟,想坏大爷我的好事。识相点,快给老子滚开,要不然,我们对你不客气。"说着捋了捋衣袖,那两个随从也摩拳擦掌地摆出了一副打架的姿势。
　　围观的群众有的惟恐殃及自己而纷纷退避。
　　一位好心的卖烟大爷悄悄地凑到石正峰的耳根上说:"娃子唉,你们快跑吧,那可是当地有名的地头蛇,是个惹不起的狠手。"
　　石正峰很感激地朝大爷点了点头,然后退后一步,小声地对何兰说:"姨,看来今天非打一架不行了。你们要小心,我和他们干起来时,你们趁机逃走。"

何兰有些胆怯地说:"娃啊,那你……"

"姨,你不用担心,我会脱身的。"石正峰给何兰打气壮胆,一副凛然无惧的神情。

络腮胡又骂开了:"挨球的,你还不走开,弟兄们,上!"两个打手扑了上来。

石正峰大喝一声:"站着!凤眉山是佛教圣地,你们竟敢在此胡作非为?"

"哈哈哈,你还挺迷信的,我看今天佛祖、菩萨能过来帮你吧?哈哈哈!"说话间,络腮胡竟然一拳朝石正峰劈面打来,远远围观的群众惊叫不已。

对打架,石正峰是有足够实战经验的。第一次由于打架被八中开除;第二次因为打架被公安收审;而这次打架,石正峰已来不及考虑可能会带来的后果了,他只觉得双拳鼓胀起来,一股正义之气充盈全身。

见络腮胡迎面一拳飞来,石正峰脚根未动,只将身子向右面微微一侧,就轻描淡写地化解了。

络腮胡一招打空,心里"咯噔"一下,知道今天遇上了练家子,便大喊一声:"上!都给老子一齐上,先把他撂翻。"

听到络腮胡叫喊,那两个家伙一齐挥拳从左右打了过来,围观的几名群众都为石正峰捏了一把汗。

石正峰这下可真的发怒了,他心里想,"好,今天就好好教训教训你们这些坏怂。我两年来的怨气正好没地儿出哩。"

只见他双掌向胸前一个提气,立了个"横刀立马"的架式,接着抽身上前顺势接过左边穿黑衣服流氓打来的一拳,反手一按,借势右肘猛击其背心,只听"啪嚓!"一声,就见那个黑衫流氓一个"狗吃屎"地扑倒在地,几颗门牙不知保没保住。

47

正在这时,右边穿花格子衣服流氓的右摆拳也打了过来,石正峰一个马步下蹲,左手朝上一架,右拳猛击其小腹,这一招正宗的"黑虎掏心"打得那个家伙抱住肚子滚翻在地,"哇哇"怪叫。

看到石正峰那不凡的身手,何兰才松了口气,"咦,想不到正峰身手这么好!小子哎,看不出还是个功夫小子哩!"

何兰哪里知道,石正峰可是从小就跟着爷爷练武的,少说也有近十年的功底呢。

石正峰的爷爷可是秦岭大河口一带响当当的人物,年轻的时候身板粗壮,力大惊人,单手能举起一百多斤重的石磨盘,人送绰号"石碾盘"。

石碾盘出身穷苦,为了生计,中华人民共和国成立前曾走南闯北,学了一身好武艺,后来见外面兵荒马乱就返回汉南,回归山林以打猎为生。

一九三二年寒冬,红四方面军从鄂豫皖一路征战到秦岭一带,为了攻克成仙口,进逼汉南城,当时的地下党就把他请来给红军谋划出山的行军路线,因为他是当地有名的猎户,对那一带的山山水水十分熟悉。

当时,红军把他请过来,说明用意后,石老爷子二话没说,就高兴地请缨要亲自给红军当向导。因为,他亲眼见证了红军不祸害老百姓的纪律作风,真切感受到了红军是穷苦人民的队伍。

中华人民共和国成立后,石老爷子在很长一段时间都以此为荣,时不时地总会给后辈小子吹上两句:"哎,当年要不是我家里闺女小,我早就跟着红军干革命啦,说不定我也能当个团长、师长干干哩。哈哈。"

家里有这样的大师父,石正峰岂有不会点武功的道理?况且他生来体格强壮,十分顽皮好动,总爱缠着爷爷在山沟沟里舞刀弄枪。

片刻之间,石正峰就撂翻了两个凶狠之徒,可是见何兰还在自己身后磨蹭,似乎没有走的意思,不由得心急道:"姨,你们还不快走。"

"那你可要小心啊!"何兰见再磨蹭下去也不能帮上啥忙,反而会成为累赘,这才叮嘱一声,拉上那位姑娘就在围观群众的掩护下,向山下快步走去。在半道上,何兰挡了一辆人力三轮车,飞快地向凤眉镇派出所奔去。

络腮胡见三个人联手都不是石正峰的对手,便凶相毕露地拔出了一把火枪,恶狠狠地骂道:"我让你厉害,让你今天逞英雄救美人。老子今天非杀了你不可。"

众人一见,惊骇得四散躲避。

石正峰一看不好,刚要躲闪,可还是迟了分毫,只听"嘭"地一声,石正峰一个趔趄就跌倒在血泊里……

"杀人了!杀人了……"山道上的游人四散奔逃,唯有那位卖纸烟的大爷在大声呼救。

石正峰饮弹倒地,络腮胡似乎仍不解恨,只见他又从那个黑衣流氓的手里夺过一把长条形砍刀向石正峰扑去……

就在这万分危急的时刻,何兰领着几名举枪的公安干警冲了上来,带头的一名年轻英武的警察大喝一声:"住手!'黑熊',今天看你再往哪儿逃!"

宝凤市人民医院的抢救室里,兼任手术外科主任医师的王院长在两名女护士的配合下,亲自给石正峰做手术。

手术室外,那位被救的姑娘一直在低泣。何兰也不时地抹着眼泪,焦急、紧张地在手术室门口走来踱去。

两个小时后,一枚带血的钢铢从石正峰的胸部取出,王院长长长地出了口气:"这小伙子命真大呀!再偏半毫分就没救了!"

手术很成功。

护士推着手术床上的石正峰从手术室出来,何兰和那位姑娘急忙护送着一同走进了一间特护室。

两名护士把石正峰轻轻地放在一张病床上,挂好吊瓶,给她们交代了几句就带上门走了出去。

何兰趴在床头,望着石正峰那张苍白的脸,心疼得又掉下了眼泪。一直愧疚地站在床尾的姑娘看到何兰掉泪,也低泣了起来。

何兰望着姑娘那双哭得红肿的眼睛,急忙宽慰:"孩子,别哭了,这在医院哩。"

就在姑娘擦泪的时候,病房的门被推开了,王院长陪着两名公安干警轻轻地走了进来。

王院长给她们做了介绍。

年龄大一点的杨所长上前握住何兰的双手赞叹:"何大姐,感谢你,感谢你为社会培养了个好儿子啊!"

王院长也赞扬:"真是个好青年呀!这种见义勇为的精神很值得我们大家学习,很值得在全社会大力弘扬啊!"

何兰也激动地说:"应该感谢公安人员,应该感谢医院、感谢院长您呀!"

杨所长对那位姑娘说:"付莎,我们已和你外公电话联系上了,他明早就过来看你。"

听了杨所长的话,付莎点着头又伤感地哭出了声。

王院长赶忙劝慰:"孩子,不要再哭了,夜已深。再说,正峰还没脱离危险期,吵不得呀。"

付莎哽咽着用手捂住了嘴巴,懂事地点了点头。

48

石正峰猜得没错,付莎的确是大学生,是西都美院雕塑系的学生。外公付伯林是西部农学院的教授,是对国家有突出贡献的林学专家。

付莎昨天从宝凤市下车后,就打了个的士直奔凤眉山。她并不是为了赶热闹逛庙会,而是被凤眉山的绮丽风光,尤其是被飞凤寺的那些保留千年的佛教壁画和石刻所吸引。

到凤眉山后,她首先仔细参观了飞凤寺的神殿和大小古建筑群,又跑到后山的碑林观瞻。

她被那些弥足珍贵的文化遗产所震撼,同时,面对那些未被妥善保护的已是残臂断肢的石雕艺术精品心生惋惜,抑制不住扼腕顿足而叹:"可惜!可惜!真可惜啊!"

当她一口气欣赏完二十八处碑贴、雕塑、画像时,已是下午六点多钟了,这时她才感觉到又渴又饿。

在下山的途中,她看到半山腰靠南有一家小餐馆,于是就沿着一条松径小道走了过去。

餐馆不大,是临时搭设的,生意却很红火。

看到她走了过来,老板娘很热情地把她迎了进去。付莎点了一份她最爱吃的面皮和一碗花生稀饭,三下五除二就将美味消灭了个干净。

她觉得舒畅多了,拍了拍自己的画夹,付了账,正要出门,突然,一个又矮又胖的大胡子男人冲过来,挡住了她的去路,嬉皮笑脸地说:"妹子,陪大哥我喝两盅,咋样?"说着,竟伸手朝她左脸上捏了一把。

付莎气愤地骂了他一句:"臭流氓,滚开!"餐厅里吃饭的人都"哈哈哈"地嘲笑起来。

中间桌子上的两个贼眉鼠目的家伙,一边用筷子敲着盘碗,一边激将大胡子:"大哥,你没法了吧?这靓妹看来还是个烈马子哟!"

大胡子把眼睛一瞪,骂道:"老子是专门骑烈马的,你们不知道?"说着又阴笑着去撕扯付莎的裙带。

付莎又气又恨,抬手捆了大胡子一记响亮的耳刮子。大胡子把手一松,付莎就惊慌失措地夺路而逃。

大胡子见占不到便宜反遭打,便气极败坏地领着两个随从一路追赶,后来就撞上了何兰和石正峰,接着就发生了山道上那惊心的一幕。

凌晨五时许,石正峰慢慢地睁开了眼睛,望着洁白的屋顶,听到了静夜里远处汽车的喇叭声,这才相信自己还活着。

他轻轻地侧过头,望见了爬在床沿上打盹的何兰和付莎,心生感慨,"这一晚也把她们担心坏了!"

这时,一名护士走了进来,惊醒了何兰她们。

"姨。"石正峰轻轻叫了一声。

"哎,哎!"何兰惊喜地站了起来,"醒了,醒了!孩子,你可把姨吓坏了啊!"

"姨,没事。我命大着哩。"石正峰望着何兰微笑道。

付莎却眼里一热,泪珠滴落:"正峰哥,都是我连累了你……你……你呀!"

望着付莎那凄楚的样子,石正峰微喘着说:"这怎么能怪你哩。我平生最痛恨的就是恃强凌弱的坏家伙。那……那几个流氓抓……抓住了没有?"

何兰见石正峰说话有点吃力,急忙接过话头:"你放心吧,那三个坏蛋都已抓住了。你休息吧,好好歇着,不要再说话了。"

石正峰艰难地微笑了一下:"好吧,那你们也休息一会儿。"说完,就听话地闭上了眼睛,但伤口的阵阵疼痛使他的脸不时地抽搐。

第十五章 病房备战

49

第二天上午十点,一位穿着考究的老人拎着一个装满滋补品和水果的网袋,在杨所长和王院长的陪同下走进了病房。

付莎正在给石正峰削苹果,看见那位老人走了过来,激动地叫了声"外公"就扑进了老人的怀中伤心地哭了起来。

这位老人就是付莎的外公付伯林教授。付教授爱抚了一下孙女的长发,疼爱地说:"莎莎,这是病房。莫哭,莫哭。我要看看那位救你的英雄啊。"付莎乖巧地止住了哭,接过了外公手中沉甸甸的网袋。

杨所长首先给何兰做了介绍。付教授感激地对何兰说:"大妹子,我不知如何感谢你们才好啊!你真是一位好母亲、英雄母亲。"说着就欲给她鞠躬。

何兰慌忙扶住了付教授:"付先生,这咋成哩。我可受不起呀!快别这样。"一边说一边给他们让座、倒水。

付教授又移步走近石正峰的病床,握住了他的手,可是却突然惊讶道:"啊,孩子,是你呀!这可太巧了,太巧了!"

其实,自他们一进门,石正峰就认出了这位很有品味的老者。他兴奋地说:"是啊,付爷爷,咱们还是挺有缘啊!"

"何止有缘,简直有缘极了!是不是前世注定呢?哈哈。"付教授高兴地加重了语气。

在场的杨所长、王院长,就连何兰和付莎都被他们的奇怪谈话给搞懵了。

还是杨所长反应快,试探着问:"难道你们认识?"

付教授转过身来,笑哈哈地说:"对,我们一年前就认识了,不过谈不上是老熟人。"接着,付教授就饶有兴趣地给大家讲了他们在列车上相识的经过。

王院长听后,摇着头感叹:"这世间事可真奇妙,真是无巧不成书啊!"

何兰也很感兴趣:"这就叫山不转水转,水不转人转,转来转去还是转到一块儿了,你们说是吗?"

— 95 —

付莎也急忙抢过话题:"是的,何姨你说得好,这样看来呀,正峰哥和我外公可真是有缘份哩!"付莎一边说,一边扑闪着那双美丽的大眼睛。

杨所长对石正峰说:"正峰,我们已给市里汇报了你的事迹,领导们都很赞赏你的见义勇为,现在号召全市都要向你学习哩。"

"对,我还要向省里汇报,这样的榜样就应该在我们当今这个新的社会形势下,好好宣传。"付教授也感触颇深地说,"这几年,我们只顾抓经济建设,忽视了对群众的思想教育,尤其是放松了法制教育,有些地方村霸横行,流氓滋事,黑恶势力猖獗,社会治安成问题,就拿我孙女遇上的这件事来说吧,流氓竟敢在光天化日之下胡作非为。再说了,看着几个小流氓作恶,那么多的围观群众竟不敢或不愿出来与坏人坏事做斗争,人们的良知、正义感都到哪儿去了?要我说,都让'拜金主义'的钱币锈臭给侵蚀了。"

"是啊,这的确是一个严肃而复杂的社会问题。"杨所长站在窗口,望着繁华的街市,望着远处的天际不无忧虑地说,"不过请相信,我们正在努力!"

病房里的气氛一下子又变得低沉起来。

忽然,一名干警风尘仆仆地闯了进来,气喘吁吁地对杨所长报告:"杨所长,有任务,县局让你马上赶回。"

杨所长抱歉地对付教授说:"付先生,对不起了,不能陪你们了。"又对石正峰嘱咐了两句后,就急匆匆地和那名警察向楼下走去。

何兰望着他们离去的背影,不禁感慨:"这些警察同志,也真够辛苦的啊!"

"是呀!"大家都有同感。

"下雨了!下雨了!"外面不知谁在兴奋地喊着。

大家都惊喜地把双眼投向窗外,街心广场上,有许多人在越下越大的雨中欢呼雀跃。

何兰高兴地说:"老天爷呀,你终于下雨了,这一段时间可真把人热苦了啊!"

付教授也兴奋地说:"好啊,老天终于下雨了,农民丰收有指望了!"

吃过午饭,石正峰对付教授他们说:"付爷爷,我感觉好多了,这里有护士照顾,你们都回去吧。还有姨,你也回去,店门不能不开,店里的生意又要让你一个人干了,实在对不起!"

"你这个孩子,话咋能这样说呢?什么对不起对得起的,姨为你感到骄傲,高兴还来不及哩!"何兰有点嗔怪地看着他,一脸的怜爱。

付莎接过口赞叹:"何姨,你可真是一位受人尊敬的好母亲呀!"

付教授思忖了一下,说:"何大妹子,正峰说得有道理,你看,就你们俩,生意不能不做呀。这样吧,下午你就回去,我到宝凤市来还要开几天会,正峰的护理问题我来解决,再说了,我俩还有许多知心话要说哩,是不是呀?"说着,冲石正峰使了个眼色,逗得大家都笑了。

何兰听付教授说得挺诚恳的,就看了看石正峰,说:"那好吧,我就先回去看看。孩子,你要好好养伤,过几天姨再来接你。"

"放心吧,姨。"

"放心吧,何姨,我也不走,就在这里照顾正峰哥哥。"

何兰笑嘻嘻地看着付莎:"这孩子,可真乖巧。"

下午,付莎冒着大雨把何兰送上了回西都的客车。当她返回病房时,付教授和石正峰已谈得进入了角色。

石正峰把自己如何被开除、如何进了看守所、如何醒悟和出走、打工,以及现在的自学,仍想着要考大学多学习科技知识以便回报大山,改变家乡穷困面貌等等经历和抱负一股脑儿全部给付教授讲了出来。

付教授听了很感动,也很支持他的想法,尤其是对他立志成才、报效山村的决心和理想大为赞赏。他说:"你的认识很正确,孩子。当今社会已进入了信息化时代,知识经济时代已经到来,不学习、不掌握更多的先进科学知识和技能,必将被这个社会所淘汰。你还年轻,当我第一次见到你的时候,我就说过,你还正是求学的年龄。当时我的确为你悄悄惋惜了很久很久。但是现在,听了你的想法,我感到欣慰,我很高兴!我似乎听到了你前进的脚步声,我似乎看到了一棵曾经被风雪打倒的幼树,此时此刻在正午的阳光下又顽强地挺直了腰杆。孩子,爷爷坚信你能战胜一切困难,茁壮成长,爷爷也很期望你日后能长成参天大树。"

听了付教授对自己的期望和鼓励,石正峰心潮澎湃,他暗暗下定决心:刻苦自学、奋力拼搏,力争做一个对国家、对社会有贡献的人。

50

五天后的一个清晨。

石正峰洗漱完刚走进病房,王院长兴冲冲地拿着一份晚报挥动着走了进来:"正峰、正峰,你的英雄事迹见报了。"

不料石正峰的脸一下子就红了,反倒有些不好意思起来:"我哪……哪能够得上英雄哩,当时那情形,任何一个正义感强烈的人都会那样做的。"

正谈着,付教授推开了门,高兴地说:"好消息!好消息啊!"

"什么好消息?"王院长迫不及待地问。

"今天的教育改革工作会上,省委做出了为我省农村专门培养一批农业科技人才的决定,招生对象是农村社会青年,招考和培养由我校具体负责实施。"

顿了顿,付教授望着石正峰,"正峰,这对于你来说,无疑是一个大好的机会。"

"唉呀,这太好了!"石正峰兴奋地快要跳起来。

付莎也很为石正峰高兴,她望着外公忽然调皮地眨巴了一下眼睛:"由你们学院具体负责招考?外公,那感情好啊,那外公你可要好好帮忙哩哟。"说着看了石正峰一眼,又冲付教授扮了个鬼脸。

"你这个鬼丫头。"不料付教授却瞪了付莎一眼,转过头来对石正峰说,"帮忙?正峰,可以这么给你说吧,报考的指标我一定会给你争取到,因为你的年龄和其他条件都符合要求,但能否被录取就要全靠你的成绩了,我们坚决不能做违背原则的事情,你懂吗,孩子?"

石正峰点了点头:"付爷爷,我懂。你放心,我会加倍努力的!"

"好!"付教授接着说,"不过可以肯定,这次招考面向全省农村社会青年,招生时必须要考虑到贫困地区,尤其是那些文化落后地区的考生,我想试题是不会太难的。好好努力吧,孩子,招考同全国普通高校招生考试一并进行,时间紧迫呀!"

"那不是你要回学校了?外公。"付莎听出了外公的弦外音。

"是的,我得赶快回学院去研究这方面的工作,可正峰这里⋯⋯"付教授望了望石正峰。

"放心吧,付爷爷,其实我已经觉得好了。你赶紧走吧,付莎也该回学校了吧?你们一块走吧。"望着付教授那怀疑的目光,石正峰笑着说,"不信你们看。"说着,他强忍着隐痛做了个扩胸动作。

"不行,不行!你看你那样子,还没有好哩。反正我现在属于实习阶段,和美院有个联系就行了。我就留下来吧,一来可以照顾他,二来还可以帮他复习功课,你说好吗?外公。"付莎看看石正峰,偏过头又认真地看着外公。

"可以,那更好。正峰,可要努力哟!那就这样,我一刻也不能再耽搁了。"说完,付教授向门外走去。这可是一项重大决策,利好农村科技人才的培养,作为学院高层领导之一的付教授既倍感欣喜又深知责任重大,他得赶快返回学校召集会议,传达会议精神并抓紧组织实施。

石正峰和付莎一直把他送出了医院大门。付教授向他们挥了挥手,俯身上了一辆咖啡色小轿车。

石正峰在付莎的陪护下,一边养伤一边很刻苦地温习功课。付莎是现成的老师,为了帮他快速提高学习效率,付莎还几次到市教育书店给他买来许多高考复习资料。

清晨,医院的林荫道上,有他琅琅的读书声;夜晚,他房间的灯总是熄得最晚⋯⋯

他的身体也恢复得很快,毕竟是个身体结实的小伙子嘛,不到一个月就没有大碍了。

出院那天,何兰早早就来了。听了石正峰关于要考农学院的事,高兴地直说:"好啊,佛祖显灵了,菩萨显灵了哇!我娃有希望了,这可好得很、好得很嘛!"

办完了出院手续,杨所长亲自开车和王院长一道把他们送到了宝凤市汽车客运中心,并掏出了两张提前买好的到西都市的车票。

临别时,杨所长握住石正峰的手:"正峰,好样的,以后有什么困难,就来找杨叔。"

王院长也关爱地说:"孩子,一定要努力啊,让我先预祝你这次一定能高考成功!"

石正峰望着从死亡线上把自己抢救过来的两位勇敢、正直、善良的叔叔,激动得一时说不出话来,半会儿才说道:"杨叔、王叔,你们的救命之恩,我终生不忘。你们放心吧,我有决心把握好这个难得的考学机会,学好真本事,干出成绩来报效国家、报效社会!"

在场的人听了都大为赞赏,尤其是付莎,她越来越感觉到石正峰是那么坚强、勇敢、阳光。

回西都的第二天一早,石正峰就到何兰的石材市场上班了。何兰不高兴地训斥他:"你又来干啥!你也不屈指算算,离高考还有几天了?去、去,回去,回家好好复习功课去。"

"姨,我住院这么长时间,可把你给累得够呛,就让我来帮忙吧。"石正峰摸着身旁的石材板,就想往店里走。

"不行!快回去看书去,去吧,听姨的话。"何兰说着起身把他推出了店门。石正峰看实在没有办法了,只好往回走。此时,他感到无比的幸福。他觉得何兰是世界上最善良、最博爱的一位母亲。

转过一条街,经过钟楼商厦时,喇叭里正播放着流行歌曲《让世界充满爱》。石正峰放慢了脚步,他突然觉得这支歌今天听起来格外亲切、感人,禁不住也跟着低声唱起来:"只要人人都献出一份爱,这世界将变成美好的人间……"

走进家门,石正峰刚要到书房去温习功课,客厅的电话铃响了。石正峰急忙拿起电话,是付教授的声音:"喂,是正峰吗?报名的指标我已给你争取到了,并且和你们橘城县教育局也联系好了,一切都办妥了。你功课温习得怎么样了?"

"付爷爷,太谢谢您了!请您老放心,我觉得这一段时间我复习得很扎实。"

"好啊,那就好!"电话里传出了付教授那爽朗的笑声。

第十六章　真情所向

51

七月七、八、九号,对每一位高考考生来说,都是神圣的三天,是决定命运的三天,是每位考生渴望到来而又害怕到来的三天。

七号上午七时半,当石正峰拿着准考证走进考场的时候,身子在微微颤抖,他无法抑制激动的心情,这三天是他足足争取了三年才获得的一次机会啊!

三天考试犹如一场战争,五百多名考生坐在各自的座位上在纸上奋力"拼杀"着。

石正峰从一开始就充满了必胜的信心,他一进入"阵地"就和纸上的"敌军"展开了英勇的搏斗,而且越战越勇。这可以从他这两天兴奋的神色和向付教授通报的答案正误上清楚地反映出来。

考试的最后一天,何兰亲自来为他助阵。石正峰诙谐地用唱腔说:"有姨前来助威,为儿一定会大破天门阵的呀!啊……啊……啊!"逗得何兰哈哈大笑。

下午的最后一场考试,石正峰提前十分钟就交了卷,信心十足地走出了考场。

等在考场警戒线边上的何兰和付莎急忙问道:"这场咋样?这么快就出来了?"

石正峰兴奋地跳了起来,张开手臂大声地说了两个"OK!",逗得付莎笑出了眼泪,笑弯了腰。

何兰也笑哈哈地指着他说:"肯定考得好啊!看把他乐得这疯癫样子!"

晚上,付教授特意准备了一桌丰盛的酒菜,执意把他们娘俩留下吃饭。

付教授是享受政府特殊津贴的专家,也是学院的领导之一,住在学院西麓山下人造湖边上的一幢二层小别墅里。

为了方便纳凉和欣赏夏夜里荷塘的幽雅景象,付莎建议把餐桌放在了二楼健身平台的葡萄架下。

这样的晚餐充满了诗情画意,置身席间,让人最先想到的是那句唐诗——葡萄美酒夜光杯。

晚餐在愉悦的气氛中进行着,大家的兴致都很高。付教授和石正峰都喝了不少酒。付莎几次劝阻她外公都没拦住。

付教授说:"今天我高兴,根据正峰的答题情况,我相信他考取的概率很大呀!来,正峰,爷爷先祝贺你一杯。"说着,付教授又端起了酒杯。

"谢谢付爷爷,喝!"石正峰胆正气足地回应。

看到付教授一饮而尽,石正峰竖起了大拇指,佩服地说:"付爷爷,你的酒量可真好啊,果真英雄本色!"

"不行,不行。现在不中了,我年轻的时候,那才叫猛哩,是有名的公斤级!哈哈哈……"

听着这一老一少的醉话神侃,何兰和付莎不时地咧嘴直笑。

他们边吃边喝边谈,且越侃越神,越侃越醉。席间,付教授还手舞足蹈地哼唱了一段秦腔《金沙滩》,引得何兰连连拍手叫好。

付莎也激将石正峰:"正峰哥,你也给咱们唱首歌吧。"

"哎呀,这可把我难住了,唱歌我可不行,还是免了吧。"石正峰醉熏熏地急忙摆着手回绝。

"不行,那不成,你就胡编瞎唱也算。"付莎不依不饶。

石正峰这时忽然想起了自己以前编的那几句"七、八、九"来,就对付莎说:"那好吧,那我就唱个'七、八、九'吧。"

"七、八、九?"几个人都很感兴趣地看着他。

石正峰点了点头,清了一下喉咙,便用低沉而浑厚的嗓音唱道:

去年的七、八、九,我犯错在号子里蹴。
今年的七、八、九,我悔改往考场里走。
今年的七、八、九,我衷心感谢何姨和付教授。
今年的七、八、九,但愿我的汗水与泪水不会白流。
今年的七、八、九,让我们举杯喝美酒!

石正峰用家乡的山歌歌调,以"七、八、九"唱出了心中的积忧和对新生活的无限向往。

"正峰哥,你唱得太好了,而且还很好听。"付莎动情地扑闪着美丽的眼睛。

"干!"付教授也受到了感染,腰板子一伸,"呼"地站了起来,蛮有精神地举杯提议。

"干!"

"干!"

"干!"

碰杯的声音在静夜里听起来很美妙……

八月下旬,招考结果公布了,石正峰以最佳的成绩被西部农学院园艺系录取了。

当他接过由付莎亲自送来的大学录取通知书时,禁不住泪流满面,百感交集。

距大学报到还有近一个月时间,石正峰整天在何兰的店里忙进忙出。他想利用开学前的这一段时间,好好地替何兰多干些粗活、重活、脏活、累活,因为他目前实在想不出有什么更合适的报答何兰阿姨的事情可去做。

看到石正峰每天忙累的样子,何兰明白他的心思,但何兰有她自己的想法。

一天晚上,何兰把石正峰叫到跟前对他说:"娃呀,你离家出走已经一年多了,现在你考上大学了,是时候该回家看看了,趁你入学前这几天,你回去吧,回去看看你父亲和你弟弟,让他们也早点儿高兴高兴。"

"不,姨,我想利用这些天把店里的生意帮助你好好料理料理。最近,石材销得火,货已不足了,又是该进货的时候了,我不能在这个时候离开。"

"娃呀,店里的生意你就甭操心了,这是咱私人的摊摊,生意好点儿差点无所谓的,我一个老婆子光想着赚钱也没啥意思。我看这样吧,你明天就走。"

"姨,这……"

"好娃哩,你的心思我懂。你就听姨话。再说了,你也得回家办理有关粮户手续什么的呀。好了,就这么定了,你去睡吧。"

52

第二天下午七点多,何兰把石正峰送上了东去的列车,在上车的时候,又硬塞给他一千元钱:"拿上吧,孩子,回家办事也方便些。"

列车启动了,在何兰的目送下,载着石正峰缓缓而去……

凝视着渐渐远离的古城,思乡的情绪在石正峰的心里越来越强烈。

一年多了,中断了和家乡亲人的联系,现在家乡是啥样子?是否有了变化?爸爸的身体是否还硬朗?还有可爱的弟弟,肯定又长高了吧?老支书还好吧?二驴叔还那么二杆子劲吗?戈秃子的剃头店生意好吗?想到这儿,石正峰笑了,望着天上渐渐升起的繁星,他瞄准了家的方向,微微闭上了眼睛,任思绪自由飘扬。

当列车穿过秦岭的时候,东方的天际渐渐吐白。石正峰被扑面而来的天汉雄风唤醒。

他深深地吸了一口气,使劲地伸了个懒腰,急切地凭窗眺望着越来越近的汉南橘城。他真想大声呼喊:"啊,故乡,我回来了!"

"5、4、3、2、1",石正峰在心里默默地倒数着最后的站台。"到了!"他迫不及待地跳下车,第一个走出了站口。

一踏进这个曾令他痛苦失望,又使他鼓起勇气的小城,石正峰的心情就很不平静。

他一边往县运司走,一边环视着沿途的变化。拔地而起的高楼商厦已代替了旧城的苍凉,宽畅的街道上人来车往,两旁店铺密密麻麻。热闹繁华的景象着实令石正峰惊叹:"发展好快呀!想不到橘城也发展得这么快!"

他在县运司客运站门口的一个小饭馆里美美吃了一碗久违的又辣又香的面皮,然后拐进了车站北面的商品批发市场。

市场里的商品琳琅满目,令人目不暇接。石正峰在一个服装展棚里停了下来,左挑右选地给他父亲和弟弟各购买了一套服装,又在另一个店里买了三条硬盒"云州"烟和二斤高级水果糖,这才急匆匆地向车站的购票处走去。

售票处挤了很多人,个个汗流浃背地抢着买票。石正峰皱了皱眉头,看了一下挂在候车室北墙上的石英钟,心想,"离发车还有近一个小时哩,不急,先找一个座位歇息一下。"

他在西南角的椅子上刚坐下,一个约莫六七岁的小男孩,拿着一本卡通连环画跑了过来,很得意地给他炫耀:"大哥哥,我这里有机器人打仗的娃娃书哩,好看得很!"说毕,又跑到另一个女同志面前炫耀去了……

石正峰被这小男孩的天真劲逗笑了,也想起了弟弟月儿过去的一些趣事。

他记得每次从学校回家,月儿总要把他的书包翻得乱七八糟,闹着要"娃娃书"看,所以,他每次回家都少不了要给弟弟带上几本连环画小人书。月儿总是高兴得眉开眼笑,又蹦又跳,还会把他从山上采摘下来舍不得吃的山果捧出来给他吃……

后来,弟弟渐渐长大了,求知的欲望与日俱增,每次回家,总是缠着他,指着小人书上的文字问这问那。

那一年,村里请了一位老师,爸爸把弟弟第一个送去上学。可没过多久,那位老师嫌山里太穷、太闭塞,生活太艰苦,甩下几十个学生娃转身走了。

从此,弟弟又捧上了小人书,一边放牛,一边从中领略人世间的冷暖。

"嗯?对,这次回家,我还是应该给弟弟买些书,买几本最流行的卡通连环画。"想到这儿，石正峰站了起来，拎上包快步走出了候车厅。

53

在县城最大的汉水书店里，石正峰给弟弟一下子选了十本彩色卡通画册，款一付他就急急忙忙地朝门外大步走去，因为他要去赶车。

可是刚要出门，只见一个姑娘从门外跨了进来，石正峰一慌，急忙往旁边一闪，来了个"急刹车"，但大理石铺就的书店地面实在太光滑了，石正峰一屁股坐到地板上，手里的书飞了一地。那姑娘也惊吓得不知如何是好。

"小雯，你真不小心。"说着，一个老警察快步走上去要扶石正峰。

可是在一刹那，两人都惊喜地叫了起来。

"石正峰！"

"秦伯伯！"

石正峰急忙爬起来，一老一少两双手紧紧地握在了一起。

这时，那位姑娘才回过神来，十分惊讶地说："哎呀，石正峰，原来是你呀，可把我吓坏了。"

"对不起！小雯。"石正峰也没有想到竟然是秦小雯和秦所长，怪不好意思地对秦小雯说了一句道歉的话，就回过头来看着秦所长，"秦伯伯，好久不见了，您身体都好吧？"

"好，好！这不，今天想休息一下都不成，让秦小雯硬缠着要陪她逛书店。唉，就是辛苦呀！"秦所长说着微笑着望了一眼自己的爱女。

秦小雯白了她爸一眼："谁让你整天忙，整天忙哩。"

三个人都笑了起来。

"正峰，这一年多来，你到哪里去了？家里人到处在找你呀。"大家稍一平静，秦所长就迫不及待地问。看见书店里买书的人越来越多后，秦所长就说："走，正峰，咱们回家再说。"

石正峰原本想先回家看看，然后在返校时再去看望秦所长的，可没想到刚回来就与秦所长撞个正着。这咋办？看来今天赶车是不行了，也好，就先去看看这位令他无比敬重的警察伯伯。再说，快一年没见秦小雯了，说心里不牵挂那是自欺欺人。

到了看守所，石正峰面对这个自己曾呆了两个月的地方，苦笑着摇了摇头。秦所长的家就在看守所旁边的职工集资楼里，不足七十平米的两居室，虽然简陋但是拾掇得倒也干净整齐。

一进家门，三个人就一边喝茶水，一边说话。

石正峰就把自己去年黑夜出走,西都车站被抢,后遇何兰以及凤眉山救人和考取西部农学院等等事情一一讲了出来,最后,石正峰很小心地从一个黑皮包里取出了那份录取通知书,递给秦所长看。

接过录取通知书,秦所长高兴地说:"孩子,有出息!看到你进步这么大,我太高兴了!"

秦小雯也凑过来,盯着那份录取通知书:"好哇!石正峰,咱们又是同学了,你考的就是我们学院的大专班。这个事情我听说了,这是咱省的一项教育惠民工程,由我们学校负责招考和培养哩。"

"是吗?"石正峰一听,高兴地望着秦小雯,"那太好了!"

"哼哼,真是'阴魂不散'!"谁知秦小雯却笑着白了他一眼。

石正峰的脸"呼"地就红了,低下头不知如何回答。

秦小雯见他那不自在的样子,刚要再说话时,房门被推开了,炊事员老李把饭菜送了进来。

秦所长站起来说:"来,正峰,我叫灶上给随便做了四个小菜,就算给你接风洗尘吧。小雯,你去把那瓶陈年老酒取出来。"

石正峰不好意思地说:"秦伯伯,这太麻烦了。"

"嗨,这孩子,还跟伯伯客气个啥。来,快来吃饭,咱们边吃边聊。"秦所长看到石正峰走出了低谷,还取得了如此巨大的进步,打心眼里高兴。

秦小雯把酒给他们斟上,但是很认真地说道:"老爸,可只准你喝一杯哟,石正峰嘛,也不能多喝,因为他现在是个学生了。"

看着秦小雯瞪着一双大眼,一副严肃的神情,秦所长苦笑着说:"好好好,就一杯,真是比你妈还小气。"说完端起酒杯朝石正峰一扬,"喝,正峰。"

石正峰端起酒刚要沾嘴,秦小雯又发话了,蛮有点教训人的口气:"喝喝喝,先吃点菜呀!"说着把一块鸡大腿放在了石正峰的碗里,并噘着嘴巴白了她老爸一眼。

石正峰不好意思地用筷子夹着欲往秦所长碗里放:"这……这,给秦伯伯吧!"

秦所长急忙劝止:"吃吧,在伯伯家里别拘束,别客气,夹上吃。"

说着,秦所长也给石正峰夹了一筷头菜:"正峰啊,你也是的,走了一年多,连一封家信都不给写,可把你爸害苦了呀!当时,他到处找你,四处打探你的消息。

那天,他来找我,我先是吃了一惊。他看上去和我第一次见到他时,简直判若两人,削瘦、忧伤、精神恍惚,看了叫人难受啊!面对他,我都不知道劝说他什么才好。

最后,我只能尽量劝慰他,'老石呀,你放心吧,正峰这回已经清醒了,他以后不会再走错路的。我相信,他日后一定会有出息的。'看看,这不!"

听了秦所长的话,石正峰的心里酸楚得很,泪水充盈了眼眶。他似乎又隐约看到了父亲在风雨中辛勤劳作的场景和忧伤、痛苦、悲凉、无奈的神情。

看到石正峰那心酸的样子,秦所长把话锋一转:"好啦,过去的事咱们就不再提了,来,正峰,吃菜,多吃点,等会儿伯伯再给你讲点高兴事哩。"

秦小雯耐不住急,嗔怪她父亲:"老爸,讲就讲呗,还要卖关子,快说说。"

秦所长这下可是美美地喝了一大口酒:"好,我说。正峰呀,你们村这一年来的变化也不小哩,村里通上了电,又办起了小学。"

"真的吗?"石正峰吃惊地问,他简直不敢相信自己的耳朵。十里长峪一线天,一弯套着一道弯的小山村这会儿也通上电了? 真是难以想象!

"千真万确,孩子,而且教书先生就是你的父亲呀!"秦所长讲得眉飞色舞。

"唉呀,太好了,真是太好了!我爸成了老师?好哇,弟弟可以上学了,村里的孩子们都可以念书了。"石正峰心里十分欢喜。

"是啊,你爸也为山村的教育事业,奉献他肚子里的墨水哦。"秦所长显得很高兴。

"真让人想不到啊!"石正峰这时激动得只有这句话了。这一年多来,他多少次真情所向,多少次梦回故乡,多少次泪湿枕巾,他已记不清了。乡愁就是一张网,一根藤啊!即使你走得再远,你的记忆里总是故乡的影子。

"你想不到的事还多着哩!"秦小雯接着说,"我爸他们看守所和你们村结成了扶贫对子。老爸常到你们那山沟里去跑哩,明着给你说了吧,他今天又准备上山哩,硬是被我给缠住了。"说着,秦小雯又用双臂紧紧地抱住了秦所长的一只胳膊,望着石正峰微笑。

"秦伯伯,我们那里山高路远,辛苦你们了!"石正峰感激地颤声说,"可要注意安全,保重身体呀!"

"辛苦啥,扶贫帮困也是我们党的一项重要工作嘛。今年夏季,干旱十分严重,山里群众的生活肯定不好过呀。前两天,我们所里的全体干警自愿捐了一些钱物,还买了三台抽水泵,我们准备抓紧时间给村里送上去哩。"

秦所长的话,使石正峰心里热乎乎的。他想,只要有党和政府的亲切关怀,只要有秦所长这样的好干部们的真心帮扶,再贫困的地方也一定会尽快脱贫致富。

谈话间,墙上的报时钟清脆地敲响了十六下,好像在不断地提醒和督促石正峰,"小伙子,该出发了,快回家看看去。"

石正峰再也坐不住了,他把杯子里的酒一口喝净,略带歉意地说:"秦伯伯,小雯，我该走了，我现在很想回家看看。"

"你走得到吗？现在都下午四点了。"秦小雯看着他说。

"没问题，赶得到，末班车还未发哩。"石正峰有点心急地回答。

秦所长思忖了一下，站起来说："好吧，孩子，伯伯很理解你此刻的心情，我们也就不留你了，走吧，我送你。"

下了楼，秦所长用一辆偏斗三轮摩托车，把石正峰送到了县运司门口，恰好赶上了最后一趟发往北山的客车。

第十七章　乡愁满漫

54

　　今天是清河镇逢集的日子。

　　虽然此时已是日落西山了,可是还有山里的汉子携妻带子地在小街上转悠着,一个月难得两场逢集日,好好逛逛看看,也是一种很不错的精神享受嘛。

　　石正峰下了车,在小街西面的山峁上回望了一眼此刻的街景,就快步踏上了那条贫瘠、窄小、弯曲的回村之路。

　　山道上静悄悄的,偶尔吹来一阵凉风,把树枝拨弄得频频摇摆,每当遇此,石正峰总是高兴地向它们挥挥手,自作多情地说,"谢谢！谢谢你们啊朋友,谢谢你们的欢迎！"

　　走过了两道弯,又翻过了三道梁。石正峰趴在一个小山泉边喝了几口水,洗了一把脸,刚准备要坐下来休息一会儿,忽然,一曲山歌从前面的山梁上飘了过来——

　　　　进长峪(呕)翻光山……(唵)
　　　　十里八道弯……(唵)
　　　　沟里的石头大如山
　　　　山上的木头如今却小如椽
　　　　进长峪……(呕)翻光山(唵)
　　　　男人多是光棍汉
　　　　女人都势急地往坝里钻
　　　　如今我们这里通了电(哎)
　　　　可还是没人给把红线线牵
　　　　哎……这是为什么……
　　　　呀哎……
　　　　因为就是我们太没钱！

哎……呀！啊，
……

"是二驴子！这家伙又想女人了。"石正峰苦笑道，"肯定又是喝醉了！"

他没法再坐下了，"噌"地站起来，加快了脚步，继续往前赶路。

走过一片青冈木树林，果真见二驴子把左腿架在右腿上，双手抱着后脑勺侧躺在一棵核桃树下，正在闭着眼睛瞎唱着。一个空酒瓶斜躺在他的一只又脏又臭的黄胶鞋口上，引得数只绿头苍蝇在他身旁"嗡嗡嗡"地飞出扑进。

石正峰悄悄地摸过去，突然从树后猛地跳出，大喊一声："不许动！"

二驴子正在悠哉乐哉，乍听一声大喝，吓得一骨碌翻身爬起来，见前面一个着装入时的青年小伙在对他傻笑，很是吃惊，很是奇怪。

他急忙揉了一下醉眼，仔细打量："啊！是正峰吗？你这个冷怂娃呀！你快把老叔的魂都给吓丢了！"二驴子既吃惊又埋怨地骂着，并且举起了地上的一只臭鞋比划着，一副要揍人的样子。

石正峰笑着说："二驴叔，你看天马上就黑了，咱们赶紧往回走吧。"

二驴子看了看天，穿上了鞋，突然又生气地说："好，咱们走，我正好有话要问你哩。"

石正峰在二驴子穿鞋的时候，从口袋里取出了一盒带过滤嘴的香烟，递给二驴子："二驴叔，请你品尝品尝这烟。"

二驴子瞥了一眼，乐了："哎呀，是'带把儿'的哩。"伸手就接了过来，急忙拆开取了一支，先在鼻子上嗅了嗅，然后才掏出火柴点燃，使劲猛抽了两口，"好烟，不过，石正峰，你可真不是个好东西，这一年多，你钻哪里去了？你个哈怂娃，你可把你老爹害惨了啊！"

石正峰长话短说："二驴叔，我知道我错了。我对不住我爸、我弟以及关心我的众乡亲，不过，叔，我终于考上大学了。"说着掏出了那份录取通知书让二驴子看。

二驴子吃惊地睁大眼睛看了好一会儿，突然"哈哈哈"地大笑着朝村里跑去。

二驴子一边跑一边喊着："正峰考上大学了！石明理家大娃考上大学了哦！大嫂，梨花嫂子呀，你听到了吗？你儿子考上大学了，你可以安息了，可以含笑九泉了啊！"

看到二驴子那近似疯癫的样子，听着他那虽笑犹哭的呼喊，石正峰的心一阵阵颤栗。

他停住了脚步，从村口那棵老白果树的一侧望去，妈妈的坟冢上那萋萋的青草映入了眼帘,心里阵阵悲凉。

石正峰再也按捺不住对母亲的思念,急促地走了过去,双膝跪在了坟前,又把那张西部农学院的录取通知书郑重地摊放在墓碑下,声泪俱下:"妈,妈妈!你不孝的儿子回来了,妈妈……妈……妈……"他的哭声惊动了山村,惊动了大山……

没多久,村子里的许多人都闻声走了过来,戈秃子和铁嘴张走在人群的最前面,中间是老支书,后面还有连寡妇……

夜幕盖住了山顶,山沟里亮起了散乱的灯火,石明理和月儿在二驴子的带领下,跌跌撞撞地分开人群,闯进了坟地。

石正峰叫了一声"爸"就说不出话来了,跪着扑进了父亲的怀里,父子二人悲喜交加地哭喊着抱作一团。

在场的不少人也为他们一家子今日的这般团圆流出了热泪。

老支书擦了一把老泪,激动地说:"明理,月儿,你们别哭了!正峰考上了大学,这可是个天大的喜事啊!他为咱们这个穷山沟争了光,为咱们乡亲们争了光啊!"

说着,把手一挥,又大声地招呼:"乡亲们,为了庆祝咱们村出了第一个大学生,我刘土根今晚请客,走,回村,都到我家喝酒去!"

"好哇!好哇!"大家都高高兴兴起来,尤其是戈秃子和二驴子,他们欢呼雀跃地嚷嚷,"有酒喝了,有酒喝了……"

这一夜,小山村热闹得像除夕夜,爆竹声不绝于耳,包谷酒的醇香浓浓地弥漫在每个沟岔。

55

石正峰这一回村,家里像过事似的,东坡的汉子、西沟里的婆姨都络绎不绝地登门祝贺。

石明理除了每天笑哈哈地给客人让座、倒茶、递香烟,就只有喘粗气的机会了。

戈秃子、铁嘴张和二驴子是每日必来,他们除了想多抽几支"带把儿"的香烟外,更主要的是想和石正峰神侃,想从石正峰那里多了解些外面大世界的新鲜事儿。

一天上午,戈秃子他们一进石正峰家院坝就大呼小叫起来。

戈秃子喊:"正峰哎,快给老叔抽根烟嘛。"

"石明理老师哎,快给老张我沏杯茶呀。"铁嘴张叫。

"月儿,还不把那壶包谷酒拿出来,老叔肚里酒虫虫可是又闹腾开了啊。"二驴子叫嚷着。

瞧,这三个活宝级家伙,全然如主人一般,毫不客气。

石家父子一面答应着,一面乐哈哈地从堂屋里赶紧走了出来,自然是又把烟、茶、酒、糖果尽情摆上,陪着他们闲聊、摆龙门阵。

他们从西都城的城墙聊到橘城的楼房;从洋人的头发聊到洋人的服装;从电影院聊到游乐园;从茶馆聊到星级宾馆;从飞机聊到火箭;从人脑聊到电脑……

他们越聊兴致越高,不知不觉已近中午。

石明理走出去看了一下太阳,对他们说:"你们先聊,我去做午饭去。"说完就要起身进屋。

忽然,看见支书刘土根领着一个人已走进了院子。

刘土根哈哈一笑:"明理,正峰,你们看谁来了。"

只见秦所长满头大汗地向他们挥着手,向在场的人们微笑着打招呼:"大家好!"

石明理和石正峰急忙迎了过去,高兴地和秦所长握手。

"稀客呀!"石明理万分激动地摇晃着秦所长的手腕感叹了一番,又对放学刚踏进院坝边的石正强吩咐,"月儿,赶紧给你秦伯伯去端凳子、倒茶水。"

这时,石正峰已经打好了一盆山泉水端上前来:"秦伯伯,可把你累坏了吧?来,先洗把脸,凉快凉快。"

秦所长洗了一下,就坐在了月儿给端来的一把竹椅子上。

刘土根把一把蒲扇递了过去,打开了话匣子,"正峰啊,秦所长可是咱们村的大恩人啊!为了咱村三百多号人的生产和生活可费了大心了,今夏又操心咱们村的旱情,这不,今天顶着这么大的太阳,给咱们送来了救灾物资。"说到这儿,可能是由于激动,刘土根把身子挪过去攥紧了秦所长的双手晃了好几下,"哎呀,秦所长,真是太感谢你了啊!"

"是啊!"

在座的人们连声赞同,并用感激的目光注视着这位心系山民的好警察、好干部。

秦所长赶忙谦逊道:"刘支书,这可不是我的功劳啊,要感谢就感谢党的政策好,咱们县委、县政府安排部署得好。我们作为帮扶单位、帮扶干部,仅仅只是做了一些力所能及的工作而已。再说了,密切联系群众可是我们党的一贯政策呀!"

听了秦所长一番滚烫的知心话,戈秃子首先站了起来,倒满了一碗酒,双手恭恭敬敬地递到秦所长面前:"秦所长,像你这样的当官的,我们服!来,我敬你三大碗！"

"对！我们老百姓服！"

"这才是我们农民的贴心人嘛！"

"……"

"喝吧,秦所长,这是咱们山里人自己酿制的纯粮食酒,是解暑的,不会醉人。"刘土根也端上了一碗,热情而真诚地看着秦所长。

秦所长看着面前这些浑厚、纯朴的农民兄弟眼中充满的真诚,没有再说什么,端起碗喝了起来。

吃过午饭,秦所长又和支书刘土根商量了一些抗灾自救及发展农村经济的事情,听得石正峰深受启发。

太阳偏西的时候,清河镇郝书记和图镇长从山那边走了过来。

秦所长站了起来,对石明理和石正峰说:"镇上的同志过来了,我们还要下山去研究下一步的抗旱问题,这就告辞了。"说完,就和在场的乡亲一一握手告别。

大家一直把他们送到下山的石板路上。

可走了没几步,秦所长又回过头来,对石正峰说:"噢,我差点儿忘了,正峰,小雯准备下个周六返校,让我问问你什么时候走?"

石正峰不假思索地回答:"那好,我们就同路走。"

"那也好,路上也有个照应。"秦所长微笑着说完,硬是把石正峰劝阻了回去。

56

时间一晃就到了周六,石正峰该去学校报到了,许多乡邻都赶过来给他送行。

支书刘土根和石明理、石正强一直把他送到了清河镇上。

在镇政府,刘土根领着石正峰办好了一切入学该办的手续。

下山的客车来了,石明理把石正峰的行李搬上了车,然后对他说:"正峰,包里有我去年进山挖的四斤多野生干天麻,你带回去送给你何阿姨和付教授,并代我向他们问个好。你记好了吗?做人千万不能忘恩!"

老支书也语重心长地说:"娃呀,你可要万分珍惜这来之不易的上大学机会呀！一定要发奋学习,学有所成！"

石正峰激动地对老支书说:"刘大伯,这次你就放心吧,我一定会加倍努力学习的,再也不会辜负你们的期望了！"

石正强一直跟在石正峰的身后,用手死死地拽着他哥的后衣襟,默不作声。老支书摸摸他的小平头,笑哈哈地对他说:"月儿,你也要好好学习呀,也要像你哥一样考大学。"

　　客车发动了,石正峰才走了上去。车走的时候,他在窗口向大家挥手告别,这次虽然是高高兴兴的出行,可是不知咋的,他心里多少还是有一些不舍。

　　汽车刚一开动,月儿突然挣脱了被父亲拉着的手,追赶着汽车大声地喊:"哥哥,哥……哥,早点回来,我会想你……想……你的!"

　　看到弟弟月儿在车尾卷起的尘烟中,跟跄奔跑的柔弱身体,石正峰鼻子一酸,真想大哭,"弟弟,好弟弟,哥哥也会想你们的,让我们一起发奋学习吧,再见了!"

第十八章　入学路上

57

九月初是各大院校开学的时候,赶火车总免不了人多,上车可是要费把劲的。

今天也不例外,秦小雯望了望站台上密密麻麻的乘客,先倒吸了一口凉气。

她捅了石正峰一下,底气不足地说:"糟了!石正峰,这么多赶车人,今天就看你的了。"

石正峰望着秦小雯那胆怯的样子,微笑着说:"没事的,有我这个'前锋'在,没有上不去的车。"

秦小雯撇了撇嘴,"咯咯"笑道:"还'前锋'哩?那天摔得没把人吓死!"挖苦归挖苦,不过说真的,就凭石正峰这健壮体格和敏捷身手,她心里并不担心挤不上车。

下午五时四十分,西去的列车刚一到站,人们就你推我挤地蜂拥而上。

石正峰也不甘落后地扛上行李,保护着秦小雯奋勇上前,在拥挤中,终于攀爬了上去。

车上汗臭熏天,嘈杂无比,尤其是那些受惊、挨挤的小孩,更是哭得令人心慌。

还好,列车准点启动。

车一开,扑窗而进的秦巴清风一下子吹散了车内的那种浊气和烦躁。

石正峰看着身旁秦小雯那精疲力尽的可怜样子,偷偷地笑了。

但是,秦小雯还是发现了,瞪了他一眼,没好气地说:"把人都要挤成相片了,你还有心思笑?哼!我真想躺在地板上休息休息。"

石正峰赶紧安慰她:"坚持住,坚持住,过了秦岭就好了,一定会有座位的。"

"好吧,你就当回曹操吧,我就知道你玩的是'望梅止渴'的把戏。"秦小雯说完也笑了。

石正峰看着秦小雯终于露出了笑容,心里甜滋滋的,感叹着,"真是世事弄人,绕了一个大圈子,又与这个美丽的姑娘走在了一起上学的路上。该遇到的,躲都没用;不该碰上的,追也没用。这就是缘分!"

58

列车一路轰鸣,在黑夜里冲出了秦岭。

过了宝凤,石正峰才找了个座位。他急忙把秦小雯扶到座位上,秦小雯感激地冲他微微一笑,也就没有客气。

坐下来不久,她就趴在座位前的架板上睡着了。

石正峰见秦小雯那疲乏的样子,摇了摇头,心里说,"哎,也真够她受的了!城里的娇贵女孩子,几时受过这么些罪哩!"

想着想着,他也打起了哈欠,眼皮开始打起架来。见对面座位下有一张旧报纸,他就拾了起来看,看着看着就打起了盹儿,身子随着车厢的颠簸摇摇晃晃。

他太困了!这些天在家由于心情激动,根本就没有休息好。上车又这么站了几个小时,再加上列车的晃动就似摇篮一样,他知道是支持不住了,于是就把那报纸一折垫在地板上,索性坐上去,把身子一歪,背靠在火车背椅的侧棱上闭上了眼睛。

列车在"咣哩咣哩"地前行,石正峰不一会儿就进入了梦乡。

他一觉醒来,列车已在西都站停车。

秦小雯急得直跺脚:"完了完了!过站了,过站了!咱们到了武镇就要下车的,这下可好,一觉竟睡到了西都,咋办?"

石正峰揉了揉眼睛,看了看渐亮的天,不慌不忙地说:"既然被拉到西都了,那咱们就在西都逛一逛,怕啥。反正明天才报名哩,走,下车去。"

他们随着人流,下了地道。

在出站口,石正峰主动上前补缴了车费,顺利地走出了车站。

在广场上,石正峰环顾了一下四周:"秦小雯,走,咱们先去那个餐馆去吃口饭,早晨还是有点冷!"

"好吧,听你的。"秦小雯拢了拢上衣,跟着石正峰走进了东南角上的一家小餐馆。

他们要了两份羊肉泡馍,石正峰把一双筷子递给秦小雯:"给,小雯,趁热吃吧,别愁眉苦脸的,俗话说得好,'既来之,则安之'嘛!"

秦小雯听着他那非常不标准的普通话,差点没笑出声来。

出了餐馆,天已大亮,繁华的街市又开始了新的喧闹。

石正峰招手叫了一辆的士,秦小雯不解地问:"你要上哪?"

"上家呗。"石正峰故作正经,却难掩得意之色。

"噢……哦……我明白了,好吧,正好去拜见一下你何阿姨。"秦小雯含笑钻进了车内。

115

他们一下出租车,何兰就发现了,急忙从店里跑了出来。石正峰赶快跑过去,很亲热地叫了声:"姨!"

何兰一边答应,一边眉开眼笑地埋怨他:"你这孩子,是不是把姨给忘了呀?咋现在才回来!"

石正峰笑着说:"哪能呢,姨。身体还好吧?"

"姨好!就是惦念你啊!"何兰看着他俩,非常开心。

秦小雯望着这一对比亲母子还亲的娘俩,心里也很温暖。

何兰与石正峰寒暄了没两句,就看着秦小雯:"看把我高兴的,把这位客人都给冷落了,快进屋坐。"

石正峰这才忙给介绍:"姨,这是秦小雯,就是秦所长的女儿,她也在西农上学哩。"

"就是你那个秦伯伯的女儿?哎哟,看,长得多秀气、多漂亮啊!"何兰看着秦小雯,赞不绝口。

秦小雯不好意思地望着何兰:"阿姨,我们在车上睡着了,坐过了站,这么早来打扰您,真不好意思呀!"

"嗨,这闺女,咋说这话哩,都是自家人,什么打扰不打扰的。"何兰接着又给他们说,"我说怎么昨晚上梦见我在橘子园里采摘了两大把青郁郁的青橘子回来,看看,这不应了,原来你们这些亲人要来了呀!嗨,你别说,我的梦可很准哟!哈哈哈……"

石正峰喝了口茶,刚要问小燕姐回来了没有,就见一个穿素花连衣裙的姑娘已风风火火地闯了进来,指着石正峰的鼻尖就咋呼起来:"大学生,亏你还记得起你老姐,哼哼!"

石正峰赶忙说:"不敢,不敢!小弟怎敢忘记姐姐的点化之恩呢!请坐请坐!"

小燕这才转佯怒为笑颜。可是当她望了望秦小雯后,却把石正峰扯到北面墙角,神秘兮兮地小声问:"哎,老弟,老实交待,那姑娘,不,那美女是不是你的那个,嗯?你懂的!"

"不是,不……不……不是。"石正峰脸登时红到脖子上去了。小燕盯了他好一会儿,才神秘地笑着说:"你别嘴硬,小样,还想哄我?哼!"

"你们搞啥鬼把戏哩?小燕,你这个疯丫头,还不过来陪你这个秦妹妹。"何兰见他们在那里嘀嘀咕咕的,有点不高兴,然而脸上却满是笑容。

石正峰经小燕一通追问,满脸通红地走了出来,不敢再去看秦小雯。

小燕的眼睛却像警犬似的在秦小雯的身上打量个不停。

她索性走到秦小雯的身边坐下,剥了一根香蕉递给她:"小雯,我听石正峰说了,你们是高中同学,现在到西农又成了大学同学了,看来你们的缘分还不浅哩,你说是吗?"

秦小雯接过香蕉,一时不知如何回答,只睨了石正峰一眼,双颊就飞出了两朵粉红色的云彩。

小燕调皮地眨了眨眼睛,站起来说:"好,为了欢迎弟弟的女同学,姐姐我亲自下厨做几道菜,请你们十二点准时回家品尝。"说完,一阵风似的出了店门。

何兰见两个年轻人都显得有些尴尬,便打破僵局:"你小燕姐毕业了,已分回西都,但具体单位还未通知,所以闲得无聊,整天和她那些同学疯。小雯,可别多意哟。"

"就是。不过,我燕姐她心眼挺好的。"石正峰又诺诺地补充。

见秦小雯又露出了笑容,他才又和何兰说起话来,"姨,这一阵子市场的生意好不好?"

"好个啥,比你在时差老多了,不过还可以,你姐有时还能给照应点。"何兰望了望自己门市部里的那些家当,叹了声气。

正说话间,有顾客进来购石材,石正峰赶快过去接生意。这一忙就是一个上午,生意又火爆起来。

最后,连秦小雯也派上了用场。

何兰看着石正峰做生意那很麻利的样子,心里徒增了几分惆怅。

说心里话,石正峰的确是个经商好手,要不是为了孩子日后的大好前程,她真舍不得放他走。

59

小燕买好菜,没敢耽搁,回到家里,撸起袖子,系好围裙,操起厨刀,经过两三个小时的精心准备,把午餐全部摆置停当。

她走进客厅,看了看时间,又朝窗外看了看,急了,都十二点多了,还不见回来,便抓起电话,火急火燎地催促起来。

何兰在门市部的电话里听到女儿那急火火的口气,让石正峰别忙了,赶快收拾店门,打了个的士回家。

在饭桌上,何兰和小燕除了不停地给石正峰和秦小雯碗里夹好吃的菜外,还絮絮叨叨地给石正峰讲了许多鼓励他好好上学的话。

秦小雯听了很感动。

吃完饭,他们不敢再磨蹭了,得往学校赶。

辞行的时候,何兰对石正峰说:"娃呀,你的房间,姨仍给你留着哩。逢个周末或假期什么的,你就回家来,如果再约上小雯就更好了,姨给你们做好吃的。"

小燕走过来,拉住秦小雯白嫩嫩的双手,也十分亲切地笑着:"小雯妹子,我也非常欢迎你常来家里玩哟。"

"对,闺女,你要常来呀。好一个文静、秀气的姑娘!阿姨很喜欢你的!"何兰又走过来给秦小雯叮咛。

石正峰望着何兰那双含着泪花的眼睛,轻轻地安慰她说:"姨,您要多保重身体!我一定会常来看望您的!"

"噢,差点忘了。"说着,他从行李包中取出了一个礼包袋,双手交给何兰,"姨,这是我爸让我特意孝敬您的,这是他从秦岭深山中挖的野生天麻,有滋补、祛风的功效,请收下吧!"

何兰看着石正峰那认真劲,就接过手,叹了声气:"你爸也太客气了啊!挖这多不容易呀!"

这时,街头一个蓝色的士开了过来,小燕迎上去:"老同学,请你把我弟他们送到学校去,可以吗?"

"甭客气!你吩咐的事,我哪敢不听?是哪个学校的?"那个很帅气的小伙子故作胆怯地笑着问。

"西部农学院。"小燕又白了他一眼,"谅你也不敢!"

"遵命!二位请上车吧!"小伙子下了车,给他们打开了车后门,弯腰做了个"请"的姿势,逗得秦小雯"噗"地笑了,心想,"呀!这个小燕姐可真够厉害的。"

他们到达西农的时候,农科城已是万家灯火。

二人谢别了小燕的男同学,就大步跨进了学院的大门。

就在当天晚上,石正峰领着秦小雯一同去教授楼拜望了付教授。

第二天,石正峰办完了一切入学手续后,做的第一件事情,就是到学院大门口,挺直腰杆,郑重地照了一张彩色照片,他要永远留住这人生转折的时刻。

从此,石正峰在西农开始了三年紧张的大学生活。

大学生活是丰富多彩的,然而,石正峰却始终把认真踏实地学习放在第一位。他深知自己这来之不易、饱含着血泪的学习机会是多么难得。

所以,当其他同学去逛大街、进商城的时候,当有的同学去舞厅、泡酒吧的时候,当有的同学在花丛树影中卿卿我我的时候,石正峰不是在教室里就是在图书馆,或是在校园的某个僻静的地方如饥似渴地看书学习、查阅资料,吸收消化着知识的养分。

知识使石正峰朝气蓬勃;

知识使石正峰越来越聪明和睿智;

知识使石正峰越来越成熟;

知识使石正峰志向明确、抱负远大。

第十九章　同学聚会

60

大学三年里,石正峰没有回过家,平时也很少到西都去看望何兰她们,倒是何兰曾多次提大包拎小包地来学校看他,每次临走时,还不忘再给他留下几百元的生活费。

这使得石正峰很感激也很过意不去,所以,他总是利用长假和每年的寒暑假回西都去帮何兰料理生意。他觉得这样多少可以回报一点点何兰对自己的恩情吧。

三年里,何兰的生意又扩大了几倍,她在西都市的同行业中是有名的巾帼第一。

就在石正峰上大三的第一学期,由于国企改革,职工下岗得很多,一些下岗人员的生活一时成了困难。何兰是个热心肠,为了帮助身边的下岗职工,她接纳了十几名下岗职工到她的店里上班,真正体现了为党分忧的党性觉悟,发挥了一名优秀共产党员的模范带头作用,受到了上级领导的表扬和群众的交口称赞。

由于她宽厚大方,经营有方,许多小石材商多次找她商议,想和她搞联营,目的就是要借她的大旗来拓展自己的生意。

后来在市工商部门和区委、街道办的鼓励、撮合、支持下,她吸收了八个石材企业,联合成立了"金凤石材开发有限责任公司",并被推上了董事长兼总经理的位子,公司的业务范围很快辐射到全国及东南亚一带。

公司成立的日子,选定在"五·一"国际劳动节。

那天,风和日丽,春光明媚,春意盎然。

石正峰、秦小雯和付教授都应邀参加了他们公司的挂牌仪式。前来祝贺的嘉宾很多,既有生意场上的朋友,也有市上的有关领导。

何兰身穿橘红色的西服套装,笑迎八方来宾。在红宝石酒店举办的正式开业酒会上,何兰那简短质朴的演讲,博得了雷鸣般的掌声。

市委蒙副书记也做了即兴演讲,他说:"我们现在搞的以市场为导向的商品经济,是我国经济发展的必然,在这新旧经济体制转换的过程中,那些一味抱住'国'字号的企业如不及时去适应市场需求,就会出现很大危机,就会跌到商品经济的谷底。

所以,我们必须要及时进行优化组合的国企改革。然而,改革势必要动摇现行的一些用工制度,必然会有阵痛。现在出现的职工下岗、分流其实就是深化改革过程中的一个正常的现象。但是,如何妥善地重组,怎样来安置和解决好下岗职工的再就业和生活问题,又是一个比较棘手而严肃的实际问题。在这方面,我们'金凤公司'的总经理何兰女士就给我们做出了表率。

先不说她首先是响应政府号召提前下岗,不等不靠地自主创办了私营小企业,然后经过不懈地努力由小做大、由弱变强,为我们下岗职工带了一个好头。现在,她又扶危济困,助人为乐,积极接纳身边的下岗人员再就业,这是在帮助个人、帮助企业,甚至可以说也是在帮助政府、帮助社会解决改革道路上的一些实际困难。了不起呀!这是一种什么精神呢?

我认为呀,这就是忧党、忧国、爱党、爱国的精神体现!我们在场的每一位小老板、大老板、企业家都应该向她学习!我们每一个有良知的经营者,每一位先富起来的小老板、大老板、企业家,不能单单只想着自己去多赚钱、发大财,我们还要多想想如何去带动周围的困难职工和群众去一道创收、增收,一同致富!只有这样,我们才富得实在,富得光荣;只有这样,我们才能获得群众的信赖和称颂!这样,我们的生活才有意义,我们的人生才会更加完美和辉煌!"

蒙书记的讲话深刻而富有感召力,赢得了如潮般的掌声。置身其间的石正峰也受到了很大的启发。

"是啊!何姨善良正直、乐于助人,实在令人敬仰!城市里的下岗职工和困难群众可以在社会各界的帮助下再就业、再发展,而我的家乡、我的那些山沟沟里的贫困乡亲们,又怎么才能脱贫致富呢?哎,我一定要努力学习,我要用先进的农科知识去改变山村的落后面貌!"石正峰又一次暗暗下定了决心。

一九九六年七月,又一个值得庆贺的夏天,石正峰以优异的成绩完成了大专学业,迈出了西部农学院的大门。

61

来年春,石正峰和秦小雯一同被分配到橘城县农业局。报到那天,支书刘土根陪着石正峰一同下了山。

在县农业局办公室里,武局长热情地接待了他们。武局长亲自给他们二人倒了两杯茶,又给刘土根点燃了一支烟:"刘支书,感谢你给我们送来了一名高才生呀!"

刘土根笑哈哈地托付道:"武局长啊,今天我把他就交给你了,这可是我们山沟沟里走出来的第一个大学生呀!"

武局长一边看介绍信一边仔细地打量着石正峰:"好,不错,是个好苗子。"

正说着,秦小雯和她父亲走了进来。

武局长和刘土根迎了上去,相互握手问好。待沏茶落座后,秦所长才拉着秦小雯对武局长说:"局长大人,小女就交给你了。"

"好得很嘛,又给我送来一名人才。"武局长依然很高兴。

秦所长喝了口茶,给刘土根和武局长每人发了一支香烟,又指着石正峰对武局长嘱托:"这孩子,可是块好材料,以后还要请局长好好培养。"

武局长挥挥手:"秦所长,请放心,这两个孩子所学的专业很对口,在我这里有他们的用武之地,只要努力工作,前途远大得很!"说完,他把两份介绍信交给办公室郭主任,吩咐道,"小郭,给这两名新同志办理入职手续吧。"

手续很快就办妥了,秦所长起身对武局长说:"老武,我和刘支书还要到水利局去办些事,这两个孩子就让他们在你手下好好锻炼,不打扰你了。"

"好吧,你们就放心吧!"武局长边说边把他们送出了农业局。

刚跨出门,老支书又转回身来对石正峰嘱咐道:"峰娃子,好好干,一定要给咱山里人争光啊!"

石正峰握住老支书那满是老茧的大手:"刘大伯,您放心,我会的!"

秦所长和刘支书走后,武局长立即召集全机关人员在办公室开了个座谈会,把石正峰和秦小雯介绍给大家,同时也把大家介绍给了他们。

会上,武局长又全面分析了全县农业工作情况及当前仍存在的薄弱环节。他说:"我县一直是以农业为主的大县,农业在经济中所占比重较大,农民要尽快治穷致富奔小康,光靠发展单一的粮食生产是不行的,我们必须要在调整产业结构,在发展多元化、科技含量高、经济效益突出的特色经济农业上做文章。年初,县委、县政府的产业化会议开得很好,为我们县今后农业发展指明了方向,提出了模式,即在继续发展'南茶、北果、平川粮油、丘陵柑橘'的基础上,要积极引导农民尽快调整粮经种植比例,在发展优质米和中草药、蔬菜及经济林果上下功夫……"

石正峰静静地听着武局长的讲话,心里热乎乎的。

他在想:从今天起,我就要正式投身到发展农村经济的热潮之中,我就可以为改变家乡贫困落后的面貌献策献力了。

62

　　傍晚,石正峰正在宿舍里看书,秦小雯领着"猴子"魏明、张河程、王英慧、刘康宁、李丽珍、饶浩刚、杨爱夏共八位高中同学闯了进来。

　　石正峰兴奋地站了起来,大家你瞧瞧我,我瞧瞧你,都高兴得一时说不出话来。四五年都没见面了啊,各自都有了不小的变化,有的长高了,有的吃胖了,有的更漂亮了。每个人的眼里都流露着同学之间那种纯纯的亲切之情。

　　还是"猴子"魏明先开了腔:"峰哥,你可真是吉人自有天相啊!该没有忘记小弟吧?"

　　"哪能,哪能忘呀!同学们,真想不到今天能在县城里见到你们。"石正峰显然很激动,"请坐吧,老同学们。快快请坐,我给你们泡茶。"

　　秦小雯白了他一眼,说:"往哪儿坐呀?这么个小斗室,凳子都没有多余的,算了吧,少假心假意的,走吧,石正峰,人家'猴子'老板听说你衣锦还乡了,就特意约了我们这几个在城里的老同学前来邀请你到他的酒店聚聚哩!"

　　"什么?猴子,你开了个酒店?"石正峰真不敢相信,"好啊,魏老板,你可真是了不起啊,率先瞄准市场发财致富呀!好,那我们今天就去你那'劫富济贫'去。哈哈!"

　　魏明恭恭手:"没问题,没问题!承蒙各位赏脸,晚上小弟做东,就在本人小店一聚,也就算给咱石大哥接接风吧!"

　　石正峰也不客气,吆喝一声"走喽!"就熄了灯,和同学们簇拥着下了楼。

　　魏明的酒店开在西环路的十字路口,门面装饰一新,在霓虹灯的照耀下,显得富丽堂皇。

　　看得出,酒店里热热闹闹的,生意很红火!

　　魏明把他们请进了一个装饰豪华且里面带有一个小舞池的餐厅。

　　大家落座后不久,两名漂亮的小姐很快摆齐了酒菜。看来"猴子"的确是早就准备好了的。

　　魏明举起了酒杯,老板气十足地致祝酒词:"同学们,我们走出校门已经五年了。五年,虽然不算长但也不短了,在这五年里,我们的世界观被不断地改造,我们的思想也在不断成熟,我们都在不同的岗位上展现自己的人生价值,都在为国家建设添砖加瓦。今晚,在这个月光皎皎的美好时刻,我能请到各位在我的酒店相聚,我感到无比兴奋和荣幸!来,同学们,让我们共饮此杯,同庆这个美好的夏夜!"

　　"好!"大家同时仰脖而尽。

听了猴子的祝酒词,大家都感叹起来。

胖子张河程一边啃着鸡翅膀,一边哼哈地说:"是啊!我们走出校门都五年多了,今天才相会,难……难得呀!"

王英慧和几个女同学也十分感慨地夸赞猴子:"魏明,可真有你的,还挺有水平的嘛!上学时咋就没发现呢?"

"怎么了?王英慧,你们才知道?"魏明撇撇嘴角,有点得意。

"没水平?没水平为啥把他叫'猴子'哩!这家伙,是个猴精,挺……挺有邪才的!"张河程又抢着吹捧。

大家都轰地笑了。

待大家稍微安静了些,石正峰放下筷子,斟满一杯酒站起来很认真地说:"魏明,的确你成熟了、进步了。过去,我们都太单纯、太幼稚,是社会教育了我们,是生活锻炼了我们。今天,我确实很高兴,很激动!见到你们,我有许多话想说,但一时又不知如何说才好。人们都说同学情、战友情最真、最深,我现在终于体会到了。我们应当很庆幸自己生在这个充满挑战和变革的时代。来,猴子,来,同学们,我敬大家一杯,我相信,喝下这杯酒,我们的正气更足,信心更足!我们会携起手来,努力工作,满怀豪情地跨进新世纪!"

石正峰的话,大家都听得很投入、很专注。几位女同学的眼里已经闪烁着激动的泪花。

过了一会儿,秦小雯才蓦然回过神来,带头鼓起了掌。

她感觉自己的心里似乎又荡起了说不清道不明的涟漪,一圈一圈地散开。

63

不知何时,舞池里响起了流行歌曲,有同学提议下去活动活动。

在同学们的鼓掌声中,秦小雯第一个走下舞池,并且伸出玉臂,邀请石正峰跳舞。

猴子急忙打开了旋转灯,在欢快的乐曲声中,同学们都结伴走进了舞池翩翩起舞。

至此,同学聚会进入了高潮。

秦小雯能主动地邀请自己跳舞,这是石正峰根本没有想到的,所以石正峰有点激动,有点惶恐。虽然手就搭在秦小雯的腰间,可是他却始终保持着与秦小雯的绝对距离。

自五年前那个雨夜后,他一直不敢再去招惹眼前这位美丽而高洁的女神。即使在大学三年里,他都从来没有和她跳过一次舞。虽然学校里经常举办班会、舞会等活动,但他总是不愿或者说不敢与她过近地接触,生怕她再与自己翻脸。心里打定了一个主意,就是能不招惹她就尽量不招惹她!

所以今夜,当他的手轻轻地搭在秦小雯腰间的时候,他感觉自己的心一阵狂跳,手颤足笨得厉害,跳了不到一曲就大汗淋漓,还踩了四五次秦小雯的脚尖。

秦小雯见石正峰那紧张的样子,心里掠过一阵异样的波动,她不知道这是一种什么感觉,是友情,还是爱情?她的手突然触电般地颤抖了一下。

石正峰吃惊地把一直偏向一边的头转正,悄悄地看向秦小雯。在幻光灯的炫彩中,他才发现秦小雯也正睁着一双水汪汪的大眼睛看着他。

四目相对,两人的身子同时一颤,他们各自从对方的眼神中读懂了一些东西。

石正峰不敢再这样跳下去了,他略定了一下神态,推脱地说:"唉呀,喝多了酒,这天可真热!咱们歇会儿吧。"

"好吧。"秦小雯轻轻地松开了搭在他右肩上的手。

他俩走出舞池,在猴子身旁坐了下来。

魏明赶快把两听饮料递了过来,石正峰给秦小雯打开了一听,插上吸管递了过去。秦小雯微笑着接了,吮吸了一口:"呵,真甜!"

这时,服务员又端上了几盘菜,魏明拍拍手,急忙又热情地招呼大家上来吃菜。

同学们又边吃边聊起来,嘻嘻哈哈地乐个不停。

张河程喝了口酒,羡慕地说:"石正峰、秦小雯啊,还是你们行,都上了名牌大学,一毕业就分配在县城工作,不像我这个上技校的,毕了业就被撵到乡下去上班,真不知何时才能回城呀!哎!"

"嗨,你不会拉拉关系?搞调动!"猴子插嘴支招儿。

"调动?谈何容易!咱一个小老百姓,一没钱,二没权,根本没指望。"张河程垂头丧气,一脸无助的样子。

石正峰见张河程很悲观,便劝慰他说:"在乡里工作有什么不好?无论在哪里,只要能真正充分体现自身存在的价值就行。告诉你们,我现在还不想在城里机关呆哩,我准备申请到农村一线去,最好是能回到我的北山老家。"

"什么?你想下乡里去?回山里去?"王英慧睁着一双大眼睛,很是吃惊。

"现在谁不想早点进城工作,有的人提上重礼都进不了城,你怎么却想着要从城里往乡下走呢?"猴子摇着脑袋,很是不解。

"就是!"

"就是嘛!……"大家都七嘴八舌地想不通,不赞成。

唯有秦小雯一边吮吸着饮料一边扑闪着明亮的大眼睛望着石正峰微笑,没有发表任何意见。

因为她知道,石正峰要回老家去自有他的计划和理想,这是一个萦绕在他心底多年的情结。

同学们难得聚一次,他们一直玩到第二天凌晨,才谢别了猴子,从酒店各自回家。

在送秦小雯回家的路上,石正峰一路无语。

经过县电影院门口时,秦小雯停住了脚步,看了看门面已改新的电影院,微笑着自言自语:"哎呀,我有好多年没有看电影了!"

石正峰一听到"电影"二字就立刻心慌了,生怕她提起五年前那场电影后,夏夜里所发生的尴尬事情来,赶忙有意岔开话题:"哦,是啊,现在电视对电影的冲击太大了,看电影的人越来越少了。"

"是吗?"秦小雯心不在焉地说完,看了石正峰一眼,轻声地说,"走吧。"

街上的行人已很稀少,路灯把两人的身影拉得很长。

夏夜送来了一阵凉风,街道两旁梧桐树的阔叶微微摇摆,像在舞蹈。秦小雯那一头散发着青春魅力的披肩发,也在风中不时地自由飘动着,简直就是一道妩媚的风景线。

64

一天上午,刚上班不久。

武局长就急匆匆地拿着一份文件走进了办公室,对正站在窗口透风的谭副局长说:"老谭,刚才我去县委开了个紧急会议,沈书记要求咱们农口部门要尽快下去检查指导'产业化',并要求找差距、想办法、定措施。我看这样吧,咱们局里,我带上石正峰和秦小雯这两个新同志下去,一方面调研工作,另一方面让他们下乡镇去熟悉熟悉情况,局里的其他事务你就多费心了。"

"好吧,武局,你放心。"谭副局长一听这是县委一把手亲自给农业局安排的任务,自然不敢马虎,转过身快步去了综合科。

一进办公室,谭副局长就对石正峰和秦小雯安排:"小石、小秦,你们赶紧把手头的事交代一下,马上跟着武局长下趟乡,这次下乡可要好好向基层同志学习呀!"

"嗯!"

"好!"

石正峰和秦小雯一边答应着一边很麻利地收拾了一下笔记本、公文包什么的,就兴冲冲地出了科室,随武局长走出了农业局。

这次下乡检查农业产业化发展情况,县委、县政府都比较重视,全县分了三个片组,每个组都由一名副县级领导带队。

石正峰这一组,带队的是县委莫副书记。

莫副书记是一位工作扎实认真的领导。大热的天,他们平均每天要检查两个乡(镇),五天跑了十一个乡(镇)。

每到一个地方,他们都要亲临田间、地头现场观察、指导,协助乡(镇)、村及农户解决实际问题。

在这次工作检查中,石正峰每到一处都用心地听基层同志介绍农业生产情况,并记好工作日记。

五天下来,他掌握了许多农村经济发展方面的第一手资料,也学到了不少农村工作的经验、知识。

检查结束后,武局长有意安排他写份总结汇报材料。

过了没几天,县委就组织召开了三个检查片组的工作汇报总结会。那天,与会的有三个检查组的全体成员和三十个乡(镇)的主要领导,县委沈书记和县政府顾县长亲自参会听汇报。

会上,先由三个组分别汇报工作情况,轮到他们这最后一组汇报时,武局长只简要地谈了两句,就让石正峰给大家汇报。他的目的是要看看这个大学生的胆识和能力,也算是对他进行一次锻炼和考察。

听到武局长叫他汇报,石正峰一下子脸红得像大红纸似的,心跳得自己都能听见,他哪里在这么大的场合发过言,说真的,他一时间腿都有些软了。

他望望武局长又望望秦小雯,想从他们那里"借"一些胆量和自信,但武局长始终板着个脸,装作没看见。

倒是秦小雯朝他用力地扬了一下下巴,他知道,那意思是说,"别怕,站起来讲!"

于是,他从座位上站了起来,展开了汇报材料:"各位领导,同志们,大家上午好!我汇报的题目是《因地制宜求发展,多轮驱动奔富路》,副标题是农业产业化发展现状的调查与思考。我们第三片组从九月二十一日开始,历时五天,对……"

石正峰在书面材料中对他们负责调研的十一个乡(镇)的农业发展状况进行了详细汇报,还根据各自的农业资源分布状况,分析了当地农业经济发展的主攻方向和前景,并利用所学的农科知识,结合实际地提出了一系列的建设性意见。

汇报结束后,县委沈书记带头鼓起了掌,并高兴地在总结讲话中评价说:"三组的汇报详实准确,改进措施科学合理且颇有创意,很值得总结并推广。"

听了沈书记的高度评价,武局长很高兴、很满意地看着石正峰低声夸赞:"小石,好样的!"石正峰这才长出了一口气。

散会后,沈书记特意留下了武局长和石正峰,并请他俩到自己的办公室里,和他们进行了亲切交谈。

沈书记询问了一些石正峰的情况后,微笑着对武局长说:"老武同志,我想把这个年轻人调到县委办来,你看给不给?"

武局长惊诧了一下,便满脸笑容地说:"好啊!给给给,你'大老爷'看中的,谁敢不给哩!"他打趣地说完,又对石正峰说,"小石,还不赶快谢谢沈书记,能在沈书记身边工作,你娃的前途一定是无限光明啊!"

沈书记又微笑着对石正峰说:"年轻人,愿不愿到我身边工作呀?"

这下,石正峰急了。他知道,只要县委书记开口要人,哪个部门敢不放行?如果自己被直接调进县委工作,那自己的那些心愿也就没法实现了。他想,得赶快把自己埋藏在心底的想法,当着领导的面说出来才好。

于是,他急忙站起来,先礼貌地给沈书记和武局长往茶杯里添了些水,才满怀歉意地说:"沈书记、武局长,我很感激你们对我的关心、关怀,我也很想在县委机关里工作,但是,我更想到农村去锻炼。我觉得我还年轻,基层工作经验基本等于零,我应该到基层第一线去,用所学的专业知识为农民增收、创收,为发展农村经济多做些具体工作。"

"什么?你不愿意?"武局长有点不高兴地睁大眼睛,瞪着他说,"你娃,可不要不识抬举哟!"

还是沈书记比较沉着,他冷静地听完石正峰的话,又重新仔细打量了石正峰一番,赞许地说:"好!有志气!这样也很好嘛,基层的确很需要像你这样有专业农科知识且有理想、有抱负的年轻干部呀!好,我支持你!"

说着,沈书记笑哈哈地把手伸了过来,石正峰激动地用双手握住了沈书记的大手,一股暖流顿时传遍了全身。

65

第二天,石正峰不愿到县委工作而要求下农村到基层锻炼的事,很快就在局机关传开了。

一下子说什么的都有,但听到最多的还是这些话,"这家伙,可能脑子有问题!"

"这是个二球!二杆子!"

"这是个大楞娃!"

"也许在装葱、作秀给人看哩!"

"可能又想出风头吧,呵呵。"

……

对于别人的嘲讽、议论,石正峰充耳不闻,不便也不想解释,他仍旧一个劲地努力工作着。

一天中午,下了班,秦小雯在饭堂碰上他,俩人一边吃饭一边聊。

秦小雯问他:"正峰,这些天大家都在议论你,你知道吗?你当真要下基层去?"

石正峰望着秦小雯哈哈笑了:"这有什么奇怪的?说就让人家说去得了。关于这个问题,我想你是最清楚、最理解我的吧,你不是不知道,咱们毕业前夕到西都去,咱阿姨要留咱们在西都发展的事。"

秦小雯点了点头,她怎么会忘记。那天,她和石正峰一同去看望何阿姨。

在何阿姨公司的办公室里,何阿姨对他们说,知道他们就要毕业了,她已经在市内的一个农科所和几个农业方面的大企业给他们联系好了。

但石正峰一口回绝了,他对何阿姨说:"姨,我要回家乡去,要为家乡的建设尽一份力。"

何阿姨吃惊地问他:"为什么?"

"因为家乡养育了我,因为我是大山的儿子。"石正峰饱含深情地回答了何阿姨。

半年后,石正峰的愿望实现了。

那是个星期四的上午,他正在处理一份公文。武局长走到他面前说:"省上'下派工程'要从各单位抽调干部下派农村去挂职锻炼,县委沈书记点名要你去哩。石正峰,你的愿望就要实现了。"

他又拍拍石正峰的肩头:"走,我那里有一份表,你到我办公室来填一下。"

"好,太好了。"石正峰的脸上露出了满足的笑容。办公室里的几名同事,都用惊疑的目光看着他,只有秦小雯朝他送去祝贺的笑容。

在局长办公室里,石正峰看完了县委组织部下发的关于抽调干部下村挂职锻炼的文件后,便很愉快地填了报名登记表。

武局长审查了一下,就在部门意见栏里签上了"同意"二字,然后抬起头来问石正峰:"小石,你准备是想到平川地区呢还是丘陵地区呢?这次全县抽调了一百多人哩,你想好了告诉我,到时我可以给组织部打个招呼。"

"那好,局长,就麻烦您给说说,我想到我们长峪村去。"

"什么?"武局长很吃惊,"你想到深山沟里去?你们村的情况,你不是不清楚,基础太差,资源匮乏,不好搞啊!你可要慎重考虑好哇!"

"武局长,我已下定决心,请放心吧,我决不给咱局里丢脸,一定要干出个样子来!"

看着石正峰那充满自信和期望的样子,武局长这才微笑着点了点头:"那好吧,这几天你把手头上的事尽快处理好,四月八号上午八时整,你就准时去参加县上'下派工程'动员培训会吧。"

八号那天,云淡风轻,天气格外晴朗。干部招待所里,鲜花锦簇。二楼会议室里,县"下派工程"培训动员大会正在进行着,台上坐满了县委和县政府的领导。石正峰坐在台下一百多名下派干部中,正在用心地听,认真地记着笔记。

最后,县委沈书记给大家做了热情洋溢的总结讲话。沈书记讲:"全省这次抽出一万名干部下派到一万个乡村去从事'三农'工作。你们作为我县选派的下派干部,下去以后,一定要严格要求自己,密切联系群众,积极配合村'两委',在大力发展村域经济、建设文明乡村、引导农民致富奔小康上大显身手!"

沈书记的讲话,石正峰一字一句都记得很认真。之后,他的心里更加亮堂了,'下派工程'不就是给了我们一个在农村磨砺锻炼,不断提高的大好机会吗?

"我一定要抓紧这难得的四年下派时间,努力工作,回报山村,向党和人民递交一份满意的答卷!"石正峰攥紧了手中的钢笔,更加坚定了奋斗的决心。

第二十章　发现宝贝

66

县委"下派"工作会后，石正峰就以下派指导员的身份，很快地回到了自己的家乡——长峪村。

一进村，他顾不上回家，就先到村上找支书刘土根报到去了。刘支书看过介绍信后高兴地说："好哇，正峰，咱村有你回来配合，大有希望哩！"说着就给石正峰倒了杯茶水。

"刘大伯，我这次回来，主要是向你们学习实践经验来的。"石正峰接过水谦虚地笑着说。

"这娃，还跟叔客气。往后工作上你大胆整，我支持你。"刘土根坐下，拍着大腿说，"我看这样吧，中午你先回家去看看，休息一下，晚上，我把村队干部传齐，咱们开个干部会，让大家也早一点知道你下派回村的事，也便于今后开展工作。"

"好啊，刘支书，那我就先回去看看。"

和刘土根分手后，石正峰看了一下手表，才下午三点多钟，学校还不到放学时间。

于是，石正峰径直来到设在庙场的临时学堂，他悄悄地走到教室的一个窗口，看见了父亲石明理正在黑板上写字的背影。

几月未见，他觉得父亲又苍老了许多，拿粉笔的手似乎在不停地颤抖，显得很吃力。他轻轻地、自责般地叹了口气，就悄悄地走开了。

他现在想的第一件事，就是赶紧回家给父亲做上一顿可口的饭菜。

石明理一放学，就有人告诉了他儿子从县城回来的消息。他没有在庙场逗留，就兴冲冲地赶回了家。

听到脚步声，石正峰赶快走了出来，亲热地叫了一声"爸爸"。石明理高兴地答应着走进了家门。

石正峰接过父亲怀里的讲义夹："爸，你先歇着，我做了你最爱吃的浆水菜擀面,给你盛去。"

"好好好。"石明理舒心地笑着,就坐在了堂屋的地桌旁。

爷俩儿一边吃饭一边聊了些家常后,石正峰才说:"爸爸,我这次主动要求下派回村的目的,就是想为咱村的经济发展出一份力,希望你能理解。"

"哦。咱村这贫穷的样子,可不好搞呀!"石明理停住了筷子,为儿子很有些担心。

"我也知道,不过现在有党的好政策,有上级党政部门的支持,只要咱们大家共同努力,我想咱们村是大有发展前途的。"石正峰一脸微笑,满怀着希望。

石明理看到儿子那十分自信的样子,摇了摇头,又点了点头,没有再作声,夹了根浆水菜慢慢地咀嚼起来。

石正峰也夹了一大口浆水菜,他感觉虽然苦荠荠的,但却很有滋味、很有嚼头。

67

天刚一黑,石正峰就提上办公包,打上手电筒向山下的庙场走去。

半道上碰上了一组组长二驴子,二驴子打趣地说:"峰娃子,你现在成了我们的领导了啊,那今后,叔该咋称呼你呀,嘿……嘿……嘿……"

"嗨,什么领导,我是来给你们当学生的。还是叫我'峰娃子'才亲热哩!"

"那是自然的,那是两个哑巴睡一头——没说的嘛!"二驴子用了个歇后语,逗得石正峰也嘿嘿地笑了。

当他俩说笑着来到庙场时,村组其他干部正陆续往教室方向走来。

大伙儿看见了石正峰,都很高兴地围了过来,问这问那。

这时,支书刘土根和村主任卜冬财走了过来,见大家都站在门外,便大声招呼道:"喂,大家都到教室里去吧,看把你们高兴的,这回咱峰娃可要在咱们这山沟沟里呆几年哩,有啥话还怕没时间说?"

二驴子接着也嚷嚷:"就是,就是。都进屋吧,把我腿都站困了。"

听了刘土根这么一说,大家才拥着石正峰进了教室。

会上,刘土根给大家宣读了石正峰的下派文件,村主任卜冬财又详细地传达了前天镇上召开的经济工作会议精神。

最后,刘土根对石正峰说:"石指导,你来给大家讲讲吧。"

石正峰望望老支书,又望望大家,微笑着说:"好吧,我就说两句。"

他说:"随着我国农村经济体制改革的不断深化,农民群众的生活水平有了明显的提高。但是应当看到,有的地方由于受一些外部环境的影响和制约,经济还是赶不上趟，农民还很贫穷。

我们长峪村就是一个明显的例子。我们受交通条件和资源匮乏等因素的制约，村域经济还不行呀，乡亲们都还很穷。怎么办？我敢说，村里人会有两种回答，一种是安贫乐道、丧失信心地说，'那有啥子办法？谁让我们处在这大山沟里呢？'第二种答法肯定会说，'有啥办法？还得靠政府救济呀！'

大家想一想，安贫乐道、裹足不前和靠政府救济，我们能致富吗？我们长峪村真的就不谋求发展了吗？我想我们在座的每一位干部都是不会甘心的。那么，我们应该怎么干？下面，我想结合咱村的实际状况，谈一些个人意见。

我认为，我们村要发展必须还得在'山'字上做文章。首先，我们应该正确引导乡亲们合理调整'粮经'种植结构，不要一味地盯住在山坡上种些糊口的包谷、红苕等杂粮，而要着手在山林里大力发展经济林果和中药材，专拣适生的、经济效益高的搞。

我们村有几千亩的山林，可以大力发展嫁接板栗及栽培白果、杜仲、天麻等药材项目，大搞食用菌类的香菇、木耳等等特色项目嘛。大家不妨算一算账，一斤大米顶多卖一二元钱而一斤板栗却能卖到七八块钱，乖乖，是大米的好几倍啊！第二，就是要采取内筹外援的办法尽快修通我村出山的道路。如果我们能抓住这两大方向去具体实施好，我坚信，不出五年，我们长峪村一定会富裕起来的。"

石正峰的讲话深入浅出、结合村情、实实在在，很有创新性、可操作性，大伙都听得津津有味。他的话一落点，教室里就"哗哗哗"响起了热烈的掌声。

石正峰不在城里坐办公室而回村来当村官，无疑也引起了许多村民的好奇，听说晚上他们开会，一些住在庙场附近的群众都撵过来看热闹。

教室里热烈的掌声，吸引了许多村民的目光，仿佛会场里的灯光更加明亮了。

为了把他规划的"富民计划"搞得更详细，更具有可操作性，石正峰起早摸黑，不是摸爬滚打在这沟那坡里考察经济资源状况，就是东家进西家出地走访群众了解情况，倾听乡亲们的心里话。

68

一天早上，石正峰顾不上吃早饭就沿着他家房后的一条小山道往山梁上爬去。

穿行在家乡的山林里，石正峰真切地感受到了回归大自然后心里的那份纯净与和谐。

在一块突兀的崖石上,他伫立良久,尽情地俯瞰着山下的村庄。

小村掩映在苍翠欲滴的山峦之间,一条终年叮咚的小溪曲折地在茂林修竹间游走,宛如一位清纯的处子,恬静而美丽。

此刻,朝阳从东边的山坳里升起,一把一把地把金色挥洒向大地。

北坡上有了牛羊出没,放牛娃的长鞭时不时地劈啪作响;南坡里也有了樵夫砍柴的哐哐声。

一阵鸡鸣狗吠之后,小村庄那些草屋、瓦屋的顶子上便开始升腾起袅袅炊烟。

不远处的山峰上长满了苍劲的松柏,有薄薄的雾气在萦绕盘旋,不知名的鸟儿此起彼伏地鸣叫着,这个清晨可真是热闹非凡。

忽然,一阵清脆的山歌声由远及近地传来。不一会儿,一个中等个子,身穿红格子衣服的山妹子,背着背篓从一片栎树林里轻盈地走了出来,宛如一片美丽的彩霞。

石正峰定睛一看,原来是五组组长林子汉的姑娘林雪红。

雪红也认出了他,有点害羞地招呼他:"正峰哥,你在这做什么?"

"在听你唱山歌哩嘛。"石正峰笑着故意逗她。

"你……你在笑话人哩,"雪红不好意思地嗔怒着说,"不理你了。"

石正峰赶忙正色道:"雪红,好了,不跟你开玩笑了。你爸在家吗?"

"在。"雪红回答得很干脆。

"那好,我就先到你们家去。"

"你去吧,我去割把猪草就回来。"说完,雪红把两根又粗又长的辫子一甩,朝石正峰莞尔一笑,又一头钻进了对面一片毛竹林里。

石正峰望着她的背影,笑着自语:"看,我们山里的女孩子就是率真、朴实,而且健美、水灵。"他看了看表,跃上一块山石,转身朝五组组长林子汉家快步走去。

五组是长峪村最远的一个生产小组,也是最贫穷的一个组。过去由于乱砍滥伐,森林植被破坏严重,大面积的山地被山洪冲刷得山石裸露,这里成为出了名的石头村。

林子汉家住在半山腰一个大山石下的一处平坦之地,是典型的山石砌墙、八茅秆盖顶的三间草屋。

昨晚,从村上开会回来,老林就一直在心里犯嘀咕:"石正峰设想得没错。但像我们这个组的这种条件,除了满山的连块巨石还是巨石,有什么资源可利用的?咋搞呀?"

69

石正峰一口气赶到林子汉家后,刚要喘口气时,突然,从林家院子里冲出来四五条撵山狗,一个个咆哮着向他扑来。石正峰吓得转身就跑。可是,两条腿的怎么跑得过四条腿的?石正峰见势不妙,就"嘣"地向一侧山坡跃去,心想,先占领个高地再说。哪曾想,那些在山里跟着主人打猎惯了的家伙,很娴熟地想好了对付他的招数,"嘿嘿,叫你往高处跑,咱们看谁上得更高!"只听几声狂哮,一群狗顿时又把他围堵在了半山坡,有两只体型较大的家伙,分明作势冲在了他的头顶附近,"汪汪汪!小子唉,看你还往哪跑?跟我们玩,你差远了!汪汪汪,还是乖乖就擒吧!汪汪汪……"

听到狗叫,老林就急忙跑了出来,见是石正峰,便厉声喝退了群犬。

石正峰惊魂未定地说:"林组长,你家的'老虎'可真厉害啊!你再出来慢一点,我可就被这些家伙当猎物给撕得吃了啊!"

"哎哟,正峰,可把你吓坏了吧,真是对不住,对不住!"林子汉充满歉意地上前去拉他,"快到屋里坐。你是第一次到我家里来,这些狗东西不认识你。"

一进林家屋子,石正峰的目光就被砌墙的石块给吸引住了。他从堂屋走到睡房,又从睡房走到偏间的厨房,他是越看越吃惊,越看越兴奋。

林子汉被石正峰的这一举动搞得丈二和尚摸不着头脑,愣愣地跟在石正峰屁股后面转来转去的,"这小子莫不是刚才被狗给吓迷糊了吧?呵呵。我这破破烂烂的房子有啥好看的哩?"

待重回到堂屋,石正峰给林子汉发了支烟,点着后,才笑眯眯地问道:"林叔,你这房是几时修的?可真是富丽堂皇得很呀!"

"啥子?富丽堂皇?你看,你这娃才是的,怎么笑话起我来了。"林子汉有点儿不高兴了。

"林叔,你真不知道?"

"知道个啥?"林子汉更为诧异了,越听越糊涂了。

"哎呀,你真是身处宝山不识宝呀!你快说,你砌墙的这些石块是从哪里弄来的?"

"这有什么,从我住处往上走,这条山沟里满山遍野都是,你没听到人们都叫我们这五组为'石林'吗?"林子汉漫不经心地抽了口烟,才慢腾腾地解释。

"好哇,林组长,你们组可出了宝贝了!你知道吗,这些石头一吨能卖好几百元哩!"

"真的?"林子汉惊喜地站了起来。

134

"真的,真的呀!我看咱们长峪村的腾飞就全靠这些宝贝疙瘩了啊!"石正峰意味深长地说完,按捺不住激动的心情竟"哈哈哈"地笑了,十分开心。

随着石正峰喜悦的笑声,雪红背了一背篓猪草走进了院子。

林子汉赶忙说:"红女,快给我们做饭去,把那三吊腊肉都给我们用干香菇和干竹笋焖上,我今天要和你正峰哥哥,好好地喝几碗酒哩。"

雪红把沉甸甸的背篓放下,冲他们一笑:"知道了。"就赶忙走进了厨房。

石正峰今天的兴致特别高,他有点坐不住地对林子汉说:"林叔,我想请你领我去看看那些石山,我现在怎么也坐不住了啊。哈哈。"

"那好吧,你这娃,可真是个急性子。"林子汉说着就起身领着石正峰向房后的石坡走去。

到了石坡,展现在他们面前的是连山接沟的巨石,石正峰从这面坡爬到那面山,敲敲这块,又摸摸那块,乐得嘴都合不拢。

突然,他兴奋地站在一块巨大的山石上仰天高呼:"石山呀!宝山,长峪村大有希望了!"山沟如同一个喇叭,他的喊声久久回荡在山弯里。

在返回林家的路上,石正峰对林子汉说:"林叔,你知道吗,咱们这里这种石头就是大城市里紧俏的建筑材料'大理石'。据我初步考察,咱们这里的大理石不但储量巨大,而且品种也很多,有白色的,也有黑色的,而且,还有红色和浅黄色……这些可是石料中的极品呀!价赛黄金哩!"

林子汉做梦也没有想到,自己所处的最穷的石头坡,原来竟是一个蕴藏着至宝的黄金地带啊!

"这可太好了哇!"林子汉激动得说话声音都发颤了,"大侄子,今天咱叔侄俩一定要痛饮一番,不……不……不醉不归!"

"好,不醉不归!"石正峰一挥手,一副豪迈的架势。

"那好,走,回屋喝酒去!"林子汉满面红光,异常高兴。

他们一进门,雪红就很快摆上了一大盆焖得鲜红油亮的腊肉,石正峰眼馋得没等主家招呼就先夹了一大块,美美地吃了起来,引得雪红在一旁抿嘴直笑。

林子汉瞪了她一眼,却也忍不住笑意地对她说:"还不快去把家酿的米酒搬出来,我要和你正峰哥喝一坛子。"

"知道。"雪红把长辫子一甩,一阵风似地出了堂屋。

"吃、吃,正峰,别客气!"林子汉热情地招呼着。

"吃哩、吃哩,我才不客气哩!"石正峰一边嚼着喷香的腊肉一边笑嘻嘻地回答。

不一会儿,雪红就给他们提来一吊罐热酒,并在两人面前各放了只大粗巴碗。

石正峰吃惊地说:"怎么？雪红,让我们用这么大的碗喝吗？"

"今儿咱高兴,开怀畅饮!"林子汉把手在饭桌上一拍,又挑战性地打趣,"怎么样啊？石指导,咱山里人还怕喝酒？"

"好吧！难得这么个好心情。"石正峰把筷子在桌面上一敲,赞同地笑了。

说罢,二人同时端起了飘溢着甜香的秦岭米酒,"咕咕"地品饮起来。

第二十一章　群山沸腾

70

　　他们真的是好酒量,一吊罐热酒,足足喝掉了一大半,起码在三斤以上。

　　天快黑了,石正峰才从林家带着些许醉意出来。林子汉要送他,被他婉言谢绝了。

　　他没有从原路回家,而是寻了一条便道,直接下到庙场,他准备连夜把发现大理石的喜讯告诉老支书。

　　在连寡妇杂货店里买烟的时候,正好碰见了戈秃子一个人在店门口悠哉乐哉地用花生米下酒吃哩。

　　戈秃子见石正峰满脸通红,一身酒气地进了店,就拿腔作调地说:"哟,石指导,今天是什么喜事,上哪儿喝酒去哩,也不把老叔我叫上。"

　　"对,是有喜哩!"石正峰给戈秃子发了支烟,"戈叔,走,到你铺子里去,我洗把脸,还要去找刘支书哩。"

　　"见支书又不是见媳妇,干嘛还要打扮?"戈秃子一口喝完酒,抹了把嘴角,不情愿地说,"那走吧,真是,我还没喝好哩。哼哼。"

　　石正峰在戈秃子的剃头店里用冷水浸洗了一阵,才觉得脸不那么烧了,又照了一下镜子,好多了,这才笑嘻嘻地给戈秃子道了个谢,出了门直奔刘土根家。

　　正好,主任卜冬财也在刘支书家。两人正在谈论工作,见石正峰走了进来,便高兴地让他坐下。

　　刘土根说:"正峰,你来得正好,我们正在说要去你家找你哩,想和你商量一下最近的工作。这不正好呀!哈!"刘土根觉得很巧,高兴地笑了。

　　卜主任把一杯凉开水放在他面前:"正峰啊,今年镇上对经济工作督促得很紧呀,咱们村的经济发展可就全靠你了啊。你知道我们年纪大,文化又浅,我们很想再听听你那个发展规划的详细情况。"

　　石正峰"咕咚"地喝了半杯子水后,才不慌不忙地说:"详细的规划,我还没顾得上搞,等过两天我写成书面材料,请你们过目、把关。"

顿了片刻,他给每人发了支烟,说:"不过可以肯定地说,咱们长峪村打开致富之门的金钥匙已经找到了。"

"是吗?在哪里?"

"怎么搞?"

刘土根和卜冬财都惊奇地问。

于是,石正峰就微笑着把今天到五组去调研工作,发现了大型石材矿的经过,眉飞色舞地给他们讲了一遍。

"这是真的?这石头真能变钱?"听完石正峰的叙述,刘土根既惊讶又激动。

"真的!"石正峰十分肯定地回答。

"太好了!"卜冬财也兴奋地说,"我们在这沟岔里活了几十年了,咋就不知道,可真是白活了啊!"

刘土根抽了一口烟,望了望石正峰,却皱起了眉头:"不过,正峰,这东西,咱们可怎么开采呀?"

"就是。"卜冬财也止住了笑,"这的确是个大问题哩!"

石正峰见支书和主任都有了畏难情绪,便宽慰道:"有办法!你们不用着急和畏难,我有个主意,咱们可以研究商量一下。"

"啥主意?你快说说看。"刘土根心急地问。

"急啥哩,吃了晚饭再说不迟。"正说着,刘土根的老婆和孙女端着三碗面条走了进来。

刘婶白了一眼老伴:"你这个死老头子,看把你积极的,等峰娃子把饭吃了再说不迟嘛!"

"行!不迟!不急!对,饭吃了再说,吃了再说!嘿嘿嘿!"刘土根这才赶快赔着笑脸招呼他们吃饭。

"不了不了,我不吃了,刚才在我子汉叔家吃饱喝足了。"石正峰急忙推辞。

"这娃才是的,我看到你喝过酒的,所以才专门给你们下了点醋汤面。吃吧,少吃点也行,解酒。"刘婶劝说着,又从递给石正峰的那碗里挑出了一些面条,"这样行了吧,我再挑出些面条来,已经稀稀活活(编者注:指面条清汤寡水)的了。"

石正峰见再推辞就不好了,便接过来,动起了筷子。

71

三人吃完面条,又端上了茶杯。

石正峰清了清嗓子,便说出了自己的设想:"刘支书、卜主任,对于咱们这个矿山如何开采的问题,我认为可以采取'筑巢引凤,招商引资'的办法,就是我们可以凭借自己的资源优势,制定一些优惠政策吸引外地客商前来投资,也就是说采取'鱼借水,水借鱼'的方式来共同开发。"石正峰进一步解释,力争给他们讲得更通俗些,好理解。

"这法子好!不过我们这地方交通实在太不方便了,能引来凤凰吗?"卜冬财点了点头又摇摇头,不无忧虑。

"这也的确是个实际困难,不过,我有个想法,你们还记得我上大学前在西都是搞啥的吧?"石正峰看着他们,一脸微笑。

"唉呀,对了,你不是给人家搞石材经销嘛!"刘土根惊喜地睁大眼睛,"正峰呀,你是想和人家联系联系看,是吗?"

"对,我就是这么想的,说真的,快两年没见我何姨了,怪想念她呀!"石正峰这才笑嘻嘻地说。

"好啊,正峰,我看这个主意很好嘛!你这两天就咱村的经济发展,整个细致的书面材料,咱们在'两委'会上研究一下就给镇、县报去,争取上级的支持。"刘土根兴致勃勃地又给石正峰安排了一项重要任务。

一周后,石正峰亲笔撰写的长峪村经济发展详细规划,受到了县上领导的高度重视。

六月中旬,顾县长亲自批示县计划局立项,矿产办、农业局协助村上勘察并协调解决有关问题。

最先到村上来的是矿产办的几名技术人员,他们在石正峰的带领下,用了三天时间,比较详细地勘察、测量、分析了长峪村的矿藏储量、种类和品级,并写出了勘察报告。

其结果是令人振奋的:村里的大理石储量丰富,品级很高,花色多样,有的还是当今的稀有花色哩。就储量而言,初步预计可以开采一百多年。

这么大的储量,这么优质的品类,全国罕见。

这份沉甸甸的勘察喜报,不但给了长峪村村民一个巨大的惊喜,也给了全县人民一个巨大的惊喜。

长峪村沸腾了,清河镇沸腾了,橘城沸腾了。

一时间,各级有关部门的头头脑脑也顾不得山高路远和行路难了,有的骑摩托,有的坐牛车、马车,纷纷前来进一步调研、指导。许多新闻媒体也一窝蜂地迅速扑来挖掘素材,挥笔高歌。

像这样热闹的景象,在长峪村自古未有。许多村民都惊奇地说:"以前咋见不到这么多的大官来呢?真是怪事!"

从此,长峪村这个穷旮旯的名字,飞出了秦岭,出现在许多大都市的报纸上和大人物、大老板的脑海里。

这期间,最劳累的要算村上的几名干部了,尤其是石正峰,他一会儿跑县上,一会儿到镇上,一会儿又在村上,跑前跑后、跑上跑下地汇报、接待、送迎,整天忙得像旋转的陀螺。

一月后,"长峪热"逐渐冷了下来,村上原指望能有某个部门或哪个企业来投资开发,可是一直没有,说穿了,来看热闹的人多,真正干实事的一个也没有。

"形势造得倒蛮大的,可是没一个整实事的,这有啥用呢!"村民们都傻眼了,有的人还骂骂咧咧。村上干部急了,石正峰更是心急如焚。

"就这么等待吗?不行!任何机遇都是在追寻和抢抓中得来的。"石正峰在一次村委会上大声说,"我准备到省城去再闯闯,天上不会掉馅饼,我们应当去寻找机遇、抢抓机遇。等待是愚人的哲学。"

72

没过几天,石正峰就要去省城了。他这次出山,全村人都非常重视。

临行时,许多乡亲都怀着沉甸甸的期盼,一路无语地把他送到村口。

在那棵苍老的白果树下,支书刘土根把一个装有石料样本的帆布提包,结实地挎在了他的肩上:"正峰啊,我们等着你的好消息。"

他凝望着支书那张饱经沧桑的脸,又看了看乡亲们那充满期望的目光,攥紧了那个粗布提包。

他深切地感觉到,自己肩上挎的不仅仅是几块冷硬的石头,而是乡亲们多年来渴盼富裕生活无果,最终才突然发现的一根救命稻草,这些石块在乡亲们心里就是生活的希望啊!

顿了半会儿,石正峰才充满感情地说:"刘支书,你放心!乡亲们请放心!一定会有好消息的。"他暗暗地下定了决心,一定要尽全力去联系商家促成开发,决不能再让乡亲们失望了。

又是一夜不眠的火车,石正峰又一次踏进了这个曾改变他人生轨迹的美丽城市。

在金凤公司的总经理室,石正峰见到了阔别两年的何姨。一见面,这一对曾结下不解之缘的姨侄就激动地双双握住了对方的双手。

何兰用责备的口吻说:"正峰呀,两年了你都不过来看姨,我们都很想你啊!也不知道你工作得咋样?"

"看看,累得又黑又瘦的。"何兰放下手,端详着他,满脸心疼。

看到面前这位胜似亲娘的阿姨,石正峰又一次感受到了那种浓浓的母爱,他满怀歉意地说:"姨,对不起!我也很想念你的!"接着他又很认真地说,"姨,你也累瘦了,不过更有气质了!"

"你看你这个傻小子,就数你的嘴甜。"何兰被他逗笑了,"老婆子了,还有什么气质呀?"

"真的!"石正峰还是一本正经的样子。

二人拉了一会儿家常后,石正峰就急着切入正题。

他把一个"哈欠"忍了下去,振作了一下精神:"姨,我这次来是想和您协商一件大事。"

何兰看着他那疲倦的样子,把一颗剥了皮的荔枝递给他说:"什么事?先去休息才是大事,有什么事下午回家再说。"

这时,秘书小高送来了两杯加了冰的咖啡。

何兰接过咖啡后对小高吩咐:"小高,你领他到西单那间一号客房去休息。"

"好的,总经理。"小高吃惊地打量着眼前这个黑瘦的外地人。

在领着石正峰去西单的廊道上,高秘书心里直犯嘀咕,"总经理和这个乡下人是什么关系?竟让他住这么高档的客房。"

从上午九点多,石正峰一直睡到了下午四点多才醒来,他洗漱了一下,才精神饱满地走出了西单一号。

何兰正在和一位秀发披肩的妙龄姑娘谈着什么,石正峰敲开了门。

何兰高兴地站起来说:"正峰,你休息好了吗?你看这是谁?"姑娘转过身,甜甜地看着他笑。

石正峰稍一愣:"这不是付莎吗?你怎么来了?哈哈,好久不见了啊。"

"对呀,是她。她去年就被我们特聘来当雕塑设计师了。"何兰笑着补充。

付莎快步迎过去握住了石正峰的手:"正峰哥,你好吗?"

"好!好!这太好了!"他一语双关地回答。

何兰看了看表,对他们说:"走吧,孩子们,咱们到对面的酒店去吃晚餐,正峰肯定饿急了。"

一桌子上好的饭菜,是提前订好的。石正峰随着何兰、付莎走进一个装修豪华考究的包间后,何兰就招呼大家:"来,都是自家人,甭客气,咱们边吃边聊。"

在饭桌上,石正峰借机把这次匆匆而来的目的讲了出来。

何兰听后很感兴趣:"真的是你们村呀?我从报纸上看到长峪村发现特色大理石矿的消息时,我还惊讶地问过付莎,是不是你们村哩?这下,看来真是你们村了。"

"是的,何姨问我,当时我们都不敢确信。"付莎快人快语。

石正峰便从挎包里取出了六个样品,放在了何兰面前。

何兰拿起一块"黑浪花"兴奋地说:"哎呀,这可是珍品呀!"

听到何兰和付莎的赞赏,石正峰抓住时机进一步说:"是宝贝!可是如果一直沉睡在大山深处,不过是破石头一块,我这次来的目的就是代表村上来招商引资的,想把它们开发出来造福山村,这不,第一站我就想到了阿姨您。"

"是呀!这些被山民们守护千万年的灵石也是该报答报答村民了。"何兰若有所思地对他们说,"我国农村有些地方,尤其是一些山区的农村还很贫穷,群众还生活在温饱线上下,有些孩子连学都上不起。每当我听到或者看到这种消息时,我就心里疼、心里酸。哎!"

石正峰和付莎静静地听着何兰的话,心里升腾着无比敬重的情感。

何兰叹了口气后把眉头一挑:"现在党中央不是在倡导先富带后富,全国人民共同富裕吗?再说,'扶危济困''一方有难,八方支援'这可是咱们中华民族的优良传统!正峰,你的意向很好,我首先支持你,过几天,我们董事会就开个专题论证会,认真研讨一下,如果可行的话,可以考虑和你们村合作一把,支持支持你们村的发展建设。"

"阿姨,每当在我有困难的时候,您总是会全力地支持我、帮助我!您真是一位伟大而善良的母亲!来,我敬您一杯!我代表长峪村三百多名山民敬您一杯!"石正峰端起一杯酒,无比激动地看着这位此刻更加慈祥的何兰阿姨。

看得出,他端酒的手在微微颤抖,那是心里激动的缘故。他知道,只要能得到何阿姨公司的鼎力支持,长峪村的发展就有希望了。

73

这顿晚宴,直到街市华灯初上才欣然而终。他们刚出酒店,付莎的呼机响了。

何兰微笑着问付莎:"莎莎,是不是男朋友的传呼?"说着从小提包里拿出了"大哥大"递给了她。

付莎接过一个砖块似的电话,说了声"哪有啊"就不好意思地走到一棵玉兰树下回电话去了。

何兰指着付莎的背影,笑着对石正峰说:"看看,我说着了吧。"不过又问,"正峰,你谈女朋友了吗?"

石正峰不好意思地说:"没有,没有哩。谁能看上我哩?"

"我看,那个……那个小雯就很好嘛!傻小子,你要主动去追嘛。"何兰笑眯眯地用食指点着他说。

二人正说着,付莎拿着手机走了回来,对他们说:"嗨,是我外公的电话,这不,正峰哥,他还要和你说话哩!"

"是么?是付教授?"石正峰急忙接过了手机。里边果然传来付教授的声音:"是正峰吗?你好吗……"

"好,好!付爷爷,您好吗?"

"我好着哩!到省城是办啥事吧?"

"是的,付爷爷,我还想到您学院来一趟,有事要麻烦您哩!"

"那好啊!看你哪天来都行!"付教授高兴地答应他。

……

他们又回到了公司,何兰兴致很高地对他们说:"孩子们,今晚我也不回家了,和你们住公司,咱们好好聊聊。"

"好啊!"付莎跳起拍着手,十分高兴。

石正峰却没有像付莎那么高兴:"姨,这样好是好,那也先得给我小燕姐打个电话,告诉一声,免得她在家担心。"

"不用了,她不让我担心就算托天之福了。"何兰略显凄楚和忧心地说。

"怎么回事?"石正峰觉得有点异样,便小声问付莎。

付莎这才小声对他说:"小燕姐毕业分回省城不到一年,就报名参加了青年志愿者支教活动,只身到西藏支教去了。"

听付莎讲完,石正峰轻轻地点了点头。他明白了,小燕姐是为了边疆的教育事业,为了贫困落后地区的孩子们都能上学读书、有所作为,而甘愿把自己美好的青春无私地奉献。这是多么难能可贵的精神呀!他的心里又升起了一股崇敬之情,一个人的成长离不开家庭的熏陶和教养,小燕姐能有这样的理想和觉悟,何姨的影响和熏陶一定起了很大的作用。

为了打破这短暂的僵局,石正峰走过去,扶着何兰坐在了一张软沙发上,微笑着安慰道:"小燕姐是个有理想、有抱负的人,她一定会在那片土地上充分实现自己的人生价值的。姨呀,您应该为有她这样的好女儿而感到骄傲和自豪才是!"

"好好好!只要你们这些孩子都能为国家和社会做出一些贡献,我这个当妈的也就知足了。"石正峰的一席话听得何兰脸上又露出了幸福的笑容。

这一晚,金凤公司的小会客厅里笑声不断。

第二天早晨,石正峰没敢睡懒觉,早早起床,一洗漱完就前去跟何兰道别。

何兰对他说:"正峰,我已给你安排好了车,让我的司机老包送你过去,你就放心地去吧,到西农代我向付教授问好,这边的事,我们会尽快研究的。"

"好的,姨,再见!"石正峰说完,就急忙和包师傅走下了楼。

74

　　出了闹市，小车奔驰在盛夏酷热的平原上，石正峰坐在车内从路两侧的水杉间缝里欣赏着田野的多彩风光。

　　他又感受到了那种朴素、恬静的乡土气息，先前那种在高楼华灯下的压抑感一扫而去，此时浑身松弛而舒心，渐渐地闭上了眼帘。

　　车到西农，付教授很高兴地接见了石正峰这个得意门生。

　　俩人一聊就是大半天，仍然是那么投缘。

　　石正峰给付教授介绍了他现在的工作情况，以及他改变山乡穷困面貌的详细规划。

　　付教授听后很赞同："好啊！农村就应该多出些像你这样有理想、记乡愁的人才啊！正峰，今后在工作上有什么需要我们帮助的地方，你尽管讲，我们鼎力支持！"

　　"太好了！付爷爷，我这次来的主要目的就是想请您结合我们那里的气候及地理情况，推荐一些适合种植的经济林果优质苗木。"石正峰趁热打铁，对付教授直说。

　　"好吧！不过咱们得先吃了午饭嘛！"付教授看了下手表，笑哈哈地说，"走吧，正峰，今天我请你去吃你们橘城的风味小吃——面皮和菜豆腐。"

　　"学校里有卖的？"石正峰起身，有些惊讶。

　　"有，有。都是你们橘城的老乡，是正宗的橘城面皮，吃起来嫽咋咧！"付教授有滋有味地夸赞道。

　　出了教授楼，拐了个弯，没走多远，付教授就把石正峰领到一家橘城面皮店。

　　店主是一位三十多岁的妇女，见他们走过来，便用地道的橘城话招呼："往里面坐。正宗的橘城面皮、菜豆腐。"

　　"是不是正宗的橘城面皮，我这位学生一尝就知道了。"付教授指着石正峰对女店主开玩笑。看来付教授是这里的常客。

　　"好，好！"女店主一边笑眯眯地答应，一边麻利地从笼子里揭出了两张热气腾腾的雪白透亮的面皮来。

　　接着，操起一把一尺多长，巴掌宽的大切刀"喳喳喳"地把面皮切成条状，很快放进了两个大碗里，然后是调盐、放醋、撒姜末、下蒜泥，最后又在每碗的面皮上潇洒地用一只长勺子浇上了两勺红油辣子。

　　"尝尝，看是不是正宗的。"女店主把两碗面皮端到他们面前，显得很是自信。

石正峰用筷子拌了两下,"哧溜"一声吃了一口,高兴地对付教授点头:"酸麻辣香,地道,地道!是我们橘城的面皮!"

"怎么,这小兄弟也是咱橘城人?"女店主已从石正峰此时的说话腔调里听了出来,因为前面石正峰讲的是普通话。

"是的,大姐,你可真行啊,竟在大学城里做起了生意。"石正峰一边吃一边和她拉话。

"行个啥!这是小买卖,"女店主话锋又转,"不过比在家整天在田地里扒拉土疙瘩,确实强多了。"

"市场经济嘛,哪样能赚钱就搞哪样!现在农民进城,居民下乡各自去选择自己的发展渠道和位置,这就是一种历史性的进步,这就是社会主义商品经济优越性的一种具体表现,这有利于城乡经济文化的交流,有助于尽快缩小城乡经济生活'剪刀差'。"付教授颇有见解,一开口就是入情入理的学问。

"是啊,我们完全可以鼓励和引导农村富裕劳动力进城或到经济发达地区去打工、做生意嘛,这也是一条致富途径呀!"听完付教授的谈话,石正峰也颇有感触。

这时,伴随着下课铃声,一大群学生涌进了面皮店,他俩便付了账,乐哈哈地走了。

下午,付教授就领着石正峰去学院的果树基地,精心地给他推荐了适合秦岭山区栽培的矮化嫁接板栗苗及白果、杜仲等七八种适生经济林果苗。

由于是学院基地,加上有付教授的交涉,基地负责人又在一般优惠价的基础上给予了再优惠,石正峰很感激地握住吴场长的手连连道谢。

吴场长摆摆手:"不用不用,能为山区群众脱贫致富尽一点绵薄之力也是应该的嘛!不足谢,再说了,咱们都是校友嘛。你就放心吧,秋栽的时候,我一定给你送去最优质的苗。"

到西农来选苗、定苗的事,在付教授的协助下也很顺利地办妥了,石正峰没有再耽搁,因为他一直操心着金凤公司的石材开发研讨会。

付教授见无法挽留住他,就只好连夜将他送上回西都的末班客车。

第二十二章　一张剧照

75

　　折回金凤公司,石正峰就一门心思地等待何兰他们研究合作的事宜。

　　三天后的一个中午,何兰把他叫到办公室,告诉了他公司董事会的讨论意见:认为石材种类多,品级高,价值高,但是开采条件差,必须要公司派员认真勘察后才能商定合作开发的具体事宜。

　　何兰最后说:"孩子,不是姨不帮你,这实在是我们也要考虑整个公司的前途和利益呀。"

　　石正峰急忙站起来说:"不,不。阿姨,这事您已够费心了。这虽然是一个不确定的答复,但,我已够满意的了。你们的意见是合理的,这样也好,咱们就在橘城、在长峪村的石矿上具体协商。"

　　顿了一下,他又问:"姨,那咱们什么时候出发?都有谁去?"

　　何兰见他急火火的样子,便微笑着说:"正峰,看把你急得,坐下吧,我已给办公室做了安排,今天做准备,明早就出发。这次我也去,去你的家乡看看,你欢迎吗?"

　　"真的?那太好了!再好不过了,我们全村的人都会热烈地欢迎您哩。"石正峰听何兰也要去,简直高兴得几乎跳起来说出了这些话。

　　为了把这个喜讯早一点传给山村的乡亲们,下午,石正峰用何兰的手机打通了秦所长家的电话。

　　他把这趟西都之行的办事情况简要地讲了一下,重点告诉了何兰他们亲自来橘城的消息,并让他设法转告刘土根,让他们做好迎接的准备工作。

　　电话那边远远地传来秦所长那高兴、浑厚的声音:"好啊!正峰,你放心吧,这边的事我具体安排。大家都盼着你早日回来哩。"

　　秦所长放下电话,不敢耽搁时间,又马上给清河镇政府打了个电话,请他们尽快通知长峪村的支书刘土根。

刘土根高兴地找到主任卜冬财一合计,就立即召开全村干部会议,及时安排了迎接事宜。

刘土根见老老少少七八个村组干部到齐了,清了一声喉咙:"今天叫你们来,有非常非常重要的事情要抓紧搞。空话大话我不说了,我只要求重点做好四件事:一是由妇女主任负责全面打扫庙场的清洁卫生,并通知村里有狗的人家把狗拴好,以免惊吓贵客;二是由二驴子负责安排三辆干净结实的马车或牛车,准备好第二天下午提前到镇上去接贵宾;三是由五组组长林子汉负责把通往石矿的小路修理平顺些;四是让石明理安排学生夹道欢迎并给贵宾献花。"

最后,刘土根还严肃认真地强调:"散会后,请你们立即行动,一定要各尽其责地搞好。否则,谁出了漏子,我找谁算账。"

会一散,大家都分头行动了起来,打扫卫生的打扫卫生,安顿马车的安顿马车,许多村民也自发地参加进来。

庙场动了起来,整个长峪村动了起来。

76

当太阳刚刚从东方的清淡云层里露出一小半红脸蛋的时候,何兰他们一行八人就分乘着两辆"红旗"轿车和一辆银白色的面包车向橘城进发了。

石正峰与何兰、高秘书坐在一辆车上,在前边作为引车,市内车辆、行人较多,司机老包把车开得十分平稳。

出了市区后,老包就开始提速了。石正峰的心里充满了对未来美好的憧憬,他真希望车能突然长出翅膀,瞬间飞回山乡。

此时,何兰的心也怦怦直跳,望着窗外的远山、近水和村庄,情不自禁地说:"哦,农村就是清亮、美丽呀!橘城现在不知是什么样子了?我有三十多年没有去过了啊!"

"什么?阿姨,难道您从前去过橘城?"石正峰听到何兰这样说话,十分吃惊,"我咋从没听您说起过?"

"是的,孩子,因为在橘城有一段令我伤透心的故事,所以我一直不想提起呀。哎,橘城……橘城,我的橘城。"何兰说话的时候,情绪在明显地波动着。

"什么故事?能不能给我们讲讲呀?"何兰的秘书小高急切且不失俏皮地挑了下弯弯的柳眉,"总经理,是不是还是一段关于爱情的故事呀?呵呵。"

何兰的脸"腾"一下红了,她掏出手绢拭了拭额头,又理了理微卷的鬓发,才含笑道:"鬼丫头,就你精灵。是的,那是我的初恋,不过是短暂而苦涩的。好吧,现在我也老了,也不怕你们这些年轻人笑话了,就讲给你们听听,权当路上的一个消遣。"

于是,何兰就慢慢地把尘封在记忆中已三十多年的一段感情纠葛讲了出来。

77

20世纪60年代末,何兰作为一名知青,背上被子,挎上草绿色的"红军不怕远征难"的书包,插队到橘城的成仙村大队。

成仙村可是个久负盛名的地方,许多人都知道,这里不但出产的橘子在橘城品质最优质,而且这个村子的人文历史也比较有特色,就其村名"成仙村"的由来,都牵连着一桩凄美的神话故事哩。

"我当年叫何香兰,何兰是以后改的。那些年月,人们的生活都很不好过,农村更糟,文化生活就更贫乏了,没有什么娱乐活动,如果每年能有一两场露天电影看,大家就会高兴得直跳呢。

可能也是为了活跃群众文化生活吧,就在我下乡的第二年秋天,我们村组建了一个'前进'文艺宣传队,队长由村大队长图三和担任,副队长是一位瘦高白净的英俊青年。正式成立那天,支书给我们介绍了这个副队长的一些情况——他叫陈明理,是一个因名字问题而被别人挤掉的落榜高中生。还夸赞他是一个能文能武、多才多艺的好小子。

就这样,我和陈明理认识了,不过说句心里话,打第一次见面起,陈明理就给我留下了良好的印象。他虽然是个土生土长的农村娃,但是他那充满智慧的目光和文静大方的言谈举止,远远胜过那些自命不凡的城市娃。"

"何总,这么说,你也在文艺宣传队?"小高在何兰讲话的停顿处插嘴。

"当然了,怎么?你不相信?"何兰白了小高一眼,从怀里棕色的小提兜里取出一张五寸大小的黑白剧照说,"看看,鬼丫头,我年轻时可没现在这么胖哩!"

"哎呀,我们总经理姑娘时可是个大美女啊!"小高看完剧照后,用胳膊碰了一下石正峰,又把那张发黄的照片递给身旁的他。

石正峰接过何兰的那张剧照,惊愕地"啊"了一声就忍住了,再也没有说话。

78

接过剧照的瞬间,石正峰的心里更加紧张,心情复杂极了。

自打何兰提到成仙村、提到陈明理时,他的心就开始慌乱了起来。他紧紧地盯着这张已开始褪色的《十二把镰刀》剧照,极力去抑制自己的情绪。

"难道何姨真就是我爸的初恋情人?世上不会有如此巧合的事情吧?"石正峰在心里不停地问。

何兰听了小高的赞美,很高兴,没有注意到石正峰瞬间变化的复杂表情,继续很甜蜜地给他们往下讲着那段没有结局的恋情。

当时,他们排的第一出戏就是眉户剧《十二把镰刀》,陈明理演王二,何兰演桂兰,都是主角。

从此,他们接触的时间和机会越来越多了,他们经常一块儿在清水河畔练唱,在橘柑园里练舞。

渐渐地,她觉得有了一种离不开他的感觉了,一天不见吧,她总觉得缺少了些什么,引得周围的大嫂、大婶们只要一见他俩就开玩笑:"香兰、明理呀!你们不要再假演了,干脆真当两口子算了,你们俩啊,男才女貌的可真是佳偶天成哩!哈哈哈。"

每当她听到这些话语时,心里别提有多甜蜜了。这种甜蜜的感觉可真是令人回味无穷!这样子的时间一长,她意识到,这也许就是爱上一个人所特有的心理状态吧。

让两个正值青春年华的男女来排练和演出一出表现年轻人自由恋爱的戏文,时间一长难免会因入戏太深而擦出火花。

他们的戏排得很成功,演出效果很好,不但在本村演,而且常常被别的公社请去演出。说个不谝嘴的话,当时的大半个橘城,没有不认识她何香兰的。

随着时间的推移,她和陈明理相互有了更深的了解,双方心里都深深地珍藏着一份诚挚的爱意。

终于,在一次很成功的晚会演出后,他俩躲在一片茂密的橘园里,相互吐露了爱的心声。

她不会忘记,那晚皓月如盘,星稀云淡……

可正当他们在劳动、文艺上互相帮助,互相促进的时候,正当他们如胶似漆的时候,一道充满醋劲的阴邪目光,却悄悄地射向了何香兰,一双可怕的魔爪向他们很快伸了过来。

何兰讲到这儿,情绪显得有些激动,脸上露出了愤怒的、悲伤的表情。

"怎么回事?"听得入神的小高急着往下问。石正峰的脸一直扑红扑红的,他低着头,一直没有作声,也不敢作声。

何兰叹了口气,接着又讲道:"你们还记得上面我提起过的那个大队长图三和吗?就是这个图大瘸子老流氓、大恶魔毁了我们。其实,从一开始到宣传队演戏,我就感觉这个姓图的不对劲,老是喜欢与个别女演员拉拉扯扯、动手动脚的。不过当时我也没把这点小事放在心上,心想,一个又老又丑的家伙,况且他还是一个村干部哩,他能怎么样?后来,我才知道,我太小看这个老家伙了。这个快六十岁的瘸子竟是个色胆包天的大坏蛋啊!那年除夕夜,那是个令我终生难忘的夜晚。"

那天下午,何兰到邻村的知青刘娟那里去玩。过年嘛,大家都很开心,直到天黑时,她才回村。

她打着手电筒打开门,刚一踏进屋,只见一条黑影迅速地扑了过来。何香兰惊吓地尖叫了起来,手电筒也被摔灭在地上。

只听见黑影低沉着公鸭嗓子吞吞吐吐地说:"别叫了,别……叫……叫了。兰兰,是我,我是图大队长呀。"

她挣脱了他的手,惊魂未定地问:"你想干什么?你是怎么进来的?"

图大瘸子嘿嘿阴笑:"我怎么进来的,你忘了?你住的可是大队的公房呀!看看,我这有的是钥匙!"

接着,图大瘸子又扑过来拉住她的一只胳膊用哀求的语气说:"兰兰,你长得太好看了!尤其是你演的桂兰,整天搞得我这心里痒痒的,你依了我吧,让我和你亲热亲热。"边说边对她动手动脚起来。

何香兰急了,双手使劲朝他脸上胡乱抓打,图大瘸子见一时得不了手,就恼羞成怒地威吓:"何香兰,你要识相点,你还想不想风风光光地回西都?只要你依了我,我给你争取提前回城指标,还给你出具良好证明。要不……哼!"

何香兰气得全身发抖,又哭又骂:"不回就不回。老色鬼、老混蛋,你盯错了人。你若不快滚,我要喊人了。"

可图大瘸子嘿嘿一笑:"你喊吧,这会儿人们都在家里包饺子吃团圆饭哩,有球人哩!告诉你,今晚你依也得依,不依也得依!"说着就猛地将她按倒在地……

就在这紧要关头,陈明理冲进了房子,一把抓住图三和的后脖领,挥拳狠狠地朝他的脸上打去。

原来陈明理是在哥嫂的催促下,来请她过去吃年夜饭的。下午他曾来过了两次,可是没有见到何香兰,心里不放心,晚上又过来看看的。

图大瘸子被陈明理打得抱住头就朝门外跑,不料被门槛一绊,一个"狗吃屎"被摔出了一丈多远,两颗褐黄色大龅牙也给跌断了,疼得在外边"哇哇"怪叫了好几声才捂住嘴跑了。

陈明理怒气难消地要去追,被她哭喊着拦了回来。何香兰受了惊吓,见了自己的明理哥再也忍不住了,一下子扑进了陈明理的怀里,伤心委屈地大哭了起来。

陈明理也疼爱地抚弄着她的秀发,流下了酸楚的泪水……

79

可谁知,就在他俩互相拥抱着沉浸在愤怒和伤情后的余悸之中时,图三和领着四五个民兵气势汹汹地冲了进来,硬说他们在大队公房里乱搞男女关系,把他们抓了起来,绑着送到了公社,任他们如何解释都无济于事。

就这样,何香兰被遣送回了西都。为了避免不良影响,她的父亲给她改成了现在这个名字——何兰。而图三和他们却硬是凭权势把陈明理送进了监狱。

"唉,是我害了明理啊……后来,我曾多次给明理哥写信,可是他始终没有回音……"讲到这里,何兰已是泪流满面。

石正峰已经听清楚了,这一切都是真的。面前这位待自己如亲人般的阿姨就是父亲的初恋情人!

小高也被何兰这一段残缺伤痛的情感所感染,眼眶里充满了同情的泪水,再没有吱声。

沉默,短暂的沉默。

突然,一直低头聆听的石正峰慢慢地抬起了头,望着何兰,打破了这短暂的沉寂:"后来的情况是这样的。"他慢慢地讲了起来。

"一年后,陈明理从监狱里出来了,人却变得寡言少语,逢人就避,精神上似乎受到了莫大的创伤。

有一年冬天,他进山砍柴,早上明明还是好好的天气,下午却突然飘起了雪花。为了赶在大雪封山前尽快下山,累了大半天的他顾不上休息,就急急忙忙地把柴捆往下打溜(借着光滑的小山沟,从上往下溜木材),可谁想,在忙乱中,他被一截树桩一绊,摔下了山崖,昏死过去。

算他命大,傍晚时分,一对带着猎狗打猎的父女在回家时,幸好经过那里,是那条猎狗先狂叫着发现了他,父女俩从雪堆里把他救回了家。

这个猎户姓石,女儿二十岁,叫梨花。父女俩靠打猎、采药为生,所以也比较熟悉跌打、接骨之术。

在父女俩的及时救治下,第二天中午,他总算从鬼门关转回了阳间。

当他朦胧地睁开眼睛时,见面前有一位美丽的姑娘正微笑地看着他,他还以为见到了意中人,就抑制不住地拉住了那个姑娘的一只温软的玉手,激动地哭叫着她的小名——'兰兰、兰兰'。

那位姑娘不好意思地缩回了手,'大哥你终于醒了,我不叫兰兰,我叫梨花。'

他这才回过神来,愣愣地看了一会儿眼前的一切,抱歉地说,'对不起,妹

子,对不起!'

　　这时,那位姓石的老爹也走了进来,冲着他说,'娃子,你的命也真大呀!我都担心救不了你哩!'

　　他无比感激地说,'大伯,您们救了我,我不知如何才能报答你们的大恩大德啊!'他欲起身,可一阵钻心的腿疼使他又躺了下去。

　　那位好心的姑娘急忙扶他躺好,'大哥,你的腿伤还没有好哩,暂时还不能下床,好好躺着吧,莫急!莫急!会好的!我去给你熬药。'说完就朝他莞尔一笑,出了门。

　　就这样,他在这户人家养了三个多月的伤。这期间,善良的父女将他照料得十分精心,尤其是梨花姑娘,除了给他煎药、喂饭外,还给他洗衣、擦脸。

　　他又一次感受到了一个纯情姑娘的至情至爱!当他的身体完全康复后,他都不想下山了,他感觉到自己已深深地爱上了她。

　　他和这位山妹子的爱情就这样开始了。

　　他进山砍柴,一去竟数日不归,家里人可急坏了,大哥几次进山都没有找到他的人影。村里人都议论、推测说,他可能早被野物吃掉了。

　　就在这种说法在成仙村传得沸沸扬扬的时候,一天中午,他却领着一位美丽善良的姑娘出现在村口。

　　回到家里,全家人都高兴得直掉眼泪。尤其是他那位因牵连而被撤了队长职务的大哥,一个大男人却抱住他哭得像个泪人似的。

　　后来,他就做了石家的上门女婿,改姓石,从成仙村迁到了长峪村,也就是说从坝里到了深山里。不过他觉得这样更好,因为他可以远离那个曾经使他伤透了心的地方。"

　　石正峰一口气讲到这里,便戛然而止。

　　何兰一直吃惊地望着石正峰,好半天才回过神来,急促问道:"正峰,这……这……这些事,你怎么会这么清楚?"

　　"难道你是……?"何兰和小高不约而同地问。

　　"对,我就是原来的陈明理也就是现在的石明理的儿子。"石正峰说。

　　何兰一把拉住了石正峰的双手,惊喜地叫道:"这是真的吗?这是真的?这难道真是天意?啊,对!是天意,是天意啊!"何兰说完就"哈……哈……嘿……嘿嘿"地笑了起来,但是,这笑声谁都听得出来,里面掺和着一丝丝的悲苦。

　　过了一座石桥,小车开始像一叶小舟,颠簸着划进了茫茫秦岭的峰头谷底。

　　这样一来,大家好一会儿都没敢再说话,但谁也无法平静。只有司机老包一声不吭地注视着前方,把车驾驶得十分平稳。

80

过了秦岭,橘城飞快地朝他们扑来。

何兰的心情越发复杂起来。

实际上这一阵子,她在心里一直在刻画着陈明理现在的模样。她在心底不停地问:"明理,你还记得我吗?你还认得我吗?天啊!我可是又想见你,又怕见你呀!"

下午三点多,三辆穿越了几百里路、浑身发烫的汽车,一前二后地驶进了橘城县干部招待所。

等候多时的秦所长和秦小雯热情地迎了上去。

车门打开,何兰在石正峰的帮助下走出了那辆瓦蓝色的红旗轿车。小高和另外两辆车上的几名人员也纷纷下了车。

何兰一下车,秦小雯就急忙跑过去,挽住她的一只胳膊甜甜地叫了一声"阿姨"。

何兰抚摸着秦小雯那扎在一起的秀发,一边答应一边夸赞:"小雯呀,看看,你越长越漂亮了!你要是不叫我呀,我都快认不出你了。"何兰的夸赞,使秦小雯的笑脸在骄阳下越发透红。

秦所长在石正峰的介绍下和来宾一一握手问好,并把他们迎进了宾馆的会客厅落座。服务小姐很快把水果和饮料端了上来。

秦所长把手一摆,招呼道:"来,你们赶这么远的路,都很辛苦了。先喝口饮料、吃点西瓜吧。正峰、小雯,快给客人们拿西瓜嘛。"

说着,秦所长先把一块冰镇了的西瓜捧到何兰手上:"大妹子,请尝尝。"

何兰说了声:"谢谢!"接过来咬了一口,微笑着赞叹,"啊呀!可甜!"

于是,大家一边吃西瓜,一边聊了起来。

何兰吃了一块西瓜,用餐巾纸擦了下嘴和手,望了望这个装饰一新的宾馆客厅,又透过蓝色玻璃门窗朝外边看了看,才转过头来:"哎呀,橘城的变化可真大呀!"

"是啊,尤其是这几年改革开放,橘城无论是城市建设还是农村的面貌都发生了很大的变化。"秦所长接口说道,"但是,我们还存在一些短板和薄弱环节,比如技术、资金等等,说真的,这还要多多依靠像你们这样的朋友来大力支持呀!"

"讲得好!不过老秦,客人们远道而来,沙发还没有坐稳哩,你就提出来技术呀、资金呀、支持呀这些问题,就不怕把客人给吓跑了?"说话间,县委沈书记推开门,健步走了进来。

秦所长和石正峰起身上前打招呼。何兰也站起来。

沈书记走过去握住何兰的手,很亲切地微笑着说:"你就是何总经理、何大姐吧,你们辛苦了!我代表全县人民欢迎你们的到来呀!这次到橘城,请你们到各地多走走、多看看,多给我们的工作提些意见,促进一下我们的工作。"

何兰笑着说:"沈书记,你太客气了!咱们共同学习,相互促进吧!"说完,沈书记坐在了对面,客厅里的气氛一下子活跃了起来,大家很自然地交谈着。

可没过多久,一个工作人员走了进来,把一份公文交到沈书记的手中。沈书记很快地看了一遍,皱了一下眉头,站起来很抱歉地对何兰他们说:"何大姐,很对不住你们了!有个紧急会议,我得去参加,不能多奉陪了。下午你们就不要进山了,好好休息休息!"说完又转过身来对秦所长和石正峰叮嘱了一番要接待好贵客的话后,才微笑着给大家挥了挥手,走出宾馆。

他们原计划在这里暂时休息一下,就要驱车进山的,可沈书记闻讯赶来又这样做了安排。石正峰觉得也符合情理,就只好给清河镇政府打了个电话,请他们给村上刘支书说明情况。

太阳落山的时候,刘土根和卜冬财才坐着二驴子的牛车慢悠悠地返回了山村。

在村口,看到乡亲们和石明理率领的献花欢迎的学生还没散,便大声地吆喝:"大家都回去吃夜饭去吧,客人明天才上山哩。"

戈秃子却二不愣腾地问道:"为啥?"

"为啥?这就叫好事多磨嘛!嘿嘿!"主任卜冬财苦笑道。

石明理这才吹了一声哨子,对学生们说:"大家都排队,听口令回村!"说毕,他叫了声"齐步走!"就"一二一……"地吹着哨子领着一群学生向村里走去。

刘土根捅了一下卜冬财,喜滋滋地说:"看看,石明理把这些娃娃管教得多有样子!咱们村有希望哩!"

第二十三章　山路弯弯

81

晚饭后,秦所长先回了单位。

石正峰和秦小雯却领着何兰他们去逛橘城的夜市,直到何兰感觉困了才返回宾馆休息。

然而,这一夜何兰却失眠了。她静静地躺在席梦思床上,四十多年的人生经历像放电影似的在脑海里不停地回放,尤其是这几年发生的事情和今天在来橘城的路上石正峰所说的一切,令她既惊又喜,辗转难眠。

最后,她索性坐起来,打开灯,又从手提兜里拿出了那张发黄的剧照,傻傻地看了起来。

坐长途车,翻山越岭地跑了一天,人们都很疲乏,以致于第二天大家都起得很晚。

快十点钟了,两名年轻的技术员还在酣睡。任副总经理走进去,拍着一个小伙子的屁股吆喊:"懒蛋,快起来,该上路了。"

吃过早餐,他们就分头上了车,疾速地向城北驶去。

一路上,何兰透过车窗外的景色极力地搜寻着过去的记忆,并不时地给小高指点着那些她还有印象的地名、景点等。

很快,车到了成仙村地界,铺天盖地的橘树进入他们的视野,挂满枝头的还尚未成熟的青橘子在微风中拥挤着、雀跃着,争相昭示着一个丰收年的到来。

小高兴奋地望着眼前这恬静的绿色世界,赞不绝口:"啊,橘乡可真美呀!"

"是啊!"何兰也开始激动起来,她对老包说,"包师傅,请把车开慢些、再慢些。"

在一个十字路口,何兰索性叫停了车,独自走进了一片茂密的柑橘园。

她要去干什么?大伙儿都疑惑地望着她的背影,只有小高和石正峰心里明白:她要去寻找那个曾经给过她爱情的地方,她要去寻找那个因他们的热烈拥抱而折断了的枝丫……

良久，何兰才拿着一截带着青果的橘枝，从橘园的深处轻轻地走了回来。

上车后，她把那个青橘子放在了车前，自言自语："世事沧桑，什么都在变呀！那时可没有这么好的橘子。"显然，何兰很失望，她没有找寻到曾经依偎过的那些橘子树。

石正峰望了一眼何兰眼角那没有擦干的泪痕，嘴张了张，可没有说话，他心里想，何兰一定是在橘园里哭过，而且很伤心……

车又继续前行，大家都想再多望一眼橘园，但老包这会儿却把车开得飞快，橘园渐渐被车尾卷起的尘土所阻挡，很煞风景。

从成仙村往北，就进入了山区。

车一直沿着蜿蜒的清水河公路颠颠簸簸地行驶着。唯一使人欣慰的是正午的阳光在山林、清泉、溪水、山风的衬托下，显得温和了许多。

一座座山峰在慢慢地后退着，清河镇越来越近了，长峪村已向他们打开了心扉。

82

今天的清河镇不是逢场日，显得冷冷清清。

二驴子负责接人的三辆牛车，就停在街口一家店铺的西侧。三头看似健壮的黄牛正卧在一株很大的桐树下歇凉，时不时地还啃着跟前的零星绿草。

二驴子是个嗜酒如命的家伙，早上一到镇上来，把牛一拴好就想溜去喝烂酒。可是支书刘土根和主任卜冬财在场，他也只得强忍着肚子里酒虫的嘀咕，因为他以前因喝醉酒而闹出过许多麻烦事，刘支书曾狠狠地收拾过他，所以他心里怯着。

中午时分，刘支书和卜主任被镇上领导给叫走了，二驴子才有了喝酒的机会，他领上其他两名赶车的把式（编者注：指老手、行家），一同钻进了临街的一个小酒馆里，要了两袋油炸胡豆和一瓶橘城特曲，舒心地喝了起来。

一瓶酒按二驴子的量不算啥。今天又多了两个伙计，所以没到两支烟的工夫，就喝了个瓶底朝天。

二驴子有些没过瘾，便撩起衣襟擦了擦脸上的汗水，走出去看了看远处的山路又转回来对同伙说："连个人影子都没见哩，咱弟兄们再搞一瓶咋样？"

老板娘笑眯眯地又给他取了一瓶，二驴子在接酒的时候不怀好意地捏了一把那女人的手，逗惹得那个老板娘好一阵娇怒笑骂，引得同来的那两位车把式"哈哈哈"地笑起来。

正当二驴子把第二瓶酒咬在嘴里开瓶盖的时候，"嘀……嘀……"外面响起了汽车的喇叭声。

老板娘用手指点了二驴子额头一下:"驴儿,头往门外看,小车来了。"

二驴子一转头,望见了坐在前面的石正峰,便高兴地叫喊着跑了过去。

石正峰一下车就闻到二驴子一身酒气,衣服下襟湿了一大片,便不高兴地指着二驴子的衣襟说:"二驴叔,你看你把酒都喝到哪里去啦。"

二驴子低头一看,完了,好几块钱一瓶的酒还没来得及喝一小口就给全洒了,心疼地冲着仍在发笑的石正峰埋怨:"都怪你小子,害得老叔把酒给跑洒没了。"

石正峰生气地瞪了他一眼就又上了车,心里却暗骂了一声,"果真是二货一个!难怪人家叫你二驴子!"

二驴子见石正峰生气了,便讨好似地冲着车尾喊:"石指导,刘支书和卜主任在镇上,你们去吧,呵呵,呵呵。"

没走多远,车就开进了镇政府大院。

正在听刘土根和卜冬财汇报工作的图镇长见两辆高级小车鱼贯而入,就急忙打断了刘土根的说话:"哎哟,领导来了!"赶紧满脸堆笑地迎上去。

他刚要去开车门,却猛然见是石正峰坐在里面,就赶快把手缩了回来,正色道:"哎呀,是你,你们的支书和主任都在等你哩,你咋净在外面胡逛哩。哼,快下来。"说完就背着双手,迈开八字步转身走了。

小高有点看不惯地问石正峰:"这是什么官?咋这副德性!"

"是镇长。"石正峰回答。

"官有多大?"小高又追问着不放,"架子倒不小!"

"多大?一镇之长哩!"石正峰苦笑了一下。

还是刘支书和卜主任实在,见客人们下车,便热情地迎上去打招呼。

这时,二驴子也慌忙赶着牛车来到了镇政府门口。经刘土根一再请示镇长,他们才把汽车停在了院子的一侧。

石正峰十分歉意地对何兰他们说:"实在不好意思呀!现在就要委屈你们了,到村子里去只能坐这样的牛车了。"

小高第一个跳上了二驴子的牛车,高兴地对其他人吆喝:"快上来吧,好玩着哩!坐上来使我能回忆起小时候看过的那部《秦颂岭》的电影啊!嘻嘻嘻!"说着,她就去抽那根一直夹在二驴子胳肢窝里的赶牛鞭子。

二驴子慌忙一缩身,愣笑着说:"使不得,使不得,你不会赶,你不会赶哩!"看着他那憨笑的傻样子,大伙都"轰"地笑了。

石正峰也陪着何兰和小高一起坐在了二驴子的车上。

突然,何兰好似想起了什么,转过身子对同来的两名年轻技术员吩咐道:

"嗯？看我这坏记性,你们俩快去把面包车里我带的东西搬下来,一起装上牛车运过去。"

两个年轻人答应了一声就很利索地从那辆面包车里搬下了两只大包装箱。石正峰定睛一看,原来是一台25寸的彩电和一个锅形接收系统。

他不解地问何兰:"姨,这……这是?"

何兰微笑着说:"这是我送给你们的见面礼嘛。"

"可……这……这么贵重的东西……"石正峰有点结巴得不知说什么才好。

何兰看着他那傻愣的样子,又望了望远山的深处,才意味深长地说:"孩子,封闭就是愚昧,就是贫穷。从你的口中,我知道了大山深处的沉寂;从你的身上,我看到了山村孩子们渴望知识、渴望了解大山外面世界的强烈愿望。所以,这次准备来的时候,我一直在想,该送什么礼物给你们呢?后来,经过反复考虑,我终于想到了这个东西。我的愿望是:让山村能通过它而了解世界,让乡亲们能通过它尽快地多认识新事物。"

何兰的这番充满情感的话语,使在场的每一个人都很感动。一个置身于大都市的大老板能心系大山深处的群众苦乐,这是一种什么境界?

刘支书激动地走到何兰的车旁,无比感激地说:"何经理啊,你真是个大好人呀!现在像你这么好的有钱人,难找啊!"

何兰很尊重地看着面前这位诚实厚道的山村支书,微笑着说:"应该的应该的。其实也没什么,就一台电视机而已。咱们启程吧!"

"好,起程!"刘土根一挥手,声音洪亮地发出了回村的号令。

二驴子早就等得不耐烦了,只见他把那根用软和的红荆棘条做成的牛鞭子在空中一甩,"叭!叭!"两声脆响,牛车便使劲地向前迈进了,山谷里顿时响起了一串串"叮当"的铃声,非常悦耳。

何兰坐在牛车上,尽量抑制着急促的心跳。三十多年了,她不敢想象这次和陈明理重逢将是怎样的一种场面。

路上,石正峰除了尽心地给何兰和小高打着一把从镇上借来的充当遮阳伞的雨伞外,还不时地给她们指点着车前、车后、路左、路右的山山水水、奇草异卉。

大自然的鬼斧神工和不加修饰的天然美令这些久居都市的人们惊叹不已!小高用照相机在不停地记录着那些最动人的靓丽风光。

第二十四章　突然相逢

83

　　转过了九道弯,翻过了八道梁,长峪村终于出现在他们眼前,村口的那棵苍劲的白果树下站满了乡亲们。

　　石正峰惊喜地对何兰他们说:"看,乡亲们都来欢迎你们这些远方的贵客来了。"

　　可不是吗？他们一下车,百十号男女老少就在村妇女主任的带领下,敲锣打鼓地迎了过来。

　　戈秃子和铁嘴张这两个庙场的"名角"自然在人群的最前列。不知是为了遮住太阳的强光,还是为了装饰他那精光四射的秃头,戈秃子今儿在头上戴了一顶用柳条编制的凉帽,一抖一抖地在人群里显得格外扎眼。

　　小高觉得很有趣,就碰了石正峰一下,低声扮了个"鬼子腔":"报告小队长,前面发现八路游击队的干活。"逗得石正峰忍俊不禁,哈哈大笑:"像……像,太像了!"

　　二驴子见戈秃子这装扮且趾高气扬地走了过来,乐得扬了扬鞭梢冲着大伙胡诌起顺口溜来了:"人逢喜事老转少,秃子头上长绿毛。"大伙一听,都觉得好笑,"哈哈哈"地乐了起来。

　　他们知道好戏就要开场了,只要"铁""秃""驴"碰到一起,肯定就会搞出几折子斗嘴调侃的有趣段子来不可。

　　果真,戈秃子也不是省油的灯,便狠狠地回敬二驴子说:"懒毛驴,你别乱叫,小心胡骚情跌断腰。"

　　铁嘴张也急了,只见他把脚在石板上一跺,生气地指着驴儿和秃子开了腔:"你们两个大草包,只会秃子惹得毛驴叫。今天贵人来村峁,还不赶快请进村却在这儿瞎胡闹。"

　　这三个活宝的一阵顺口溜对仗,无形中增添了迎接客人的热闹气氛。

　　小高、任副经理和那两名年轻技术员,都被山里人的这种拌嘴逗乐的娱乐形式逗得拊掌叫好,嘻嘻哈哈地笑了好一阵子。

铁嘴张的话提醒了刘土根,刘土根心想,对呀,不能让客人们都站在这儿呀。他爬上一处石头坎,站在较高处,对村民们大声地说:"乡亲们,静一静,还有一件激动人心的事情,请听我说。"

等下面的群众安静了些,他才喜笑颜开地说:"这位尊贵的总经理女士,给我们村送来了一套电视接收什么来着,噢,接收套筒。"

"是系统。"下面有个技术员小声纠正。

"什么?'系统'?噢,对。是系统,不是套筒。哈哈。"刘土根听到了赶紧纠正,"从今以后,咱们可以看电视了,可以看到外面的大世界了啊!大家说好不好啊?"

"好!""好!""好!"人群中顿时沸腾了。也难怪,当时就是有些坝区的村里也买不起电视看哩,谁能想到他们这个穷山沟沟里一下子就有了电视看。大家怎能不激动?

"哎呀,这才好哩!"

"感谢总经理!"

"总经理是大好人!"

"……"

百十号群众欢呼雀跃!

何兰从山民那一束束充满感激和信任的目光中,感到了一种从未有过的沉重:乡亲们太辛苦了!面对这些纯朴善良的群众,你能忍心看着他们贫困落后而不去竭力相助吗?

听着山民们这些赞美,何兰的脸色很平静,她感觉不到快乐,相反的,在此刻,她突然感到莫大的惭愧和汗颜,且有丝丝隐疼在心里泛起。她觉得无论如何都要尽力来帮助帮助这里的乡亲们。一瞬间,她的心里又增加了几份责任感和使命感。

就在大家开始进村的时候,突然,人群的后面骚动起来。十几个手持着各色鲜花的小学生,在一个头发有些灰白的瘦高个教师的带领下,从一个山坳里跑了出来,一边跑还一边整齐地喊着"欢迎欢迎!热烈欢迎!"的口号。

何兰望着这一群衣着朴素的可爱的孩子们,眼睛不觉亮了起来,她停住了脚步,把目光投向了那位朝她快步走来的男教师身上。

原来,石明理下午给学生上完了两堂课后,才组织好队列向村口跑来。

为了增添迎接的喜庆情调,半道上,他又领着孩子们在附近的山坡上各自采撷了一束散发着馨香的鲜花。

石明理也精心地挑选了几枝盛开的兰花,这是一种秦巴山脉中特有的珍稀兰花,他寻思着要双手敬献给他儿子的大恩人。因为除此而外,作为一个穷山沟的小学代理教师,他又能用什么形式来报答人家呢?

活泼可爱的孩子们把一束束鲜花分别敬献给了远方的客人。小高激动地抱起了一个最小的女孩,还剥了一颗水果奶糖喂进了小女孩的口中。小女孩咀嚼了几下,高兴地向同伴直喊:"甜!甜!好吃!好吃!"

石明理快步来到何兰的面前,深深地鞠了一躬,才说:"想必您就是石正峰的何姨吧,迎接来迟,真是对不住!您为石正峰费心了,您是我们全家的大恩人啊,您的大恩大德,真不知如何才能报答呀!今天,我诚挚地给您敬上一束兰花,以表示对您无比的敬重和对你们的衷心欢迎!"说完,他毕恭毕敬地用双手把那束盛开的兰花捧给了何兰。

何兰用颤抖的双手接过了馨香扑鼻的兰花,泪眼闪闪地盯着石明理看。

这就是明理哥吗?除了那双大眼睛外,她简直不敢相信,这就是昔日的"王二"。你看他灰白的头发,清瘦的面容,还有那微驼的背……啊!三十年的风风雨雨难道对他就这么苛刻?

何兰这突然变化的复杂的表情,没逃过近前群众的眼睛,石正峰和小高更不例外。

那些群众都觉得奇怪,这个胖胖的女总经理怎么用一双眼睛死死地盯着石明理看呢?

铁嘴张取下老花镜,用手擦了擦,复又戴好,瞪大了白眼珠子,使劲地望望何兰又看看石明理,心里着实纳闷,"难道这女人中了邪不成?"

石明理也开始觉得有些异样了,难道刚才我讲的话有什么地方不对?不可能有错呀!我不知在心里打了多少遍草稿呀!这是咋回事?他又抬起头,想重新打量一下这位尊贵的夫人。

看到石明理这凄苦落魄的样子,何兰的心里难受酸楚得厉害,泪水再也无法抑制,"扑簌簌"喷涌而出。终于,她忍不住哽咽道:"明哥,你真的认不出我了吗?我是香兰,我是何香兰呀……"

石明理惊愕地睁大眼睛,一声"明哥"唤起了他对三十多年前的那些往事的记忆。

难道这位雍容华贵的夫人真的就是三十年前那个插队的女知青?他又认真地打量起眼前这位大恩人来。

啊,是她!那颗长在她下巴左侧的曾令他痴迷和铭记的红痣已证明了一切。她就是过去的那个"桂兰"。

石明理不再怀疑,激动万分地上前一步:"香兰,是你,真是你吗?这难道是真的?我简直都不敢相信啊!我们还会有再见的日子!"说话间,石明理迅速地擦拭了一下因兴奋而潮湿的眼睛。

已破涕为笑的何兰急切地上前了半步,紧紧地握住了石明理那双满是老茧的手,使劲地摇晃着:"明哥,是真的,是真的! 这一切都是真的呀!"

"这也太神奇了吧!"许多人都不解,可是大家还是被眼前的场面所感动。一直眼瞅着自己老板的高秘书早已眼泪婆娑,终于忍不住鼓起了掌……

84

一进村,刘支书就热情地把客人连同石明理一起请到了他家。老伴和大儿媳殷勤地给大家端上茶水和饭菜。

山里人十分好客,在他们吃饭的当口儿,刘支书的小儿媳妇又给他们接二连三地上了五六道野味小炒。

吃完这顿过迟的午饭,黄昏已经悄悄地找上门来。

大家简单地开了个短会,商量了下一步的工作,最后按照刘土根的意见把八名客人分别安排在了六户条件较好的村队干部家中住宿。

落日的余晖洒满了西山的峰顶,起伏的松波泛起了斑斑红晕。那些被正午的骄阳烤蔫了的花草,这时又露出了笑容。

细细观察,有些花瓣上、草叶上还浸出了晶莹的露珠,微风一吹,这些露珠在流线般的草叶上滑动着美妙的弧线,宛如少女在歌舞。

整个山林似乎一下子又恢复了饱满的精神。

山鸟已开始归巢,一只岩鹰久久盘旋在对面裸露的千仞崖上,时而俯冲,时而飞升着……

石明理陪着何兰踏着带露的青草、碎花,转过一个小山峦,轻轻地来到一条溪涧边。

溪水很清澈,两边长满了密密的嫩绿嫩绿的水胡芦、水芹菜和一些不知名的水草,让人十分惬意舒心。

石明理虽然默默地跟在何兰的身后走着,但飞扬的思绪宛如远处的山峦,一直起伏不定。

埋藏了近三十年的情缘竟在这深山小村里探出头来。这突如其来的一切,实在令人难以置信! 但这分明又是真真切切的事,两个人直到现在都还觉得恍然如梦,尤其是石明理。

哦,情啊,你真是一个交织着爱恨悲喜,吮吸着酸甜苦辣的神秘主宰吗? 现在我才真正理解了人们常说的"百年修得同船渡,千年修得共枕眠"和"有缘千里来相会,无缘对面不相识"等等的古话了。这难道是在证明,冥冥之中还是真有"缘分"这个神秘的东西?

何兰见石明理一直低头不语,好似有什么心事,便关切地问:"明哥,你是不是不舒服?"

"哦,不……不是!"石明理很不自然地急忙回答。

"那你为啥一脸不高兴的样子?一句话也不说?哼!"何兰有点埋怨道,"是不是因为又见到我了,你不高兴了?"

"不!不!哪里……哪里呀!"石明理慌忙解释,"其实,香兰,我有一肚子的话想给你倾诉,可一着急就是不知从何说起呀。说真的,香兰,这二十多年来,我一直在心底珍藏着你、思念着你啊!"

"你骗人!你思念我?你想我?那你为啥不给我回信?"何兰气愤地打断了他的话头。

"你听我给你说,"石明理知道何香兰对他的误会一定是很深的,"你走后,我被他们整进了监狱,你写的信,当时我根本就没法见到。你知道我当时的心情吗?我当时可以说万念俱灰,只想一死。可还是担心我那七十多岁的老娘承受不了,又担心你回去的安危,我才勉强苟活了下来。"

石明理继续说:"等到我出狱,我母亲已病重得不行了,就在她临咽气的那个把小时,她才对我讲了你给我写信的事。

当时,她老人家挣扎着,用手示意我从枕芯里取出了你写给我的那十几封信,有一口气没一口气地说,'儿啊,娘知道你俩好,我也清楚,香兰是个好闺女。可你好好想想,香兰可是个大城市的姑娘,咱们是啥,是个扛锄把的庄稼汉。你们能成吗?再说了,你又进过牢房,如果让她那边的人知道了你俩的关系,一个女娃家她以后还会有好日子过吗?咱们祖祖辈辈都是老实人,可不能做出害人伤天良的事情呀!儿啊,你就死了这条心吧!你能忍心让一个细皮嫩肉的女娃娃跟你在田地里受苦?儿啊,听娘的话……不要再……再害……香兰这……这好闺女了……忘掉……忘……掉香兰……兰……'

我清楚地知道娘阻拦我的苦心,一是怕你是城市人,而我是一个农民,咱们的身份不同,婚姻不会长久;二是怕那个王八蛋图三和再给我找麻烦;三是怕影响了你的前途,害了你,因为我是进过监狱的人。

母亲的去世,对我的打击实在是太大了!她老人家含辛茹苦地把我养大,节衣缩食地供我上学,然而得到的回报是什么?是我这个不孝之子一次又一次不争气地对她的精神摧残……

她老人家在世时,我未能尽上半点孝心,难道她老人家临终时的话我都不能谨记、恪守?每当我准备提笔给你写信的时候,我的耳边就会响起母亲临终前的忠告,'不要害了香兰!你能忍心让她跟你受苦?'于是,这两句话就一直伴随着我对你的思念,度过了一个个漫长的日子,直到……"

85

听到这里,何兰已经泪流满面,泣不成声地瘫坐在了一块青石上。

石明理这才急忙打住了话头,从远山那渐渐模糊的轮廓里收回了湿润而忧伤的目光。

何兰在为石明理的母亲而哭,何兰在为石明理而哭,何兰在为她自己而哭,何兰在为那个年代而哭……

善良的母亲呀!你怎能臆断地阻拦儿子的一生幸福?懦弱的明哥呀!你怎么也甘心放弃自己的幸福?可怜的香兰啊!你怎么就那么痴情?无情的年代呀!你怎么能导演出如此苦涩的爱情?

她的哭泣声伴随着溪涧的流水声,在这寂静的山沟里显得十分凄婉……

石明理见何兰那悲伤的样子,两行心酸的泪水也禁不住冲出了眼眶。他不知如何去劝慰身旁这位昔日的恋人,只是不由得往她身旁挪了挪。

一阵凉风袭来,何兰不禁打了个寒颤。

虽然是盛夏,但在这秦岭深山中,受海拔和山地气候的影响,昼夜温差较大,晚上还是很凉的,有时甚至还比较冷。

石明理赶忙脱下了褂子轻轻地给仍在哭泣的何兰披上,并把她扶了起来:"香兰,别哭了,都是我不好,我实在对不起你,我……"

顿了顿,石明理又吞吞吐吐地说:"不过,香兰,现在看来,我当初听了母亲的话是对的。如果当时我们真结合了,跟着我你只能吃苦受累,你还能有今天的成就?你还能这么年轻?这么漂……漂亮?"

最后一句话是故意逗何兰高兴,不要再哭的,没想到,还的确奏了效。

快三十年了,何香兰才又听到了她曾经深爱过的男人的赞美,心里顿时荡漾起一阵少女般的春潮。

"真的吗?明哥。"她含情脉脉地望着石明理,慢慢地把头倚靠在石明理那瘦削的臂膀上,闭上了带泪的双眼……

何兰这突然的举动,强烈地撞击着石明理那尘封多年的心扉。

他感到心脏在加速狂跳,一股燥热瞬间涌遍全身,本能使他用哆嗦的双臂轻轻地抱住了何兰的腰肢。

何兰触电般地睁开似水的眼睛,情不自禁地转过身来。这对久别重逢的痴情男女,在经历了近三十年的生活磨炼后,此时此刻又热烈地、紧紧地拥抱在了一起……

一弯新月不知何时从山坳里升起。

皎洁的月色静静地照在周围的树叶上、花草间和溪涧的流水上……

第二十五章　枯木逢春

86

　　整整用了四天时间,石正峰和林子汉领着何兰公司的两名技术员,在蕴藏石材的山谷中,从一个山头翻到另一个山顶;从一个山沟蹿到另一个沟底;从一个峭壁攀到另一个悬崖,对石材的品类和储量都做了详细科学的考察。

　　为了搞清石材的品级,他们还在多处选点爆破,提取了各项样品的指数。回到村里,他们又把各项数据经过严密计算后,写成了书面材料并及时报送到何兰那里。

　　何兰看后,脸上露出了满意的笑容。她立即吩咐小高去通知任副经理过来开会研究。

　　他们这个会开得虽短,但是会上大家争论得却十分激烈。

　　会上,小高首先通报了考察情况。其结果是,此处石矿品种多,品级高且储量巨大,开采价值大,前景广阔。

　　接着是大家发表各自的意见。

　　任副经理的意见是放弃合作,理由是离公司太远且交通十分不便。而小高的意见是合作,理由是储量大,品种多,品级高,前景大,并反驳了任副经理的保守思想。

　　小高主要讲了三点:一是虽离公司远,但可以采取在橘城设立分公司的办法解决;二是虽交通不便,但可以和村上协商修路,同时可以利用这里廉价的劳动力;三是为了大山里的这些善良朴实的人们,从道义上讲也应该伸出援助之手。

　　小高讲这第三点的时候,显得格外激动,脸涨得红红的。几天来,她陪着何兰先后走访了许多农户,深切地感受到了大山的纯美和山区群众的诚实厚道。

　　她从山区群众那渴盼过上富裕生活的神情里,从那些孩子们向往外部世界的童稚言语里,真正地意识到山村老少爷们儿对他们此行抱着多大的希望。她不忍心去扼杀他们对幸福生活的梦想,她觉得无论如何都要帮帮他们。

小高的意见正好契合了何兰的心思。最后,他们经过进一步论证研究,决定合作开发。

87

石明理这些天的心情特别好,脸上始终挂着微笑,出门进屋都要照照镜子,人好像也年轻了许多,走在路上时常还会哼上一两段秦腔。难怪有人说,这人是花草树木,情是土水肥料,如果心里有情,人也会显得格外年轻和精神的。

今天是个星期日,早上他到庙场戈秃子那儿去理了个发,和铁嘴张又摆了会龙门阵,中午时分才一路哼着《游龟山》里的一段戏文回到家里。

他把草帽往墙上一挂,在镜子前又整理了一下刚理过的发型,就走出了堂屋,又去伺弄那盆他最近才从山上挖回来的金边佛兰。

他先用一把小刀把兰花根部的腐殖土细细地浅浅翻了一遍。然后又去门前的溪涧里端了一盆清洌的水来,把兰花那柔软的草叶,一条条地在水里浸洗着。他的手放得很轻,生怕弄折了哪条草叶,因为在他的眼里,这兰花是人而不是草。多少年了,他寻兰、养兰,嗜兰花如生命……

所以,他家的房前屋后,栽有数不清的春兰、夏兰,每到春夏,兰花怒放,幽香沁人心脾,令人心旷神怡。

"爸,你又在侍弄你心爱的兰花呀!"石正峰悄悄地走到石明理的身后,故意把"心爱的"三个字咬得重重地说,"连吃午饭都忘了吧?"

石明理正专心致志地一边梳理兰草,一边回味着这些天和何香兰相处的幸福片段,冷不丁经石正峰这一问,倒弄得有点不好意思,"腾"地一下脸都红了。

为了在儿子面前掩饰窘态,他把双手在凉水盆里洗了一会儿才站起来正色道:"你这混小子,把老子吓了一跳,菜是早晨我出去时就炒好了的。中午咱们就吃'西红柿凉面条'咋样?"

"好,我去烧水。"石正峰说了一声就进了厨房。不到一支烟的工夫,他就做好了面条。这时,月儿也从邻居家玩耍回来了。于是,父子三人一人端了一大碗,在堂屋饭桌上围成三角状地坐着,"哧溜、哧溜、哧溜"地吃了起来。

石正峰一边吃面条,一边心不在焉地用眼睛瞟父亲。待到饭吃毕,月儿又跑出去玩了,他思忖了片刻,把一把竹篾扇递给父亲,微笑着说:"爸,我有个事想听听你的意见。"

"嗯。什么事?你说吧。"石明理慢慢地摇着扇子。

"你看我这个何姨咋样?"石正峰直接问。

"什么怎么样?"石明理有些不好意思地故意避开话题。

"人品。"石正峰说。

"好、好,人品很好嘛!"石明理脸又红了。

石正峰掏出烟递给他一支,自己也抽上一支,壮了壮胆子,索性单刀直入:"爸,你很喜欢她吧?"

"这……这这,你……"石明理的脸"唰"地红透了,他万万没想到儿子突然间提出这个问题来,他可是连一点准备也没有的,咋说呀?

石正峰见父亲那十分窘迫的样子,急忙转过话锋:"爸,其实你和我何姨过去的事,我已全知道了,是那个年代害了你们。

说实在的,我何姨的人品的确很好!她心地善良,泼辣能干又重情义,我能有今天多亏了她的支持和帮助,现在她又为了咱们村的发展不远千里来鼎力相助,这样的好人,在当今这个物欲横流的社会里难觅,更何况她还是个女人。

说句我当儿子不该说的话,她能喜欢你,的确是你的福分和造化。当然,我也看得出,她依然爱着你的。哦,说到这里,我才明白,我在她那里打工期间,有许多好心人想给她再介绍个老伴,她都没有搭茬的缘由来。

我想,一定是因为你们昔日的那一段恋情给她留下了深刻记忆,也就是说你依然在她的心里占据着重要的位置。现在,老天又给你们安排了这个重续前缘的机会。"

说到这儿,石正峰的心里一阵阵酸楚,因为他想到了死去的母亲。停了片刻,他又猛吸了两口烟,"呼"地吐了出来,叹了一声又接着说,"唉,我妈也去世五个年头了,何姨的丈夫也去世了许多年了,我们这些做儿女的长大了,懂事了,能理解大人们的心事,所以我今天不是以儿子的身份,而是以朋友的身份想给你说,如果你还喜欢我何姨的话,你就应该鼓足勇气去大胆地追求。"

石正峰一口气说出了自己心里存放了许久的想法,觉得一下子轻松了许多。

88

石明理一直不停地在抽烟。他的脸一会儿红,一会儿青,身上一会儿烧,一会儿凉。他在心里悄悄地说:"狗日的娃,你咋敢跟老子谈这些事情,你把老子搞得好窘啊!"转而又想,"是呀,孩子的确长大了,懂事了。"

如果说刚才还保留了一点点神秘感的话,那么现在把话都挑到了明处,这样一来,石明理一想,反倒觉得轻松自然了许多。

他一直在琢磨着儿子刚才说的那些话,直到把手指间的那大半截烟吸完,才叹了口气:"唉,都这把年纪了,还谈什么爱与不爱?再说了,她现在是个阔老板,而我还是个穷农民、一个山沟沟里的烂教师,并且她的女儿……又能……唉,算了,莫说了。"石明理锁着眉头,愁伤地摆了摆头。

"你现在还这么想?现在都什么年代了!至于她女儿小燕那边,你就甭担心了,小燕姐可不是个守旧派,和何姨一样是个热心肠,我想她一定会像我支持你一样支持她妈妈的。"石正峰看出了父亲的担心,便笑着宽慰。

"谁是守旧派?支持什么?"正说着,何兰和小高已走进了堂门,何兰笑嘻嘻地冲着他们问道。

真是应了那句当地的俗语——"汉水地方邪,说着王八就来鳖"。石明理一见这当儿何香兰突然来了,心里又是紧张又是欢喜。

石正峰赶忙起身把她们迎进了堂屋,又对磨蹭在后边的小高喊道:"喂,大秘书,你不怕晒黑了回西都让男朋友给炒了?快进屋吧!"

"去去去,别乱叫了。"小高在院场边踱来踱去,惊诧地观察着那些树荫下的佛兰花。

突然,她拍着手跑了进来,冲着石明理说:"石伯伯,我知道了,我现在终于明白你为什么那么喜爱兰花!你是……"

眼见小高要继续往下说,何兰使劲地在小高那微翘的屁股上拍了一巴掌,笑吟吟地白了她一眼:"鬼丫头,就你多嘴,快坐下。"

小高朝石正峰扮了个鬼脸,并向门外努了努嘴。

石正峰会意,站起来给何兰和他爸的杯子里添满水,挠了挠后脑瓜:"哎呀,这大热的天,喝开水更热了似的,姨,您等着,我到后山林子里去摘些'白沙桃'来,那桃个大汁甜,可好吃哩!"

"那多好呀!我去帮你,咱们多摘点。"小高佯装好玩的样子,一把拉上石正峰就朝外走去。

出了院场,两人相视一笑,石正峰指着小高的鼻头:"就你鬼点子多。我可服了你!"

"年轻人,要理解两位老同志最近的心情嘛,'电灯泡'是不能当的呀!"小高故意拿腔作调起来。

石正峰忍不住"扑哧"一笑,挥了挥手:"你呀你,快走吧!"一转身,就钻进了一片树林。

院场边,一树紫木槿花开得正旺,两只斑斓的蝴蝶和数只蜜蜂在花枝间飞来扑去,追逐嬉戏……

堂屋里,俩人谁也没有说话,石明理在不停地低头抽烟,何兰却愣怔地望着门外发呆。

这些天来,除了工作,她多数时间是和石明理在一起的。他们回忆了过去,也谈到了现在,但一提到将来,石明理就支支吾吾、躲躲闪闪的,这使何兰的心里很不是滋味。

明天,她就要回省城了,可石明理还是那副愁眉不展的样子,一声不哼,"不行!今天我非和他说清楚不可,看他葫芦里到底在卖什么药。"

想到这里,何兰转过头来,有点愠怒地说:"明理,明天我们和村上把协议一签,下午就准备走了。"

"哦,哦。"石明理抬起头,眼里流露出诧异和留恋,但只是一瞬间就消失了。

何兰这下可真生气了:"哦哦哦,你就会装聋作哑。那天我提出的那件事,你到底是咋考虑的?"

石明理见何兰那十分生气的样子,心里先抽了一口凉气,"看来今天不给她说明白是不行的了。"

于是,他把烟头往地上一摁:"香兰,我还是觉得咱俩不合适。"

"什么?你说什么,石明理?你再说一遍?"何兰瞪大双眼,浑身颤栗,"好啊,石明理,你好无情无义呀!三十年前你欺骗我,现在你还是这样!好,我走,我马上离开!"

何兰说完就愤然而起,流着眼泪要往屋外走。这下,石明理慌了,他急忙一把拉住何兰的一只胳膊,用近乎哀求的语气说:"香兰,香兰,你别这样,你别生气,你总得要听我把话说完吧!"

"那好,今儿个我就听听你是个什么花花肠子。"何兰抹了把眼泪,气呼呼地说。

"唉,这可真是的。"石明理长叹一声,显得很委屈的样子坐下说,"我什么时候欺骗过你呀,我对你的感情天地日月可鉴。"

"那你说说到底有什么不合适?"何兰见石明理那满腹委屈又痛苦的神情,口气也软了下来。

石明理又点燃了一支烟,想了一会儿才望着何兰,说:"香兰啊,我有很多顾虑呀!"

"顾虑个啥?"何兰嗔怪地瞪着他。

"这其一,你想想,咱们都五十多岁的人了,结合不怕别人笑话?其二,咱们的孩子们能同意吗?他们又会怎么想?这其三还是那个老话题,也是我认为最重要的一个因素。你是省城的大老板,而我是一个穷山沟里的'老山棒',这不让你公司的人把咱笑话死才怪。香兰呀,不是我不喜欢你、不爱你,而是我不能太自私了啊!在我心中,你永远是那么高洁和美丽。我的良知告诉我不能影响了你的前程和事业啊。香兰,你明白吗?"

89

何兰硬是耐着性子等石明理把话讲完,才狠狠地瞪了他一眼:"你这个老封建,老顽固!这都什么年代了,你真是个没到过大地方的人,见识短浅、鼠目寸光。唉,难道这个社会就兴年轻人谈情说爱,就不许老年人找伴侣?真没出息呀!你气死我了!"

她喝了口茶,又说:"至于你顾虑的第二个问题,我认为还是谈到了点子上,但我想这也不会有啥问题。除了月儿还没长大外,他(她)们都是成年人了,而且都是受过高等教育的,我想把咱们的事给他(她)们公开说明,他们是会理解的。"

当说到第三个问题时,何兰用怨恨的目光把石明理瞪了好一会儿,才恨声地说:"对于你讲的第三个顾虑,我认为你是扯淡,你干脆承认自己是懦夫吧,你纯粹是以小人之心度君子之腹嘛!石明理呀石明理,亏你还是老高中生,现在的人民教师!难道你不知道爱是没有差别、界线,没有高低上下,没有贫富贱贵之分,没有远近距离之限的?爱是一种'缘',一种说不清道不明的心灵感应。唉,就是因为你的小心眼,分什么工人、农民,分什么贫富贵贱,才害得我们前缘尽弃,错过彼此!你……你……太伤人心了……"何兰越说越激动,最后竟"呜呜"地哭了起来……

何兰的一番话和最后的哭泣,深深地触动了石明理的灵魂,震颤着他那麻木不仁的神经。

他开始深情地凝望着面前这个美丽的女人,心里狠狠地责骂起自己:"石明理呀石明理,你是他妈的什么东西,真是不知好歹!这么好的女人,你能忍心她伤悲?你舍得放弃?"

想到这儿,石明理挺了挺腰杆,好似又恢复了年轻时的那般激情,毫不犹豫地把何兰揽入了怀里。

他眼含热泪轻声说:"香兰,我决定了,我要陪你走完以后的路。等咱们帮助正峰他们把长峪村变富裕了,咱们就结婚,永远不再分离!"

何兰惊愕地望着石明理,止住了抽噎。她突然觉得此时石明理的身上又焕发了三十年前的那种激情。

两个原本相爱的人终于又走到了一起。

90

石正峰领着小高在林子里转悠了好一阵子,才找到了那棵白沙桃树。

小高兴奋地说："呀，山里竟有这么大的桃子！"

"这是仙桃嘛！"石正峰半认真半开玩笑地说，"这是我爷爷从仙人峰挖回来栽活的桃树啊，你说算不算仙桃？"

小高使劲地咬了一口石正峰给她摘下的一个绿皮上泛着红晕的大沙桃，连声说："算！算！真脆！真甜啊！"

石正峰攀到了桃树上，一边摘桃一边叹着气说："唉，要是我爷爷还活着该多好呀！他老人家在世的时候，是最疼我的了。从小，爷爷背着我进山打猎、教我武功，给我讲古代那许多英雄侠客的故事……还有，爷爷一直盼望着长峪村能富裕起来，乡亲们能过上好日子，娃娃们能上学读书，可是他这些愿望到死都没能实现。唉，现在他的愿望就快要实现了，可他又……唉！"

"你爷爷是咋去世的？"小高一边啃桃，一边好奇地问。

石正峰指着北边的一个山头，十分沉痛地说："我十四岁那年冬天，一个进山打柴的坝里人把烟头不小心丢进了北山上的胡叶林，引燃了枯草败叶，酿成了森林火灾。我爷爷当时是村里的治安员。一发现火情，他就积极组织村里的青壮劳力上山灭火。在灭火的时候，他身先士卒，勇闯火海，被无情的大火给活活烧死了。为了保护国家的森林资源，爷爷献出了宝贵的生命。"

小高见石正峰的眼里闪烁着晶莹的泪花，便细声安慰道："正峰，你也别太难过了，像你爷爷这样的英雄，在天一定会有灵的，他一定会看到长峪村不久之后的巨大变化，并且一定会为有你这样能干的孙子而高兴和骄傲的！"

"但愿吧！我一定要协助村上奔上富裕路！"石正峰听了小高的劝慰，"呼"地从树上跳了下来，举起右臂握紧了拳头，像宣誓一样。

小高痴迷地看着石正峰胳膊上泛着亮光的肌腱，欣赏着他的举动，微笑着点点头在心里赞叹，"这才是个真正的男人！"

石正峰一回头，见小高愣怔地注视着自己，脸一红，不好意思地说："回吧，何姨还等着吃桃子哩。"

小高回过神来，"嗨，你急啥哩，你何姨不是等你吃桃子，而是等你老爸下决心，表心迹，做决定哩！你看你，咱们才出来一会儿就转回去，碍手碍脚的，多不好意思。同志，你也应该要学会关心人啊。"

石正峰思忖了一下又问："那咱们啥时候回去？"

"太阳落山了再说呗。"小高调皮地眨了眨眼睛"扑哧"地笑了。

石正峰没有再说话，抬头望了望南山上的斜阳，皱起了眉头，心里嘀咕，"何姨呀何姨，你老人家可别太心急了呀，千万别把我爸那种老实人给逼坏了啊！"

一朵粉红色的百合花在不远处的一块石头后面，探头探脑地随着微微的山风轻轻地摇弋着。小高兴奋地跑了过去，爱恋地把脸贴在了那美丽的花朵上，

"咯咯…咯"地笑了。

忽然,一阵粗旷的歌声从北面山坡上颤悠悠地飘了过来:

哎……哎……哎!
哥哥我是山石头做哎!
妹妹你是水面儿捏哎!
哥哥我上山采朵花哟!
送给妹妹插头发哎!
不知妹妹心里想的啥哟!
哟……哎!
……

石正峰用心地听了一会儿,笑着摆了摆头:"听,又是二驴子在唱情歌哩!"

"呀,可真好听啊!想不到你们汉南竟有这么优美的调子!"小高啧啧称赞,又回头问石正峰,"他这是唱给谁的?"

"还不是庙场那个开茶铺的中年寡妇连小凤,他可是暗恋了人家有些年头了。"石正峰来了兴趣,逗笑着对小高说,"走,咱们去逗他乐一阵子去。"

"好!"小高正好有这个想法,反正这会儿也不能回去当"灯泡"。

91

不一会儿,石正峰和小高就在北坡的一片竹林边发现了二驴子。

二驴子正坐在一块凸起的山石上眼巴巴地望着山下的庙场,双手撕着一片竹叶在嘴里来回移动,吹奏着婉转幽怨的音调,让人听了有些伤感。

快乐的小高可不管这些,还未等二驴子吹完曲子,就按捺不住兴奋地夸赞:"喂,二驴队长,你吹得可真好听呀!还有你的山歌,唱得好美、好美的哟!"

二驴子这才回头看到了他们,不好意思地把那片竹叶在手指间捻成了团扔了,憨笑着,有点脸红地摆弄着手:"不行,不行!瞧你夸奖的!"随后他又问,"你们来山上做啥?"

"听你唱山歌呗。"小高翘了下尖下巴。

"哎,同志,这山歌可不是唱给你的哟。"石正峰故意引导话题。

"那你说唱给谁的,二驴队长?"小高就随机逼了过来,边说边暗暗给石正峰使了个眼色,显然他们演起了双簧。

"肯定是唱给……庙场的……那个开杂货铺的……"石正峰故意拉长了腔

调,断断续续地像挤牙膏似的。

"连小凤?"小高也佯装吃惊地问。

"呵,你可真聪明!"石正峰这会儿才望着二驴子夸赞起小高。

二驴子有点急了,便倚老卖老地指责道:"你们这些个怂娃娃,懂个啥子,再说了我可是有名姓的,别人乱叫也就算了,你们这小字辈也跟着起哄。哼,真是没大没小的。"

"噢,对对对。人家二驴叔姓曹,姓曹。我错了,我错了。我给你赔不是,我给你道歉。"石正峰见二驴子虽然有点愠怒,不过人家说得也真是在理,便赶忙道歉。

"噢,知道啦。不过曹队长,什么娃娃,我们都是成年人了。"听石正峰这么一说,小高掩嘴眨了眨眼睛,而后又娇声娇语地央求,"曹队长,讲讲吧,给我们讲讲你和连老板的爱情故事,好吗?"

二驴子看着小高那很想听的娇态,只是苦笑着,不肯表态。

石正峰看这样引导也不成,便心生一计,用起来"激将法":"二驴叔,男子汉大丈夫就应敢作敢当,敢爱敢恨嘛,你连这么正常的男女之恋都不敢讲,亏你还是我心目中的硬汉子哩。"

石正峰这一招对二驴子还真起了大作用。

"谁个不敢讲,你小子读了个大学就瞧不起你叔了是不?"二驴子没好气地望着石正峰瞪圆了眼珠子,一副不服人的样子。

"你们真的想听?"他又慎重地说,"算了,还是不讲得好,里面有些事不便讲,难以启齿哩,你们还小,不懂哩。弄不好,你们听歪了会毒害了你们的。"

"什么嘛!曹队长,我们可都是大学生,都是受过高等教育的,什么话都会听,什么事都能够明辨是非。你不用担心,讲讲吧,我可最喜欢听爱情故事了。如果是真实的,那可就更带劲、更感人了。"小高一脸的认真劲。

"真想听?"二驴子又看了看石正峰,"非要讲?"

石正峰含笑向他点了点头:"我们都是大人了。再说,人家高大秘书可是在大城市混的,什么大世面没见过? 什么乱七八糟的事情没听过? 嘿嘿。"

"少贫嘴。"小高一听,这说着说着,石正峰却拿自己开涮了,哪能愿意,怪叫一声,伸手就去拧石正峰的嘴。

"好吧,那好吧,不过讲到那些不好听的丑事上,你们把耳朵用两只手捂严实就行了。"二驴子又严肃郑重地告诫了一番后,干咳了两声,清了一下喉咙,便讲了起来。小高和石正峰这才安宁下来。

第二十六章　悲情村妇

92

连小凤可是个既漂亮又可悲的女人。

她娘家在和成仙村一河之隔的沙滩堡,父母早逝,跟哥嫂一起生活。十九岁那年嫁给了同村一万姓青年为妻。刚开始,夫妻俩你下田来我洗衣,亲亲热热,恩恩爱爱,人人都夸赞他们是恩爱鸳鸯,羡慕他们是幸福家庭,然而这样的日子过了两年,在第三年就开始出现了问题。

原因是万老太爷发现儿媳妇的肚皮一直没动静,便一天天焦虑和怀疑起来,"我老万家可是三代单传呀,这要是娶个不会生的儿媳可咋办呀?"由于过分担忧,万老太爷难免火气上升,时不时地还讲些指桑骂槐的鬼话来发泄发泄。

小夫妻俩是聪明人,也开始觉得自己是不是有啥毛病或是对方有啥问题。这样,两人的心里渐渐有了不少的心事疙瘩,二人的笑脸少了,家里的笑声没了,原本幸福的小家庭渐渐罩上了沉重的阴云。

这样又憋闷地生活了多半年后,终于在一个夏夜里发生了一件非常卑劣、野蛮的事情。

那天天一擦黑,连小凤就进了睡房,闩上门,遮好窗帘后,就把身子用早就准备好的温水,慢慢地仔细擦拭了一遍。

连小凤走到穿衣镜前,借着煤油灯的亮光自我欣赏了一会儿,可当她看到自己那仍然紧致的小腹时,脸上羞涩的微笑消失了,转而平添了一丝苦苦的愁怨。

唉,这两年来,就是因为这里不争气,可没有少受家人的白眼和丈夫的怠慢,一个原本和睦美满的家庭,现在已是阴霾漫天、裂痕密布。

可有什么办法呢?都是这个不争气的肚子!她轻拍了一下小腹,哀怨地轻叹了一声,走向床边。因心绪烦乱,她呼地吹灭了挂在墙角上的煤油灯,就一丝不挂地躺在了床上。

为了能怀上孩子,他们求神拜佛,寻访了周围所有的名医,但还是不起作用,万家对她死了心,丈夫也对她冷淡起来,有时还被男人扔盆、甩碗地打骂。

这几个月就更不屑说，男人不是在家里发脾气骂人就是到"懒人集"（指茶铺、小酒馆）上去喝烂酒，每次很晚才回来。可回来一上床就倒头打雷似的扯鼾，对她好像也没有了兴趣，这使得她心里比刀绞还难受，经常是暗暗流泪到天明。

为了能再获得丈夫的欢心，她每天都变着花样地打扮自己，结果不但没有能得到自己丈夫的疼爱，反而逗引得邻巷和外村的一些花心男人经常盯她的梢，跟她的踪，想欺负她。

更有甚者还半夜里往她家院子里扔砖块或土疙瘩，有些花心的汉子还想着法子地去勾引她或揩她的油。

这样一来，也就引出了好多家的夫妻矛盾，一些胆大泼辣的婆娘们有几次还撵上门去臭骂她是个狐狸精。

一些没沾上光的男人，或者一些有贼心没贼胆的汉子们就开始讲她的坏话，净编一些没边没际的故事去攻击和诋毁她，甚至连带她的男人和公公一齐侮辱。

有个嫉妒她美貌的女人装神弄鬼地说她上辈子是汉南府里的青楼妓女，现在转世在沙滩堡，是专门来向那辈子玩了她而未付钱的嫖客们来讨账来了，又联系她结婚三四年还不孕的事情恶毒辱骂："她还想生？上辈子身子都让嫖客们给搞坏了还能生？咋生？"

有一次看露天电影时，有个外号叫"老北瓜"的丑陋男人，混在人群里在她的屁股上狠狠地捏了一把，她疼得一转身发现了那个又矮又胖、又老又丑的"老北瓜"正邪笑着向她挤眉弄眼，她一阵恶心，顺势唾了他一口，转身就跑回了家趴在床上大哭不已。这可真是人背时了什么猪狗都想欺负啊！

到后来，就连那个被她唾了口水的"老北瓜"也对她怀恨在心，到处瞎说她曾勾引他干过这事那事的恶心话……

当然也有些不迷信的人，他们说，说的都是扯淡，她不就是个凡胎肉身的女人嘛，说得却那邪乎的，要说不生吧，那肯定是他男人不行嘛。

一些爱开玩笑的二杆子更是胡扯瞎说一通，有的甚至把他老公公都拉进去开涮，实在有点令人气恼。

有些十分难听的流言蜚语自然也传到了万家父子的耳朵里。

想想，他们能受得住？可在当时，他们除了自己怄闷气外就是更加过分地指责和打骂连小凤，根本都没有想到像现在这样，可以拿起法律武器去讨公道、维护尊严。

连小凤在万家的日子更加不好过了！娘家那些亲戚也惧怕万家的刁蛮，更害怕街坊邻居的闲言碎语，不敢多接近她。到后来哥嫂竟然也不管不顾她在万家的心酸遭遇了，尤其令她伤心欲绝的是，有次她的嫂嫂竟然堵在大门口不让她进娘家的门,还大着嗓门地嚷嚷:"嫁出去的女,泼出去的水,今后不要往回来走。"小凤爹娘过世得早,亲人就只有哥嫂,可是现在哥嫂都不把她看在眼里了,她还有啥活头?

她彻底绝望了,丈夫的怨恨、旁人的百般恶毒辱骂、至亲的公然绝交,让一个弱女子,还有啥生的路数?

她几次想自杀,但几次都下不了手。俗话说,好死不如赖活着,虫虫蚂蚁尚且惜命,何况一个美貌而柔弱的女人!所以,她后来也就把脸抹下来装在裤兜里硬撑着活。

每天除了割把猪草喂猪外,就大门不出二门不迈地在家里侍候公爹和丈夫。可是万家父子还是嫌她碍眼、嫌她心烦,常常是给她苦头吃……

93

连小凤躺在床上想着自己的悲惨生活、可怜人生,想着想着就进入了梦乡。

也不知过了多久,她丈夫万金生东倒西歪地一脚踢开了门,一身酒气地冲进了睡房,手里还拿着半瓶"二曲"酒。连小凤惊吓地用双手急忙捂住身子蜷缩成一团。

万金生点燃煤油灯,瞪着惊骇的死鱼眼睛看着她,突然连衣裤都不脱就急火地扑上床去,两下就把她像白条肉一样摊展在床。接着,万金生就变成了一头没有尾巴的野猪,疯狂地在她身上又拱又咬,而此刻的连小凤就像一只可怜的小母狗……

可是,没几下子,万金生的酒全醒了,望着自己女人的身子,村巷邻里的嘲骂声似乎又响在耳畔,一股无名之火顿时直冲脖颈,刚才的兴致一扫而光。

这个"楞二球"不由得愤然骂道:"算了,他妈的,母猪还会下崽哩。你连个蛋都下不了,别浪费我的力气了。"

听到丈夫那无情的辱骂,连小凤犹如从云端一下子跌进了深渊,她的心在滴血。

再坚强的人也受不了这样侮辱,一股不可名状的怨怒涌上了连小凤的心头,她一巴将男人推下去,掷地有声地说:"下去,我还不稀罕你。你就不算个男人。"说着就准备穿内衣。

这下可真把万金生惹恼了,他万万没有想到一向温顺如羔羊的老婆竟敢顶撞他,于是抬手就给了她一巴掌:"你说啥?你还不稀罕我?难道你真的偷过野汉?"

"放你妈的屁。"连小凤不知从哪儿借了胆子。

"好你个臭婆娘,我要你何用?好好好,你爱搞,爱偷人,我叫你以后好好搞。"万金生一眼瞄上了那放在床头柜子上的酒瓶,倒抓起来用力地朝她未穿内衣的下身捅去……

连小凤疼得如杀猪般惨叫:"救命啦! 救命啦! 救命……"

凄惨的叫喊声惊醒了半个村,可谁也没有上门来劝架阻拦,因为她家经常吵架打闹,邻居们早都习以为常了。

还是万老爹赶过来喝止了他儿子,看到满床的血迹,大骂了儿子一顿后回身在自己卧室里翻找来了一瓶止血"药粉"扔给了儿媳。

"万金生真是个大畜生,大变态狂!"小高实在听不下去了,气愤地大骂。

"唉,连寡妇的命也真够苦的!"石正峰喟叹连连。

"是呀,这可真如戏文里唱的'红颜多薄命啊'!这个万金生也真是个大哈怂、疯子!"二驴子接着又讲了起来。

连小凤整整在床上躺了半个多月才敢将就着下地走路。

她对婆家的心死了,对娘家的心也死了,对男人的心死硬了。在一个冰冷的月夜里,她趁男人熟睡的机会,拿了两件衣服,轻手轻脚地离开了万家,向村口走去。

94

在沙滩堡的村头上,她放声大哭了一场后,就沿着结了薄冰的清水河向北,向秦岭深处逃也似地跑去。

她想去找一个没人烟的地方生存,哪怕是一个山洞或一个破庙也好,只要没有人就行。因为她感觉越是人多的地方越复杂、越危险。

她要去避开世俗的偏见,她要去躲开人们的妒恨。唉,难怪名花只在深山,城镇哪有鲜草呀!

渴了她就饮清水,饿了她只能吃野果,困了她就住崖洞,间或碰到好心的人家还能歇上一宿草棚,吃上一餐热食。

她头发散了,棉袄破了,脸上也垢了一层黑灰,和叫化婆没两样,简直就是那个年代的"白毛女"啊!

可是她一路北行,也没有寻到一个适生的地方和半个能长久挡风避雨的山洞。最后,她想到了寺庙、庵堂,想到了出家去了却一生。

所以,她遇到山里的老人就探问哪里有尼姑庵,哪里有道观,哪里有佛庙?可是那年月,庙里、观里的和尚、道士都跑光了,哪还有庙? 哪还有观?

可她硬是不信,因为她也只有这么点活下去的信心了!五天后,她来到了清河镇街头,听人说长峪村有个庙场,便喜出望外,心想那里有庙场肯定就会有庙宇。

于是她就抱着一线希望奔上了山。可是,当她来到长峪庙场时,才发现这里也没了庙,几间破庙已被改造成了村大队了。

她一下子瘫软在地,数天来的希望皆化为泡影。她欲哭无泪,欲喊无力,只能在心里悲切地呐喊:"天啊,世间难道真没有我活人的地方了?老天爷呀,我不坏,我从小就是个好女娃,我没有做过啥坏事啊!你……你……你们可为什么要这样作贱我、处罚我?天啊!你老人家就开开眼吧……"

当时的庙场很荒凉,哪有现在这些房子,除了村大队那个老庙,就只有李老五开了个小杂货店。

天一黑,山里人都关门闭户地躲在家里不出门,尤其是在冬季,山高林深,气温更低,一摸黑一家人都钻进屋里烤着随处可取的柴火,一边取暖一边拉家常。所以,山里这庙场当时经常还有恶狼出没。

连小凤上到庙场时天都麻影黑了,没有人瞧见她。丧失了一切信心的她,又冷又饿,无助无奈地渐渐昏了过去。

95

"也许她命不该绝,也许我们真的有缘。"二驴子脸上露出了自豪和幸福的微笑,"因为她碰上了我。"

当时二驴子是村上的民兵连长,管治安,那天正好逢他巡逻值班,深夜两点多钟的时候,二驴子背着一支半自动步枪提着马灯从三队往庙场走,一路上冷风飕飕狐悲狼嗥。

说真的要是换了别人,像戈秃子、马哈娃他们,那早吓得都尿裤裆里了,那时二驴子可胆正着哩,更何况他拿着啥家伙?子弹全部上着膛哩。

正当二驴子哼着小调走到距离庙场不过七步远的地方时,突然先听到了几声狼嗥,接着就听到一声撕心裂肺的女人的惨叫,当时也把二驴子惊吓得激灵灵的,生生打了个冷颤,是人?是鬼?

二驴子脑壳里快速一转,啊,瞎了!肯定是狼在吃人哩!二驴子急了,也不知哪来的胆气,把马灯往地上一丢,端上枪就冲了过去,只见一只牛犊似的大恶狼正在咬着一个叫化女人的腿肚子,正拖在地上打转儿哩。

老狼见有人过来救驾,便气愤地扭头龇牙咧嘴地向二驴子猛扑过来,二驴子怕什么,身子一拧来了个左弓步,把钢枪一抖,'叭叭叭'三枪就撂倒了那畜牲。

"你们看咋样?我的枪法好不?所以后来还落了个比武松差一点儿的美

称——'打狼英雄'呢！"二驴子很自豪地竖起右手大拇指点着自己的胸膛。

石正峰和小高也不约而同地给他竖起大拇指："哎呀，厉害厉害，确实厉害！英雄！"

看到两个小辈很佩服自己的样子，二驴子脸上泛起了红光，讲话的劲头更大了。

三声枪响惊醒了李老五和他的老娘，杂货铺的灯亮了，过了好一会儿，李老五才颤颤巍巍地从门缝里探出了小脑瓜。

看着昏死过去的女叫化子，二驴子急了，冲着李老五喊："望个球哩，还不赶快来救人。"

"呀，我的妈呀，是二驴连长呀！鬼哭狼嗥，打枪放炮的，我还当是啥毛贼进村哩。"李老五说完就打开门，提了个马灯摇晃着瘦弱的身子，咳嗽着走了过来。

借着马灯，李老五看见一个蓬头垢面的叫化子昏死在地，左腿上还隐隐地渗着鲜红的血，一只大黄狼暴死在一旁，干咳了一阵后，骇异地说："呀，是个女人，咋办？"

"咋办？背回去快救人嘛。"二驴子有点发急了。

"没法，我能背得动？你看我这身子骨。"李老五又使劲地干咳了起来。

"妈的，真不像个男人。"二驴子骂了一句，就俯下身去把那女人抱起，稍一用力就搭在右肩上。可是忽然，一股诱人的体香使二驴子全身瞬间出现一阵放电似的麻酥感，他自然来了劲头，托紧了她的身子，快步走进了李老五的杂货店里。

李老五的娘，一个五十多岁的寡妇，打来了一盆热水，急忙给她擦洗了一把脸。她醒了，惊恐地睁开了一双杏眼。

他们都在心里"咯噔"一下："呀，这么漂亮、这么'稀'的年轻女人！"二驴子的心里已开始痒痒的，如果能娶上这么俊的女人，死了也值。

可谁知李老五的寡妇娘精于算计，也看中了这个被狼咬了的女人，一心想着要给她那个烟鬼似的儿子李老五做婆娘。

连小凤一醒过来，狼咬的伤口又使她痛苦地呻吟起来，二驴子赶忙用淡盐水给她清洗了伤口，又出去在附近山道边随便揪了一把草药，捣烂后给她敷上。

这时，李老五的寡妇娘也端来了一大碗汤面和两个黑面馍。连小凤顾不得言谢就大口大口地吃了起来。

唉，可真把她饿坏了呀！待她吃饱喝足后，他们才问出了她的姓名和落得如此这般的原因。

连小凤当时哭诉得很伤心，还没讲完，李老五的娘就跟着她哭了起来，也许是她突然想到自己的寡妇命运吧。

听着这一老一少两个女人的哭啼,二驴子当时的眼睛也像撒上了辣末子,泪水在眼眶里滚来滚去,心里难过得要命,不由得大骂:"是他妈的什么男人?连自己的老婆都不保护!还说他妈的坝里开化、文明,我看比深山里都死封建哩!真是的,人越多的地方坏怂就越多!唉!唉!"

可能是二驴子救了她,或者是二驴子的话说到了她的心坎上,连小凤感激地望着二驴子,叫了声大哥,说:"多亏你救了我呀,不过,还不如叫狼把我吃了算了,这世上哪有我活人的地方呀!"

这一下,可搞得二驴子不知如何再去劝慰她了。还是老寡妇有办法,只见她又拧了条热毛巾,一边给连小凤擦眼泪,一边很同情地宽慰:"闺女,想开点,一苗草就有一滴露,老天爷造生了你,就要给你个活法儿,我看这样吧,只要你不嫌弃我们这穷山恶水和我这个寡妇婆子,就留下来,做我的干女儿,咋样?"李老五的娘笑眯眯地望着连小凤,心里却算计着好事哩。

连小凤犹如在洪流里遇见了一根救命的稻草,无比感激地跪地便拜:"娘啊娘,我愿意,你就是我的亲娘。我愿一生一世地伺候您老人家!"

老寡妇眉开眼笑地对站在一旁的李老五说:"五子,还不快把你妹子扶起来。"李老五这才瘦猴一样地蹦过去,嘻嘻笑着拉起了连小凤。

看到儿子拉扶干女儿的亲热劲,老寡妇的心里比吃了蜜还甜。而二驴子呢,比吃了他妈的绿头苍蝇还难受,只觉得心里酸酸的,堵得要命。妈的,这算什么事?

就这样,连小凤就留在了长峪村。听说她逃走后,万家的人也没有找,人家正好省了心、去了辱。又听说,后来万金生过去给她娘家说了一声:"人没了,人跑了。"谁知,她嫂子开门出来说:"没了就没了,省得烦心,不管。"

从此,这穷山沟沟里多了一个美人儿。当然,也同样多了一些注意她的男人,比如像戈秃子、马哈娃这些骚包、二球。

可人家连小凤连他们瞧也不瞧一眼,倒是对二驴子蛮好的。每次到杂货铺去买东西什么的,她都要跟二驴子说笑话,还多给称点儿什么的,反正二驴子感觉她对自己好、有意思。戈秃子、马哈娃也爱去喝酒套近乎,有时还为了在她面前献殷勤而与二驴子相互斗气、争嘴哩。

这些事,怎能逃得过老寡妇的眼睛,于是,在第二年的腊月,她终于说转了连小凤,给她那猴崽似的儿子做媳妇。唉,你说小凤能不同意吗?唉,老寡妇的心计就是深啊。

他们结婚那天,专门备了酒席,还特意邀请了二驴子和戈秃子他们,那目的是让他们死了这个心,尤其是对二驴子。

轮到夫妻俩给客人们敬酒时,连小凤给二驴子往碗里倒酒的时候,真的,二驴子发现了她的眼睛里噙着泪花,有一种无奈。二驴子的心里更苦,用颤抖的双手捧起酒碗,仰起头,闭上眼睛一口气喝了个干净,不知是酒烈还是心酸,当时眼睛里竟然滚出了许多泪水。唉,二驴子记得长这么大,头一次哭了!唉!

可是,好景也不长,他们婚后的第二年冬天,在一个飘雪的下午,李老五背着一背篓从镇上进的杂货,走在百丈崖上,脚下一打滑,连人带货给摔了下去,三天后人们才找到了他的尸首。这下子,李家又多了个寡妇。

这下,支撑门面就只有落在了连小凤的肩上,她的确是个能干的女人,打柴、下地、进货,样样做得有条有理。铺子里的生意照样红火。可就是又多了些应付男人的烦心事。李老五死后,村子里的光棍汉们隔三差五地往铺子里钻,有时还争风吃醋地骂人、打架。

这下老寡妇心里慌了,给她重找个吧,可老觉着哪个也没有她儿子好,况且日后能对她这个老婆子好吗?所以,整天治安似的在铺子里巡逻,发现哪个对儿媳妇不规矩就破口大骂。

"真是可笑至极哩!其实她是在操闲心哩,人家连小凤没有把他们谁看上的。"二驴子眨动着眼睛,喜滋滋地自我感觉良好。

"那肯定是看中你了嘛。"小高见二驴子那甜蜜的样子,便抢过他的话头。

"那是当然。"二驴子自信地翘起了宽下巴,又接着往下讲。

直到有一个夏天,二驴子才真正了解了女人的心事。

那天下午,二驴子在镇上卖完硬柴后,又喝了二两散白酒才赶着牛车,哼着小曲往回走。

当二驴子晃悠着走到那棵大核桃树下时,突然,从路旁的竹林里钻出一个打扮得很俊俏的女人来,定视一看,哎呀,这不是连小凤嘛!她正羞答答地斜着眼看二驴子哩。二驴子心里一阵狂喜,急忙停好牛车走过去,问:"你在这里做啥?天都快黑了,走吧,搭我的车回。"

可她却说:"做啥?等你,天黑了才好。"还没等二驴子反应过来,小凤她竟然扑进了二驴子的怀里。

二驴子醉了,再也不能控制自己,便猛地抱上她,冲进了竹林深处,想尽情地倾诉这些年来对她的相思之苦。可是当二驴子把她放到一条青石板上,就要解开她的薄衣裳时,她却用双手紧紧地护住胸脯。

二驴子问她这是咋啦,刚才不是好好的吗?可是小凤这次却正色说,要二驴子对天发誓要一辈子对她好才行。

哎呀,原来是这个意思!唉,这有什么,二驴子本来就十分喜欢她的,好好好,立马就指天发誓,"老天在上,我以后一定一辈子对连小凤好,绝无二心!如若不然,叫我栽崖滚坡不得好死!"

见二驴子这样发誓,她突然却咯咯地笑了,并且一脚把二驴子踢得跪在了她的脚下:"说什么胡话,我可不想你再死了,我要你爱我一辈子、疼我一辈子哩!"

二驴子一听这话,心里格外受用,想不到连小凤心里这么喜欢他!刚才的二两苞谷酒几乎全醒了,可是一股股使不完的蛮劲却噌噌直冒。

说也巧,这时月光亮堂堂地照进了竹林,连小凤此刻更加妩媚勾人,二驴子一把就把她拉进了怀里。他们一直磨蹭到深夜才往回走。

一路上,连小凤就坐在他的怀中,他们俩在月光下驾着牛车……呀,那一晚,那才叫美哩!

二驴子停住了话头,眯上了眼睛,好似又在回味那晚的美好时刻。

"噢!难怪你每次下山,都要躺在那棵核桃树下歇息,感情是在回味那一晚的温情啊!"石正峰若有所思,"原来是这么回事哩。哈,想不到你们还够风流得嘛,二驴叔。"

"嘿嘿,可能是吧。"二驴子含着笑打了个哈哈,接着又给他们炫耀似地讲道,"到了村口的那棵白果树下,我们才依依不舍地分了手。"

小凤回到家里,老寡妇从她那羞得发烧的脸上和头发中粘着的草丝上看出了端倪。在老寡妇暴跳如雷的打骂声中,她索性讲了他们的一切,并跪着哭着央求她能成全他们,并向她保证仍然会像亲闺女一样地为她养老送终。老寡妇想想自己,又看看眼前这个十分可怜的小寡妇,流着辛酸的眼泪,走进了自己的卧房,再也没有多说什么。

可是在第三天下午,老寡妇把二驴子同连小凤一起叫了去,十分郑重地对二驴子说:"驴儿,想当初,我就看出来了你很喜欢小凤,可是被我给抢先了一步,把她给了五子做了媳妇,也许是我家五儿命薄,享用不起,现阶段还是被你给搞上了,唉,小凤也是个苦命的女人啊!"

老寡妇说着又流出了眼泪,停了一会儿,才又说:"驴儿,你们好,我不反对,我这个老婆子也管不住,但是,你给我听清楚了,想娶我家凤儿,除非我死了,只有等我百年了才成。"

老寡妇终于默许了,但对二驴子来说还是个镜里的花,水中的月。老寡妇那么硬朗的身子骨,到现在吃蒸饭都一碗碗的哩。唉,真他妈的熬煎人啊!有时,二驴子想和小凤说说心里话,还只得偷偷摸摸地怕被人瞧见,往往躲到远处密林里去,真麻烦的!唉……唉!

二驴子一口气讲完后,又是一脸十分愁苦的样子。

沉默了好一阵子的小高,这才深深地叹了口气:"真想不到在山村里竟还有这么凄惨的爱情故事啊!真是匪夷所思呀!不过,说真的,这连寡妇可真是个封建茶毒的牺牲品呀！真惨烈！真悲哀！发人深省呀！"

"是啊！这就是贫穷愚昧给人们思想和行为上所带的精神枷锁嘛！"石正峰走上一块山石，望着山下纵横的沟壑，心情久久难以平静。

过了一会儿，他转过身来，望着二驴子说："不行，二驴叔，你们要去抗争呀，因为真爱至上！"

"难呀！"二驴子摆了下头，很为难地叹了一声。

"有什么难的？现在这个时代，男女相爱是再正常不过的事了，况且你们两个还是有情有意的嘛。好办，必要时我给你们去当红娘。"石正峰一挥手，认真地给他说。

二驴子没有再听下去，顺手又摘了片竹叶，摇着头走了。

不多会儿，山坡上又响起了悲愁的竹韵调，愁凄凄地越发使人伤怀。

第二十七章 龙凤呈祥

96

清晨,橙红色的朝霞浓浓地涂抹在长峪村东边的天际上。

冉冉升起的太阳毫不吝惜地向四面八方发射着它那闪烁着七彩的生命光束。淡淡的雾霭从山下的树林里疾速地向山顶升起。

醒巢的雀鸟按捺不住欣喜,登枝高歌,热热闹闹地迎接着新一天的到来。

清凉的山风从北边山坳里徐徐吹来,村口的银杏树兴奋地拍打着翠绿的叶子,发出了很有律动感的"哗啦哗啦"声,好似也在欢迎这个美好日子的到来。

是的,今天的确是个好日子,因为今天金凤公司就要和长峪村正式磋商并签订开发石材的合作协议了。这对长峪村来说,意义十分重大。

站在村口一块巨石上观看东山顶日出美景的刘土根,此时心里正在喜滋滋地回想着昨晚的情景。

昨晚,石正峰兴冲冲地拿着金凤公司的合作意向书去找他。正好卜冬财主任在给他汇报上午镇上召开的夏收会议内容。

他们传阅了那个意向书后,立即通知了其他几名村干部召开了村委会。在会上,他们就金凤公司所提出的合作条件,进行了认真分析研究。

最后,村上定了一个主导原则,即:只要促成合作,在开矿的利益问题上可以作出很大的让步。会议一直开到凌晨两点多才结束。卜冬财临走时又告诉他,把镇党委郝书记也邀请了,郝书记很高兴地满口答应要来参加这个签约会哩。

想到这儿,刘土根转过身往山下的小路上尽力望去。可山下除了一群山羊"咩咩"地叫着,在晨雾里觅草吃外,还是看不到一个人影。

于是,他笑了,自嘲:"看把你烧臊的!时间还早着哩!"说完,他从大石头上下来,回头又留意地望了一下,才转身轻快地向村里走去。

按照刘土根的安排,石明理特意给学生放了一天假,并帮助妇女主任打扫了教室里的卫生,还把四张长条课桌并在中间,上面铺了报纸,围着桌子摆放了几条高低不齐的板凳,布置成了一个开会签约的地方。

刘土根检查后,摸了摸下巴上的粗胡碴,赞许地说:"嘿,这个会议室布置得很好,有点大人物开会的那种气派哩。"

上午九点,宾主双方正式走进会议室,待双方面对面地坐好后,石正峰站起来给每个人杯子里添上了茶水,招呼大家先喝口水。

何兰微笑着点了点头站起来,对刘土根说:"刘支书,咱们开始吧!"顿了一下,何兰又道,"你们先说吧。"

"不,不!你们先说,客人先说。"刘土根客气地连连摆手。

"那好。我们就把我们的合作意向及有关条件谈一下。"何兰冲任副经理一笑,"就请我们任经理先讲讲。"

"那好吧。"任副经理站起来说,"就你们的这片石材矿来看,的确在储藏量和品级等方面都很有开采价值。但是唯一不足、不理想的是这个交通运输问题。且不说从西都到清河镇的距离问题,就你们村这十多里盲肠似的路就令人十分头疼。弯多、坡陡、不上就下、不下就上,而且很窄,充其量只能过个架子车。我想这也许就是为什么许多大人物、大老板来看了却不愿和你们谈合作的最大障碍吧。"

大家都静静地听着。

任副经理呷了口茶,情绪明显激动了起来。他望了望何兰,接着又说:"可以毫不客气地指出,这个交通障碍就是影响你们村发展的穷根子。如果能尽快地修出一条宽畅的出山之路,你们也就等于开辟了一条通向富裕的大道。

但是,这又谈何容易呀!我们初步计算了一下,要加宽、铺平这条路最起码要花费百八十多万元,现在一般的生意人哪个愿在这上面先扔掉这么多资金?

说句心里话,要不是石正峰和我们公司,说白了吧,和我们总经理有这份珍贵的情分,我们不会来,更不会今天坐到你们这样的谈判桌上。当然了,促使我们最终下决心和你们坐在一起的另一个重要原因,是你们的诚意和乡亲们的善良质朴。

数天来,我们真切地感受到了城市与乡村的差别,现代文明与贫穷落后的悬殊,同在一片蓝天下,为什么你们不能发家致富,不能去尽情享受现代文明的幸福和快乐?

看到孩子们那天真的眼神,我们的心被揪住了,我们感到肩上有一种沉重而神圣的责任感,所以,我们决定和你们合作,哪怕不盈利或者亏点本钱也值!因为即使我们亏了,亏的也是区区一点没有生命的金钱,而我们赢得的将是山区人民的深情厚谊和莫大的信任啊!所以说,这次合作可以说是一次友情合作、真情合作。"

"讲得好!"何兰为她的副手能有这么高的认识水平而高兴。她鼓掌并站了起来,很赞赏地望了一眼任副经理,"老任,你讲得太对了！虽然我们是一家私营股份制企业,我们的能力还很有限,但是为了山区群众能早日脱贫致富,我们甘愿奉献一些绵薄之力！"

任副经理的一番讲话和何兰的几句肺腑之言,听得在场的村干部既感动又振奋。他们的眼里既闪烁着感激的泪花,又放射着奋进的豪情。何兰的话音一落,大家就不约而同地鼓起掌来。

97

这时,有三个人面带微笑地走进了教室,为首的一个中年汉子还很有节奏地鼓着掌。

石正峰眼睛一亮,"啊,这不是县委沈书记嘛！"他激动地迎了过去,无比兴奋地和沈书记以及同来的镇党委郝书记、县看守所秦所长一一亲切握手问好。

何兰也高兴地走了过来。沈书记握着她的手,十分赞赏地说:"何大姐,你们的讲话我们都听见了,我太感动了！你们能有这样的热心肠,你们能不为名利,甘愿扶助山区人民脱贫致富的奉献精神,实在令人钦佩和敬重啊！"

接着他又面对这里的镇、村干部补充说:"党中央指引我们带领群众脱贫致富奔小康,何大姐就是我们的有力支持者嘛！可以说,他们的行动就是在身体力行地践行着党中央的伟大号召。何大姐这样的共产党人,这样优秀的民营经济带头人,应该成为我们每一名党员、干部学习的榜样！"

何兰有点儿不好意思起来:"不敢,不敢当呀！我们只是想尽一点点微薄之力,说不准还不能够令乡亲们满意。我倒是为'县老爷'能亲自来参加这个小会议而感到十分惊喜呀！"

沈书记打趣地说:"怎么,不欢迎吗,大姐？"

"哪里哪里！请坐、请坐吧,沈书记。"何兰赶忙给沈书记让了个身旁的座位坐下。

沈书记的到来,又给这个重要的签约仪式带来了严肃庄重的氛围。

沈书记端上石正峰给他倒上茶水的杯子,微微地呷了一口,挥挥手对大家说:"你们双方商谈,请继续。我们可是作为朋友的身份来参加的啊。你们说是吗？"说完,他又冲着郝书记和秦所长微微扬了扬下巴。

"是的,是的。你们继续吧。"郝书记和秦所长同声道。

"那好吧,咱们继续进行下面的内容。"何兰翻了一下笔记本对小高说,"下面请高秘书给大家宣布一下我们对双方合作所提出的有关条件和几点要求。"

小高打开文件夹,环视了一下会场,用清脆的普通话直截了当地宣读了起来：

一、建议你村立即成立石材开发领导小组，并抽出干部专人负责；

二、我公司下设驻橘城办事处，具体负责联络与你方的开发事宜；

三、在修筑道路问题上，我方只负责提供物资、技术，你村必须负责提供劳动力和承担具体的劳务；

四、在开发的利益分配上，五年之内只能按我八你二的比例进行。以后每隔三年再协商变更分配比例，直到平分利益为止；

五、你方的所有石材三十年内统一由我公司负责包销。

小高宣读完这五个条件后又补充解释道："这五个条件，昨天我已给了你们一份，请你们今天再斟酌一下，如无不妥，如无异议，我们已拟好了合作开发合同。"说完，她扬了扬手中的合同。

小高说完，会场马上安静了下来，长峪村的干部都在头脑里快速地思考着这五个条件。石正峰把头偏到刘土根的耳边，卜冬财又把身子往刘土根身旁靠了靠，三个人急忙在做最后的商定。

其实，他们昨晚上就已反复讨论研究过了，他们一致认为，在村上目前无力自主投资开发的情况下，只要有人愿意投资，什么条件都可以答应，再说，金凤公司也没有提出什么特别苛刻的条件和要求。

约莫过了半支烟的工夫，刘土根"咕嘟"一声，喝了一大口水，清了清喉咙，郑重地发了话："各位，金凤公司的五个条件，我们全答应，没意见。只要有利于村里的发展就行，'发展才是硬道理'嘛！"

"刘支书，看来你的思想还蛮开放得嘛！说得好！发展才是硬道理！"沈书记放下茶杯，一边夸赞一边带头鼓掌祝贺。

顿时，教室里掌声雷动，笑声四溢。

一阵激动过后，刘土根待会场稍微安静了一点，便又宣布了一个决定："同志们，我们也研究过了，村上就抽石正峰同志来具体负责这项重要而艰巨的工作。"

刘土根说完，教室里又是一阵热烈的掌声。

趁掌声还未落下来，小高已快步走到石正峰面前，把三份合同放到他桌面上，打趣地笑着："石领导，请签字吧！"

石正峰重新细看了一遍协议内容，抬头又看了看人们投来的那种期许和鼓励的目光，慢慢地拧开了笔帽，一笔一划地签上了自己的姓名。

掌声……

石正峰放下笔,也用力地鼓起了掌。不过他的鼓掌节奏很慢,此刻,他突然感觉到肩头似乎有沉甸甸的东西在往上堆垒,连呼吸都有点急促。

就在这时候,卜冬财又悄悄地对他说:"正峰,咱们何不借此机会给咱们村未来的石材开发公司起个吉祥的名号。"说完,他冲沈书记坐的地方努了努嘴。

"哎呀!"卜冬财的话令石正峰不由精神一振,"好呀,这可是个好主意。"只见他小声说完,就喜滋滋地溜出了教室。

没多久,他拿了笔墨和一张大白纸回来,径直走到沈书记的面前放下。

许多人都用疑惑的目光看着他。

石正峰先没有作声,他把那张白纸铺在桌面上,又把墨汁倒进一只空茶杯里,才抬头微笑着对所有不明白他意图的人们说:"各位,在这美好的时刻,我们想请咱们县委沈书记给我们村即将成立的石材公司起一个好名字,大家说好不好呀?"

"好!好!"

"好哇!"在场所有的人都兴奋地叫了起来。

沈书记端起茶杯,细细地品了一口,耸了耸眉头,微笑着对大家说:"我看就叫'飞龙石材公司'吧,寓意腾飞之龙在金凤的扶助下,必将兴旺呈祥于21世纪!"

"好啊!"

"太好了!太恰当了!"

……

掌声……掌声……又是经久不息的掌声。

这掌声如欢庆的爆竹声,如激越的军号声,又如喜庆的欢歌声。

在一片叫好声中,沈书记握紧了大斗笔,略一凝神,便挥毫泼墨,一气呵成,写下了"橘城县飞龙石材开发公司"十一个遒劲有力的大字。

98

签约仪式结束后,村上在皂角树下特意安排了两桌山菜席,一方面是为了庆祝签约成功,另一方面是为了给何兰他们饯行。

看到村上如此张罗,何兰很是过意不去,对刘土根说:"哎呀,咱村上还不富裕,这样破费,我们心里不安啊!"

刘土根扬了扬手中正燃着的半截烟,笑眯眯地解释:"这破费什么嘛,这都是些地道的山菜,都是村里人自发地从山上采来的,不花钱的。"

"是的,何经理,这些天来可真是怠慢你们了,吃、住的条件都差极了。真正过意不去的是我们啊!"主任卜冬财也接过话茬,一副十分歉疚的表情。

还是沈书记果断,只见他把手一挥,说:"何经理,你们也就别客气了,看得出这顿饭是长峪村村民自发地用他们的真情厚意做出来的。走吧,我们和群众一同入席,让我们共同来品味一下山区人民生活的酸甜苦辣,好不好?"

"好!好!"石正峰的神情也有些激动,"姨,入座吧,这些菜都是村民们知道你们要走,各自做的各家的拿手菜而凑成的呀,这可不是简单的菜,而是一碗碗炽热的真心菜啊!"

"是啊,这是我们大家的一点点心意啊!"说话间,许多群众从庙场的周围走了过来。

他们的篮子里有的装着土鸡蛋、陈腊肉;有的装着干竹笋、干香菇;有的装着木耳、天麻;有的装着核桃、蕨菜干等等,全是地道的秦岭山货。

何兰用手绢擦了擦激动的泪花,站起来,声音有些沙哑,说:"父老乡亲们,作为一名工人,作为一名私营企业主,我现在才真切体会到我们党一贯提出的从群众中来,到群众中去,为群众办实事、好事的重大意义了。一句话,只要哪个真正为群众办了实事、好事,群众就会永远记住他,就会支持他啊!"

何兰讲话的时候看得出是很激动的,因为她的身子在微微颤动。何兰讲完,给乡亲们深深地鞠了一躬。

"讲得好!"沈书记率先为何兰鼓起掌来,"是啊,群众的眼睛是雪亮的。谁是真心为民,谁是糊弄群众,群众都能看得出来。谁给群众办好事实事,群众就会用心记住他、拥戴他!何经理今天给我们上了一堂生动而深刻的党课啊,讲得太好了!来,乡亲们,都过来坐下,让我们更加密切地坐在一起,共进这顿迎接新机遇、新挑战的加油饭吧!"沈书记充满豪情地讲完,率先端起了一碗热米酒。

"好啊!"

"好嘞!"

和沈书记挤站得最近的铁嘴张和戈秃子带头响应着书记的号召,赶快端起酒碗,逗得一些村民"哈哈哈"大笑起来。

连寡妇撇嘴小声地和跟前的几个女人说:"看,那两个活宝,以后可又有话瞎吹了,肯定可会说'那天或者想当年我还同县老爷喝过酒哩!'"

看着连寡妇那学说的样子,婆姨们都捂嘴"哧哧"地笑了。

99

何兰他们下山的时候,大家就争着要送给他们已准备好的土鸡、腊肉、木耳、天麻、蕨菜干什么的。可何兰他们执意什么也没有收,这使得许多乡亲们都很是遗憾。

唯一不遗憾的人是石明理。在那棵大白果树下,何兰从他的手里接过了一盆生长旺盛的带金边的春兰。

临别时,何兰又悄悄地附耳叮嘱石明理:"明哥,希望你能铭记咱俩的约定。"

石明理腼腆地望了望周围的众乡亲,肯定地点了点头:"香兰,希望你……希望你们也快一些再来长峪。"

何兰明白石明理这一语双关的话,含情脉脉地说:"我懂!你就放心吧!"说完,就在石正峰的帮助下上了一辆下山的牛车。

目送着他们消失在一个山峁后,支书刘土根才回过身来对尾随而来送别的乡亲们说:"乡亲们,咱们回村吧,何大经理很快就会来我们村的。说不准呀,她下次来还不走了呢!哈哈哈……"

刘土根一边说一边还斜瞄着石明理,意味深长地笑。

这下戈秃子也来劲了:"就是哟,明理哥,下次何经理来,我们是不是应该改口叫大嫂了吧?"

"秃子,你……"石明理这下脸红得赛过鸡冠。看到他那不好意思的窘态,在场的乡亲们都乐了。

在回村的半道上,刘土根突然停住了脚步,面带喜色地对大家说:"乡亲们,我差点儿忘了,现在我再向大家宣布一个好消息。"

刘土根点燃一支烟,故意磨了一下时间,吊了一下大家的胃口,才又说:"什么好消息哩?那就是,那就是何大经理送给咱们的电视,今早已经安装好了,今晚我们就可以在村教室看电视了!"

"哎呀!太好了!太棒了!我们有电视看了!"铁嘴张第一个跳得老高,差点把他那副老花镜甩下来。

"冲呀!快回村呀!回村看电视啦!"戈秃子的劲头比铁嘴张更足些,竟孩童般地一边喊一边分开人群往前跑。

经他这么一闹腾,乡亲们个个都兴奋地加快了回村的步伐。

100

这次下山,石正峰是村上唯一来送行的人。到了清河镇,他们谢绝了郝书记的挽留,和沈书记、秦所长他们一道匆匆地向县城进发了。

也许是今天太劳累了,一上小车,除了石正峰,何兰和小高都打起了盹儿。半道上天就全黑了,车开慢了许多,大家一路无语。

约莫两小时后,他们终于回到了橘城。沈书记和秦所长一直陪同他们到县干部招待所,把他们安排在宾馆住下后,才各自回家休息。

翌日一早,沈书记、顾县长以及主管工业的储副县长特地赶来为何兰他们送行。秦小雯也跟在秦所长后面,骑着单车赶了过来。

休息了一个晚上,何兰他们的精神状态又好了起来,尤其是看到橘城的主要领导亲自来送行,他们都很是感动,心里增添了几分被尊重的荣耀感。

宾主双方一一握手,互道珍重。临行了,何兰又亲昵地把秦小雯拢进怀里,温和地对她耳语:"闺女,何姨很喜欢你啊。很希望你能和石正峰在工作、生活上多交流交流,真希望你们能比翼双飞。"何兰说完,望了望在边上傻站着的石正峰,微微地摇了摇头。

听完何兰的话,秦小雯乖巧地轻"嗯"了一声,便低下头笑了。但看得出,她的脸上泛起了两朵红云……

该走了,何兰轻轻地坐进了擦拭一新的"红旗"车里,和大家再一次挥了挥手。

三辆车缓缓地驶出了招待所的大门,迎着朝阳飞驰而去。

第二十八章 把心靠拢

101

何兰他们走后，石正峰的心里难免有点儿空荡荡的感觉，不过总算有了些自由的时间。从招待所回到单位，他到门口去理了个发，便骑上单车到西环一路逛书店去了。

在书店的阅览室里，他找了一大摞书，有石料装修、经济管理、桥涵工程、财务会计，还有一些文学名著什么的。

他在图书馆一坐就是大半天，连午饭都是从书店斜对面的饭馆里叫的快餐。直到下午书店下班，他才悻悻地整理好笔记本出来，因为他现在太需要掌握企业管理、经济管理等方面的知识了。

可不是吗？开发长峪的战斗即将打响，他作为一个方面的指挥人员不多掌握一些"兵法"咋行哩！

橘城的夜市已喧闹起来，多彩的灯光把街市装扮得如同时髦的女郎。

街道里消夏的人流如洪，有的几乎袒胸露背，大家都在以各自的方式和喜好消磨着这个夏夜。

石正峰推着自行车沿着街边慢慢地往回走，在文明路中段，他被不甘寂寞的舞厅里传出的疯狂迪斯科音乐嘈闹得头昏耳鸣。

一个路过的老人愤然骂道："跳！跳！跳！狗日的，总有跳得你们家破人散的时候哩！都什么乱七八糟的音乐，都快把这座城给震塌了！"

就是！现在因跳舞搞得夫妻反目、打架的事还少吗？唉，如今这生活好了，可是也多了许多的心灵空虚之辈。老人骂得也不无道理。

石正峰一边在心里嘀咕，一边赶快骑上车飞也似地逃走了。他也害怕，说不准楼房真的会被震塌，还是赶快从这里逃过去要紧。

石正峰惊悸地刚跑出十多米远，突然从侧边一个小巷道斜着冲出一辆淑女车，石正峰惊慌失措地"哎呀"了一声，急忙翻身下车。只见一个短衣短裙的长发性感女郎"咯咯咯"甜笑着朝自己看。

"哎哟,原来是你呀!秦小雯,你可把我魂吓没了啊,你!"

秦小雯向后理了一下长发,笑着说:"谁让你跑得那么欢哩?"顿了下,忍住笑,"你下午搞啥去了?让人家好找,真是的。"

"我去了书店,喏,"石正峰说着扬了扬手里的笔记本,"有什么事吗?'及时雨'?"石正峰开玩笑地喊出了秦小雯在学校时的绰号。

"没事就不能找你了?"秦小雯放柔了声反问他。

"说吧,什么事,只要我能办到的,绝对两肋插刀。"石正峰拍了拍腰,挺直了身板,摆出一副大义凛然的样子。

"请你看电影。"秦小雯有点不好意思地低下了头。

"哦!"石正峰有点慌了,他感觉脸发烫,就有些支吾,"看电影?现在很少有人看电影了。"

"你去不去?"秦小雯似乎有些生气了。

石正峰愣了一下,就赶忙答应了。说真的,石正峰这些年一直怕谁再提"电影"二字,就是路过电影院他都是尽量绕过。

"今天是咋回事?真怪!秦小雯主动请我看电影!"石正峰真的有点想不通。

102

现在的电影院真是不比从前了,虽然还是不清场的演,但影池里的观众寥寥无几。

不知为什么,秦小雯引着石正峰径直走到当年他们俩看电影时坐的位置上。石正峰坐下后觉得脸上火辣辣的,心里七上八下,"秦小雯呀秦小雯,你今天要搞什么名堂?"

他们刚坐下,银幕上就显出了《红色恋人》的字幕。秦小雯把头偏过来问石正峰:"怎么样?请你看这个片子。"

"听说是个好片子!"石正峰随口敷衍。

"不是好片子,我能请你看?谁像你当年请人家来看什么《生死恋》,哼哼!"

经秦小雯这么一说,石正峰窘态百出,半天说不上话来,他真想找个地缝钻进去。然而,秦小雯却"咯咯咯"地笑起来。

电影中男女主人公的革命恋情在上演着,石正峰却如坐针毡。他很别扭、很难受地坐在秦小雯的左侧,心不在焉地注视着银幕。他真希望电影也能来个快放,尽快结束。

秦小雯其实也没有把心思放在电影上,此刻的她正含情脉脉地怔怔地看着石正峰这个曾那么热烈地追求过自己,而现在又对自己这么冷淡的男人。

难道他现在不喜欢我了?难道他心里重新有了喜欢的女人?不可能!不过也难说呀!他现在可不是以前的山里娃了,是大学生,是干部,是未来飞龙公司的大经理。

他身边现在有的是漂亮女人,像小燕、小高、付莎等等,看得出这三个女人都在心里喜欢着他哩。

是啊,像石正峰这样帅气、胆正、工作认真且很有事业心的男人,哪个女人不喜欢?

秦小雯越想越觉得石正峰现在是那么优秀和可爱。

"不行,我得先抓住他,抓住他一生。"秦小雯的春心"突突"地荡漾起来,注视石正峰的双眼水汪汪地放射着多情的光彩。

不能等待了,"谁让你当年按我的手哩,现在我也要抓你的手",这样在心里找了个理由后,秦小雯就把自己的右手移过去,一把抓住了石正峰那只放在大腿上的左手。

石正峰一惊,回过头来,触电般地刚要将手缩回,但秦小雯已情不自禁地把身子斜依在了他的怀里。

秦小雯那飘散着迷人的紫罗兰香味的如瀑布般的秀发缠满了他的脖颈,滚烫而细嫩的脸颊紧紧地贴在了他裸露的胸脯上。

石正峰呆了,傻了!

他不敢相信如此这般的神话,然而,紧紧依偎在自己怀里的女子,的的确确就是自己曾苦苦追求的秦小雯呀。

石正峰醒了,信了!

秦小雯的体香撩拨得他再也不能正襟危坐了。阵阵灼热的血流直冲后颈,他把自己心爱的人紧紧地抱在了怀里,撩着她的秀发,吻着她。

夜里十一点多,他们紧紧依偎着走出了电影院。

街灯灿然,夜市仍然很喧闹。

他们推上车向江滨大道方向缓缓地走着,谁也没有回家的想法。

江滨大道紧临汉江。

此刻,夜风徐徐,空气清新。月光静静地照在泛起涟漪的江面上,清凉而多情,神秘而温馨。

在一丛花树下,他们收住了脚步,又紧紧地拥抱在一起。

热吻的间隙,石正峰含笑轻轻地在秦小雯的耳边问:"小雯,当时你为什么要拒绝我?你真的对我没有一点爱的意思吗?"

秦小雯眨了眨眼,甜甜一笑:"当然有,只是当时我认为我们都不够成熟,还不到时候。你知道吗?那天夜里我哭得有多伤心!"

"那么现在呢?到时候了吗?"石正峰把秦小雯的腰搂得更紧了。

"你说呢?"秦小雯故意反问。

"我说嘛,还没有到时候。"石正峰凝视着月光下满是波纹的江面。

"什么?你说什么?"秦小雯有点生气地质问,一脸委屈。

"哦,不!亲爱的,我是想等我们下功夫把长峪村变富裕了,咱们再谈婚论嫁。到那时,我们在崭新的长峪举行婚礼,让巍峨雄伟的大秦岭为我们作证!"石正峰充满豪情地对着滔滔东流的汉江把"崭新的长峪"大声地喊了出来,好似在对秦小雯、对明月、对江流、对党和人民宣誓一般。

他在脑海里似乎已经看到了长峪村美丽富饶的明天。

"好呀!我好兴奋!"秦小雯像只可人的小鸟,惊喜地扑进了石正峰那滚烫的胸怀里……

此刻,月亮害羞地直往云层里躲,可顽皮的星星却在天上眨着眼睛,越发明亮,越发美丽。

103

三个月后,小高和付莎这两个何兰的得力助手,作为金凤公司驻橘城的正副代表,率领着数十辆装载着开发长峪物资设备的大汽车浩浩荡荡地开进了清河镇。

在一个黄道吉日里,刘土根按照当地山民的习俗,宰了一只大红冠子绿尾巴的雄鸡,在祭拜了山神后,由石正峰点响了开山筑路的第一炮。

炮声一过,几百名筑路大军,挥镐扬锹地进入了阵地。戈秃子、二驴子,还有马哈娃等村中的"名角儿"们自然又成了劳动者中的主力军。

石正峰、刘土根以及卜冬财整天穿梭忙碌在工地上。小高、付莎带着几名工程师也奔波在修路的关键之处。

山村的妇女们也不示弱,她们在妇女主任玉茹的带动下,每天也按时给工地上端茶送饭。

这下,二驴子可享大福了,因为连小凤每天都会按时给他送上可口的饭菜,有时还偷偷地塞给他一瓶好酒,眼馋得戈秃子直发醋劲,干拌着嘴嚷嚷:"唉,还是驴儿的魅力大呀!"

乐得二驴子直"哈哈",干起活来以一抵十,好不卖力。

一天下午,石正峰和刘土根检查完清理路基的一段工程后,天就黑了下来。

在回工程指挥部的路上,刘土根偏着头不时地瞧石正峰。虽然天黑看不清楚,但是山头上挂满了星星,山道上就显得不那么漆黑了。

刘土根那皱皱巴巴的黑脸膛上的一双老眼睛直放光,似乎还透射着一丝丝喜悦的光彩。

石正峰在前边走着,毕竟是年轻人嘛,腿上有劲,身手麻利。可走着走着,咋感觉老支书离自己有点远了,就停住脚步。

当他回过身来时,刚好捕捉到了刘土根的两道不一样的眼神,心里不由一愣,"嗯?老支书这是咋啦?看我的眼神都变了?是不是我在什么地方把啥事情没做好?"

"哈哈,峰娃子,你等等老叔嘛。"果真,刘土根笑呵呵地,"我有话要对你说哩。"

"是吗?好。"石正峰的心里咯噔一下,"我就说嘛,我一看老支书那眼神就知道有啥事的。呵呵,就是不知他说的是好事还是……"

石正峰没有停住脚步,而是直接往回走,迎了过去,"刘支书,有啥事你就说吧。如果我哪里工作没做好,你尽管批评就是。"

"嗨,这娃才是的。看到你一天天成长起来,越来越优秀,老叔我是越看心里越高兴啊,"刘土根望着石正峰那一本正经的认真劲,"怎么会批评你哩?我表扬都来不及哩!"

"是这样,正峰。你写吧!"刘土根望着石正峰,眼睛里满是鼓励。

"写?写什么?"石正峰当场一愣,"嗯?老支书今晚这是咋了?怎么神经兮兮的?"

"嗨,这娃才是的。写入党申请呀!"刘土根一拍大腿,有点急了,"这几天就写,我给你当介绍人。"

石正峰一听,原来是为这事呀?他还以为在什么地方做错了事呢?不过,刘土根的这个要求,同样也使他作难起来。

石正峰不好意思地把头低了一下,还不自觉地用手挠着后脑勺,一时不知如何回答。

"怎么了?你不愿意?"刘土根见石正峰没有马上接过话题表态,急了。他很清楚石正峰可是个急性子,这样摸着后脑勺不说话,是咋回事?

"不……不是,不是。"石正峰一听刘土根这样不高兴地问话了,赶忙解释,"是这样,刘支书。我……我,其实我早都想加入党组织哩,可是,可是就是,我觉得自己才参加工作不久,还没有干出个啥成绩哩,条件不够。如果写申请,怕组织上通不过。"

"噢,是这样呀,是这样想就好。"刘土根刚才板着的脸又笑了,"你娃,能这样想,说明你的觉悟又提高了嘛。不过,就是有点消极,这可不好。你连个申请都没有写,你怎么就知道组织上批还是不批?更何况,写申请这是加入党组织的首要步骤,这是个态度问题,你懂吗?"

"嗯嗯。这我懂、我懂。"石正峰点点头。

"懂就好。那我考考你。"刘土根一下子又来了精神,"我们党的最高理想和最终目标是什么?"

"这谁不知道?这道题就能把我考住?我说老叔哎,我当学生娃的时候就知道。"石正峰心里直乐,但是当着刘土根的面又不敢笑出声来。

他清了一下喉咙,认真地说:"我们党的最高理想和最终目标是实现共产主义。"

"哎呀,行呀,你小子。没白上大学!好好好。"刘土根十分高兴地拍了他肩头一下,"回去就写入党申请,你这个入党介绍人我当定了。"

石正峰经刘土根这么一开导,觉得有道理,既然想入党,就要先向组织靠拢。要向组织靠拢,一方面就要用实际行动做出一个共产党员应有的样子,另一方面就是要主动向组织写申请,汇报思想,接受培养。

过了几天,石正峰郑重地把一份入党申请书交给长峪村党支部。刘土根和林子汉自愿当了他的入党介绍人。石正峰的心里又多了一份责任感,工作起来也更卖力了。当然,一种神圣的荣誉感也在石正峰的心里扎下了根。

"没有共产党就没有新中国。只有跟着共产党,我们才能从一个胜利走向另一个胜利!"石正峰的共产主义信念更加坚定了。现在,他觉得自己身上有使不完的劲,从早到晚都战斗在长峪村的筑路工地上。

第二十九章　冤家路窄

104

　　开发长峪的炮声一响,也忙坏了县、镇的有关领导,许多局的一把手们都亲临一线指挥。

　　这其中,最"忙"的可就数清河镇的图镇长了,他借故下乡检查工作,在村里胡吃乱喝不说,喝多了还时不时地跑到长峪村的筑路工地上,指手画脚,瞎指挥一番,在群众中影响很坏。

　　为了确保筑路专款保管安全和用钱及时,村上决定让主任卜冬财把这笔数目不小的资金统管着,一般小笔零星开支他可以决定,但是大额度用钱必须要经过刘土根和石正峰同意后才能支付。

　　卜冬财一直是个胆小怕事的人,中华人民共和国成立几十年了,还是住在三间土坯老房子里,小时候家里就穷,长大当了村干部了,家里条件也没啥改观,时常也在为钱犯愁,老婆经常骂他"没出息,不会弄钱"。

　　这次,一下子让他管理这么一笔巨款,心里一时比吃了土蜂糖都甜。"水从门前过,哪有不溅点水花的道理呢?哈哈!"他经常在做这样的美梦。

　　图镇长每次到长峪来都爱找他,也许是知道他保管着巨款的缘故吧。每次一来,卜冬财迫于他的官威,只要看刘土根不在就会给他摆酒设宴。

　　但是,这个图镇长的胃口可不是一般的好,不但要吃要喝,而且还要拿,每次吃饱喝足了还要拿上条香烟或要上点好山货什么的。

　　这样的次数一多,哪有石正峰不知道的,这令石正峰很反感。

　　终于有一次他俩接上了火。

　　那是一个秋末的下午,石正峰正在和刘土根以及小高、付莎讨论工作,图镇长却醉醺醺地闯进了工地指挥所。

　　石正峰见他那样子就恶心,转过身就准备往外走,却听图镇长对刘土根粗声粗气地说:"老刘头,给我把这些发票报了。"

"咋报？村里哪有钱？"刘土根展开图镇长塞进他手里那叠长短不一的纸一看，全是些烟酒吃喝的白头条子，眉头顿时拧成了疙瘩，为难道。

"你看你哭啥子穷，谁不知道那个胖女人给你们村拨……拨了上……上百万，这两千多元能算个啥？我这个镇……镇长可也没少给你们村操……操心呀。"图镇长不高兴地连连指责。

"没钱！那钱可不是村上的钱，那是金凤公司支持我们村修路改电的专用款，一个子儿都不敢乱花的。"刘土根一口回绝，并把那叠条子丢到一旁的木桌上。

"哎哟，你难道连我这个镇长的话都不听？"图镇长瞪大了死鱼眼，一连打了两三个酒饱嗝。

石正峰越听气越大，忍不住转回身来，毫不客气地对他说："不管你是什么长，不正确的话就是不能听，违反原则的事就是不能做！告诉你镇长，请不要眼盯着这一百多万，这是专款，这是私营企业家的一片爱心，这是向长峪贫穷宣战的宝贵经费！一个子儿也不能胡动！岂容你来胡吃胡喝花天酒地？想到这里来捞钱我们不会答应，我们的村民更不会答应！"

石正峰太激动了，说着说着，他一把抓起桌子上那一叠白头发票，"嗖"地给扔出了门："工作上有事请讲，无事请便。"石正峰就差没说出让他"滚"这个字眼了。这样的领导，真恶心。

图镇长酒醒了一大半，他万万没想到自己当领导十几年，从来都是这么潇洒霸道，竟然在这里碰上了个硬钉子，不由得暴躁如雷："哎哟！石正峰，你算他妈什么东西？也不过和我儿子图吉一样是个小流氓出身嘛，现在有了点人形就了不起啦？告诉你，你还嫩得很哩。

想当年，你老子就没干过我老子，前几年你不也倒在了我儿子的刀下，现在你还想和我对着干是吗？嘿嘿！你能行吗？本来我就不把你放在眼里，可是你今天竟然这样对我，那我也就给你说明白，有我图某人在位一天，就没你好果子吃，就没你抬头的日子，咱们前账后账一起算，骑驴看唱本——走着瞧！"

图镇长恼羞成怒地吼叫完，气急败坏地走出去捡上那叠发票，慌里慌张地走了。

图镇长的话并没有吓住石正峰，反倒使他弄清楚了一些事情："原来他就是'土鸡'的那个当官的老子呀！难怪从一开始他对我就抱有成见，在工作中净找茬！真是冤家路窄。"石正峰在心里愤愤地骂道。

"好！好样的，峰娃，有胆气，就是要和坏人坏事作斗争！叔老了，咱们村今后就全靠你了。"刘土根这会儿也来了精神。

小高和付莎却不愿意了，争着要到镇政府去再和他理论。石正峰阻拦她们，安慰说："算了，咱们不能和这种小人怄气，他不能把我怎么样。咱们还有正事要办哩。"

小高气愤难平:"不行!明天我就给何总汇报,这次非扳倒这只拦路虎不可。"

"就是,像这样的投资环境,能成?"付莎也十分气愤。

晚上石正峰回家后,把下午和图镇长吵架的事给父亲草草讲了一遍。

石明理这才忽然记起这个图三和的瞎儿来:"难怪我第一次见他时,就觉得面熟,可就是一直想不起来。这家伙叫图建设,从小就爱偷鸡摸狗的,读了个六年级就上不下去了,整天在村里仗着图三和的势惹是生非,不是打架斗殴,就是偷窃人家财物。

图三和跛着腿也管不住他,因此他在村子里坏事做尽,十几岁的枣蛋娃,就敢去调戏人家的媳妇。有一次他窜到东村去调戏一家刚过门没几天的小媳妇时,被人家男人打了个半死,还用剪刀在他的下身剪了一条口子,差点没给他连根剜了。

图三和见这样下去也不是法子,说不定哪天再惹出个天大的祸,真被别人给灭了。思前想后,最后通过关系把他送去参了军,村里这才算太平了。"

说到这里,石明理抽上一支烟,吧唧了一声,又告诫石正峰:"正峰呀,他们都是些心狠手辣之徒啊,以后你可一定要当心!"

"不怕!有党纪国法,谅他几个狗贼也不能做个啥。"石正峰铿锵有力地说着,握紧了拳头,骨节叭叭脆响。

105

这个图建设的确是个小人。

就因为那点难堪,他立即展开了报复,在年底镇党委研究讨论石正峰的入党问题时,他首先站出来不同意。还到处散布说石正峰是个流氓出身,目无领导等等谣言。最后组织上只好将石正峰的入党申请给压了下来。

当刘土根告诉石正峰入党申请没有通过后,石正峰是伤感了一阵,不过他还是很坦然:"没有批准,这说明我的工作还不够认真扎实。离真正的共产党员还有差距,我继续努力就是了。不管有任何困难阻挡,只要我始终如一地以一个共产党员的标准来严格要求自己,踏实工作,全心全意地为群众努力工作,我相信,总有一天党组织会接纳我的!"

"对,继续努力!"刘土根也鼓励他,"做共产党员要经得起各种风浪的考验。"

由于图建设的四处散布,关于石正峰的各种不好的谣言很快就在橘城传得沸沸扬扬。

一些嫉贤妒能之辈更是火上浇油,还"制造"出了许多桃色新闻,最具杀伤力的是说石正峰和西都金凤公司的女代表如何如何等等,使石正峰的形象大打折扣。

起初,秦小雯面对社会上对石正峰的传闻、诽谤,只是一笑置之。

石正峰是不是流氓出身,难道她不清楚?但是对传闻他和金凤公司的两名女代表如何长短,她就比较关心了。

因为她是知道的,尤其是付莎,可是一直在心里感激着石正峰,喜欢着石正峰的。

是不是真的?是不是他现在和付莎好上了?

难说呀,难说!俗话说"英雄难过美人关"嘛!

女人特有的敏感使她不由得生起一阵阵的醋劲:"如果不是这样,那他为什么这几个月都不回城看我,而且连一个问候电话都不打呢?肯定有问题!"

"不行,我得进山去看看!"想到这儿,秦小雯忧愤地把手里的一叠公文往桌子上使劲一丢,就走出了办公室。

开山修路工程进展得很顺利,速度也比起初预计的快得多,这是干群团结一心同甘共苦的结果。

昨夜下了一场大雨,把路基打得湿透了,不便施工,因此他们放了一天假。

哎呀,说实在的,这还得感谢老天爷给了一个偷闲的日子。

自工程一开工,石正峰就一心扑在工地上兢兢业业地工作着,这么大而重要的工程,可不敢有半点马虎呀!工程质量、施工技术以及工人们的生命安全,样样他都得操心,他有时劳累得站着都打起了瞌睡。

人一清净就会思念自己心爱的人,何况他们还正在热恋当中,他想到了他心爱的小雯。

几个月都没有见面了,他真想见她,真想和她说说心里话。

106

早饭后,石正峰就准备上清河镇去,他想用电话向小雯送去关切和问候,向她表白这几个月来的相思之苦。如果再有便车的话,他还准备尽快跑去县城当面向她倾诉一番衷肠。

他整理了一下头发就走出了竹帐篷。

刚要骑车走,却发现一个妙龄少女骑着自行车从清河镇方向过来了,远远地看到他了,还举起一只胳膊向他摇晃着。

"哟,是付莎。她来了,有什么事吗?"石正峰心里想着也挥起了手臂,与付莎打招呼。

很快,付莎就奔到了他面前,直夸赞:"呀,这路真平坦了,尤其这一下雨,路基就更扎实了,骑上单车还挺利索,真爽!"

"当然了,这山里的路,多是油沙土,石沙混合,雨下得再大,只要天一晴,就可以行走哩,哪像坝里有些黄泥路,那可是下雨如胶、天晴如刀啊。"石正峰给付莎讲了点切身体验后问,"莎莎,这么急着来,有啥事吗?"

"有,峰哥。"付莎忽然变得心事重重的样子。

"有什么难事吗?屋里说。"石正峰把付莎让进了竹帐篷。

石正峰的竹帐篷里只放着一张单人钢丝床,很简陋。他把付莎让坐在床沿上,自己随手搬了个歪树根坐下。

"正峰哥,咱们是老乡。"付莎待石正峰坐定后,突然说。

"什么?是老乡?"石正峰吃了一惊,用质疑的目光盯着付莎。

"也许你不相信,当时连我也不相信,可这又是铁的事实。今天我来找你的目的就是想告诉你我的家事,并请你帮助我认祖归宗。"付莎一下子显得愁怨异常,"我是陈明利的女儿,成仙村也是我的老家。"

"什么?"石正峰大为吃惊。

"这是真的,正峰哥。"付莎伤感起来。

"父亲上了南部农大后,虽然学习很差,但他那活泼、直率的性格很快赢得同班一位温柔贤淑的女同学的青睐,这个女同学就是我的母亲付萍。

他们很快就陷入了如胶似膝的热恋,毕业后,父亲在我外公的帮助下,留在了学校任教,母亲被分配到川庆市的一个农业科研单位,在有一年的国庆节他们结了婚,第二年我就来到了人世,一家人过着十分美满的生活。

然而,在我三岁那年,父亲迷上了一个加国的女留学生,并且在一个初夏的日子里和那个女人私奔到国外,狠心地抛弃妈妈和当时仅有三岁的我。"付莎讲到这儿,泪水"扑簌簌"地滚了下来。

石正峰的心情也沉重起来,忍不住在心里骂道,"真是个无情无义的哈怂!"

付莎擦了下泪水,接着讲:"母亲经受不住这突如其来的致命打击,郁郁寡欢了一段日子后,疯了。她整天呼唤着父亲的名字,凄惨地在街市上奔走。终于在一个大雨滂沱的黄昏里,她含着一生的怨恨,扑进了翻滚的嘉陵江……

母亲死后,我成了可怜的孤儿,只有和外公相依为命了。妈妈的死,对我外公的打击十分沉重。外公就妈妈这一个掌上明珠呀,他老人家大病了数日,差一点儿也魂归西天。听外公讲,他是放心不下我这个可怜又可爱的外孙女,才硬挺了过来。

不久,外公就申请了一纸调令,带着我悄然来到了西部农大。

外公的确好疼我,好爱我。在外公的呵护下,我渐渐长大了。多少次,我曾问起外公我母亲是咋死的,我父亲是谁,他都不跟我说,只是很痛苦地哄我,'乖孙女,他们都死了、都去了……就咱爷孙俩,好好读书吧,外公很疼你呀!你就是外公的希望和寄托啊!'

直到这次,我被何姨派来橘城,有一次我回去看望他,外公左思右想后把我叫进了他的书房,捧着我妈妈的遗像老泪纵横地对我讲了一切,又说,'孙女呀,你毕竟是陈明利的女儿,成仙村毕竟是你的老家呀!本来,我不想告诉你这个秘密,但这次何经理又派你去橘城,这也许,就叫命吧,你也长大了,也该知道你的身世了,也应该回你们老陈家去看看,去认祖归宗。我这个垂暮之人总不能太自私了!'

看到外公那凄凉的神情,我一下子扑进了他的怀里,放声大哭了很长很长时间,当时,我真不敢想象我竟然有这么悲惨的身世。我哭得很伤心、很伤心……

我对外公说,'不!不!我不信!我不相信,你骗我!我没有这样的父亲!我只有外公你呀!'

然而,外公却擦干了眼泪,又给我轻擦着眼泪认真地说,'好孙女,外公讲的全是真的,是无法更改的事实。二十多年来,我不愿提起这个致命的伤痛,不想让你背负过多的精神负担,好使你能快快乐乐地成长。现在,你已长大了,长得真像你妈妈年轻时的样子,我的心里的确得到了慰藉,就是死了,我也可以对你母亲说,萍儿,放心吧,你的莎莎长大成人了,长得和你年轻时一模一样,她很乖,请放心!莎莎,算了,你的身上永远流着陈明利的血,他终究是你的父亲,你不能去恨他,也不能不认他,你可不能做个不孝的女儿啊,因为你是个很乖很乖的女娃娃……'

看到付莎那伤心的样子,石正峰的心里也难受起来。

他站了起来,拧了一条湿毛巾轻轻地走到了付莎的面前说:"莎妹,别哭了,人这一辈子从生到死,谁不是在哭声里度过的?悲惨和坎坷也许是一个人的财富,只要我们活得有价值,人生就有意义。是的,你外公讲得对,你应该勇敢地面对这个事实,应该回成仙村去认亲。我想你父亲也是一样地爱你、想你、念你的,你应该认他。"

听了石正峰的话,付莎更激动了。

看到面前这个曾救过她的一身正气的硬朗大哥依然这么关心她,付莎抑制不住地伏到了石正峰的肩头,又感伤地哭了起来。

石正峰吃了一惊,但是想到这个小妹妹的可怜身世,他没有退缩,反而用手轻拍着她的肩膀安慰:"好了,莎妹,别伤心了,抽个时间我陪你到成仙村去,看看你们的老屋和亲属。"

"好呀,石正峰,难怪你连个电话都不给我打,原来是在这里金屋藏娇。"随着话音,秦小雯已怒目圆睁地站在了他们面前。

石正峰慌忙推开了付莎,十分窘迫,结结巴巴地解释:"小……小……小雯,这……这这是误会,你……你听我……我说……"

石正峰越是这样,秦小雯越怀疑、越气愤,醋劲更大:"算了,祝福你们!真诚地祝……"后边的"福"字还没说出来,就流着眼泪跑了出去,猫身就钻进了一辆出租车里。

"我们走!"秦小雯大声地对司机说。出租车司机吓得一个哆嗦,知道今天拉了一个厉害的主,吐了下舌头,一脚油门下去,猛地朝前飞驰而去。

待石正峰和付莎追了出来,小车已转过了一个山峁。

付莎充满歉意地对石正峰说:"正峰哥,实在对不起,对不起!"

石正峰遗憾地摆了摆手,颓废地蹲在了路上:"哎呀,小雯呀,你咋变得这样,都不容人家解释。"

107

秦小雯回城后,爬在自己卧室的床上"呜呜"地哭了一气,连石正峰打来的电话都发火扔在了一边。

晚上,她拨通了妈妈的电话,向远在广东的母亲哭诉了自己的感情伤痛。

秦小雯的妈妈叶梅也是一个下海后在南方沿海城市发起来的酒店大老板,身处在改革开放前沿地区,经济意识特别强,满脑子的超现实主义。

也正是因为这样,她和丈夫秦坚定的关系一直不怎么好。可以想象,一个是满脑子的马列主义,一个是一门心思的金钱至上,话不投机,能好吗?所以,这些年叶梅长年不愿意回橘城。

听了女儿的哭诉,叶梅哪能让宝贝女儿受那样的委屈,不由得愤然决定:"我早就给你讲了,他是个什么层次的人,一个从深山里走出来,又傻乎乎地走回去的人能有出息?他能给你一生的幸福?不可能!算了,乖女儿,听妈话,和他绝交,尽快到妈妈的身边来,再在那穷乡偏壤里呆下去,再在你爸爸身旁呆下去,只能被这个瞬息万变的社会淘汰,只会毁了你。赶快来吧,妈妈想你,我的宝贝……"

秦所长看到女儿那伤心的样子,也难过地摇着头叹息:"唉,你们是咋回事嘛?嗨,现在的年轻人啊!"

当女儿的往往是在最痛苦的时候,就会非常思念自己的母亲,也很依赖自己的母亲。

秦小雯痛苦地思考了几天后，决定要到妈妈那儿去，任凭石正峰百般解释也无济于事。

鉴于女儿心意已决，秦所长这个当父亲的也无能为力，只好默许。

看到秦小雯那心灰意冷的样子，石正峰痛苦地流下了眼泪，回到宿舍，他连夜写了一封长信，在信的末尾，他简直是蘸着泪水写下了这样的真情誓言："亲爱的雯，我现在想辩解，也无力辩白了，但是我爱你的真心会随着你，贴着你！让时间和事实去证明一切吧！"写完后，他咬破了食指在信笺上用鲜血画了一个浓浓的心形图案。

第二天早上，他早早地等在汉江机场为秦小雯送行。

秦小雯戴着一副深茶色眼镜，提着一个旅行皮箱，在父亲的陪送下，走进了机场。

在检票口，她回头张望了一会儿，才慢慢地掏出了机票。

不能再等待了，石正峰几个快步冲了过去，含泪把那封用泪水和鲜血写成的情书塞在了秦小雯的手里，说了声"保重！"就扭身逃也似地跑出了机场，直至精疲力竭地仰倒在机场外的一片荒草地上。

秦小雯的离去对石正峰来说，可谓沉重一击。

从汉南市回来，他就把自己关在宿舍里，愣怔地在床上躺了两天，他想不通秦小雯为什么不相信他。从中学时期自己就爱她爱得发狂，直到这几年的亲密接触，她应该理解才是呀！

实际上，秦小雯是因为太爱他才恨他的，爱是纯真而崇高的，她容不得一点瑕疵。

那天，秦小雯回头张望的目的就是希望见到他，而见到了，他却只说了两个字就转身冲出了机场。

他不知道，当时秦小雯是多么希望他又能勇敢地站出来拥抱她、阻止她呀，可是……

秦小雯是流着泪水走上舷梯的，"石正峰呀！你的勇气哪里去了？"

在飞机上坐定，秦小雯小心翼翼地展开了那封信，那个鲜红的"心"形图案一下子就揪住了她的芳心，抑制不住的热泪顿时喷涌而出。

她赶忙掏出一张纸巾去擦拭，心里开始隐隐作疼，在心里自问，"我这是怎么了？什么时候变得这么小心眼、这么小气了呢？唉！"

秦小雯这时很想折回橘城，很想回到石正峰身旁，很想紧紧地搂着他原谅他，告诉他，"我相信你，我真的爱你！"

然而此刻，客机已腾空而起。一阵眩晕，秦小雯闭上了眼睛，长长的睫毛上又挂起了两颗晶莹的小泪珠。

第三十章　亲人相见

108

　　第三天中午,石正峰还想再静静地思索一天,小高和付莎却推开了他的门。

　　付莎仍然十分歉疚,轻轻地把一些果品放在了他的床头。

　　小高可是快人快语:"大情圣,一个女子的小任性就把你折磨成这个样子了?真没出息!女人的心,我们懂。小雯那是吃醋,但心里是真爱你的。傻瓜,等她把醋气一敞,我相信她还会回到你身边的。"

　　小高说完就"咯咯咯"地笑起来,回头再一看付莎那委屈的样子,便又打趣地对石正峰说:"怕什么,万一她不回来了,我们就真把莎妹妹嫁给你。我们莎妹妹哪一点都不比她秦小雯差,你说呢?"

　　"好你个高烂嘴,你还火上浇油呀你。"付莎红着脸扑过去就要拧小高的小嘴巴。

　　石正峰被她们给逗乐了,人有时就是很怪的,往往被自己束缚住而不能自拔,犹如心上被蒙上了一层薄薄的纸,就是想不明白有些事情。这时,如若有"高人"能看穿,轻轻点破,顿时就会茅塞顿开,走出牛角尖了。今天的小高就充当了一个点化石正峰的"高人"。

　　石正峰彻底清醒了,"噌"地跳下床:"瞧,让你们给笑话的!大哥我可是堂堂七尺男儿,岂能有被情所困的道理!"

　　"嗨,这才像真正的石正峰嘛!"小高高兴地朝他竖起了大拇指。

　　"二位小妹来,一定是工程上有啥事吧?"石正峰一边给她俩倒水一边问。

　　"呵,你还牵挂工程呀,你作为甲方的指挥长,成天躲在这里想美人,工程都快停工了。"小高不客气地指责他。

　　"哎呀,那咱们赶快上山吧!"石正峰有点急了,心里"咯噔"一下自责起来,"男子汉大丈夫应该以事业为重,难道离了爱情就不活了?真糊涂呀你!长峪村的几百双眼睛都正瞅着你哩,石正峰呀,你醒醒吧!"

　　"算了吧,现在你急了,我们可不急了呢!"小高撅起小嘴,眨巴着眼睛显出一副悠闲自得的样子。

"那什么时候上?"石正峰真有点急了。

小高见石正峰那着急的样子,"扑哧"一下笑了,"你净想着你的秦妹妹,你真就不关心你的付妹妹了?你想想你曾经答应过人家什么?"

"答应人家什么?"石正峰望着付莎愣了一会儿,突然一拍脑门:"哎哟,你看我这臭记性!好,今天我就陪你去认祖宗,咋样?"

"好,这才像个大哥哥嘛!"小高乐得在他肩头猛击了一拳。

付莎感激地笑了。

他们出了农业局,在一个小餐馆里吃了些面食,就上了车直奔成仙村。

小高的车技可真不赖,把一辆小车开得又稳又快,出了城不到二十分钟就到了目的地。

石正峰领着她们先到了他二叔陈明贵家。说明了来意后,陈明贵才慢腾腾地带着他们向村北边走去。

在村巷道的一个拐弯处,陈明贵把石正峰扯到一旁小声地责骂:"你个楞娃,和她搅和啥?你不知道她老子当年抢你老子上大学的事吗?哼,你真是狗逮老鼠——多管闲事!"

石正峰只好笑着央求:"二叔,事情都过去三十多年了,还怄那么长时间的闲气?再说了,这是他女儿,他女儿可是好人哩,能不帮吗?走吧叔,好好领着走吧。"

陈明贵狠狠地瞪了他一眼,就没再说什么。在一口老井旁,他指着一个大院子:"喏,就是这里,现在陈明利的姐姐住在这儿。"说着又很不乐意地吆喊道,"陈明芹,陈明芹,有人找,有人找你们哩。"

"哎,哪个找?"

陈明贵见院子里有人应声了,就对石正峰说:"对了吧?真有你的,我走了。"走了好远了,还回过头来气鼓鼓地嘟囔,"小混蛋,竟连咱家的仇都忘了,没血性。唉!"

"咯吱"一声,院门开了,一个三十岁上下抱着个小孩的妇女出现在门口,生生地问:"你们,你们找谁?"

"找陈明利。"石正峰直接说。

"找我舅?嘿嘿,我们还在找他哩。"那抱小孩的青年妇女干笑了两声,脸色瞬间就变得生冷起来。

"谁在找我弟?谁?"忽然院子里有个颤巍巍的声音响起。随着话音,一个几乎满头银丝的老太婆慢慢地从屋里走了出来,"橘花,快让客人进来坐,进来坐。"

石正峰和小高这才陪着付莎走进了院子。

院子不大,但却拾掇得很整洁,三间正房和两间偏房都是青一色的红砖青瓦,窗明几净,看来这房才修起没几年哩。

一进成仙村,付莎的心就跳得很厉害,现在见到了自己未曾谋过面的亲人,心跳得更慌了。

"啊,这就是生养父亲的地方,这就是我的老屋。爸爸,你在哪里?爸爸,你回来吧。你的女儿回来了,你也回来吧……"付莎的心里百感交集,激动的泪水不停地顺着脸颊流淌。

老太太非常诧异地望着付莎,问:"姑娘,你这是……"

付莎不再犹豫地走过去,捧着老太太的双手,哭喊着叫了一声:"姑妈!"

老太太更加诧异,看着付莎,又望望面生的石正峰他们,迟疑地说:"这……这……这……"

"大婶,她是陈明利的亲生女儿呀!"小高着急地给她解释,"叫付莎。噢,也可以叫陈莎了。呵呵。"

"啊,是我弟弟的女儿,是我的亲侄女?"老太太激动地睁大了眼睛,这才仔细地瞧着付莎,"呀,真俊秀!真像!"说罢也抹了一把挂在眼角的高兴泪。

于是,老太太又兴奋地、不知所措地吩咐她的女儿:"橘花,快给你表妹他们倒水,快去做饭。今天要杀鸡、要喝酒、要请家门户族!要给祖宗上香、磕头!要……"说到最后,她竟欢喜万分地把付莎拉进了里屋,连院子里另两位客人都给忘了再招呼。

石正峰给小高努了努嘴,两人就悄悄地溜出了陈家院子。

"是的,应该让她们一家人好好说说心里话了。"小高跟着出来欣慰地说,"正峰,你懂事多了呀!"

"那还用说?"石正峰沾沾自喜地扮了个鬼脸,装大地吩咐道,"高师,走,发车送本帅回山。"上午经小高她们一"挤兑",下午又干了一件助人为乐的事情,石正峰此时的心情十分高兴。

109

返回长峪,石正峰便一门心思地投入到筑路的热潮当中。因为他是理智的,情感的伤痛是个人的私事,而开发长峪可是关系到子孙后代幸福的大事啊,这绝对不能懈怠。

这十里致富路还未全线修好,长峪已向世人敞开了胸怀。

从去年冬天到这个初夏,坝里、城里、外州、外县的大小生意人就纷纷奔向这里,有的骑着自行车,有的骑着摩托车,有的还开着小汽车哩。

他们有的来收购山里的干鲜果、药材、木耳、香菇;有的贩运竹木、家具;有的承包荒坡点种天麻、黄姜,就连石正峰两年前从西农引进的那三百亩优质杂果也被重庆一个专做水果生意的大老板高价承包了三十年……

长峪村活了,庙场热闹得像小集市一样,把清河镇上的一些商贩都给吸引了过来。

戈秃子的剃头生意越来越火,为了提高技术,他还特意到橘城的一家大美发店里学习了一个月,回山后也学着坝里那些理发店的样子,把门面装饰一新,又请石明理给他题写了一个"满山秀美发店"的匾牌挂上。理发店一下子就变得像模像样了,远远望过去,别说,还有点小气派哩。

不过,铁嘴张和几个爱开玩笑的村妇,就冲着他这个匾牌,可没少嘲笑他:"还满山秀哩,不如就叫满头光多好呀,咯咯咯,哈哈哈……"

当然,他们这个样子,肯定又会招来戈秃子的一顿臭骂。总之,这几位庙场的"神仙"没有哪一天是不斗嘴取乐的。

连寡妇的杂货店和茶铺的生意就更不用说,茶铺里因南来北往的客人每天从早到晚都是满堂座,买烟的、喝酒的、吃瓜子的、品茴香豆的一个接着一个,把这一老一少两个寡妇忙得团团转。

二驴子也给忙乎上了,几乎每隔一天就要上街给她们进烟酒杂货。

两个寡妇乐,二驴子更乐和。因为他感觉得出老寡妇在一天天地信任他,因此,他的山歌声就变得欢快了好多,好听了好多。

第三十一章 贼喊捉贼

110

秦岭横贯东西,绵延千里,是我国南北气候分水岭。由于这里山高林密,气候多样,一直是许多珍稀野生动物的适生乐园。大熊猫、金丝猴、羚牛时有出没,朱鹮也时常欢翔高鸣于这里的竹枝、树梢上。

在长峪村的十几条涧溪中还栖居着一种国家二级保护动物——大鲵,因为它的叫声像婴儿的啼哭,所以在当地,人们叫它娃娃鱼。

世事就是如此,越是受保护的东西,说明它越珍稀;越是珍稀的东西,说明它越贵重,它的价值就越高。

所以,一些不法之徒在金钱利益的驱动下,竟然铤而走险,暗中干起了偷猎的勾当。

长峪涧中的娃娃鱼就成了一些不法商贩的抢手货,地下交易的价格一涨再涨,据说,每市斤价格已经高达八百元以上。

这下,偷捕者的干劲更大了,由原来的小偷小捕的硬抓、下钓诱捕发展到现在的团伙规模作案,他们还丧心病狂地在水中下毒,将娃娃鱼毒晕后再大量捕捉,气焰十分嚣张。

这些不法之徒猖獗的偷捕行为,很快引起了县上的高度警觉。鉴于北山片区偷捕案件高发的实际情况,县公安局很快在清河镇组织召开了全县专项打击偷捕会议。二驴子作为村治保主任参加了会议,下午回村后,他就及时给刘土根和石正峰汇报了会议内容。

刘土根和石正峰他们几个干部一合计,既然娃娃鱼是国家保护动物,秦岭山区的娃娃鱼更是个宝,那咱们就有义务、有责任为国家、为大自然保护好它们。

经过村委会研究,大家一致表态,要认真清理整顿地下黑窝点,保护好秦岭野生大鲵,因为这可是世界上活化石级的珍稀物种。

接下来,长峪村就迅速成立了由石正峰任组长,二驴子任副组长,其他五个村民小组组长等为成员的十人清整组、护鱼队,分片包抓,昼夜巡逻。

— 210 —

石正峰由于要抓全盘,所以"清整"的主要工作就落在了二驴子的身上。

二驴子的工作责任心是蛮强的,尤其对于值班巡逻,他可是很专业的。从年轻时当民兵连长到现在的治保主任,抓治安他是内行。

巡逻小组不但白天在庙场的小集市上检查,而且在每条涧溪边还放了暗哨,夜晚更是抓得严。

作为副组长的二驴子每晚都要一个人跑五六条水沟去检查督导。连连小凤几次约他幽会,都被他婉言推脱了。

连小凤可是憋了一肚子的怨气:"瞧你那认真样,当个芝麻大的官就发烧得不得了啦你!"

自从长峪村成立了"清整组""护鱼队",偷捕和非法倒卖娃娃鱼行为受到了震慑,一个多月来再没有发现任何偷猎活动。

二驴子的"护鱼队"渐渐开始放松了警惕。

这天傍晚,解跛子从庙后的山坡上一跛一跛地向庙场走来。借着亮光,他看见了正在和铁嘴张在连寡妇的铺子里喝酒谝闲传的二驴子。

解跛子老远就大声喊叫:"驴队长哎驴队长,报告你个事。"

"啥子事?你听你喊的那声音,难听死了。哼,不会到面前说,真是的。"二驴子还没骂出声哩,连小凤已不爱听了。连小凤现在可是非常在意二驴子的。哈,这也难怪,情人眼里出西施嘛。

解跛子跛到铺子里,赶快蹲在一面门角旁,歇了下说:"驴队长哎,我昨天夜里起来撒尿,咋看到泥湫涧里有手电光哟,是不是有人在偷娃娃鱼来着?"

解跛子说的这个泥湫涧是长峪村和邻县的一条分界河,涧宽水急,两岸悬崖峭壁、怪石嶙峋,阴森森的,给人一种恐怖的感觉,因而又称"阴沟",一般人们都很少往那里去,尤其是在夜间。

二驴子听解跛子一说,脑子里一寻思:"哎呀,对了,这地方可是个'几不管'的地方,偷捕者很有可能会在此下手。"便有些焦躁地埋怨解跛子,"你个怂,你咋不早点来汇报。"说话中间起身就跨出了连寡妇铺子的门槛,一溜小跑着直奔阴沟而去。

走了一半路的时候,他才放慢了脚步,心里懊恼了起来:"怎么不叫上几个人手?那是个啥地方?唉,起码也带个手电筒嘛!嗨,这可咋办?"

他望望这黑压压的山,密匝匝的林,不禁打了个激灵:"总不能再返回去喊人吧,亏你还是个打狼英雄、村治保主任哩,怕个球!"二驴子又反过来给自己壮胆、打气。

话一落点便又加快了脚步,也许是酒喝得太多的缘故吧,在一个山包的转弯处,他实在憋不住了,这才停下来迫不及待地在草丛里撒尿。

突然,有两条蟒蛇一样的东西从后面缠住了他。他惊骇地"啊"了一声,转身想跑,却见连小凤"咯咯咯"浪笑着出现在了他的面前。

"我的妈呀!你没把人吓死啊!"二驴子一屁股瘫坐在一块山石上,长出了一口气,"你咋来了?"

"跟着你来的呗。"连小凤跟着也蹲下,笑出声,"看把你急的,连个手电筒也不拿,这么黑的天,摔进了沟里咋办?真是的!还想让我当寡妇呀?哼,我告诉你,没门儿。"说着,扬起手电筒在二驴子的前额上轻敲了两下。

二驴子看到连小凤对自己这么好,心里淌过一股热流,"在这个世界上,还是小凤对我这个从小就孤苦伶仃的人好呀!"

想着想着,二驴子捏住了连小凤的一只手,动情地说:"小凤,你对我可真好呀!"

"好好好,好心没好报的……"连小凤还没说完就娇嗔着把二驴子扑倒在地……

这一个多月来,二驴子忙于工作,的确顾不上和她约会,然而今夜,二驴子不想再叫如此喜欢他、关心他的女人失望。

再说了,今晚是否有偷捕者还难说哩,想到这里,二驴子抱紧了连小凤的细腰……

可正当他俩像拧成的两股麻绳似的难分难解之时,一束电光从前面不远的一个山岗上射了过来。

二驴子吃了一惊,猛地坐了起来,靠着一棵核桃树看向光源方向。

111

零乱而沉重的脚步声由远及近,在静夜里听得很清楚,最起码有四五个人。

"图吉,叫你弟兄们把手电筒关了,已到了长峪地盘了,小心点。"

"这声音好熟呀。"二驴子在心里道,可就是突然想不起来这个人是谁。

"爸,看把你吓得,咱们一月多都没伸手了,那些'棒老二'(对山里人的贬称)们早就认为阶级斗争消失了,现在可能都在热炕上睡大觉哩。哈哈,嘿嘿……"一个尖厉嗓子的人说完就阴笑了起来,逗得同路几个家伙也好笑了一阵,并连连附声:"就是,就是。"

"看来还是父子俩作案哩。"二驴子听他们那嚣张的语气,就愤愤地附耳对连小凤骂着说,"狗日的,别张狂,你爷爷今天就要收拾你们。"

说着就想往外冲,连小凤使劲摁住了他:"别急,再等下,他们人多呀,咋个逮?得想个法子。"

还是连小凤聪明细心。二驴子只好又趴在草地上,脑子里急速地想办法。

"爸,车放在'鹰嘴崖'下有啥问题吗?"这时那个尖厉嗓子又问起话来。

"有啥麻哒?那可是我镇上的小车,谁敢动一下?放心,车没事。你只管吩咐你的弟兄们走好点,脚踏稳当,别摔了跤把咱们这二百多斤货给摔死了就好。"一个粗裂嗓子的人一番叮咛。

"哎呀,是图镇长,是图建设父子。"二驴子听到谈车,一下子就想起了那个熟悉的粗裂嗓子。

"小凤,你赶快抄近路回庙场去喊正峰他们,这些坏怂人手多,竟偷捕了这么多的娃娃鱼。难怪我们抓不到偷鱼贼,原来他们是用公家的小汽车运哩,真是他妈的内鬼啊。你快去吧。"二驴子异常气愤地说,"我先缠住他们,你快去叫人,越快越好。"

"那你可要注意安全!"连小凤真有些担心,磨蹭着不想走。

"知道,知道。我记下了,你快去。"二驴子说着就推了连小凤一把。连小凤这才猫着腰,从核桃树的一侧悄悄地溜下一个山沟走了。

二驴子一看不能再等了,大喝一声"站住"便纵身从核桃树后跳出来,威仪地挡住了他们的去路。

一个走在前头的家伙吓得"妈呀"一声,丢下背上的一袋娃娃鱼转身就往后跑。

后面的人也慌了,不知这深山野谷里夜半断喝的是人还是鬼,几个家伙都惊吓地丢了包袱向后乱跑一气。

还是图建设沉得住气,大声地喝道:"慌啥哩!哪有什么鬼?都给我站住,把货拿好,不怕,有我在,我倒要看看是哪个野杂毛在挡老子的财路。"

说着,图建设打开了手电筒,走上前去。

土鸡也急忙跟了过去,并"嗖"地从腰里拔出了一把宽面子杀猪刀紧攥在右手里。

"哟,原来是二驴子主任呀。这深更半夜,你跑到这荒山野岭来做啥?"图建设一看是二驴子,心里先"咯噔"了一下,但很快又镇定下来,假笑着仍一口官腔地责问。

"噢,是图大镇长呀。那这深更半夜,你一个一镇之长又来这荒山野岭做啥?"二驴子也照样子来了个不紧不慢的反问。

"唉,有啥法子,我儿子他们从山那边的邻县收购了一些药材,不熟悉路道,我这只好给引引路,嗨,看把我累得。"边说边掏出了一包好烟给二驴子递过去,"兄弟,来,抽支烟,这可是高级香烟。"图建设胡诌起来。

"谢了,镇长,我可享不了那口福。"二驴子抬手挡了回去。

"哇~哇~哇~",这时,一阵大鲵的叫声从几只口袋里传来,好像求救一般。

"那是什么?那些口袋里装的是什么东西?"二驴子说着就要往前去一看究竟。

图建设慌了,急忙一个箭步跨过去,用身子拦住了他:"二驴子,你要做啥?"

"图镇长,你这是干什么?你不是在大会上给我们讲,要狠狠打击偷捕和非法倒卖娃娃鱼吗?所以你也得配合一下,让我看看,检查检查。"说着,挥手拨开了图建设,大步向那几个摔落在地上的鼓鼓囊囊的尼龙丝袋走去。

土鸡一急就要发作,可图建设摁住了他的右臂,并一语双关地说:"急啥哩。"说完,就拽住了二驴子的一只胳膊,"走,兄弟,到边上歇会儿,老图我有事和你商量。"

二驴子心想:"随你便,反正我也想先磨绊住你们,看你有啥花样耍。"就跟上图建设到几步外的一截枯树根上坐下。

"哎,兄弟,你看你到现在还没有娶上媳妇,你知道是为啥?那还不是因为钱的问题?"图镇长先反问了二驴子一句,忽又用十分关切的话语说,"我看这样吧,咱们合作做这个生意。"

只见他用两只手把自己的宽嘴巴再往大扯了一些,说:"这个你懂,保你尽快发大财。"

二驴子当然明白,图建设说的就是人嘴娃娃鱼,这是这里的黑话、行话。见这下图建设自动露出了马脚,不由轻蔑地"哼"了一声。

图建设听二驴子"哼"了一声,还当是他同意了,便高兴地掏出了一叠子钱来对他说:"这才是个聪明人嘛,给,这是一千元。拿上,有机会到县城里的一些旅社、发廊里去找几个小姐玩玩,开开洋荤,嘿嘿……"

图建设干笑了几声后,又用拿着钱的手拍着二驴子的胸脯说:"好好干,兄弟,年底镇上还要开'反偷猎活动'总结表彰大会哩,我一定让你当先进。"

二驴子早都气得浑身颤栗了,他难以置信,这个站在台上整天喊着党的方针政策、国家的法规法纪的家伙,实质上就是个私底下疯狂偷捕国家保护动物的贼盗。

"当你妈的个头,你真是个贼喊捉贼的坏怂!"二驴子"嚯"地从枯树根上弹了起来,愤然骂道,"今天不把鱼放了,你们一个也别想跑。"

二驴子说完就气冲冲地向那几只尼龙丝袋跑过去,他觉得自己此刻一身正气,浑身是胆。

图建设傻眼了,气急败坏地骂道:"好你个大胆的驴儿,竟敢和我图镇长作对,图吉,叫你的弟兄们,揍扁这个冥顽不灵的东西。"

112

　　土鸡因为和石正峰打架引发了他的其他犯罪事实,被劳教了三年,出来后,就跟着他老子图建设专干倒卖国家文物、古董和一些国家保护动物的地下黑生意,屡屡得手,发了大财。

　　风闻长峪村的河岔里生长有娃娃鱼后,便在他老子的掩护下大量捕捉,甚至不惜用一些农药毒晕娃娃鱼从而偷捕,行为十分卑劣。

　　因为有保护伞,他们一直都很顺手,可没想到今天咋给撞上了个"程咬金",更没想到这个"棒老二"还是个软硬不吃的难缠货色。

　　"妈的,我剁了你。"土鸡这个心狠手辣的恶棍,拎着那柄尺许长的杀猪刀,踢开了一个手下,闪身向二驴子的胸口猛劈下去。

　　二驴子躲闪不及,只觉得身子一麻,就痛苦地捂住胸口蹲在山坡上,鲜血顿时冲开了手指,喷泉似的涌出来。

　　图建设见儿子用刀子撂倒了二驴子,惊骇地直叫:"哎哟祖宗,你咋又动起了刀子,快跑,走,兄弟们,背上鱼快跑。"

　　二驴子见这群坏蛋就要奔逃,情急之下使出了最后一点力气,猛地扑过去,死死地抱住了一袋离他最近的娃娃鱼,任图建设如何扯拉都不松手。

　　土鸡急了,折回身对他老子说:"爸,干脆结果了他,留下活口对谁都没好处。"

　　"好,他娘的,豁出去了。"图建设一想,觉得儿子想得周到,便急忙吩咐几个手下,"快点,就近撕根葛条来,给我勒死他。"

　　"起来,爸,多麻烦,还是用刀利索。"土鸡穷凶极恶地又举起了那柄宽面子的杀猪刀。

　　"住手!"一声霹雳般断喝,石正峰已箭步冲到土鸡眼前,抬腿一个迅猛的侧踹,一脚就把这个暴戾之徒连人带刀踢翻到一个山凹里。

　　这时,连小凤披头散发地领着一大伙群众围了过来,跑在前面的戈秃子和马哈娃们还不停地大声吆喊着:"抓坏蛋了!"

　　"抓偷鱼贼了!"

　　"抓图建设了!"

　　"……"

　　这几个作恶多端的家伙吓得魂飞魄散、四处逃窜。但是,他们怎能冲得出几百名打着手电筒、拿着火把的村民们结成的铜墙铁壁?

　　一个个只有瘫软在地,束手就擒。

连小凤抱着二驴子血桩似的身子嚎啕大哭。

二驴子从昏迷中无力地睁开眼睛："凤……小凤,哭……哭…哭啥子,能……能死……死在你……你怀里,也值……值……"

连小凤哭得更伤心了:"驴哥,驴哥,你不能死,不能死呀!咱们明天就结婚,明天就结婚。好不好?"

二驴子憨笑着点了一下头,就再也没醒来。

连小凤撕心裂肺地哭着:"天呐,难道我连小凤注定就是个寡妇命吗?天呐,你怎么这般绝情呀?你干脆连我也一齐收了吧……"

天亮了,清凉的山风把连小凤那散乱的花褂子吹得"呼呼"作响,蓬草般的头发在微风中摇曳着,脸上挂满泪水。

二驴子去了,带着幸福的微笑去了。

这个大山的儿子最终把自己的生命壮烈地献给了生他养他的青山绿水,死得其所,死得坦荡,死得辉耀,令人钦佩!

清者自清,浊者自浊。人们永远会记住那些捍卫正义和真理的英雄,即便他是一个十分普通的小人物。邪恶必将受到正义的审判、法律的严惩,哪怕他是再大的官。

按照连小凤的要求,人们把二驴子埋在了他俩经常幽会的斑竹坪。

下葬那天,镇党委送来了花圈和一面"反偷猎英雄"的大红锦旗。

戈秃子的唢呐吹得很欢快。

连小凤也打扮得像新娘似的,高高的发髻上还插了一朵粉红色的山茶花。

她说,今天就要和二驴子完婚。

前来为二驴子送行的人们,看到这一切无不流下了痛惜的泪水,包括李老五那个年迈的娘。

第三十二章　现场大会

113

　　经过全体干群一年多的共同努力,在金凤公司的大力支持下,一条平均宽度约十二米的由石子和沙土混合铺垫的水泥公路终于在这年的九月底全线通车了。

　　随着道路的延伸,电力局对村上的电路也进行了改造,邮政局也把电话线沿路牵了进来,村里一些人家安上了"话匣子"。这些随之而来的变化,标志着长峪已走出了大山,长峪村的人民即将奔向富裕和文明。

　　为了庆祝这致富路上的关键一步,长峪村在国庆节这天举行了盛大的通车剪彩仪式。

　　他们提前邀请了金凤公司的何兰总经理,还特邀了西部农学院的付柏林教授。当然,也邀请了县、镇的主要领导和秦所长。

　　橘城县委、县政府经过研究,一致认为长峪村这短短三年来的巨大变化给全县推动农村经济体制改革,引导农民增收创收,不断发展壮大集体经济做出了表率,其经验值得总结和推广。

　　因此,县委、县政府决定借长峪村举行道路竣工、通车剪彩和"飞龙石材公司"正式挂牌成立的机会,在长峪村召开全县"农村治穷致富奔小康"现场会,参加人员是村以上全体干部。

　　这下,长峪村才热闹咧,这也把村上的大小干部给忙飞了。

　　召开现场会的前天上午,刘土根就想主持召开个筹备会,目的是要把明天的现场会给筹备好。在长峪村召开全县的现场大会,这是开天辟地头一回呀,这可是长峪村的荣光,是长峪人的荣光啊,这是绝对不能有什么闪失的!

　　可是他亲自去找主任卜冬财时,却没有见到人。卜冬财的老婆也是爱理不理地说,卜冬财出远门了,十天半月是回不来的。

　　待刘土根走远了,这个不省事的女人竟然还往地上唾了一口:"当个烂怂村干部,没有工资不说,事情还多得不得了。现在谁个不都在搜心刮肚地弄钱哩?

哼,我们也不是瓜娃子。"

刘土根走在路上心里就纳闷了,也没听说他卜冬财有什么远房亲戚呀,出远门?即使出远门那也要给我请个假什么的吧,即使不请假,你给打声招呼也行呀。哼哼,怪事哩!你瞎好可是个村主任哩,怎么就没一点规矩了?这是咋了?村里路刚有了起色,刚刚不怎么闭塞了,这人就马上灵光成这个样子了?

他不知道,自从那日图镇长想报销烟酒票遭到石正峰和他的断然拒绝后,图镇长就常常在背后指着卜冬财的鼻子骂他没出息,在村上连一点实权都没有,白白给人家当钱蛮子。

卜冬财经过考虑,这钱是不敢再管了,弄不好可真就是"老鼠钻进风箱里——两头受气""公公背儿媳——出力不讨好"。所以,没过几天他就主动去找刘土根,把账给交了,说啥都不愿再管这些修路钱。见卜冬财态度坚决,刘土根只好同意。

可从此以后,卜冬财的工作干劲就越来越低了,干什么事情都是没精打采的,不是拖就是推,有人经常看到他在镇上或者县城里瞎转悠。

找不到主任卜冬财,刘土根只好把在家的村组干部重新分成几个组,并一再强调要确保这个重要大会的圆满召开。

当天下午,大家就分头行动了起来。

石正峰趴在皂角树下的一块大青石上组织明天的汇报材料;林子汉他们几个组长在负责搭设临时会场;妇女主任玉茹领着一群妇女、孩子,在打扫庙场的清洁卫生;连放假在家休息的石正强也赶来庙场给他们帮忙,石正强已经在坝里的中学读高一了,练了一手好字,正好配合他父亲石明理刷写横幅和墙体标语。

114

十月一日这天,是长峪村有史以来最风光的一天。前来参会的大小车辆,从村口的大白果树下一溜儿在公路上排了七八百米。

庙场里坐满了全县三十个乡(镇)、办事处及三百多个村的主要领导。主席台就搭设在庙场的新路口上,何兰和付柏林教授作为贵宾紧挨着沈书记和顾县长坐在主席台正中央的显著位置。

上午十时,顾县长宣布大会开始,石正峰点响了六一村肖支书赠送的一挂提前挂在皂角树上的鞭炮,六一村生产的炮竹声大喜庆,远近闻名,这挂爆竹更是肖支书专门安排工人给他们特制的,长度不下三十米,挂在皂角树上红红得如一条盘绕的火龙。

炮竹好一阵炸响过后,四名着装一新的礼仪小姐手托花盘,牵着彩绸款款地走出,一字而分站在新路口上。

在与会同志们的一片欢呼声和掌声中,沈书记、何兰、顾县长、付教授和刘土根容光焕发、面带微笑地拿起了剪刀……

大会开了三个多小时才圆满结束。

下午,付柏林教授兴致很浓地要求石正峰和付莎陪他到南坡的新植银杏林里去考察。

何兰则落得个难觅的清闲,在小高的一再提议下,便和石明理、石正强四个人围坐在白果树下的青石板上玩起了扑克牌。

约莫一个小时后,石正峰他们也转回到白果树下,参加了扑克"战斗"。大家一起上,玩起了"迷竹竿"和"跑得快",哪个输了就刮哪个的鼻子,或者在脸上贴小纸条。

他们玩得十分热闹,庙场里不时有开心的笑声响起。

村里最近一切事情进展顺利,大家心情都很不错。陪着何兰和付教授这些大城市来的贵客,在这棵高大的白果树下放松放松、消遣消遣也是一种很不错的享受。

这棵千年白果树,高逾八丈,两个人合围才能抱住树干,树冠起码有三间房屋的遮盖范围,夏天坐在这里乘凉,秋天在这里谝闲传真是再好不过了。

现在正值金秋,树叶一片片地变成了亮黄色,犹如穿戴了一身的黄金甲衣和配饰,华贵大方,光芒四射,风景天成。

因为村里今天召开大会,参加的人不下三百人,史无前例,这对长峪村民来说真算是一大盛事,许多村民都呆在村子,没有走远。

铁嘴张今天也没有下山到镇上的茶馆去品茶、说书,就在村里洋洋自得地转悠。这不,他刚从连寡妇的店里出来就被石正峰他们不时发出的笑声给吸引了过去。

石正峰见铁嘴张笑眯眯地走过来蹲在一旁观战,似乎蛮有兴致,便问:"哎,张叔,怎么今天没去镇上的'一品香'茶馆说书挣外块呢?"

"今天村里召开这么隆重的会议,我怎么能去那个小小的茶馆自顾自地赚钱哩?我可不像'卜东家'那样,财迷心窍得厉害呢。哼!"铁嘴张白了石正峰一眼,扶了扶瓶底似的老花镜,一脸的不屑。

"怎么着?你说卜主任?他怎么了?"石正峰觉得铁嘴张话里有话,便停住了发牌,心里也觉得最近一段时间,这个卜冬财有点反常,不是干工作拖拖拉拉就是往山下跑,也不知在做些啥。

村上几次开会去请他,都见不到人。就像今天吧,这么重要的现场会,长峪村几时开过?就是清河镇也是好多年轮不上开的哩,可是,偏偏在筹备开会这紧要关头却找不到村上的大主任,这算什么事呀?

"我也不知道人家最近在街上干什么?反正神秘兮兮得很。有次,我在镇上的小茶馆里看到他和钱二麻子在交头接耳地商谈些啥子。"铁嘴张望望石正峰,一拍大腿说,"哎,该你出牌了呀,你管人家啥球事嘛!"

"话也不能这么说,张叔。咱村现在正是需要大干快上的时候,而他作为村上的主要干部,对村上的事突然变得这样漠不关心,这就不对了。待下次见到他,我得主动和他好好谈谈才行哩。另外,钱二麻子这种人还是离远点为好。"

两人正在这么交谈的时候,只见林子汉满头大汗地跑了过来,见了石正峰就问:"峰娃,你看见刘支书了吗?"

"好像和郝书记他们一起到镇上去了。"石正峰见林子汉一脸焦虑的神色,知道村里一定出啥事情了,就把手里的扑克牌一丢,站起来问,"林叔,找支书啥事?看把你急得。"

"唉,出大事啦!"林子汉急得跺了一下脚,"咱村的牛都得瘟病了,前天是一组刘二愣家的一头牛先得了病,接着是昨天二组李老幺家的三头,郑鸡娃家的两头,这不,今天我家的四头牛也不知咋的,不吃不喝地卧在圈里不起来了,找了镇兽医站的老潘站长来,也看不出来个子丑寅卯,真是急死人了啊!现在,现在急得我家雪红把眼睛都哭肿了,劝都劝不住啊,这可咋办呀?"

石正峰一听,这还得了?山里人目前没啥别的发展好门路,只是每家都多多少少养了些牛羊,因为长峪林木植被还算好,水草丰茂,乡亲们可就盼着养点牛羊来赚点钱哩,可是现在怎么都病倒了?

这要是不抓紧治疗,后果会怎样,石正峰不敢再往下想了。

"镇上兽医不行,那就去请县里的专家来看,拖不得。"石正峰真是急了,转身就准备往山下跑。

铁嘴张却大声叫住了他:"急啥哩正峰。我倒是知道一位非常厉害的兽医。真可以说是给人,噢,不,给畜生看病手到病除,那是一瞧一个准,一看一个好。"

"是吗?是哪里人?张叔,这可是几百头大牲口的性命问题啊,可不敢胡吹瞎谝啊。"石正峰停住脚步,向铁嘴张投去疑惑的目光。

"是啊,老张,这可不是你在茶铺里说书,马虎不得。"林子汉也提醒道。

"我知道你们有点儿不相信。"铁嘴张瞪了他俩一眼,"我还要告诉你们,这个人还是个非常年轻的兽医哩。哼哼,人不可貌相,海水不可斗量嘛,别看人家年龄小,但是人家手艺高啊。"

"到底是哪个高人?快说说,你就别再卖关子了。"石正峰急了。

"对对,你就别在这个节骨眼上说书了行不行?"林子汉早就不耐烦了,几乎是对他吼着。

— 220 —

"这兽医大夫叫'狼不吃'。"铁嘴张翻着白眼珠子,有点不屑地看了他们一眼,"离咱们这儿也不是很远,也就隔着一道山梁罢了。"铁嘴张说着指了指他们西南方向的一道山梁。

"什么狼不吃,狗不吃的,我看你是在戏耍我们哩吧?"林子汉一听铁嘴张这样讲话,"呼"地捏紧了大拳头,真想上去揎他一顿。

"你是说鲁张村?"石正峰毕竟辈分低,而且现在可是个国家干部,他强忍着心里的火气问。

"对呀,这个兽医就在鲁张村。不信你们去打听打听。哼,难怪人们有个词叫作什么来着,噢,叫'孤陋寡闻',哼!"铁嘴张说完,把嘴一撇,"老子走了,省得跟你们两个没见识的家伙说话找气怄。"

"呵呵,这老小子。"林子汉气得直哼哼。

石正峰看着铁嘴张那一晃一晃的背影,苦笑了一下:"现在到县城去请兽医专家,那是空话。不行,咱们就先去鲁张村打听打听。行了,就把那个叫什么'狼不吃'的兽医请过来。毕竟鲁张村离咱这儿较近些。再者,我看得出铁嘴张这次没有瞎说。我了解这个人,他是个在大是大非面前不糊涂的人。"

"那好吧。我这就去。"林子汉听石正峰这么一说,觉得也很对,这个铁嘴张的确是个心里不犯糊涂的聪明人。

"狼不吃,狼不吃。"林子汉一路小跑着赶往山那边的鲁张村,一路上嘴里都在念叨着这个奇奇怪怪的名字,这一定是个外号,但是,怎么又会取个这样的外号呢?林子汉百思不得其解。

林子汉翻过山梁来到地势较为平缓的鲁张村时,已是下午五六点钟了。

这个鲁张村与长峪村同属清河镇,只不过长峪村在山北面,而鲁张村在山南面而已,还有一点不同的是长峪是真正的秦岭山地,而鲁张村却属于山地向平坝过渡的浅山丘陵地区。

林子汉赶到鲁张村村口,就向一户人家打听。

一个老汉走出来笑着说:"噢,你是说那个狼娃子呀。嘿嘿,算是你找对了,那小子近两年来可是越来越出息了,给畜生看病的手艺,那是没得说!"

林子汉一听,好啊,这下好啦。我们的牛看来是有救了。刚才一直悬着的心先放了下来,也不知为什么,就好奇地随口又问道:"老哥哥,这个名医为啥要叫个'狼不吃'哩?呵呵!"

"哈哈,这你就不知道了吧?"这位老汉一摸下巴上的白胡子,笑着说,"这里面可有故事哩。"

"话还得从刚要实行大包干、责任制那会儿说起。"于是,他的话匣子就拉开了。

第三十三章　赶野之战

115

　　记得,那是个灾难性的盛夏,老天已经一个多月没有下雨了,鲁张村村口那棵老柿树下的辘轳井的水位严重下降。

　　吃水出现了危机,那些天经常发生村民因抢水骂仗、打架的事儿。为了合理用水,保证安定,支书老张头下了定量配水的命令,规定每天给每户只供一挑水。为了防止有人偷水,还命令村上的基干民兵昼夜轮流值班看井,确保这眼生命之井不遭破坏。

　　人畜饮水都成了困难,更不用说长在干山坡坡上的庄稼了。红苕叶子被烤焦了,蔫蔫的蔓儿也不好意思地直往干裂的地缝里钻。

　　丘陵坡地里的主要粮食——苞谷,也被烈日作践得耷拉着脑袋,仿佛年轻轻的小伙子便急白了胡须……

　　这还罢了,更可恼的是山上的一些野物也想趁火打劫,原因肯定也是由于干旱嘛,山中的生存环境恶劣了,吃饭成了问题。于是,野兔来了,野鸡来了,野猪来了,狼也跟着来了。

　　生产队里的庄稼开始遭殃了。

　　东坡上黄豆毁了三亩,西坡里苞谷被放倒了十几亩。

　　李家的鸡没了,王家的鸭丢了,还有何家的半大子猪也找不见了……

　　一时间,男人骂、女人哭、狗叫、狼嗥的,村里像炸开的锅,人心惶恐不安。

　　这下可把支书老张头搞得晕头转向,没有了好主张,因为每天都有不少群众上他家里去诉苦、告急、寻求办法。

　　最后,还是当治安员的鲁老爷子鲁茂林提出了个勇敢、果断的意见,那就是拿起枪杆子,用老爷子的话说,"把这些小日本鬼子似的害人瞎怂赶走!"

　　看来也只有这个主意好了,既解恨又实用,群众都举双手赞成。

　　于是,老张头在请示了公社武装部后,及时召开了"战前"动员会,鲁老爷子被特邀参加,还荣幸地被推选为这支由基干民兵组成的"赶野"队的副总指挥,总指挥自然是支书老张头,不过老张头只是挂个名头,具体还是由鲁老爷子负责这场"战事"。

鲁老爷子当时就激动得花白山羊胡子不停地颤抖。可不是,这个参加过抗美援朝的老兵可从来没有当过这么大的官,能不兴奋?

散会时,他很标准地给支书老张头敬了个军礼,并郑重地说:"请支书总指挥放心,保证圆满完成党交给我们的艰巨任务!"一副大义凛然的样子。

看到鲁老爷子一脸的认真劲,老张头也豪迈起来,他把一支崭新的半自动步枪双手举起递给鲁老爷子,并使足了底气,"鲁指挥,接枪!"

116

鲁老爷子把这场"战事"指挥得有声有色,他们在东、西坡头搭设了观察哨棚,安排人手在野物出没的路上使铁夹,下绳套,蹲点设伏,还积极借鉴革命战争时期八路军游击队用的那些诸如敲锣打鼓放鞭炮、燃篝火的"假声战""惊心术",既节约了子弹又十分奏效。

短短几天就收到了显著的成果,共击毙野兔七十八只,野鸡三十三只,野猪六头,恶狼九条。山里的野物都被吓破了胆,再也不敢下山害人了。

那几天,村子上空飘着浓浓的肉香,家家户户都吃上了喷香的野味,村民生活又恢复了平静。

为了表彰在这场"战事"中的英雄人物,在一个月圆之夜,村上在村口的老柿树下召开了村民大会,老张头还特意请来了公社马主任在会上讲了话。

鲁老爷子自然第一个被授予"赶野功臣"的光荣称号,还戴了朵大红绸缎花。站在主席台上的鲁老爷子高兴得嘴都合不拢。

这人只要一高兴就会放松警惕。当村里的人们认为野兔少了,野猪再也不敢下山糟蹋庄稼,可以高枕无忧了的时候,狼可从来就没有放松过对这个村子的窥视,贼胆大着哩。

据说,狼这种野兽之所以被人们时常称之为恶狼,就是它们具有一种勇猛拼命的狠劲和团结协作的精神。狼是很少单独活动的,常常是群体作战,这也就是为啥会有"猛虎难敌群狼"的原因吧。

庆功会后,公社武装部便把村民兵连的枪收了回去,鲁老爷子的那支新枪也不例外。

枪没了,老爷子精神一下子萎靡了许多,经常有人看到他会到东、西坡上的两个哨棚里去呆坐,其实老爷子是在回忆自己这一生的故事哩。

鲁老爷子算起来也是个苦命人,十五岁被国民党给抓了丁,受尽折磨,二十岁投诚了解放军才走进了革命队伍,还参加了抗美援朝战争。

抗美援朝一结束,他因为念家心切,就坚决要求复员回家了。后来,他娶了个山里的女人,有了儿子、儿媳和孙子,一家人和睦相处,其乐融融。

然而好景不长,在孙子两岁时的一个大雪天,儿子和儿媳被双双压死在了修建公社大水库的土方工地。噩耗传来,鲁老爷子晕倒了,这位刚强了一辈子的老军人第一次倒在了村口的大柿树下。

老年丧子是人生最大的悲哀呀!

走了的永远地走了,活着的还要坚强地活下去。刚断奶的孙子咋办?必须挺过来!

老爷子整整昏睡了两天,最终还是放心不下可怜的小孙子才又从鬼门关返了回来。

从此爷孙俩相依为命,艰难度日。因而,鲁老爷子把孙子当成最心疼的心头肉,并希望他长大了有福气,有出息,于是就给他起了个"鲁长福"的名字。

然而,鲁长福生就一副瘦弱样,又加上家境贫寒,营养跟不上,眼瞅着都十二岁的人了却还长得像个六七岁的瘦猴样,免不了常常被村里那些顽皮的孩子戏弄和欺负,这使得老爷子很心疼、很伤心,总觉得没有把孙子经管好,对不住九泉之下的儿子、儿媳。

其实,老爷子对孙子已是够上心的了,他几乎把全部的爱都用来呵护自己的孙子了,包括自己的生命。

想想,一个大老爷们带大一个孙子,容易吗?这些,懂事的孙子鲁长福都看在眼里,刻在了心上,爷爷的养育之恩真是比天高、比海深。

所以鲁长福发誓要让苦命的爷爷过上好生活,因而他从小就好好念书识字,因为在他的眼里,认字多了就可以在村上当干部,就会受到村民的敬重,人们就不会再欺负他了。

抱着这个理,鲁长福一门心思地刻苦学习,旁人的辱骂嘲讽竟成了他求学上进的动力,小学几年来门门功课在全校都是名列前茅,奖状挂了半面墙。

看到孙子在学习上的优异成绩,鲁茂林的脸上常常挂满了笑容。

第三十四章　狼口脱险

117

　　七月的一天,天气出奇得热,太阳像一个火轮,毒辣辣地悬在人们的头顶。

　　一晌午,鲁老爷子都没敢出门,躺在铺在堂屋地上的竹篾席上,不停地摇动着一把大蒲扇。鲁长福在里屋的地桌上做暑假作业。

　　黄昏时分,天忽然阴了起来,似乎还有片片乌云从北山上飘了过来,不一会儿村口就起了风,凉爽了许多。

　　鲁老爷子"腾"地从地上站了起来,快步蹿到院场里,兴奋地吆喝:"好啊!老天爷睁眼了,有雨了! 有雨了! 今晚肯定要下雨了!"

　　听到爷爷爽朗的笑声,鲁长福把铅笔一丢也从屋子里一蹦三跳地出来,举起双手,仰头高兴地"嗷嗷"地在院子里打着旋儿:"有雨了! 要下雨了!"

　　爷孙俩乐了一阵,鲁老爷子到内屋装了一袋烟,拿着烟斗走出来,对还在高兴的鲁长福说:"乖孙子,爷爷出去走走,到西坡去看看,咱队的苞谷有救咧! 你在家里玩呗,可别瞎跑。"

　　"又去? 天都快黑了,又去又去!"鲁长福满脸不高兴地嘟噜着嘴。

　　已出了院门的鲁老爷子听到孙子的嘀咕,又回过身子来,故意逗孙子:"嗨,好孙子哩,谁让咱是村里的治安干部哩!"言语着,鲁老爷子还笑眯眯地摇晃着满是白发的脑壳,一副沾沾自喜的样子。

　　看到爷爷那得意的样子,鲁长福也乐了:"那好吧,爷爷,看把你烧得。那你早点回来,我给你去做浆水面吃,咋样?"

　　"好,乖孙子,爷知道咧。"鲁老爷子应了一声,便点燃烟锅,悠闲地出了村,向西坡走去。

　　他刚下到一条沟里,就碰上了老张头和几名村队干部,原来他们也是趁凉快出来检查庄稼长势的。

　　这不正好,鲁老爷子便和大家一道顺沟沿坡地到处转悠了起来,一会儿在红苕地头,一会儿又来到黄豆地角,一会儿又走进了苞谷林里,这儿拉拉,那儿摸摸,不知不觉天黑了。

由于今天村干部人齐,又是个难得的凉快夜,支书老张头来了兴致,便决定到西坡苞谷地边那个"赶野"时搭设的简易哨棚去开会,重点研究下一步如何抓抗旱保收的大事。

鲁长福把浆水菜炒好,一锅水也烧开了,还不见爷爷回来,急得他一会儿到院门口瞧瞧,一会儿又回到灶火看锅,直埋怨爷爷说话不算数。

这时天黑得像下坠的铅块,西北坡头上还扯开了刺目的闪电。

鲁长福更着急了,心想:"不好,天这么黑,坡里的路又不好走,爷爷摔倒了咋办?不得了,不行,我得给爷爷送手电筒去。"他转身走进了睡房,在爷爷的枕头底下摸出了手电筒,一推开关,嘿,还贼亮呢。

鲁长福不敢再耽搁了,急忙带上堂屋门走出了院子,急慌慌地小跑着向西坡而去。

他穿过一片苔地,在一处高坎上一眼就看到了不远处的哨棚里有一支忽明忽暗的火把,甚至爷爷那头白发和老张头那净亮的胖脑瓜都望得清清楚楚。

"嘿,这伙老头,都跑到这地方来乘凉来了,不错。"鲁长福放慢了脚步,自言自语。

看到爷爷在哨棚里,鲁长福的心一下子放下了,"不急了,不急了,咱撒泡尿再过去。"

鲁长福这时已觉得尿憋得难受了,就急忙蹿到一块苞谷地边去撒尿,也许是觉得好玩吧,他一边撒尿还一边用手电筒绕着圈儿朝那个不远处的哨棚照着光束。

正在兴头上,突然,苞谷地里一阵"哗喇喇"响,他不由得打了个冷颤,急忙把手电筒冲响声处一扫,"妈呀!"一只牛犊似的黄狼已龇牙咧嘴地瞪着两只贪婪的绿眼珠,摆好了向他进攻的架势。

鲁长福只觉得凉气抽背,腿肚子转筋,危险已不容他思考,逃命要紧。

他一势急,拿手电筒用力向狼砸去,趁狼躲闪之际,拔腿就向哨棚拼命奔,一边跑一边扯起喉咙呼救:"狼……狼……狼!救命哟!救命哟!救……"

然而,他那个小瘪样,怎跑得过野狼?那条被激怒了的恶狼嗥叫一声,一跃就把他扑倒在地……

118

哨棚里,大家正谈论得起劲着,忽听坡下有声嘶力竭的救命声,都吃了一惊。

还是鲁老爷子反应快,说了声:"不好,是我孙子,快,快……"话还没有说完

— 226 —

就顺手拧下了一根搭哨棚用的锄把似的青冈木棒,蹿下坡去。

其他人也灵醒了,只见老张头大喝一声:"都别愣了,抄家伙,打狼。"说完伸手抽下了插在棚壁上的那支火把,第二个冲了下去……

黄狼把鲁长福扑倒后,便恶狠狠地向他喉管咬去,可是不知是鲁长福太瘦小的缘故,还是听到了坡上有人喊打心里发慌,竟没有咬准,一口却咬在了鲁长福的左脸包上。

鲁长福只觉得左脸似乎有锯齿在铰,阵阵钻心的疼使他根本没有反抗能力。大黄狼见一招就已制伏了这小子,便慢条斯理地松开了镶进他瘦脸上的利齿,兴奋地"嗯哼"着,准备重新瞄准鲁长福的喉咙,再一招结果了他,好美美地享用。

就在狼又低下头欲张口下吞之际,鲁老爷子愤怒地挥动着那根青冈木棒已呼啸而至,骂着"狗日的,我打死你这个狗杂种"。看到孙子蜷缩在地,不停呻吟的可怜样,鲁老爷子疯似的向狼扑去。

大黄狼吃了一惊,急忙后退躲闪,同时又把两只前腿在地上一撑,"嗷嗷"叫着发起威来,丝毫没有把他这个老头放在眼里,一副要和鲁老爷子拼命的恶样。

还好,这时老张头们一齐吆喊着及时赶了过来,个个抡圆了家伙。恶狼这才怯了神,慌了,一扭头,"唰"地钻进了玉米林里,惊恐地向后山上逃了去。

回过头来,鲁老爷子已把从狼口夺下来的孙子抱起,老泪纵横地嚎哭了起来:"造孽呀造孽!苦命的孙子呀!都怪爷爷,都怪爷爷不好……"

人们借着老张头手里的那支火把一看,只见鲁长福那原本就撕不下二两肉的小脸盘上,硬是让狼给生生地咬掉了一坨肉,伤口的肉皮翻卷着,鲜血顺着脖子流个不停。

鲁长福疼痛得在爷爷的怀里不住地抽搐着,真是惨不忍睹。看到爷孙俩那痛苦欲绝的可怜样,在场的人都流下了同情的泪水。

也许老天爷也伤心了,一道刺目的闪电划破了苍穹,从北面坡上滚来了轰隆隆的雷声,瞬间,豆大的雨点噼里啪啦地滴了下来。

"雨终于下来了!"

"好啊!"

"这下可好了!"人们的心情有了好转。

老张头说:"别难过了,这娃命大着呢。赶快给娃包扎伤口治疗要紧,走吧。"

说着,又对民兵连长二毛说:"过来,二毛,你年轻麻利,赶快背上福娃先到村卫生所去治伤,我们随后就到。"

"好!"二毛很爽快地答应一声,把鲁长福往背上一搭,接过老张头递过来的火把,快步向村里走去。

雨渐渐大了,大家搀扶着失魂落魄的鲁老爷子深一脚浅一脚地回村。

在村口的那棵大柿树下,鲁老爷子忽然停住了脚步,转身面对着北面那看不见的山头,歇斯底里地吼道:"狗日的狼,我操你祖宗,我要为我孙子报仇,我要杀光你们,杀光你们……"

119

一个多月后,鲁长福的伤才渐渐痊愈了,但是左脸瘪塌了一个深坑,破了相,乍一看挺吓人的。

为了不使孙子过分自惭形秽和伤心,鲁老爷子把家里的镜子也故意摔碎了。

然而,鲁长福毕竟是在苦水里泡大的,够个男子汉,他见爷爷整天闷闷不乐反而去劝慰爷爷:"爷,你就甭生气了,破了相就破了相,丑就丑呗。我是男人,又不是个大姑娘,再说了能捡回条命就不错了,不怨,爷。"

看到孙子那佯装的乐观精神,鲁老爷子眼里噙满了泪花:"好,好!孙子,俗话说大难不死必有后福哩。人能活着就好,活着就好!"

鲁长福劝慰他的心意,鲁老爷子明白,这更加坚定了他寻狼报伤孙之仇的决心。

其实自鲁长福的伤稍有好转后,鲁老爷子就开始了他的复仇活动。他从山里猎户那里专门买来了一支土枪,还自制了十几个钢齿兽夹,几乎每天傍晚都要到西坡的沟里去放套、下夹,寻找狼的踪迹,下了决心要和狼没完。

可说来也怪,难道是狼知道了鲁老头要和它们玩命,任凭他如何下狠发急、设圈套,狼就是再不显迹,这可真真气坏了鲁老爷子。

一些邻居见老爷子那辛苦的样子,就劝他说:"老鲁,狼不敢再来了,别浪费精力了,身子骨要紧啊。"

"狗改不了吃屎性。狼改不了吃人的性。甭劝我,这仇我非报不可!"老爷子抖抖土枪,"是狼就有作恶时啊,可不能放松警惕呀。"

然而,夏天过去了,秋天也过去了,鲁张村的大沟小坡里就是再没有发现狼的踪迹。

第三十五章　报仇雪恨

120

村口的北风一天比一天刮得急、刮得冷。不久,汉南的冬天来了。

没有再见到狼,几个月来鲁老爷子非常不开心。从不喝酒的人这会儿也破了酒戒,有好多次还在村口的合作社里喝得酩酊大醉后,赤着脚站在冰冻的辘轳井沿上大骂狼。

时至年关,气温骤降。

这天,正准备吃午饭的人们,眼睁睁地看着从村后的北山顶上,纷纷扬扬地飘来了棉絮般的大雪。一锅烟的工夫,天地间就洁素无痕了。

鲁老爷子一边抽烟,一边笑眯眯地对围着火盆取暖的鲁长福说:"孙子,这场雪下得好啊,是场好雪!"

"是呀,瑞雪兆丰年嘛!"看到爷爷今天这难得的笑脸,鲁长福也笑着,搓着手指故作斯文地说。

"对!瑞雪,是咱们的祥瑞之雪!"鲁老爷子猛抽了几口烟后,却用长烟锅指点着门外的雪又开骂道,"狗日的,这次看你不出来才怪。"

鲁长福瞪着一双小眼睛,不解地看着爷爷。

鲁老爷子看看孙子那疑惑的傻样,哈哈一乐:"乖孙子,咱们报仇的时机到了。知道吗?山里的野兽最怕大雪封山了,你想想,到处是白茫茫一片,它们吃饭就有了困难,有了困难就得解决呀,就得各使神通了。那么狼的神通是什么呢?根据多年来的经验,狼肯定是又要溜下山来祸害人。"

听到这儿,鲁长福明白了,拍着小手直夸赞他爷爷:"有道理,有道理!爷,你懂得可真多!"

"那是当然了,爷爷是谁?爷爷可是上过战场,打过日本鬼子和美国鬼子的哩。哼哼!"鲁老爷子一捋胡子,洋洋自得地晃着脑瓜,满脸都是自豪的笑容。

真是天遂人愿,这场雪一直下了两天,农家院里的积雪足有半尺深。

第三天一大早,鲁老爷子就悄悄地溜下床,给枪"喂饱"了火药。为了确保这次对狼有绝对吸引力,鲁老爷子还从圈里抓了一头足月的猪崽,装在背篓里带上去做诱饵。

村外冷风飕飕,寂旷无比,厚厚的冰雪隐蔽了所有的阴暗。

因为天冷,鲁老爷子这次把伏击圈设在了那个哨棚周围。他先把那头已饿了一晚的猪崽用一根细长的麻绳套好,拴在了哨棚依靠的一棵光秃秃的香椿树上,又把十几个兽夹上足了劲,隐放在几处便于行走的道口上,又转悠着细细地检查了一番后,才裹紧了旧军棉大衣,猫身钻进了那间四面透风的哨棚里,抱着枪神情专注地扫视着自己的设伏点,静候狼敌的到来。

猪崽见主人躲进了哨棚里让自己受冷,哪能愿意,再说从昨天下午到现在连根草叶都没有给吃。不行!咱也不傻,你进棚,咱也要进棚。于是,就"哼哼唧唧"满腹牢骚地跟着鲁老爷子的后脚跟往棚里钻。

鲁老爷子来气了,抬腿就是一脚,猪崽被踢出了几尺远,趴在地上嚎叫着向鲁老爷子不停地抗议。

这个可怜的猪崽,它哪里知道,主人就是要激怒它,饿它,让它不停地大声嚎叫,因为这样才能发挥好它诱饵的作用。

真是应验了"下雪不冷化雪冷",鲁老爷子非要在这时的野外蹲点设伏,早已被冻得够呛。

只见他不时紧裹那件旧翻毛领军大衣,恨不得将它塞进自己的体内似的。最后,他索性用了一根草绳在腰里缠了两圈,紧紧地把大衣捆在了身上。

他就这么忍着寒冷,耐着性子,警觉地扫视着四周的情况,不能大意。

吃午饭的时候,他突然发现沟里有一个人提着个小竹筐爬上坡来。近了看,原来是孙子鲁长福给他送饭来了。

老爷子不高兴地喝斥道:"你不在家里呆着,又跑来做啥?天寒地冻不说,你又忘了自己是咋样被狼咬的?"

"哎呀,爷,人家担心你嘛,再说了反正在放寒假,来玩玩不行?"鲁长福冲着爷爷犟了一句嘴,又故意逗趣地说,"再说了,我可是'狼不吃'呀,怕什么呢?嘿嘿……"

鲁老爷子"哧溜溜"喝了口冒着热气的小豆米粥,爱怜地瞪了孙子一眼,没好气地说:"那可要听话,到时候爷让你亲手来结果狼鬼子出出恶气。"

"好,好!"鲁长福咧嘴直笑。

吃罢饭,爷孙二人就蹲在哨棚里,瞅着雪地里那头饥饿、疲惫的猪崽,继续等待……

狼也真够狡猾的,直到垂幕时分,把鲁氏爷孙俩冻得意志涣散,实在快没有了信心的时候,这时有两条狼才从北山坡上一片满是雪凇的栎树林里冲下坡来。

鲜香的人肉馒头和鲜嫩的猪肉饺子,哪能不吃?

最先发现狼的是鲁长福,他有点惶恐地指给鲁老爷子:"爷,那个黑影向这儿奔来了,是……是狼!有两……两条哩!"

"好,来得真好,可把你爷爷我等苦了。"鲁老爷子一下子又来了精神,双眼放光,握紧了手中的土枪。

121

说话间,两条黄灰相间的饿狼已靠近了伏击圈,盯住了那头此时已僵卧在雪地上的乳猪,伸出了猩红的舌头,贪婪地磨擦着两排白森森的獠牙,垂涎三尺。

鲁长福的额头已渗出了虚汗,不自觉地拾起了一根靠在棚子里的木棍。

两条狡猾的狼狐疑地嗅了一阵子,才奋不顾身地扑向猪崽。可怜的猪崽颤巍巍地从雪地上爬起来,攒足了最后一丝劲儿,"吱吱"地悲鸣着向主人呼救。

鲁老爷子急了,骂了声娘,瞄准一条体形较大的狼,扣动了扳机。

"嘭"的一声,那畜牲只一个踉跄就翻倒在地,两只后腿伸了伸,抬头回眸了一下这个残酷的世界就没了命,殷红的血洒在洁白的雪上,分外醒目。

看到自己的同伴命丧火器,另一条狼悲愤地仰天长啸,凄切万分,令人心寒。

鲁长福的心情一下子沉重起来,他忽然感觉到这些令人痛恨的狼,其实也非常可怜、可悲。

它们的生存环境是多么的恶劣,它们之所以恶、狼,那也是生活所迫。任何物种在这个世界上都有平等生存的权利。我们人是多么幸运啊,可以主宰自己的命运,而这些动物呢?

就在鲁长福愣神的当儿,鲁老爷子又麻利地装好了第二枪弹药,并勇敢地走出了哨棚,瞄准了那条仍围着同伴的尸体打着转儿不忍离开的狼。

就在他正要再次扣响扳机时,鲁长福冲了过去,伸手抓住了爷爷端枪的那只手臂,央求道:"放了它,爷爷。"

可是已经来不及了,好在鲁老爷子一分神,手一软,这一枪给打偏了。鲁老爷子气得直跺脚:"你搞什么鬼,这多危险。"

这一枪虽然没有打中,却也惊吓了那条悲切的狼,它已清醒地知道,现在不逃就再也没有机会了。

也许真是命运不好,它惶恐地向后才跑了不足五米远,就踩中了一只隐藏着的兽夹。

这个倒霉的家伙,一只后腿被紧紧地夹在了尖利的钢齿中,欲走不能。钻心的疼使它凄惨地嗥叫着,在暮色的雪原上拼命地挣扎……

这下鲁老爷子又来劲了,噌噌儿步就蹿了过去,兴奋地对鲁长福吼道:"孙子,报仇的机会到了,快过去,这条狼你亲手杀。狗日的,你们也有今天。"

可是鲁长福走过去后,看到狼在雪地里那疼楚绝望的样子,一点儿也高兴不起来。

狼已精疲力竭了,目光呆滞而凄切地静卧在那儿等待死亡的到来。

鲁长福围着狼转了一圈。他想仔细地看看狼到底凶狠在哪儿。

这一看,又使他泛起了更多同情心。

原来这是一条母狼,从肚子下边一排下坠的乳头可以肯定,它还是一个正在哺乳子女的母亲。

这条狼身上还有一个最明显的特征是右边耳朵上缺了很大一个口子,可能是打架斗殴留下的"终生纪念"吧。

由这条可怜的母狼,鲁长福联想到了它的孩子们,又联想到了自己从小失去母亲的悲苦命运,竟禁不住心酸地流下了两行清泪。

鲁老爷子见到孙子现在这异样的表情,纳闷地问:"乖孙娃,你咋了?哪儿不舒服吗?"

鲁长福摇了摇头,竟哽咽着求他:"爷,放了这个'豁耳'狼吧,爷爷,你看,它是一条母狼,它是为了自己的孩子们活命才来的呀。放了它,啊,爷爷。如果它死了,那它的孩子们肯定会遭到别的狼欺负,或者饿死、或者冻死得呀……"

听了孙子这声泪俱下的央求,鲁老爷子的心也一下子软了,他拍拍鲁长福的小平头:"好吧,孙娃,你真是个善良的好孩子啊!是啊,如果它们在家里好过,它们的孩子们都能吃饱肚子的话,它们敢下山来骚扰我们人类吗?谁愿意去干冒生命危险的事呀,这都是生活所迫,生存环境恶劣所造成的。"

说到这儿,爷孙俩蹲下身子,使劲地掰开兽夹,把豁耳狼的那只腿取了出来。

鲁老爷子让鲁长福撒泡热尿来给狼冲洗干净伤口,又从怀里掏出了一小瓶打猎人随身常备的止血长肉的伤药,轻轻地撒在狼腿上的伤口上,再把大衣的胸襟撕破,拉出来一大团棉花,轻敷慢绕住伤口,最后再用自己的那只大手帕把狼的伤腿包扎严实,这才长长地呼了一口气。

这个时候,鲁长福从哨棚里又给狼拿来了他爷俩吃剩下的六个大油杂碎菜包子。

或许,他们这一系列的救助行为,使这条母狼平生第一次感受到了人类的温情和善良吧,它似乎感动了,"嗯嗯……咽咽"地说着感谢的话,并伸出了粗糙的长舌头轻轻地、不住地舔舐着爷孙俩的手心和手背,宛如一条驯养的家犬,没了一点凶残的秉性。

鲁长福一边用右手从头至尾给豁耳狼梳理体毛,一边喂它吃包子,还一边和它说着话:"狼啊,你以后再也不要害人了,要知道,害人者最终是不会有好下场的。呵,你听见了,你真乖,你是个豁耳,对,我就叫你'豁耳'吧!好,来,豁耳,再吃一个,呵,真乖,真乖……"

看到孙子和豁耳狼那亲热的样子,鲁老爷子装好一锅烟"吧嗒吧嗒"地抽了起来。

黑色的天幕已悄悄笼罩大地,坡沟里又刮起了刺骨的寒风。那条母狼强撑着站起了身子,抖了抖身上的泥土,用鼻子在爷孙俩的裤脚边分别嗅闻了一会儿,又对着黑色的旷野嗥叫了两声后,才跛着那条伤腿依依不舍地向北山坡上艰难地走去。

看到豁耳狼消失在苍茫的夜色里,鲁长福感慨地说:"它是多好的一位妈妈呀!它一定是赶回去给孩子们喂奶去了。"

听了孙子童稚般的感叹,一种负疚感袭上鲁老爷子的心头,他沉默了片刻,便悄悄地把那支猎枪拖到哨棚后,在一块大青石上用力地砸成了两截,使劲地抛进了坡沟里。

122

来年春,鲁张村实行了家庭联产承包责任制,在鲁老爷子的坚持下,队上只好把西坡的那八亩多偏僻而贫脊的坡地分给了他们。

村民们都嘲笑他是个傻老汉,而鲁老爷子却不以为然地说:"我就是喜欢这些'狼坡地'。"

说也怪,自从鲁长福被狼咬过之后,身体就起了变化。这两年下来,竟出脱成了一个大小伙子了。

有的人诙谐地说:"这真他娘的怪,狼口里有啥子增长剂吧。"

村里的兽医张焕明不爱听了:"狗屁话,哪个畜牲嘴里有生长剂?长高、长矮、早长、迟长、长肥、长瘦等现象,这是跟一个人的生理发育的早、迟、快、慢有关。懂不?"

这年夏天,鲁长福以优异的成绩考上了镇上的初中。到开学的时候,可他说什么也不想上了,把鲁老爷子气得吹胡子瞪眼也没治。

什么原因呢?原来是这小子心疼爷爷。家里八亩多庄稼地靠六十多岁的爷爷种,他实在不忍心了。

爷爷老了,真老了,背已明显地驼了,他心里酸疼。他要挑起家里的重担,让爷爷过几天清闲安宁的日子。

爷爷看拗不过这个犟孙子,直气得两天连话也不跟他拉,不是一个人到那几亩责任田地里去转悠,就是蹲在院场边狠抽闷烟,任鲁长福咋个卖好、逗趣,他就是黑着脸不乐。

一天下午,兽医张焕明从门前路过,见老爷子那闷闷不乐的样子,便停下脚步询问缘由。

老爷子这才长吁短叹地告诉了他原因。兽医张听后却笑嘻嘻地劝慰他:"老哥哥,这说明你孙儿有孝心啊!你应该高兴才是哩。"

"高兴?不上学了以后能有啥出息?"鲁老爷子在石板上磕了两下烟锅,没好气地说。

"不上学了为啥就不会有出息?可以让他学门技术或手艺嘛。"

"学啥手艺?"鲁老爷子眼里忽地有了光,心里想,"对呀,可以让孙子去学门手艺,照样能挣大钱,出人头地,受人尊敬呀。嗨,我咋就没有想到呢?真老糊涂了!"

"如果你不嫌弃,就叫鲁长福跟我学吧。我看这小子心地善良,连狼都爱护哩,我想他将来一定会是个好兽医。"兽医张焕明竖起了大拇指。

"那太好了!"鲁老爷子高兴地站起身子,拉住兽医张的双手,激动地说,"走,张老弟,进屋坐坐,进屋里坐坐。"

自此,十五岁的鲁长福就成了兽医张焕明的徒弟,一边做农活,一边十分刻苦用心地跟着师傅学习医术。

没出三年,鲁长福就尽得兽医张的真传。第五年,鲁长福自立了门户,果真成了方圆百里响当当的兽医了。鉴于他身上的"狼气",有的人干脆就戏称他"狼大夫"。

由于鲁长福医术高超,有求必应,收费低廉,一时间,"狼大夫"声名鹊起,生意格外红火。两三年下来就发啦!他家推倒了两间破瓦房,修起了四间两层小洋楼,而且还添置了电视机、摩托车等高档用品。

看到孙子这么有出息,鲁老爷子心里像灌了蜜,那个高兴劲就不用讲了。

七十多岁的人了走起路来竟又像个小伙子似的带风,精气神都提了起来,成天不是在老柿树下和老伙计们下棋、谝闲传,就是到镇上的小酒馆里去喝酒、听书,好不安逸。

人们都羡慕地夸他是个"老来福"。老爷子舒心得整天颠儿颠儿地乐。

123

林子汉听了"狼不吃"故事的由来,心里高兴得不得了,现在什么都在变,山变、水变、人也在变,尤其是现在的年轻人,聪明能干得很呐,学啥都能搞出个名堂来哩。你看这个鲁长福,从小受了多大的委屈,可是人家一门心思地学手艺,竟然这么有成就。真是个好小子!"

林子汉谢过了那位村口的老汉,就按照老汉指引的路线,没费多大事就找到了鲁老爷子的家。

鲁老爷子果真是个爽快人,一听林子汉的说道,也十分为长峪村的牛生病而着急,"哎呀,真是不巧得很。我孙子被刘家峁村请去看病去了,可能要很晚才能回来哩。要不你先回去吧,我保证让他明天一大早就赶往你们长峪村去给那些牛治病。"

林子汉只好谢过鲁老爷子,可是天已经黑了下来,为了保证返回路上的安全,林子汉在村里的一个代销店买了一大卷"雷公炮"和三盒火柴,以防在回村的山道上遭遇大型野物。这是为什么呢?因为这种"雷公炮"说白了就是一种威力大、声音特响的粗大爆竹。

这家伙可不是一般的厉害,随便点燃一个扔出去"轰隆"一声响,就像一颗小手雷似的,带着闪电似的火花不说,还能够把土皮炸飞哩。

你想想,假如在山路上遇到个有威胁的野兽,只要点燃扔出去几颗,即使炸不死它,起码也能把它吓跑不是?林子汉是正儿八经的秦岭汉子,曾经也是猎户,所以,爬山过涧那是轻而易举的,而且经日积月累也尝试出了许多预防山林里凶猛野兽袭击的妙招儿。

林子汉有了装备,加上常年练就的超人胆气,几个时辰后就连夜赶回了长峪村。

第三十六章　人狼情缘

124

第二天清早,鲁长福收拾停当就背上药箱出了村,沿着北坡寻便道朝长峪村快步走去。

这长峪村和他们鲁张村毗邻,就在北坡后面的一个大山坳里。听起来相距不远,可走起路来却是要费把时间的。

秦岭山中的路多半是羊肠小道,七拐八弯的,往往一个转弯就是两三里路。

爬上北坡顶,鲁长福已累得大汗淋漓,气喘吁吁了。他找了一处草坪坐下,喘息着自语:"唉,这已进入十月了,天还这么热呀!"

"此时山风习习,够凉快得了,兴许是你们坝里人腿软的缘故吧?"不知何时,一位粉脸、弯眉、凤眼的漂亮姑娘从一棵大松树后笑盈盈地闪身而出。

鲁长福吃了一惊,看见这么一个美丽的山妹子冲着他笑,直觉得瘪脸上火辣辣得烧。

"喂,你就是'狼不吃'吧?我爸让我来接你的。"那姑娘说着就走过来要接过鲁长福挎在右肩上的药箱。

"不……不……不用!咱们走吧!"鲁长福慌忙推辞。

姑娘见鲁长福那惶恐的憨态,忍不住"咯咯咯"地笑出声来。

山里的空气真新鲜,碧草连天,山花烂漫,人行其间心旷神怡,如游仙境。

鲁长福长这么大还是第一次来到秦岭深山中,哪想到这儿有这么美,不由得想起了两句诗来——人间四月芳菲尽,山寺桃花始盛开。

景美、人美、心情美。不一会儿,他们就来到了长峪村委会。

林子汉、支书刘土根,还有石正峰高兴地把他迎进了办公室,又是发烟,又是倒茶,十分热情,反倒把鲁长福弄得不好意思起来。

大家寒暄了一阵后,鲁长福提议就要出诊。支书刘土根忙阻拦道:"不急,先不急,吃了晌午饭再说。"

林子汉也说:"对,也不急这一下子。"说着又起身隔着窗户对站在院子里的那个姑娘盼咐,"雪红,快回去帮你妈弄饭去。"

"知道了。"雪红把长发辫往身后一甩,对鲁长福回头一笑,就燕子似地飞走了。

125

从下午开始,鲁长福就在刘支书和林子汉的带领下,跑东岭、越西沟地到各家各户去给牲口治病。

雪红也尾巴似地紧跟着,不知不觉给鲁长福当上了助手。鲁长福的心里甜丝丝的,尤其是不经意间两人的手突然碰到一起时那种触电般的感觉让他心醉。

山里的群众住得比较分散,他们跑了四五户天就黑了。晚上,鲁长福就住在了林子汉的家里。

一个下午,雪红就和鲁长福混得蛮熟了,两人的话都多了起来。

晚饭后,雪红借口给鲁长福铺床,在客房里磨蹭着和鲁长福又说了好长时间的话才回到她的卧室里去休息。

第二天,林子汉要到坝里去办事,刘土根和石正峰还有其他事情要去抓,雪红就成了鲁长福唯一的向导。

这样也好,两个年轻人之间的话题宽泛了好多,无拘无束地走得更近了。

雪红像山林里扑腾着翅膀的画眉鸟,围着鲁长福整天嬉闹欢跳,高兴处还放开莺喉唱出几支清丽婉转的山歌,十分好听。

鲁长福从来也没有经历过这么惬意的生活,工作起来劲头十足。

当他们治完最后一头病牛时,天已经麻影黑了。

在回村的路上,一向欢声笑语的雪红却突然默不作声起来,鲁长福打趣地逗她:"咋个不叫了呢？小麻雀。"

"好啊,你嫌我吵,那你明天走吧,走了就吵不到你了。"雪红噘着小嘴,满腹忧怨惆怅。

"怎么啦？大小姐,生气了？"鲁长福凑近了雪红,扮着鬼脸,"是不是爱上我了？舍不得我走呀？"

"哎哟,'狼不吃',你脸皮可真厚。"雪红见鲁长福一眼看穿了她的心思,不由得羞愤交加地冲过去,抡起两个小拳头在鲁长福的胸膛上猛砸一气。

鲁长福这回也开窍了:"当然脸厚了,要不狼怎么会啃不动哩。"鲁长福一边诙谐地说话,一边猛地把雪红拢进了怀里……

126

"狼大夫"就是有绝招,经他治过的牛第二天就活蹦乱跳起来,大家都很感激他。

听说他今天就要下山了,李家给他送来了土山鸡,张家给他送来了腊肉……

中午,在林子汉家里,村上特意安排了一桌酒菜,算是给他送行。在座的有七八个村队干部,为了感谢他对长峪村养殖业的大力支持,刘支书带头真诚地给他敬酒。

鲁长福见村上人这么热情,又见上菜的雪红不时地给他抛着媚眼,蜜意、豪情直涌心头,也就毫不客气地放开了酒量,他可不愿在自己心仪的人面前败阵。

然而,他终究不是这些大碗喝酒、大块吃肉惯了的山里人的对手,没几个回合就自觉支持不住了,连连告饶……

该走了,雪红给他拎上了一大包"战利品",一直把他送出了二里路。在一处静谧的树林里,雪红又扑进了他的怀里,摸着他敞开的胸膛问:"狼哥,你该不会把我忘了吧?"

"哪能忘,哪能忘……忘呢?"鲁长福打着饱嗝说,"我要娶你,我要……"

雪红知道他要说粗话了,便急忙用手捂住了他的嘴:"没正经的,我要在村里筹办个畜牧合作社,我是说你得早点过来应聘我社里的技术员呀。"

"才让当个技术员吗?不干不干。"鲁长福挤了挤小眼睛。

"那你要当啥子?"雪红急了。

"要我当你男人才行,才干。"鲁长福"哈哈""嘿嘿"地醉笑起来。

"好你个坏家伙。"雪红一使劲,猛地把鲁长福掀翻在林子里,"咯咯咯"地脆笑着向村里跑去。

经这么一闹腾,鲁长福酒劲大发,只觉得心烦欲吐,头重脚轻起来。

他从树林里爬起来,又走了没两步,便一个趔趄就躺倒在一块大青石上昏昏沉沉地睡着了,不一会儿便鼾声雷动开来。

不知过了多久,他似乎看到了雪红笑吟吟地纵情地向他扑来,他急忙张开了双臂,用手轻柔地搂着她。雪红也动情地亲吻着他的脸颊和肩头,忽然,他感觉不对劲,这舌头咋那么长,那么粗糙,且粘粘糊糊的还有股子骚腥味。

他想对她说话,想睁开眼睛看看她的俏模样。

一阵凉风吹过,他慢慢地睁开了沉重的眼皮,只见一张十分狰狞、丑陋的脸正龇着牙、吐着一条长舌头盯着他"笑"哩!

"啊!"鲁长福惊恐万分地蹦了起来。

那个怪物也受到了惊吓,"唰"地一下就跳下了大青石,但它并没有走,而是站在距他很近的一处草地上,冲着他"呜呜"的低嚎,像是在打招呼。

鲁长福这下可看清楚了,这哪有雪红呀,刚才那是在做梦哩! 这里有的是狼,而且是三条狼,其它两条这时已从草丛里钻了出来,向那条低嚎的狼走了过去

238

借着星光,鲁长福可以看到它们眼睛里闪着绿莹莹的凶光。

"完了完了,吾命休矣!"鲁长福此时完全清醒了,看着四周这黑沉沉的山林,心里懊悔万分,"谁叫你逞能去喝那么多的酒,活该!"

月色下,三条狼又慢慢地向他逼近。

突然,他大叫起来:"狼啊,你们为什么要吃我?我和你们有何怨仇?八年前你们没有吃成,今晚你们得逞了,可以吃了,来吧,来吧,来……"

忽然,他想起了那只豁耳的狼来,禁不住又大声吼了起来:"豁耳,豁耳狼,你在哪里?你来看看,你的同类是多么的凶残!你听到了吗?你来呀,豁……耳……"

他愤怒、绝望的吼声,震飞了多只夜眠于林的山鸟。

吼又能解决问题吗?

那条刚才被他惊吓得跳下青石的狼,没等他吼叫完就兴奋地凌空一跃,飞身向他扑了过来。

鲁长福知道完了,毙命的时刻到了,他一动不动,因为他知道躲也是枉然。

此刻,他只能闭上眼睛等死。

可是过了好久,也没感觉到有疼痛的地方,只是觉得两只脚踝上痒痒的,有抓挠的感觉。

他又慢慢地睁开了眼睛,那条扑过来的狼此时正趴在他面前,倍加亲热地舔着他的双脚,根本没有半丝敌意,倒像是一条温驯的家狗在主人面前摇尾撒欢。

看到狼并没有敌意,鲁长福的胆子大了些,同时也觉得十分奇怪,"为什么不吃我?"

惊奇之间,他壮着胆子,哆嗦着蹲下身去,"啊,是'豁耳',是'豁耳'呀!"

这下,他才看清楚了,趴在他面前亲热的正是八年前他放过的那条母狼。

他激动地用双臂抱住了"豁耳"的脖子,惊喜地流下了泪珠。

"豁耳"站了起来,把头又紧挨在了他的脸上,深情地磨蹭着,并不停地发出"嗯嗯"的轻吟,像在倾诉着离别的情话。

这时,其它两条狼也走了过来,围着他们打着旋儿,友好地嗅舔着鲁长福的裤角。

鲁长福拍着"豁耳"的宽脊背,说:"豁耳,你健壮多了。这两个小家伙是你的孩子吗?好可爱呀!"

忽然,他想起了那一包腊肉,便走过去从草丛里捡起,尽数拿出来送到了"豁耳"和它两个孩子的口里。

看到它们嬉闹吃食那憨态可掬的样子,鲁长福哈哈哈地笑了,异常开心。

此时,明月隐退,空山静虚。

经过刚才的惊吓和闹腾,鲁长福又有了疲乏的感觉,于是便舒心地躺在了青石板上。三条狼也像忠诚的卫兵一样趴卧在他的周围,毛绒绒的身子此刻也正好为他抵挡了夜晚的冷风。

鲁长福看看天,再看看身边为他保驾和御寒的"卫士",心里徒生出一种王者的欣喜,不一会儿,他就含着微笑又进入了梦乡。

127

翌日晨,森林里醒巢的雀鸟把鲁长福从梦中唤醒。"豁耳"和它的孩子们才轻松地伸起了懒腰。

看着"豁耳"母子仨那疲惫的样子,鲁长福禁不住眼角发酸。他百感交集地俯下身去轻抚"豁耳"的宽脊,喃喃自语:"豁耳,感谢你,真的感谢你!"

因为他知道,昨夜如果没有"豁耳"母子的忠心守护,就是有十个鲁长福说不定也早就葬身猛兽的肚腹了。

分手的时候,"豁耳"又围着鲁长福"哼哼……嘤嘤"了好一阵后,才领着两个孩子,腾挪纵跃着向大山,向密林的深处奔去。

回到家里,鲁长福把昨夜的经历告诉了爷爷。

鲁老爷子也不无感慨:"是啊!野兽都知道报恩哩。其实,飞禽走兽都是我们人类的朋友,它们有些还是至诚至义的生灵呢,有的动物甚至比有些人都有人气哩!"

从长峪村回来,鲁长福就一直在想,人家石正峰一个大学生、国家干部都自愿回到山里真心为群众服务哩,你看人家这觉悟多高。我作为一名年轻的兽医,也应该有责任去帮助山区的乡亲们搞好畜牧业,也有责任和爱心去保护那些野生动物。并且,现在国家提倡建设和谐社会,人与自然的和谐也是非常重要的啊。更何况,那里有自己心仪的人哩。

于是,鲁长福就给爷爷做工作,当鲁老爷子知道了自己孙子已经和长峪村的雪红谈恋爱的事情后,直笑得嘴都合不拢,"太好咧!太好咧!"满口答应。

在一个晴朗的早晨,鲁长福带着充足的药械,满怀美好的希望和爷爷一道迈着轻快的步伐走向了长峪村。

后来,在鲁长福和石正峰的积极呼吁和争取下,县里在长峪村建立了全省第一个村级野生动物保护站。

第三十七章　发财信息

128

卜冬财现在根本就没把自己当村干部,以最近一个时期的表现来看,他还不如许多普通的群众。

这天吃过早饭,卜冬财又溜溜达达地到清河镇上的"一品香"茶铺去喝茶、谝闲传、打麻将。

今天茶馆里喝茶的人比往常多了许多。他要了一碟花生米和二两苞谷酒,店家也给他倒好了茶。

他看看面前的"吃货",先捧上了茶碗"吱"地品了一口。因为,这茶馆里茶水免费,酒水可是需要花钱买的,得省着喝、慢慢品。

这个茶铺建在汽车站旁,所以生意一直很红火,四里八乡的农闲人和天南地北的生意人都爱在此坐坐、谝谝。

自古,茶铺就是个"闲人"喜欢进出的场所嘛,鱼龙混杂,信息多方,现在也不例外。什么说书的铁嘴张,爱讲荤段子的解跛子,专干投机取巧歪门生意的钱二麻子等等都是这里的常客。当然,现在还有成天想着挣巧钱、赚大钱、进猛财的长峪村村主任卜冬财。

卜冬财还没喝上两口,解跛子就笑着猫腰溜了过来,抓了他一把花生米,边吃边讥笑道:"卜大主任,最近手气挺好得嘛,是不是发财了?"

"发个屁财。"卜冬财白了他一眼,没个好口气。

这时,钱二麻子也走了过来,自然也是很不客气地伸手就去抓茶桌上的花生米。卜冬财急了,一把按住了他的手,叫道:"你们他妈的都是土匪吗?"

钱二麻子一笑:"冬财,你可真小气呀,你不是整日想着挣巧钱吗?我今天就告诉你个大好的消息。"

卜冬财这才把手松开,任他去抓了一把,问:"啥消息?你狗日的只会投机钻营、日弄人,嘴里哪有实话哩。"

钱二麻子眼睛一鼓,有点生气地说:"这可是千真万确的事,不信算了。明给你说吧,一般人我还不告诉他哩。哼!"

"是吗?这么说你还是看得起我了?哼!"看到钱二麻子今天说话这正经样子,卜冬财心里痒痒起来,于是又把刚才护在怀里的那碗苞谷酒往他面前一推,"说说,咱听听。"

"这不就对了,像个大主任。"于是,钱二麻子就低声告诉他,"昨天傍晚,有个外地人到茶铺喝茶时,给我们讲要收购以前流通的'关金币'。人家说有多少收多少,1:1兑换哩!我的爷,你想想,当年那种国民党中央银行的票子,那票面随便一张都是百万大的哩,这要是真按照1:1兑换,哼哼,几代人都吃不完啊!"

钱二麻子讲到这里把嘴一咂巴,叹了口气:"真他妈的,咱可真没福气啊!想当年那鬼票子一叠叠的,家家都拿去引火或贴墙缝了,现在到哪去找呀?唉,早知道这旧票现在这么值钱,娘的,说啥都要保存两张下来呢。"

"这是真的?"卜冬财猛喝了一口茶水。

"真的。"解跛子把手在桌子上一拍,接过口也一本正经地说,"当时我也在场,人家老板就是这样说的,还给我们留了电话号码哩。"

"咋的?你有啊?"钱二麻子瞅了卜冬财一眼,有点不相信。

卜冬财愣了一下,很不自然地干笑了两声,摆着手:"没……没有,我哪有那福气啊。"

说话间,钱二麻子已掏出了一张小纸条,卜冬财拿过来一看,果真上面是一组电话号码,卜冬财把纸条在手里看了足足有两分钟后才还给了钱二麻子。

卜冬财那一小碟花生米,哪经得住这两个人的一阵猛吃,不多会儿已是盘底朝天了。那碗苞谷酒更是不经喝,钱二麻子两口就倒进了肚子。

卜冬财看着这两个家伙的穷酸饿狼样子,嘴里哼哼了一句骂人的话,就起来给茶铺老板娘丢了五元钱,摊了摊手:"遇到他们这两个饿死鬼,看来这茶,老子是没法再喝下去了。"

说完,他诡异地一笑,就退出了茶铺,却不小心和一个这两天在这条街上拍摄古建筑图片的外地人撞了个满怀。卜冬财心里有事,干笑了两声,点了点头算是致歉,那个拿着相机的中年汉子也朝他微笑着点了点头作为回敬。

出了茶铺,卜冬财没有再在街上逗留,拧身就往回走,连几个熟人和他打招呼都没有听见,像中了邪似的。

129

回到家里,他婆娘正在喂猪,见他满头大汗,就问他:"你不是不到天黑不归窝吗?今天咋这么快就回来了?"

"去去去，滚一边去，我有正事呢。"卜冬财边说边走进睡房。

进去后，他先把门倒插上，又把窗子关上，还放下了花布窗帘。他老婆更觉得奇怪，就敲着猪食槽嚷嚷："你咋了？神经病啊你，大白天你关门闭户的日啥鬼哩？"

卜冬财用鼻子哼了一声，也不去理她，却拉着了电灯，又打上了手电筒在他睡房的土墙上细细地搜索着什么。

土墙上贴着花花绿绿的画报，就像一件百纳衣，这儿一块补丁那儿一块疤的，给人的感觉是凌乱和俗套。

卜冬财却打着手电筒，在那上边一寸寸地瞧得津津有味。他一会儿在床头处的墙上撕下几片旧纸，一会儿又在床尾墙上揭起一层纸皮，不知在搞啥名堂，直累得满头大汗。

后来，他干脆把上衣和裤子脱了，只穿了个短裤衩，又开始翻箱倒柜地在四面墙上继续搜索。

他把破衣柜也挪了，把装过粮食的一个空仓子也给搬开了，好像还没有见到他心仪的东西。

到后来，他索性又几下子把床也给造了，趴在床角墙下，借着手电筒朝墙根处仔细地瞧。

突然，当手电筒的光束对准了一张有孙文头像的旧纸币时，他狂叫了一声："哎呀，我的娘呀！"当即就跪在那里，朝着那张花花绿绿的纸币，"咣咣"地磕了十几个响头。

她老婆在外听到了他的狂叫，大吃一惊，一阵小跑过来，"嘭嘭"地敲门："你咋了，你咋了，死鬼？"

卜冬财这才站起来，给老婆开了门。他老婆一进屋，见卧室给弄成这乱七八糟样，当即就破口大骂："你他妈是疯了还是吃错药了？竟然把老娘的睡房都给造翻过了。"

面对老婆的叫骂，卜冬财却并不生气，反而轻狂地怪叫了一声，猛地把老婆翠花拦腰抱住扔在了地上。

她老婆见他就要扑上来，急得又踢又打地骂："你个畜牲，你今天咋啦？疯了吗？"

卜冬财哈哈大笑道："是，老子今天就是疯了，是高兴疯了。"

他老婆又骂他："你穷得跟鬼似的，有啥高兴的哩？"

卜冬财冷笑道："穷？老子马上就是百万富翁了。"说着就扑上了翠花的身子。

翠花自和他结婚，哪里见过他这般轻狂，就越发纳闷地问："你到底咋了？

跟疯狗似的。"

卜冬财这才把今天在茶铺听钱二麻子给他说有外地客来收购关金旧票,而他们家就有一张等等一切悄悄地讲给了老婆。

翠花一听,叫唤了一声"哎哟,我的祖宗哎!",就顺势晕了过去……

130

当天下午,卜冬财就用他最近刚刚安装上的电话,照着使劲记来的那组号码和那个外地老板联系上了。

电话里那个老板显得非常高兴,操着一口南方口音,说要马上和他见面。但卜冬财却故意想吊人家的胃口,说要先看钱。

那人说:"你要看钱,我还要先看货呢。谁知你那东西是真是假。如果你有诚心,咱们就找个地方先碰碰头,我要先验验货才能往下谈。"

卜冬财还想耍滑头,可人家又给他撂下一句话:"你看你办不办,上面只委托我来你们省办理此事,办与不办你随便。"说完就"啪"地挂了机。

卜冬财一时有点傻眼,抽了一支烟想了会儿,只好把心一横,又拨通了人家的电话:"好啦好啦,老板,我同意让你先看货,咱们就选个地方吧,最好安全些。"

那人这才满意地说:"这就对了,做生意要讲规矩嘛,为了安全,你选个地方就行啦。"

卜冬财思忖了一下说:"那就选在一品香茶铺后的小树林吧。"那人就同意了,并约好了见面时间。

卜冬财为啥要选在茶铺后面的那片小杨树林里呢?卜冬财想,在那里见面离茶铺较近,这么多年在茶铺里混,还交了一些狐朋狗友。防人之心不可无,和一个陌生人见面,看那张伍佰万圆的钞票,假如有个意外啥的,只要大喊一声,茶铺的人就会跑出来给他帮忙。

第二天早晨,卜冬财从箱子底取出了一个叠得整整齐齐的红纸包,认认真真地揣进了贴身褂子的口袋里,又用一个别针别好,拍了拍,才哼着秦腔出了门。

老婆翠花撵出来叮咛:"你千万要小心一点,千万千万!"

卜冬财挥了挥手:"你甭操心,只管把晚饭给老子做可口就是咧。"

在半道上,卜冬财碰着了要去茶铺说书的铁嘴张。

铁嘴张向他打招呼:"喂,卜主任,最近到哪发财去哩?嘿嘿。"

可是人家卜冬财却连正眼瞧都不想瞧他,气得铁嘴张在后面唾了口浓痰咒骂:"呸!你骚你妈的啥子情哩,顶多就这几天又出去打麻将、搞赌博赢了点臭钱嘛,有啥了不得的?哼,俗话说,人骚没好事,狗骚挨砖头。你别骚情,骚情哪天不栽个大跟头才怪哩。"

卜冬财是准时十二点到的,他到了小树林,却没有见到一个人影,就有点生气,嘴里嘟囔:"呵,这人咋不守时呀,看来是个不讲信用之人。哼哼,算了。"

话音刚落,就听身后响起了脚步声,只见一个个子不高,微胖,身穿红格子长袖衬衫的中年人笑哈哈地来到了跟前,那人伸出一只戴有一颗大钻戒的胖手:"想必你就是卜冬财先生吧?我就是马大海,幸会幸会呀。"

卜冬财赶紧伸出手和马大海握在一起,诺诺称是。

寒暄一毕,他们就直入正题。马大海说:"卜老板,货呢?我看看。"

卜冬财朝四下望了望,见并无他人,才从怀里掏出了那个红纸包,一层层打开,把一张伍佰万圆的旧钞票递给了马大海。

马大海拿在手里,正面反面地看,又着重盯着票面上的头像,尤其是头像人物的两只眼睛瞧了好一会儿,才拍了拍卜冬财的肩膀,"啧啧"称赞:"卜老板啊,是真票,这次你可要发大财了啊。"

卜冬财脸上一下子就像绽开了的菊花:"马老板,货你是验了,那钱是如何办理呢?"

马大海又把那张伍佰万圆旧钞在手里把玩了一下,才交给卜冬财:"卜老板,这么办吧,你和我一同下南方,到我们大老板那里去取钱吧。"

"什么?到南方市去?那么远?"卜冬财吃了一惊。

"是啦,卜老板,你想想,那是伍佰万的人民币哩,我能给你一下子带来吗?"马大海拍着手中的密码箱为难地说。

"那你们给我打进存折里不就行了?这多省事。"卜冬财笑嘻嘻地给人家出主意。

"你看你就不知道了吧?这么大一笔款给你打进存折里,你就不怕政府注意你?你凭啥突然之间有了这么多的钱?周围的人又要如何想?再说了,这么大一笔钱让老板出,老板不再亲自查验一下你的旧票?你当我们老板傻呀。嘿嘿!"马大海摸着自己的大钻戒,冷笑了两声。

"是呀,按说人家马老板说得也不无道理。唉,这可如何是好,我可没出过远门,再说了是换钱呀,这安全吗?"卜冬财先前的高兴劲儿一下子从脸上消失了,心里七上八下一团糟,不知如何是好。

马大海见卜冬财那忧心的样子,就对他说:"老兄啊,你就别担心了,就跟我去吧,我保证你人钱两安,再说,南方是啥地方,是咱们国家改革开放前沿,大地方啊,社会治安好得不能再好了,街道上到处有武警执勤哩,你怕个啥?"

卜冬财想了想,怕个啥!去捡钱哩,为啥不去?别说是到南方,就是到香港去、到美国去,我这回也要去。于是就问:"好,去就去,啥时候动身?"

"我是个爽快人,办事不爱拖拉。"马大海说,"你回去准备一下,明天咱们就出发。"

"好!"卜冬财这回算是豁出去了,"人为钱死,鸟为食亡嘛!"他也不去想那么多了。

俩人再敲定了一些细节后,就挥挥手,分头从不同的方向做贼似地急急走出了这片阴森森的树林。

谁知,他们出了树林不久,一个举止猥琐的中年男人也悄悄地走出了树林。

第三十八章　财迷心窍

131

　　他们坐了两天一夜的火车,终于到达了南方市。
　　从火车站出来,已是凌晨一点多了,马大海说:"卜老板呀,咱们先到酒店住一晚上吧。"
　　卜冬财下了车就晕头转向,连东南西北都摸不着了,忙说:"听你的、听你的。"
　　"嘿嘿,到了老子的地盘,你不听我的也由不得你。"马大海心里笑了一下,就抬手招来一辆的士,二人坐了上去,直奔黑玫瑰大酒店。
　　到酒店后,他们分别住进了3楼的303号和304号房间。
　　也许是真有些累了,卜冬财进了304房间后就把鞋袜一脱,四仰八叉地躺在了席梦思床上,不一会儿,便猪叫般扯起了鼾。
　　走进303房间的马大海却显得很轻松,他先冲了个澡,尔后坐在沙发上抽起了烟。
　　突然,他的手机响了,他一看号码,立即站了起来接电话,不知对方给他讲了些啥,他点头哈腰地媚笑着不断地说着:"对对对,是是是。"
　　马大海接完电话,便把那支还没抽上几口的香烟在烟灰缸里使劲摁灭,穿上睡衣出了房门。
　　他径直走到卜冬财的门口,"咣咣咣"地敲了几下门,见无人应声,骂了一句:"妈的,这个土包子,睡得够死。"便使劲用拳头擂门。
　　卜冬财正在做着一个美梦哩,突然被"咚咚咚"的擂门声给惊醒,便有些惊恐地颤声问:"哪个?"
　　"我呀,卜老板,这么快就睡了吗?"
　　卜冬财一听是马大海,就赶快下床打开了门。
　　也就在这个时候,只见一个压低帽檐的矮胖男人,从另一间客房里闪出身来,轻手轻脚地走到卜冬财的客房门口,侧耳听了听,又轻手轻脚地退了回去。

马大海走进来在卜冬财客房窗边的豪华沙发上一坐,哈哈笑道:"南方的夜生活才刚开始哩,你就睡呀,咱们要好好乐乐才是呀。"

卜冬财听马大海这么一说,睡意全无,但也没有表什么态,只是傻傻地看着马大海笑。

马大海打了个电话,叫来了一瓶威士忌和三碟小菜。

卜冬财何时喝过洋酒,几杯下肚就醉了,一不小心竟溜在了地板上。

马大海见他那个熊样,冷笑两声,就去扶他起来,又掏出了一支印满外文字母的香烟递给他点着了:"卜老板呀,抽支烟吧,吸了它你会很舒服的。"

卜冬财叼上烟,狠吸了几口,只觉得浑身犯困,眼皮重得不行,嘟囔了一句什么,就头一歪不省人事了。

他哪里知道,他吸的其实是一支麻醉烟。

马大海见卜冬财已被麻翻,就急忙把门反锁了。刚要对卜冬财下手,突然,他的电话响了,接了电话,他稍愣了一下,就匆匆带上门下楼去了。

过了好一会儿,马大海才回来。

这次,他进来把门插好,折回身就把卜冬财全身的衣服扒光了,仔细地在那一堆汗臭熏天的衣服里摸来摸去。

他在找什么?当然是找那张伍佰万的旧钞。

可令马大海万分沮丧的是,他把卜冬财的全身都搜遍了,包括鞋底都仔细查了,却一无所获。

"妈的,这小子把旧钞藏到哪去了?"马大海嘴里骂着,踢了卜冬财一脚。

见一时搜不到,他就把卜冬财拖到了席梦思床上,悄悄地回到了自己的房间。

132

第二天早晨,卜冬财起来,还觉得头晕沉沉地疼,他一边洗漱,一边嘴里嘟囔:"呵,这洋酒可真厉害!"

这时候,马大海推门走了进来。

卜冬财先开了腔:"哎哟,马兄,我昨晚可真丢人呀,害得大哥你服侍我到床上,唉,真是不好意思!"

马大海皮笑肉不笑地说:"到了这里,我不照顾你谁照顾你呀。"心里却在骂他,"狗娘养的,看不出你还真贼哩,昨晚要是搜到那张旧钞的话,老子还有工夫跟你在这里磨嘴皮,早把你想着法儿弄出去扔到海里喂了鲨鱼。哼哼。"

于是,又心不在焉地问:"昨晚睡得好吗?"

"哎呀,好个啥呀,我做了一晚上的恶梦,好像有人拿着刀追杀我哩,我拼命地跑啊,跑得到现在浑身都没力气呢。"卜冬财拍拍自己的脑壳,一脸苦笑。

"啊呀,做梦呀,谁信那玩意儿。"马大海眨巴一下眼睛,岔开了话题,"卜老板呀,咱们吃过早餐就去见大老板,咋样?"

"好啊!"卜冬财兴奋地拍了一下手。

从街上一个小饭店吃完饭出来,马大海打了个电话,不一会儿就开过来一辆瓦蓝色的小轿车,从车上下来了两个带着墨镜的彪形大汉把他俩请上了车。

这时,一个西装革履,带一副深茶色太阳镜的中年男子,也开了一辆白色小车尾随而去,不过总是与他们保持着一定的距离。

卜冬财刚一坐进车里一个墨镜大汉就从裤兜里扯出了一条黑色的布带,吓得连问:"你们要做啥?你们要做啥?"

马大海瞪了他一眼:"别叫了,这是规矩。"

那大汉没理他的喊叫,一伸手就用黑布带把他的双眼给蒙了个严实。卜冬财此刻坐在车里如坐针毡,浑身颤抖个不停。

卜冬财双眼被罩,外面的情形一点儿也看不到,只觉得车在喧闹的街上拐来转去,害怕极了。

那辆白色的小轿车也跟着在市里兜起了圈子,可是跟进一个商业区后,突然小车一声闷哼就不走了,直气得那人把眼镜往车椅上一丢,拍着方向盘骂道:"妈的,这是什么破车。"

接着,他抓起车上的呼叫机,喊道:"03,03,收到请回答。"

"03收到,03收到。02请指示,02请指示。"对方回应。

收到回答后,他指示道:"'鹰'乘一蓝色小轿,'南F－0046'牌,向中三路开去,请迅速跟上。"

可是,他没想到,马大海他们从那个商业区出来后,却把车头一调,又从这个商业街的后背,向来路飞奔而去,而且他们在途经一个行人空当之地时,停了一下,从车上跳下一个人迅速地把前后两个车牌揭了下来,在手里撕烂后扔进路边的一条污水沟。仔细一瞧车子,可以看出在原来的车牌下还有个牌子的。看来,贴在上面的是两个仿制逼真的塑料假牌。

换了车牌后,马大海他们就迅速地向前开去,不一会儿,就消失得无影无踪了。

两个多小时后,车停了。那名大汉把黑布带从卜冬财眼上取下来。马大海一推他脊背:"下车,到了。"

卜冬财下了车,揉了揉酸疼的眼睛,左右一看,脸"唰"地变成了苍白色,虚汗滚黄豆般地直往下掉,还没走两步哩,眼前一黑,一个趔趄⋯⋯

133

　　卜冬财为啥一个趔趄,这是吓得!因为他看到,这是个不寻常的地方。

　　这里既像一座军营,又好似一座监狱,里面楼舍林立,三步一岗,五步一哨,进进出出的人不是穿黑衣戴墨镜的,就是身着迷彩作战服的,而且个个不是怀里揣着枪,就是手里提着刀、拿着棍。

　　马大海见卜冬财就要跌倒,急忙示意两边的大汉将他搀住。卜冬财强作镇定地问马大海这是啥地方。

　　马大海哼了一声说:"是圆你梦的地方。"卜冬财就不敢再多嘴了。

　　卜冬财几乎就是在两个黑衣人的押解下,在这些楼舍里穿进穿出了好一会儿,才被带到了一间宫殿式的房间里。

　　房间的正厅,坐着一个穿着考究的六十多岁的秃顶老头,抽着一支大雪茄,正在把玩一件兽头青铜器。

　　马大海先媚笑着走上去对秃顶老头耳语了一阵,才把卜冬财叫了进去。

　　卜冬财哪里见过这么高级的场所,进了大厅就不知往哪站,向哪立。抬头再一看,哎哟,一个秃顶老者高坐在一张雕花金丝楠木豪华椅子上,满脸横肉,鹞眼鹰鼻,不怒自威,不由得连打了好几个冷颤。

　　马大海不屑地蔑视了他一眼后,给他介绍:"这就是我们大老板,也就是你的财神爷。"

　　卜冬财赶紧给秃顶老头鞠了个躬:"大……大老板好!"

　　秃顶老头没有理会他那一套,用夹雪茄的手指敲了一下椅托,用低沉的声音说:"拿来。"

　　卜冬财愣住了,好像没听懂。

　　马大海就对他恶声道:"让你把那张关金伍佰万的钞票拿出来。"

　　卜冬财这次算是听明白了,不过他却并没有去掏身上的"货",而是有点结巴地说:"大……大……大老板,我要……要先……先看……看看钱哩。"

　　马大海这时不爱听了,推了他一掌,骂道:"你他妈的真不识抬举,也不看看这是什么地方,小心点。"说着又抡起了拳头。

　　"嗯?"那秃顶瞪着大眼珠子挥手制止了马大海,吐了一口烟圈,"嘿嘿"笑了两声,"看不出一个农民还有两下子。"说着,从椅子上站起来,对站在卜冬财身后的两个保镖吩咐,"去,领他去见识见识。"

　　这样,卜冬财又被两个冷面保镖领着在楼里七拐八转了好一会儿,在一个仓库似的大房子门口停住了脚步。

马大海对守门的两名持枪卫兵低语了一阵,两人才各掏出一把钥匙,捣鼓了一会儿,开了门。

进了门,卜冬财看到偌大一个库房里,码着几人高的麻袋包。正纳闷着,就见马大海走过去,从一个保镖的手里接过一把锋利的匕首,"噜"一声,把麻袋包划破了一个口子,几捆百元面值的人民币"啪啪啪"掉在了地上。

卜冬财一看到那些崭新的钱,眼里亮起了光,心里"咚咚"乱跳。马大海回头对他说:"看吧,这一仓库都是钱。"

卜冬财这时尴尬地傻笑起来:"是……是……是钱……是钱。这么多啊!"

马大海走过去,一拍他的肩膀:"姓卜的,这回相信了吧?"说着伸出一只手,"这回该拿出来了吧?"

卜冬财伸手入怀,可是,他磨蹭了一会儿后掏出来的却是一个写着几个数字的破布条。

马大海不解地问:"你这是什么?那张旧钞呢?"

卜冬财嘿嘿一笑:"这下我放心了,把你的手提电话借我用一下,我打电话让我老婆把那旧钞给寄过来。"

"什么?什么?什么手提电话?老子这叫手机,一万多元呢!让你用?你他妈的会用吗?"马大海一听,真给气急了,挥手就给了卜冬财一个大巴掌,"狗娘养的,想不到你这般狡猾哩,把我们耍得团团转呀,给我扁,往死里扁。"

一听招呼,那两个膀大腰圆的保镖冲上去就拳打脚踢,把卜冬财打得在地上哭爹喊娘、满地打滚、不停地求饶。

马大海见两名保镖把卜冬财打了个半死,才摆手制止,叹了口粗气后,就用手机给大老板说了这里的情况。大老板在电话里把他骂了个狗血喷头。

没过几分钟,秃顶老板就在一大帮凶神恶煞般保镖的簇拥下来到了仓库。见卜冬财已昏死在墙角,秃顶走过来,"叭叭"地打了马大海两个耳光:"真是你妈的大草包,饭桶!你到汉南去的第一趟生意就给老子做成这个样子。"

马大海只是低头,捂着火辣辣的脸颊不敢言语。

秃顶老板走到墙角去,踢了卜冬财一脚,却对马大海一帮人说:"你们把他打死了咋办?我们要的是关金票,要的是替罪羊。"说着,他对马大海吩咐,"把他弄醒,让他给老婆打电话,不过不要在这里,明白吗?"

马大海忙不迭地说:"明白明白。"

第三十九章　螳螂捕蝉

134

卜冬财苏醒过来已是第二天上午,他躺在病床上,泪流满面。

马大海责怪他说:"你还哭?还有脸哭?唉,你这回可把老子害苦了啊!"

卜冬财擦拭了一下泪水,嘟囔道:"可你们下手也忒狠毒了,欺负我这山里人哩。"

"甭说了,你也不看看,你在和谁耍手段呢?"马大海冷笑一声,"你就快给你老婆打电话吧,让她把东西给寄到这个地方来。"

卜冬财问:"这是哪个地方?"

马大海说:"这是一家医院。这你不必管。你只要按我说的地址给你老婆讲就是了。"

于是,卜冬财就拨通了家里的电话给翠花交待清楚,还特别叮嘱她,一定用牛皮纸把旧钞裹好了,再用牛皮纸信封装好后,按挂号信寄来。

五天后,卜冬财收到了那封挂号信,马大海要抢着开启,卜冬财却用手一挡说:"莫急,到时候自然给你。"

马大海瞪了他一眼:"那好吧,咱们立马提钱去。"

出了这家医院,卜冬财还是和上次那样,被人用黑布罩住眼睛,在市区里七拐八转了好一阵子,才又回到了那个装满现金的仓库里。

进了仓库,卜冬财这才掏出了那张旧钞给马大海:"马老板,这钱我怎么个拿法呀?"

马大海一边端详那张旧钞,一边漫不经心地说:"你随便拿,随便拿,反正我们老板有的是这东西。"

"那敢情好。哈哈。"卜冬财一见钱就忘了身上的伤痛,冲过去使出吃奶的劲往外挪麻袋。可那一个麻袋不知有多少斤重,他使出了全力,只搬出了一个小点的麻袋就再也没有力气了。他心里想,"这么重的一麻袋百元票面的钱,少说也有三四百万吧,足够我吃上两辈子了。"

他靠在那袋钱上喘了一会儿粗气后,就看着马大海笑哈哈地说:"那我就不客气喽。"

"搬吧,搬吧,"马大海笑着说,"随便你拿。只要你拿得动就行。"

卜冬财出去的时候,还是被捂住双眼用专车护送的。

小车出了大门,走了一段崎岖的山路后才进入了市区。

车里,马大海叮嘱卜冬财:"你带了这么多现金,路上一定要小心,千万不可在南方市招摇,回去的时候最好包租个小车,千万别去挤火车,坐飞机什么的。要用钱,你带回老家,怎样使用都行。要知道,这里是个大城市,鱼龙混杂,弄不好你会人财两空的……"

卜冬财连连点头:"说得是,说得是。我其实也是这么合计的。这么多的钱,叫谁都不敢张扬啊,呵呵!"

"这样就好。我知道你也是个善于算计的人哩,卜主任。"马大海竖起了拇指,"嘿嘿"地阴笑。

说话间,车到了一个地方。马大海示意停车,保镖便把卜冬财的眼罩解了。马大海说:"卜老板,也只能把你送到这儿了,咱后会有期。"

看到马大海一伙走了,卜冬财长长地吁了口气:"总算摆脱了恶梦般的日子。哎呀,这钱可真不好挣的,差点儿没把我老命搭上。不过,也值了,这么多的钱啊! 嘿嘿!"

街上的车流如梭,卜冬财仰头望了望周围那些高大宏伟的建筑物,脸上露出了醉心的微笑,他在心里抑制不住地说:"老子也是有钱人了。"

这时,太阳已经西沉,但街市的喧闹声仍不绝于耳。卜冬财攥紧了搭在肩上的麻袋口子,想往火车站走去。因为他觉得,一般那地方多有跑长途运输的汽车。可是他走了不到半条街,就摸不清东南西北了。

"这城市也太大了啊! 这可咋整?"卜冬财站在一个街角,有点焦虑地看着眼前这个光怪陆离的城市。

突然,"嘎"一声,一辆橘红色的士停在了他的身旁,一个美丽女郎探出头来冲他媚笑着问:"老板,到哪去啊?"

卜冬财就怯怯地问:"到火车站去多少钱?"

那女郎莞尔一笑,说:"三十元,上车吧,大哥。"

一声大哥叫得卜冬财心里麻酥酥的,于是,他就把钱袋子从肩上放下来抱在怀里,坐进了小车的后排。

小车里有一股浓浓的香水味。他使劲地嗅着,他知道,这是从这个美丽女郎身上散发出来的,不由得心里痒痒:"娘的,大城市的女人就是不一般,连身上都冒香气哩。什么时候让我也能亲热亲热该多好啊。不急,老子现在有钱了,只要有了票子,哼,什么美女不能享受享受,就是睡她几个外国女人都不会成问题哩。嘿嘿!"

"温饱思淫欲",你看卜冬财这个家伙,刚一有钱花花肠子就出来了,难怪女人们常常都会说"男人有钱就变坏"。

卜冬财没有见到过这么好看的女人,更没有闻过如此奇异的香水,于是,他干脆仰靠在软椅上,闭上了双眼,任思绪飘飞……

美丽女郎把小车在闹市区兜了两圈后就一踩油门,向江滨大道冲去。

江滨大道临近海边,树影婆娑,灯光昏暗,车流、行人比较稀少,尤其是在夜间。

在一丛树影里,美女把车刹住,用手在卜冬财脸上轻拍了两下,卜冬财并无反应,嘴角还流出了一股涎水。

美女就笑吟吟地在他身上先摸了一遍,并无所获,于是转眼瞄准了卜冬财怀里的那个麻袋包,心想肯定在这里。

她用手按了一下斜倒在车后座上的麻袋包,脸上顿时浮现出了媚笑,"哎呀,不知有多少?"说着,就两下解开了麻袋口。当她看到那满是成捆的百元大钞时,忍不住惊喜地叫了好几声。

美女高兴了一气,从包里掏出一个小瓶,对准卜冬财的脸部又喷了一下,"还是乖乖地给我睡吧,这个更加香哩。嘿嘿。"说着就钻进了驾驶位,一踩油门,车就箭一般地向夜色深处奔去。

不过,半道上她又在一处楼房的拐角处停了一下,接上了一个五十多岁的矮个子男人。

135

两天后,卜冬财才睁开眼睛。几张陌生的脸庞映入眼帘,尤其是两张冷峻而严肃的面孔。

他看了看这生疏的环境,突然"嚯"地坐起来大声惊呼:"钱,钱,我的钱,我的钱呢?我的钱哪里去了?"

"钱?你还在想钱?"听到喊声,从门口又走进一个人来,"你差点连命都没了。"

卜冬财一愣,指着来人吃惊地问:"你是卫摄影师!你……你……你怎么会在这里?"

这时,身着警服的李大队也从门外走了进来,对他说:"现在可以告诉你了,他可是个老警察。"

一听遇到了警察,卜冬财的脸色"唰"地变了。

卜冬财认得不错,来人正是那个曾在"一品香"门口和他撞了个满怀的拍摄老街古建的卫摄影师。

其实,他的真实身份是国家安全局要案三组组长卫国盛。他到"一品香"那条小街上去,主要是在跟踪马大海,秘密调查"鹰集团"的犯罪事实。

原来,卫组长是跟踪卜冬财和马大海一路来的,他就住在卜冬财对面的305号房间。

那天夜里,当他看到马大海走进卜冬财房间后不久,又突然看到钱二麻子鬼鬼祟祟地走上了这层楼。不过,钱二麻子走了过来,想去敲门,但不知为啥,手抬起来了几次,可都没有敲下去,只是在门口侧耳听了听,就急忙又沿着来路蹑手蹑脚地走下楼去。

卫组长当时不由得大为吃惊,"钱二麻子怎么会来此?"想到这儿,卫组长就悄悄地跟了下去。

钱二麻子下了楼,见酒店的小花园里有个电话亭,而且没有一个人,就快步走了进去打电话。

于是,卫组长就借着昏暗的灯光,迅速潜伏到一座假山后侦察。

当时,马大海刚把卜冬财麻翻,正准备下手要搜钞票之时,他的手机响了。

马大海一看,是个陌生的号,不由得一愣,但他犹豫了一下还是接了。当他知道是钱二麻子时,惊问道:"怎么是你?你怎么来了?"

钱二麻子只"嘿嘿"笑了两声:"这你就别管了,总之,你赶快下来一下就是了。"

不一会儿,只见马大海穿着拖鞋走了过来。

钱二麻子见了马大海就嘿嘿笑道:"马老板,想不到吧?"

马大海觉得他一定没有好事,就有点反感地问:"我懒得想,说吧,深更半夜你叫我有什么事?"

"什么事?哼,你马老板是真不明白,还是装不明白呀?"钱二麻子有些不屑地晃着脑袋。

马大海更加反感:"哎呀,你这人,有事就明说,我真的搞不懂你怎么在这?你要做啥?"

钱二麻子这才说:"你马老板不够意思啊,他卜冬财更不够义气。你们想想,我给你们撮成了这么大的一桩买卖,你们却把我撇得一干二净。哼,这咋行?"

马大海这才算明白了钱二麻子来南方的目的。

"噢,这事呀,哈哈!"不过他还是很纳闷地问,"你是如何知道我们这事的?"

"要想人不知,除非己莫为。"钱二麻子于是就冷笑着给他说,那天晌午他突然内急,就到茶铺后的小树林去方便,刚好就听到了他们交谈的一切。于是,他也就悄悄地跟着他们一直到了这儿。

马大海听了钱二麻子的讲述,冷笑道:"呵呵,看不出你个老小子还有这一手。哼,直说吧,你要怎样?"

"你必须要与我合作。"钱二麻子咬牙切齿地把拳头攥紧。

"如果我不答应呢?"马大海哪里把钱二麻子放在眼里。

"哼,不答应?不答应我就报警,你们谁也别想捞到好处。"钱二麻子梗起了脖子,一副发狠的样子。

马大海就跺脚骂道:"你们,你们都真他妈的穷疯了啊。"

"是的,俗话说,鸟为食亡,人为财死嘛!"钱二麻子冷笑道,"江湖上有一句话叫作什么来着,噢,叫作'见一面,分一半'。嘿嘿。就这个理吧?"

"那好,你说个办法吧。"马大海递给他一支烟。

钱二麻子接了烟点上,吸了一口,说:"其实我对你只有一个要求,就是卜冬财换到钱后,麻烦你给我放个信就是了。"

马大海笑道:"想不到钱兄还是个大手笔呀。"说到这,马大海干咳了一声说,"可以,但你又怎么谢我呢?"

"事成之后给你一万元。"钱二麻子晃着一根手指。

"不行,我要十万,而且要在事成前给我。"马大海也晃着巴掌。

这下,该钱二麻子傻眼了,心里骂道:"这狗日的,心比我还黑啊。"不过他骂归骂,但是想到后边的大买卖,也只有忍气吞声了,稍顿了一下,就咬牙答应了。但是临了,又要马大海保证,千万不要把他来南方的事透露给卜冬财。

"我傻呀,我去告诉他?放心。"马大海自然满口答应,然后二人就低着头,匆匆分了手。

钱二麻子出了酒店就一头钻进了一辆橘红色的出租车里。

几乎就在钱二麻子往车里钻的时候,卫组长也快步走出了酒店。

这时,一直等候在酒店门口的市刑警队大队长李兵,把车开了过来。

卫组长上车后,说:"快,跟上它。"

他们一直跟到城郊的住宅区,见一个女司机把车直接开进了一个平房院子里,就再也没有出来。

136

当晚,卫组长就让李大队调来了两名队员,进行蹲点守候,并在第二天通过片区民警查清了这个女司机的身份,还弄清了钱二麻子和她的关系。

原来,女司机是钱二麻子的闺女钱丽娜。五年前,初中没毕业就来南方打工了,现以开出租车为生。为了多方观察和结网,卫组长建议市局也派出人手对钱氏父女进行了暗中监视。

上次,卫组长他们没有盯好狡猾的马大海,丧失了机会后,就加大了对钱氏父女的暗中"保护",对其实行二十四小时跟踪监视。

所以,当卜冬财换到钱,一坐上那个美女的"香车"后,公安人员就在后面跟上了他们。

那天夜里,钱丽娜的车在半道上停下来,接上车的人正是她父亲钱二麻子。

钱二麻子上了车,钱丽娜就把车飞快地向东江边开去,就在他们要把还在昏死着的卜冬财往江水里抛的时候,市刑警队大队长李兵率领的八名干警赶到了。

钱二麻子父女只得乖乖就擒。

公安人员见卜冬财还有一口气,就赶紧把他送到了市医院进行抢救。

第四十章　南天猎鹰

137

卜冬财明白了一切后，又气又羞，于是，他就从前到后，一五一十地给卫组长他们把这次来南方兑钱的全过程讲了个清楚。

听完卜冬财的讲述，卫组长把床梆子一拍："这些黑恶势力，非铲除不可！"他又给一个年轻人说，"小张，这里就交给你了，我要到市局去研究工作。"

卫组长开着警车到市局时，局领导都齐刷刷地坐在小会议室里等着他哩。他擦了一把额头上的汗珠，顾不上喝一口水，就先通报了一下关于卜冬财"南下寻梦"的全过程，接着，他又对大家讲了关于"关金美钞"的事情。

这种旧钞票是一种红色竖版票，顶上面印着"中央银行上海"字样，其下为孙中山的头像，而头像下还印着"凭票即付""关金伍佰万圆""民国十九年印"等字样，钞票的反面是一幢大楼，还写着一些英文。透过光看去，钞票上还有水印和金属防伪线之类的东西。

说实在的，这种币是当时国民党政府为套取老百姓手中银元而大量发行的关金券。当时，金融混乱，通货膨胀严重，国民党政府就大量发行面值巨大的这种东西来套现，根本不值钱，许多老百姓一气之下不是当了火引子就是拿去糊了墙缝。

可是不知为什么，最近一段时期，国外一些收藏家不惜花重金大量收购这种东西，致使国内一些梦想一夜暴富的人跃跃欲试，尤其是一些社会黑恶势力以此为诱饵，四处招摇撞骗。

更为可恶的是，境外某些敌对势力也丧心病狂地把黑手伸了进来，他们欺骗和收买一些不明事情真相的人充当爪牙渗透到国内一些地方，尤其是渗透到农村去，打着各种诱人的幌子愚弄和欺骗那些尚存有旧钞的人下南方来兑钱，导致有的人虽兑换了钱，可全是假币，有的人甚至为此丢了性命，人财两空。

"假币？"在场的人都失声惊呼。

"是的，是假币。这也是这些家伙的可恨之处。"这时，市公安局局长巩长城同志插话说,"他们用假币把旧钞骗去弄到国外卖钱,却成百万成千万地把高仿的假币让那些不明真相持有旧钞的人,尤其是内地的一些乡下人兑回去,在市面上蒙混流通,这严重地破坏了国家的金融秩序。所以,我们必须要尽快彻底铲除这个毒瘤!"

说着,巩局长挥了一下手,会议室里的灯全部熄灭了,墙体银幕上映出了录像。

卫组长站起来指着放映的片子给大家一一讲解,这便是秦岭深处一条小街上的景象。看,那就是"一品香"茶铺。这些便是茶铺里的活跃人物,这个矮个子中年人就是钱二麻子,这个瘦高个就是卜冬财。请大家再看仔细了,这个穿红格子长袖衬衫的胖子便是"秃鹰集团"绰号为"飞天鹰"的马大海。

那么,为什么"秃鹰"要派马大海到汉南去呢?主要原因是汉南北靠秦岭,南依巴山,气候温润,物产丰富,自古人称"小江南",比较富庶,而且山水秀美,非常适宜休养生息。故而,新中国成立前有许多的达官贵人为避战乱躲在了那里,所以,他们估计那地方的"关金票"一定少不了。

接下来,卫组长又给大家通报了"秃鹰集团"的内幕。

这个"秃鹰集团"其实名叫"天鹰集团",因为老板是个秃顶,且行踪神秘,故而商界人称"秃鹰集团"。

据查,"秃鹰集团"打着文化产业的幌子,长期在私下里做着收售和倒卖国家文物的勾当。近年来,又和境外一些邪教组织、贩毒团伙和仇视我国繁荣发展的敌对势力搭上了关系。

国家安全局去年就开始秘密调查了,欲找到他们的老窝一举歼灭,但这些人渣组织十分严密,基地隐藏得很深,大的犯罪事实一时难以掌握。这个绰号"飞天鹰"的马大海,是个诈骗惯犯,多次入狱,现在是"秃鹰集团"的得力干将。

"这次,我假扮成摄影爱好者,跟踪他到汉南,又从汉南跟踪他回到南方。为了不打草惊蛇,就一直没有轻易对他动手。"卫组长接着宣布了上级的命令,"现在,他们的犯罪事实已明朗化了,根据卜冬财的交待,可以推断,他们的秘密基地就隐藏在本市的某一角落,所以也是我们该收网的时候了。上级指示我们要重拳出击,除恶务尽!"

最后,领导班子制定并部署了代号为"南天猎鹰"的战斗方案,调兵遣将,立即展开抓捕行动。

138

那天,钱二麻子让女儿给马大海汇去了十万元后,马大海就悄悄打电话告诉了他关于卜冬财已兑好钱的一切情况,并按他的意思,把卜冬财送到了离黑玫瑰大酒店不远处的一个双方约好的地方。

因此,卜冬财才会不知不觉地坐上了"美女"的"香车"。然而,他哪里知道,自己一上车便被钱丽娜用特制的香水给"香"晕了。

钱二麻子父女一被抓住,卫组长和李大队长就立即提审了他们。

钱二麻子一见卫组长,愣住了:"你不是那个旅游摄影师吗?"

卫组长说:"是呀,可那是业余的,警察才是我的正行。"

卫组长又问了他的一些情况,就给他讲了一些他所不知道的事情。

当钱二麻子知道自己不惜杀人劫来的都是假币的时候,差点没背过气去:"哎呀,我的娘哎,那可是我这一辈子攒下的血汗钱啊,这次竟然栽在一个外方人的手里了。这次犯法不说,自己还搭进去了整整十万元啊!"钱二麻子直气得快要吐血。这会儿,他一头撞死的心都有了。

卫组长见火候到了,就问他想不想立功赎罪。

当听到卫组长的问话后,钱二麻子眼里忽然放出了亮光,宛如在洪流中发现了一根救命稻草,"想想想!"钱二麻子此刻恨不得要给卫组长跪下了。

"那好,想的话,就要好好配合我们。"卫组长就把李大队叫了进来,对钱二麻子说,"你记好了,现在他是你的亲侄子了,叫钱刚。"并把他女儿钱丽娜的手机递给他,让他立即和马大海联络,让他说他侄子钱刚也找到了两三张旧钞到了南方市,想来换钱,并叮嘱他说话时要从容不迫,不要慌张。

钱二麻子说:"你放心,你放心,我这个人其他本事没有,但是这说谎骗人还是挺在行的。嘿嘿。"说着,抓起电话就和马大海联系,"喂、喂、喂!"

可是人家电话已关机,全是忙音,钱二麻子一时不知如何是好。

李大队说:"难道这只狡猾的'鹰'已有了觉察?可我想来想去,咱们没有一点疏漏的地方啊。到目前为止,咱们还是在秘密运作哩。"

卫组长沉思了下,说:"不要气馁,也许现在时间太晚了。"

李大队一看手机上的时间,笑了:"已凌晨两点了。"

当夜无话,但卫组长和李大队他们谁也不敢睡着……

第二天上午九点左右,钱二麻子的手机突然响了。卫组长一看,立即严肃地给钱二麻子说:"接好,说好,一定不要慌。"

钱二麻子点了点头:"你放心。"

果真是马大海打来的,询问他是否得手了,"活儿"做得利索不利索?钱二麻子就吹嘘了一通自己做"活儿"的利索劲。这家伙不愧是骗人的高手,谎话一套一套的,从不脸红。

但马大海却告诫他现在还不能急着使用那些钱,最好是再过个一年半载的。

钱二麻子说:"知道知道,这一点我懂,财不外露嘛,这个我懂。"

接下来,钱二麻子就告诉马大海:"你在我们那地方给我们讲了收旧钞的事后,我也在到处找哩,这不,家里人刚才来电话说了,还有好几张旧钞哩。"

马大海一听,心里高兴,说一定要密切合作,并要求他尽快把票带过来兑换。末了,马大海告诉了钱二麻子自己的一个秘密电话,并授意钱二麻子先立马把旧电话卡扔了。

钱二麻子望着李大队长他们,对着手机连连点头:"有道理,有道理,免得让'条子'给嗅到线索了。老弟就是高啊!"听了这话,气得李兵真想冲过去踢他两脚。

三天后的一个上午,卫组长才让钱二麻子给马大海打电话。钱二麻子在电话里乐哈哈地说自己的亲侄子钱刚带着三张连号的"关金伍佰万"到了。

马大海一听,性急得就和他约下了晚上见面的时间和地点。

当晚九时,钱二麻子带上化名钱刚的李大队,在一家大酒店的一个房间里和马大海见了面。马大海从钱刚手里要过来三张旧钞,翻来翻去地看,又盯住钱刚看了好一会儿,才笑着和他们定下了兑钱的时间和方式。

这次,狡猾的"秃鹰"把兑钱的时间放在了第三天晚上。

是夜十时整,一辆车牌号模糊不清的紫色小面包车鬼魅般地开到了正在江滨三号桥下等待的钱二麻子和李兵身旁。

钱二麻子正在愣神,突然从车上跳下来三名打手,二话不说举棍向他们打去,钱二麻子吓得抱住头蹲在地上不住地惊噪。化名钱刚的李兵只是闪避了两下,就好似没有了还手之力……

此时,埋伏在路两侧树丛中的几名公安干警,看到眼前突然发生的这一幕,就想往外冲,但是被卫组长给阻挡住了。

卫组长小声说:"现在不要动,这也许是个诡计。"

果真,当钱二麻子和钱刚被打倒在地叫苦不迭之时,马大海从车上下来了。原来,这是他导演的一出"火力侦察"戏,目的是想探探钱刚的底子。

马大海笑哈哈地对钱二麻子抱了一下拳:"得罪了,得罪了,老兄。"

钱二麻子就从地上蹦起来质问:"你们咋打人呢?妈的!"

马大海忙赔着笑脸说:"干咱们这行,安全第一,吃点苦头也值啊。"

李队长就佯装十分委屈地说:"二叔,算了,我看这钱不兑也罢,免得把命也丢了哩。"说着就去拉钱二麻子要走。但是,那三名黑衣打手堵住了他俩的去路。

马大海这时"嘿嘿"冷笑着走过来,连忙把李兵往车上推:"走吧,兄弟,一点小小的误会嘛,何必放在心上,干我们这一行的,想发财就得多长个心眼不是?

走吧走吧,我亏待不了你的。"可是,临上车时李队长却脚下一滑,"啪"地跌了一跤,两名打手赶紧把他扶起推进了车里。

面包车发动后,李队长和钱二麻子就被人用黑布带捂上了双眼。

他们一走,卫组长口袋里的定位器就振动了。这是刚才李队长故意跌倒,趁势在车底贴的那枚微型脉冲发射器起了作用。

卫组长掏出来一看,微笑着把手竖起一挥,发出了行动的指令。

一时间,分布在市区各处的公安干警和特警按照指令,悄悄地向"鹰巢"跟进。

李队长他们被押着进入"鹰巢"已是子夜时分。"秃鹰"正忐忑不安地坐在密室里狠抽着雪茄。

见一傻乎乎的年轻送货人又被马大海带了进来,"秃鹰"笑着站了起来,还假惺惺地上前要和李队长握手。

说时迟,那时快,李队长一把抓住"秃鹰"伸来的手,一个反锁,接着身子一上,一把三寸利刃已架在了"秃鹰"脖子上。

马大海和几名保镖都惊得目瞪口呆,半晌才惊恐地叫道:"你……你……你是什么人?"

"猎鹰人!"李大队大喝一声,"现在你们已被中国武警包围了,缴械投降是你们唯一的出路。"

与此同时,外面爆豆般地响起了一阵枪声,十几名负责警戒的武装保镖妄图负隅顽抗。可是,还没一个回合就被我方武警战士给打得趴在地上哭爹喊娘,直喊"投降""饶命"。

"缴枪不杀!"

"举起手来!"

呼喊声在静夜里显得威不可挡。

等马大海他们回过神来,卫组长率领的特警已将他们团团围住,无数枪口瞄准了他们。这一伙作恶多端的凶"鹰"只得乖乖地举起了双手。

第四十一章　小楼夜话

139

这场战斗打得很漂亮,一举铲除了这股内外勾结,潜伏在沿海的黑恶势力,维护了国家的法律尊严和金融秩序。

虽然钱二麻子在最后有立功表现,但是国家法律不容践踏,因为他们父女二人使用麻醉剂抢劫,且有故意杀人的企图,性质不同一般,最后还是被追究了法律责任。

鉴于卜冬财始终是个受害者,因此免于刑事处罚。南方市公安局对卜冬财进行了几天法制教育后,就通知橘城公安局派员过来领人。

橘城公安局自然要和清河镇及长峪村取得联系。当村上人得知卜冬财去干什么去了,还落得如此下场后,个个觉得脸上没光。老支书气得拍着桌子骂:"丢人,丢人,丢死人了!还有脸往回走,要是我,我早就羞得找个地缝钻进去了。哎,哎,当什么村主任?哼!"

镇派出所向所长待刘土根稍微平静了一下,说:"刘支书,俗话说'知错能改,善莫大焉'嘛。兴许老卜这次受到教育,回来后真的会一心一意干工作哩。你还是安排个干部与我们一道去把他领回来吧。"

"不去,不去,坚决不去!要去你们去,反正我是不会去的。哼,真气死人了啊!"刘土根又来气了,脸黑得像煤炭块。

石正峰看这么僵着也不是个办法,就碰了下向所长的胳膊,看了看门外。向所长会意。二人走到门外,向所长对石正峰说:"石指导,你看这,咱可得去个人才行。"

石正峰微笑道:"这样吧,还是我和你们走一趟。这气归气,毕竟他是咱村里人嘛。"

"好,这就对了。"向所长如释重负,上前握着石正峰的手微笑道,"还是年轻人有见识。"

于是,石正峰回去和何兰他们说了一下,又去对林子汉嘱托了一番开采石料时千万注意安全等事宜。他心里清楚,振兴长峪的经济目前只能靠这个项目了,只要开山的炮声一响,长峪的石头就成了金蛋蛋,但是开矿危险性很大,一定得抓好安全生产。

何兰和小高他们对石正峰说:"你就放心地去吧,这里有我们哩。再说了,我们看你安排的具体负责开矿这件事的这个林子汉队长,也是个很能干的人。"

付莎真是个心思缜密的人,见石正峰这次要到南方去,心里忽然冒出个主意来,笑盈盈地对石正峰说:"哥呀,你这次去可一定要把小雯姐给我接回来,要不,我可饶不了你的,哼哼。"

"好。放心。只要我看到她,背都要把她背回来。哈!"石正峰见自己的一点小心思也被这个调皮的小妹妹发觉了,也就不再藏着掖着了。其实,石正峰这次自告奋勇地去南方的另一个隐藏心思就是想去看看秦小雯,当然最好是能把她接回来。

"对对,小子,这次不把小雯给姨接回来,我可不依你。"何兰也觉得有道理,大着声音叮咛石正峰。

"好好好。不跟你们磨蹭了,走喽!"石正峰似乎马上就能见到秦小雯似的,转身就笑哈哈地走了。

当天下午,石正峰就和向所长到县城买了火车票直下南方。一路上他几乎没有过多地想卜冬财的事情,因为卜冬财的事已发生了,只要把人安全地领回来就是了。

他现在想得最多的是:"我该怎么去见秦小雯?她肯原谅我吗?她一切都好吗?"他还在想,"这次无论如何也要把自己心爱的小雯带回家。"

140

石正峰走后第三天,长峪深处就响起了隆隆的炮声。一块块闪亮的石材,承载着全村人的殷切希望,被开采了下来。

工地上一派繁忙景象,刘土根带着村里的全体干部在石材场打转转地看,个个咧着嘴,脸上赛菊花,好不高兴。

何兰也没闲着,第一拨石材的开采是最为关键的,她要亲自把关,再次勘验这方矿藏的成色和储量。因为,当时的勘察只是在表面,而这一次是要把山体的头一层破开来看的,这样勘察后就更为准确了。

何兰把那些如房屋大小的石块仔细检查完后,长长地出了口气,抹了一把额头的汗珠,笑了:"好,好着哩,是个有前景的富矿。"

"我抬头,向天歌,白云悠悠满山坡……"突然,何兰的口袋里唱起了歌,大家都惊奇地向她投去了目光。

何兰也是一愣,接着哈哈一笑,就从夹克斜插兜里掏出个黑色的长条匣子似的东西来。

许多人都伸长了脖子张望,有的人已经开始交头接耳了。

"嗯?这是个啥机器?"

"咦?这玩意儿还会唱歌?"

"唱歌的收音机我见过,可没见过这么精致的。"

只见何兰"嘚"地打开一个薄薄的翻盖,竟把那小匣子举到耳朵上讲起话来:"哎哟,是我的宝贝闺女呀,你可想死我了啊!三年了,三年了,你一走就是三年啊。什么?你回来了?啊,好,这太好了。妈妈这就往回赶。哈哈,我的小燕子回来了。"

141

西都城里,霓虹灯闪烁。宽阔的街道上,车流如流动的彩线。

在一栋楼房的二楼客厅,华丽的灯光柔和地照射在时尚沙发上,电视机里正在播放着电视剧,一张宽大的茶几上已经放上了三盘冒着热气的菜肴,一盘是竹笋炒腊肉,一盘是香菇炒青菜,还有一盘是酸辣土豆丝。

"妈,别炒了,再炒就吃不了咯。"

"唰啦啦",厨房的隔断门被拉开了,一个面色黑里透红,扎着一只马尾的圆脸姑娘,端着一盘凉拌粉丝走了出来。

"嗯嗯,知道啦,再烧一个汤。马上!"厨房里一个围着围裙的中年妇女难掩微笑,正用勺子在锅里搅着。

那姑娘坐到沙发上拿起遥控器换了一个节目,摇了摇头,又换了一个,还是不满意,又连续按了七八下,当电视屏幕上出现一个山村学校早上正在组织十几个小学生升国旗的画面时,她笑了。

"看看,小燕,妈妈又给你做了一个你最爱喝的紫菜蛋花汤。来、来,吃饭吧。"何兰围着一个花格子围裙,端着一个飘散着浓香的白瓷大汤碗走了出来。

"谢谢妈!"小燕撒娇地迎上去在何兰的脸上亲了一下。何兰高兴地说:"来吧,乖女儿,晚上先将就吃点,明天咱们上酒店吃大餐。"

"不要不要。我就爱吃妈妈做的家常菜哩。"小燕拿起筷子先尝了一口,"啊,妈,你做的饭就是好吃啊!"

"好吃就多吃点。看看,在家里多好,就是不听话,非要到那么远的地方去。你看你,三年没见,就作践得又黑又瘦的,让妈心疼。唉!"何兰也拿起筷子。两人边吃饭,边拉起话来。

"妈,这不回来了嘛。嘻嘻。"

"这次回来,组织上咋安排的?"

"这次回来呀,区里把我安排在文教局办公室工作,还给了个主任头衔哩。呵呵。怎么样,不错吧?"

"好,看来苦没白吃,罪没白受。"何兰给女儿碗里夹了一块腊肉,"回城了也有利于赶紧把你的个人问题解决解决嘛。好!"

"放心吧,妈,凭你女儿的条件,还怕找不到如意郎君?嘿嘿,追你女儿的多了去。呵呵。"吕小燕骄傲地一摆秀发,"放心,过不了几天,就给你领一个英俊小子回来瞧瞧。"

"好啊,好啊。让妈也给你参谋参谋。"何兰笑哈哈地,十分开心。

"哼哼。妈妈,别净说道我了。倒是你应该给我坦白坦白和石叔叔的事情了吧。"小燕调皮地看着何兰挤了下眼睛。

"鬼丫头。"何兰假装嗔怒地又给女儿碗里夹了一块腊肉,"来,吃吧,这是你石叔叔特意让我带回来给你尝尝的。"

"怎么?想拉拢腐蚀?"小燕夹起妈妈给放到碗里的那又红又亮的肉片,抖了抖,"不过,嘿嘿,这腊肉可真得很香、很好吃的。"

"好吧,我就给你坦白坦白。"何兰就前前后后把自己与石明理之间的感情纠葛对小燕讲了个遍,最后,还说了准备与石明理共度晚年的想法。

何兰是个性格直爽之人,在女儿面前也是这样,自从在长峪与石明理重逢并挑明了关系后,她就在给女儿的几封信中讲了一些。这次一股脑给女儿说了他们过去的全部秘密后,索性提出准备与石明理一起生活的想法。

"这意思就是在征求意见嘛。"吕小燕心里清楚,但是心里还是有一点酸酸的,她不知道为什么。

何兰见女儿突然沉默不语,也就没有再多说什么。刚才还又说又笑的场面一时冷了下来,不知是出于回避尴尬还是真的吃饱了,何兰起身就准备收拾自己的碗筷。

"妈。我知道你这些年也不容易。"小燕突然叫住了她,"说真的,我有些不舍。可是,可是我相信爱情。只要你感觉你们在一起能幸福,我就支持。而且,我觉得也许冥冥之中自有定数吧。唉!"

小燕说到最后又露出了笑脸:"什么时候,带我也去见见你的心上人,好吗?"

"顽皮的家伙,好。而且,你正峰弟弟前两天还在说道你哩。"何兰脸上红扑扑的,一下子又精神了许多。当然了,能得到女儿的支持和祝福,她哪有不开心的呢?"

"哼,他呀,他可最没良心了,我走了这么多年,他连一封信都没给我写过。"小燕噘起小嘴巴,明显有点不满,"嗯?不过,妈,他和人家秦小雯处得怎么样了?"

"他呀,哎!"何兰叹了口气,就把石正峰和秦小雯的事情说了一下。

"这个臭小子,成天就想着当村官,干工作,就是不懂女孩子的心思。不过也是啊,小雯也是的,就这点鸡毛蒜皮的事,拧身就走了,都有错误。看我改天不好好训他们才怪,哼!"

小燕一副大姐姐的口气,把何兰也逗乐了:"就是,改天过去训训他们。"

"哎,闺女。别只说小雯、正峰了,妈再问问你,你的对象谈得如何了?说来让妈给你参谋参谋。"何兰微笑着把话题转到自己女儿身上。也真是,小燕也老大不小了,个人问题也该摆上议事日程了。

"哎呀妈,不是在说他们俩嘛,怎么脑子一转又扯到我身上了?哼!"小燕见妈妈这样问起,小嘴又噘了起来。

"别不高兴,宝贝。你也不小了,终身大事得抓紧解决。"何兰才不管小燕什么表情哩,还有意提高了声音强调。

"哎呀妈,你就别为我操心了。你看看你女儿这么优秀,还少得了好男儿追?"小燕见妈妈有点不高兴,就扑过来挽住妈妈的一只胳膊。

"自恋吧你!"何兰被逗笑了,"我记得,高中时的那个经常和你一块上学的,就住在咱们对面不远街道的那个叫什么来着的孩子不错嘛,白白净净,斯斯文文的,前几天在街上还碰上,老远就招呼我哩。"

"哼。安晓宁,这个跟屁虫。他对你尊不尊敬呢?"小燕把小嘴一撇。

"怎么着?他是不是在追你哟?"何兰微笑着,"我看那孩子不错,对我可尊敬了,每次都是离好远就跑过来给我打招呼。有好几次,还非要帮着我把菜提上楼。小伙子勤快、实在。听说他在开发区一所学校教书。"

"哼哼,勤快?那是他另有所图、别有用心。这小子,看我哪天不逮住他狠批他一顿才怪,哼哼,竟然把工作做到我老妈身上来了。真是气死我了,哼!"小燕一脸的不高兴,可是心里却甜甜得。

"别得了好处还卖乖。我看那孩子心眼好。别太骄傲了,你个疯丫头。"何兰点了小燕一指头,"什么时候带回来,妈妈给你们做好吃的。"

"妈,啊?你……"小燕被何兰说得有些害羞起来。

第四十二章　脑洞大开

142

再说石正峰到了南方市后，卜冬财如见到了亲人，抱住他哭了个稀哩哗啦，一个大男人哽咽得连一句完整的话都说不上来，能让人听清楚的只有四个字——"不财迷了"。

"发财要走正道。投机取巧往往要栽跟头的，卜叔。"石正峰安慰他说，"咱们长峪的石材已经开采下来了，成色好得不得了，过不了多久，咱们村一定会因此而改变，群众很快就会富裕起来的。"

"嗯嗯嗯，就是，就是。我相信，我相信。"卜冬财握着石正峰的手，不停地唠叨，"这次回去，我一定老老实实做人，好好给村上干工作，给群众做实事。"

稳定了卜冬财的情绪后，石正峰就给向所长他们打了个招呼，出了南方市公安局。

站在街道上的一棵大榕树下，石正峰掏出了一个纸条，上面写着"上海路108号西北风大酒店，叶梅"。石正峰嘴里轻轻地念完，就招手打了个出租车走了。

坐在车上，石正峰无心去欣赏沿路一座座高大宏伟的建筑，心里只一个劲地想象着秦小雯的模样，"也不知她过得好不好？现在还恨不恨我了？如果还在恨我怎么办？如果不愿回去怎么办？"

西北风大酒店有30多层，与周围的其他建筑相映生辉，十分气派豪华，这是叶氏集团在国内的一处产业，董事长叶盛把它交给自己的妹妹叶梅管理。

叶盛早年留洋时，妹妹叶梅还是个十一二岁的小姑娘哩。叶盛在美国读完博士后，先是在一家金融公司打工。我国开始改革开放后，美丽的中国在许多外国人眼里就是一个十分神秘的国家，他们都非常想了解中国、见到中国。叶盛不愧是学经济的，他敏锐地捕捉到了这一历史性的商机，于是，立马与几名中国留学生合作开办了一所中文培训学校。果真，生意比他们预想的要好几十倍。

通过这所学校，他们掘到了第一桶金，后来就把其他产业也慢慢地做了起来。由于管理得当,叶盛的生意越做越大,不但在国外十几个国家开办有学校和酒店,在国内的北京、上海、广东也经营了五六个星级酒店。

叶梅从师范学校毕业后在潮州的一所小学教书,当时,哥哥叶盛还没有回国发展。

在一个晴朗的早晨,她在护送学生过马路时与一位赶过来帮忙的解放军相识了。这位英俊潇洒的军人,就是当时在潮州一部队当排长的秦坚定。

后来他俩相爱了,一年后就结了婚。六年后,秦坚定转业回橘城公安局工作,叶梅带着四岁的秦小雯也回到橘城。

刚开始,叶梅被安排在县城百货大楼当售货员,工作也干得十分得心应手。由于表现出色,叶梅连续多年被主管部门评为先进工作者。

后来,在市场经济的大潮中,国营集体商业百货生意受到了应运而生的无数小百货商的冲击,县百货大楼只得转包,后来还倒闭清算了。

也就在这时,叶盛的生意做到了国内,得知妹妹下岗后,叶盛就把妹妹请到南方市,并任命她为总经理,全权负责西北风大酒店的生意。

在酒店9层9号总经理办公室,石正峰见到了叶梅。

叶梅是个十分优雅的职业女性,一套天蓝色的衣裙把她的身段衬托得很有韵味。她几乎没有化妆,淡金色的长发呈波浪式披在肩上,大大的眼睛,洁白的皮肤,看上去让人根本无法相信她已经是个快五十岁的女人了。

石正峰一进房间,一时不知如何称呼了,面对这么个气质高雅的女人,他感到十分局促。顿了一下,才吞吞吐吐地说:"你就是,叶……叶……叶姨吧?我……我……我是……是石正峰。我是来看……看看小雯的。"

"噢,你就是石正峰呀。快进来,快进来坐。来来,我给你倒茶。"叶梅一边给他让座,一边到饮水机旁给他泡茶。

石正峰便在一个真皮沙发上轻轻地坐下,顺手摸了一下自己的额头,满是汗珠,不过坐下后心里稍微放松了一些。也难怪,谁第一次见准丈母娘心里不紧张?

"水有点烫,先给你放着晾晾。给,你先喝瓶可乐降降温。"叶梅把茶杯放在茶几上后,随手从一个纸箱里抽出一个装满酱紫色液体的瓶子递给了他。

石正峰拧开瓶盖,"哧"地吸了一口,从来没有体会过的一种甜爽直达心底,这玩意别说还挺好喝的。

"小石呀,听小雯说你们是同学,又是同事,对吗?"叶梅待石正峰放松下来,就微笑着和他讲话。

— 269 —

143

"嗯嗯,是的。小雯还是我们高中时的英语课代表哩。"石正峰又喝了一口,赞美起来,"她人聪明、善良,还乐于助人,很优秀的!"

"听说你放着城里好好的工作不干,却执意回穷山沟里去当村官。你是怎么想的?你说你这个年轻人怎么就跟其他年轻人不一样呢?"叶梅看了一下自己的一只嫩白的手,有点不解且带点责备地问。

"呵呵。那个山沟目前的确还很穷,不过,那是我的家乡,是我生长的地方。"石正峰把那瓶饮料放在茶几上,动情地说,"俗话说'狗不嫌家贫,儿不嫌母丑',也许我一时不能改变她的贫穷,但是,良心告诉我一定要为她做点什么,哪怕是和乡亲们拉拉家常,哪怕是给他们宣传宣传党的好政策或者提供一些适合山村经济发展的好项目。"

石正峰说话的时候,眼里满含着热泪。叶梅明白了,这是个热情奔放、有大爱、充满正能量的好青年,她在心里暗暗为女儿高兴,"好,看来,我女儿的眼光不错!"

"哎,小石呀,听说你们那里也有大鲵?也就是'娃娃鱼'。"叶梅突然眉毛一挑。

"是的,有这种珍稀活化石。怎么?"石正峰觉得奇怪,就问,"叶姨,你对娃娃鱼也有兴趣?"

"是的。孩子,你知道现在在我们这儿,一斤娃娃鱼卖多少钱吗?"叶梅把一只手来回翻了三次,"最少也要卖到一千五百多元哩。你们为啥不发展这个项目?"

"可是,叶姨,这是国家保护动物,十分珍稀,我们怎能干违法乱纪的事情?"石正峰一听"娃娃鱼"几个字,心里就十分悲愤,眼前就浮现出二驴子浑身是血的情景。

他真想发火,可是他知道今天面对的可是秦小雯的妈妈,自己的准丈母娘,而且是第一次和人家见面,所以,他还是强忍着心中的气愤,反问并责问地回答了一句。

"呵呵,我是指搞人工繁育娃娃鱼。野生的种群那是不能随便乱动的,姨知道,姨懂。"

"人工繁育?"石正峰先是吃了一惊,接着眼里放着光彩,如果真能人工繁育的话,既保护了这种珍稀物种的种群,也可以适度地开发一些产品。如果这样当然好!

"对呀。现在在湖南、湖北一带,已经有人在做这样的事情了,而且大有收获,所以,这次听小雯谈到你们那里也产大鲵后,我就想到了。我们为什么不也来进行科研攻关呢?你想想,野生大鲵的繁殖力受自然生态环境的限制,有些种群在漫长的生物进化过程中已经消失了。现在,随着现代生物技术的发展,完全可以通过人工繁育的办法来解决这个问题。"叶梅很认真地说,"如果我们也能搞成功的话,你想想,既可以更好地保护大鲵,而且也可以开发一些产品来创造价值,这个现在国家是支持的,只要在有关部门办好备案审批手续就可以。"

叶梅给他讲了一些关于大鲵养殖的事情,对石正峰的思想触动很大。是啊,大秦岭的生态环境好,是大鲵的最佳生存区、栖息地,我们为啥不也来搞人工繁育大鲵呢?只要符合国家政策,一定要搞。其实想想,这种繁育驯养的开发方式才更有利于保护这些活化石级的国宝嘛。

"叶姨,听您这么一说,我真是脑洞大开啊。可是,这要搞人工繁育,是需要生物科技支持的,我们从哪去着手呀?"石正峰虽然心里很是激动,可是许多事说起来容易做起来难,比如这种科技人才从哪请呀,因此,又犯愁了。

"噢,对对。你一来我就和你谈这个事儿,把其他的忘了告诉你了。"叶梅突然打住,把话题一转,"你来是找小雯的吧?"

"是的,姨。"石正峰脸一红。

"呵呵。忘了告诉你了。你来晚了一步。她昨天走了。"叶梅卖了关子,脸色微微一沉。

"啊?她,小雯她?"石正峰一惊,急忙抬起头来望着叶梅,"她到哪儿去了?"莫不是出国找舅舅去了,完了完了,我来迟了,石正峰心里直打鼓。

"她呀,她回橘城去了,怎么留也留不住,唉!"叶梅轻叹了一声。

"是吗?那太好啦!"石正峰一听,顿时心花怒放。

"好是好。可是我听说,她这次回去是要找一个欺负她的人报仇去了,哼哼。"叶梅见石正峰那高兴劲儿,故意想吓唬吓唬他。

"你说你们这些年轻人,吵个嘴就闹这么大的动静,再说了,姨可要批评你了,小雯走了这么长时间了,你也不给她打个电话什么的,真是。"

"是,姨,是我的错,这一切都是我没做好,我向你保证,我会一生一世对小雯好的。"石正峰不知咋的竟然给未来的丈母娘打起了保证。

"好啦。我再告诉你一个好消息,这次陪小雯一块回去的还有一位姓陈的老华侨,他可是对生物繁育很有研究的。回去后,你们多向他请教。到时候,我也会回来给你们投资的。"叶梅被石正峰的言语给逗笑了。

"姨,那我就不打扰了,希望我们在橘城见。"石正峰再也坐不住了,没想到小雯已先他回去,肯定是她想通了,原谅自己了,嘿嘿。而且,还给他们带回一个对生物有研究的人才,他现在恨不得肋生双翅,立即就飞回去。

"我已经安排餐厅,吃了午饭再走不迟嘛。"叶梅想挽留。可是石正峰此时哪有心思吃饭,他的心早就飞着追赶秦小雯去了。

"不了不了。谢谢姨!我得马上去追小雯他们。"石正峰说着快步走向门外,心里十分甜蜜。

第四十三章　初心不改

144

　　山下,一辆小车徐徐地往山上开着。

　　车内坐着一老一少两位客人,坐在前面的是一位五十岁上下,粗眉宽脸,头上略显秃顶的男人,他着一身考究的浅黄色花格子西装,大腹便便,一看就知道是个大老板。

　　坐在后面的是一位戴着一副深茶色遮阳镜,披着一头栗色长发,穿一身黑色皮裙套装的靓丽姑娘。

　　秋阳已爬上了西边的山头,无力地把它的光热散射在东边的山腰。远处,在秋风中飘零的枫叶,像片片发红或发黄的记忆,使人的思绪飞扬……

　　"莎莎呀,莎莎,你好吗?你长高了吗?你长大了吗?你长成什么样子了?爸爸太想你、太想你、太想你了呀!……爸爸太对不起你,太对不住你妈妈,太对不住你外公了呀……爸爸太混!太混!太混蛋了……"坐在前面副驾驶位的老板,无心欣赏窗外的暮色秋画,满眼噙着愧疚的泪水,打开了感情的闸门,他在心里不停地念叨着爱女的乳名。

　　他就是美国"汉华园林开发实业总公司"的总裁陈约翰先生,也就是当年巧取陈明理上大学的资格,后又抛妻弃女的陈明利。而那位车后座上的栗发女郎正是归心似箭的秦小雯。

　　当陈明利背叛家庭和那个金发碧眼的迪斯娅私奔到加国后,他才知道资本主义国家竭力鼓吹的那些自由、民主和文明也不尽然,贫穷和暴力随处都在发生。

　　刚开始,他甚至连一份像样的工作都无法找到,只好给迪斯娅叔叔在沃大格市郊的一个破落农庄里种小麦混口饭吃。

　　时间不长,半年后,迪斯娅这个女人又勾搭上了一个市内的黑帮太保,经常在外边鬼混胡搞。有几次还公然当着他的面和别人风骚逗乐。终于有一天,他忍无可忍地扑了过去,但最后被人家打得半死给扔出了农庄……

他痛恨！他痛恨自己不该迷恋女色，不该抛弃妻女，不该背离祖国。然而，一切都太迟了、太晚了。他痛哭流涕地在农庄外的烂泥路上挣扎着爬行了很远……

他想用死来了结一切，可是女儿的笑脸和故乡的橘园、清水紧紧地萦绕在他脑海："不能，不能这么死，就是死也要再看看自己的女儿，就算死也要死在自己的国家、自己的老家，那里有美丽的橘园、清澈温柔的清水啊！"凭着这样一种信念，他靠要饭活了下来。

也许命运对他不算太残忍，时间不长，就有了转机。一次他在沃大格市内讨饭，被一名巡警抓住乱打，恰好被一位路过的中国商人撞见，这个很有正义感的中国人哪能眼看着自己的一个落难同胞遭受外国人的毒打，便猛地冲过去，抬手拦住了即将又砸向他头顶的警棍，并厉声用英语喝止道："住手！不能欺负中国人！"

那个留着两撇大胡子的警察望了望这个身材魁伟、气宇轩昂的中国人，胆怯地退身走了。

他总算遇见了一位敢站出来帮助他的中国同胞。就这样，他认识了这个改变他命运的贵人——叶盛，结束了他在国外悲惨的流浪生活。

叶盛是美国华侨，是正在做着房地产生意的大老板。这次来加国就是因为承揽了沃大格市政厅的改建和装修工程，一听陈明利曾是南部农大园林系的讲师，便高兴地特聘他为公司园林开发部的经理。

从此，他才有了施展才华的天地。加国的工程顺利结束后，叶总把他带到了美国发展。他在饱受了异国他乡的酸辣辛苦之后，经过了十几年的艰苦创业，在叶盛这位中国大哥的大力支持下，终于独立创办了"汉华园林开发实业总公司"。

为公司起这个名字就是要时刻提醒自己是中国人，是汉人，是汉南人。汉华公司在他的精心管理下，没出十年就发展成了一个大型的跨国园林开发公司，生意竟做到了澳大利亚、英国、法国、新加坡等国家。

事业越大，他思乡念友的情结越浓厚。这二十多年来，他曾先后向当年农大的一些同学、好友发过十多封信，寻问妻子和女儿的下落，但都是如泥牛入海，杳无音讯。

大陆改革开放后，他也曾随叶盛回来考察商机，更重要的是为了寻找妻女。他在20世纪80年代中期曾两次到成都、重庆等地寻找，也没得到一个确切的消息。仅仅只听说，有个叫付萍的疯女人在一个下大雨的黄昏跳进了浊浪滔天的嘉陵江，至于付柏林和女儿莎莎的下落，却无人知道。

他很失望地走了，连近在咫尺的老家橘城他都没去，因为他不敢去，去了他将如何向过世的父母和健在的亲友们交待?

他抛弃了妻子,气疯了妻子,逼死了妻子,也丢失了自己唯一的爱女、陈家的香火,他还有脸回去?

所以他走了,带着伤痛和遗憾又回到了美国,但他没有绝望,他发誓这辈子绝不再娶,一定要找到自己的爱女,向她及她的妈妈付萍忏悔终生。

近两年他从电视上、从华文报纸上知道了国家把经济发展的重点放在了西部,而且已吹响"西部大开发"的战斗号角,他坐不住了,思乡的心情越发强烈,寻女的愿望更加强烈!他想回家看看,看看生他养他的老屋,看看十月橘园的秋色,看看夕阳下宁静的溪水……

而且他还有一个最大的愿望就是,想把他在国外赚得的亿万资产用来投资故乡的建设。他要按照国际一流标准来把橘园成仙村建设成集观光、旅游、休闲度假于一体的园林环保型美丽村域,真心为家乡的发展多做些实事、好事。

临行,他去看望叶盛大哥。叶大哥很赞赏他的拳拳报国之心,当即拨通了妹妹叶梅的电话,并一再嘱咐要照顾好他这个朋友在回国第一站——南方市的衣、食、住、行等等事宜。

随后才不忘告诉他:"我妹子也是你们橘城人哩。你们可以说是老乡。"

他当时很诧异:"大哥的老家不是在潮州吗?"

看到他那不解的样子,叶盛才解释:"因为我妹夫是你们橘城人嘛,哈哈哈……"

笑罢,他又给他建议:"老弟,我那宝贝外甥女已到了南方市,她可是橘城通哟,你去了想了解什么情况可以先请教一下她嘛。"

想到这儿,陈明利也笑了。

"不错,小雯这个向导还真没找错。"他心里说着就把头转过去,想看看这个半天没说话的小老乡。

145

秋天是个让人多愁善感的季节,此时的秦小雯也陷入了纷乱的思绪,不能自拔。

"正峰,我回来了,我回来了。我马上就要回到你身边,扑进你的怀抱,因为我爱你,太爱你!你好吗?这段时间你想我吗?梦到过我吗?我可是天天想、夜夜梦呀……"

实际上,那天秦小雯一踏上飞机就后悔了,看了石正峰那蘸着鲜血写成的情书,她哭了,她真想从天上跳下去,扑进他的怀里大哭一场,然后对他说,"我相信你,相信你!"

以至于下了飞机,她就想再搭乘火车返回,可是妈妈那温馨的呼唤和温暖的怀抱已将她紧紧地包围。

南方不愧为改革开放的前沿阵地,就拿晚风来说,都是那么的先(咸)行(腥)。

面对这高入云端的楼宇和快节奏的生活,初来贵地的秦小雯真有点晕头转向,无所适从。

看到女儿那不舒服的样子,叶梅急忙关切地安慰:"雯儿,不要紧,肯定是不服水土,家里还放着一些当年从橘城带来的干地软(一种可食用的菌),回去妈妈给你泡水喝了就会好的,准灵!"

从第二天起,妈妈就领着她游遍了南方市的大小风景名胜区,吃尽了她西北风酒店里所有的广东大菜。还为她的将来设计了许多美好的方案,供她挑选。比如:学习酒店管理,将来接妈妈的班;出国留学深造;介绍她到一些大型外资企业里面去锻炼,等等。

直到两个月后的一天清晨,母女俩在珠江边散步时,秦小雯才按捺不住地给妈妈说明了心事,并坚持要返回橘城,要投身到橘城人民渴盼的事业中去。

叶梅当然是坚决反对的,为此,母女俩还大吵了一场,不欢而散。

回到酒店,秦小雯就把自己反锁在第十六层的一套客房里,拿出石正峰的"血书"伤心地哭泣,直到大舅叶盛打给她了一个来自大洋彼岸的电话,她才破涕为笑,在话筒上把舅舅使劲地亲了个够。

原来,妈妈拿她没办法,就打通了她大舅叶盛的电话,诉说自己的苦心和小雯的任性,好让她大舅去劝说她。

不料想,叶盛在电话里狠狠地批评了叶梅:"孩子们的幸福掌握在他们自己的手里,我们当父母的,不要过多地干预或阻挠。再说了,一个人活着不应该老是为自己的前途和幸福去谋算,而应该为更多人的前途和幸福去拼搏。这样的人,才会受人尊敬和信赖,活着才更有意义。小雯的想法和志向是正确的,我们应该支持她。"

叶盛是一位深深爱着祖国的华侨,把妹妹批评了一气后,又给叶梅嘱托:"这两天,我的老朋友、美国汉华园林开发实业总公司总裁陈明利先生也要借着西部大开发的机遇,移资亿万回国投资搞建设了。他也是你们橘城人,我很钦佩他呀!"

也许是因为太激动了,顿了顿,叶盛又感慨颇深地说:"像这样报效祖国和家乡的人,我们就应该尊敬和大力支持。因为这种爱国爱家的情怀十分难得,这是一种'龙种'遗风传承,一种我们中华民族之所以繁衍兴盛的浩然正气!"

听了叶盛大哥那对祖国、对民族无比热爱的慷慨陈词,叶梅的眼睛湿润了:"是啊,这些广大的爱国华侨也是我们中华民族的脊梁啊!"

她忽然想起了自己远在橘城的丈夫秦坚定来。此刻,秦坚定这个标准的老黄牛式的共产党员的形象,竟然无比高大地在她的脑海里站立了起来。

于是,她歉疚地在电话里轻轻地对叶盛说:"大哥,我知道了,知道该怎么做了。"

叶梅的这个歉疚不知是对叶盛,还是对秦坚定,也许是二者皆有。

146

第三天下午,陈明利才一路风尘地住进了珠江边上的西北风大酒店。

晚上,在叶梅给他特设的接风酒宴上,宾主双方才有了更深的了解。尤其是秦小雯,和这位致力改变故乡面貌、报效橘城父老的老华侨谈得很是投缘、投机。"甜不甜,家乡水,亲不亲,故乡人嘛!"也许就是这个理。

"丫头,你就是我叶大哥的外甥女吧?你大舅可是要我有啥事找你请教哩,说你可是个橘城通呀,哈哈哈……"陈明利给秦小雯盘子里夹了一只金黄黄的龙虾。

"请教不敢说,不过橘城通,那可不是吹的。"秦小雯向陈明利点了下头,算是致谢,"如果陈总在橘城有什么用得着我的地方,请尽管吩咐,我一定竭诚服务。"

"常听你大舅夸你人长得漂亮,有嘴、有身、有才干。今天一见呀,果真!"陈明利夸赞完又问,"大侄女,你是哪所大学毕业的?这么充满灵气啊!"

"西呐农大",秦小雯正在喝着一口饮料,听陈总又问,便呢喃着急忙回答,吐字发音有点不大准确,可就是因为出了这点小毛病,却使陈明利提前知道了他寻找了半辈子的爱女的下落。

"什么?西南农大,那你听说过一个叫付柏林的教授吗?"陈明利眼睛一亮,急忙站起来,因为他不愿放弃一丝希望。

秦小雯吃惊地望着站起来的陈明利,赶快纠正:"陈伯伯,是西部农大,不是西南农大,不过叫付柏林的教授,我倒认识一个。"

"哎呀,太好了!侄女,他在哪里?他身边应该还有一个算起来和你差不多大小的姑娘,是吗?"陈明利激动地眼睛里放着光彩,充满希望地等待秦小雯的肯定。

"是呀,他身边是有一位和我同龄的姑娘,是他的外孙女,叫付莎,付教授就是我们学院的副院长啊!怎么,你们认识?"秦小雯觉得奇怪。

"莎莎,莎莎……"陈明利点着头,口中不停地翻来覆去地念叨了好一阵,才惊喜万分地说,"莎莎,莎莎,爸爸终于知道你的下落了。"说话间,竟流出了两行浊泪。

在座的几位客人都觉得今晚陈总的言谈举止奇怪。作为东道主,叶梅轻轻地离座走过来,把他扶着坐到座位上,又把一杯饮料递在他手里:"陈总,喝口果汁吧,是加了冰的。难道这里边还有什么、什么……"叶梅说到这儿,也不好再问下去。

陈明利看了看在座的客人们那关切的眼神,把那杯饮料一口饮干,长叹了一声:"这都是我造的孽呀!二十多年前……"

听完他那一段带泪的回忆,在座的人们都流下了同情的泪水,但更多的泪是为付萍和付莎而流。

其实最感动的还是秦小雯,她现在又进一步地证实了石正峰所说的那些当时只听了只字片语的话——"这……这是误会……成仙村……人……老家……寻亲……"什么的。她觉得付莎太可怜了,心里涌起一阵歉疚和感动,也抑制不住地流下了眼泪。

沉默了片刻,她才忍住没哭出声来:"陈伯伯,付莎现在就在橘城,在成仙村,在长峪村,我一定帮你找到她。"

第四十四章　幸福花开

147

"老板,小姐,长峪村到了。"出租车司机已帮他们打开了车门,秦小雯这才回过神来,微笑着下车。

庙场里来了比何兰还"威风"的人物,自然逃不过群众的眼睛。

秦小雯一眼就看到了何兰、小燕、小高和石明理他们。倒是何兰他们,觉得这个一头栗色头发、戴着茶色镜的标致姑娘眼熟,可就是一时想不起来。

何兰是接到石正峰从南方打来的电话,知道小雯已经提前返程,高兴地携上小燕一块赶回长峪来的,反正在家里也没啥子事,公司里几个副总把销售上的事情打理得井井有条,她是不用多操心的。

女儿也回身边上班了,一切都似乎稳定下来,但是长峪还有一摊子事情需要亲自督办,既有生产上的,也有情感上的,呵呵。总之,这会儿的主要心思都应该放到长峪才是。

石明理也起了身,望着不远处这个顾盼左右的肥胖、秃顶男人,感觉有点面熟,他在记忆的"仓库"里不停地翻找着……

秦小雯摘下眼镜,喊着"何姨"奔了过去。这下,人们看清了,是小雯,是秦小雯,是秦小雯回来了。

何兰也惊喜地迎了过去,二人兴奋地来了个拥抱:"闺女呀,你可想死阿姨了。回来就好,回来就好啊!"

小高也走过去,诙谐地逗她:"醋坛子,沿海的咸水应该把醋劲消灭干净了吧?"

"去你的,"秦小雯羞涩地笑了,急忙岔开话题,问,"付莎呢?"

石明理微笑着接上茬:"和'狼不吃'一起陪她外公到南山去考察白果树林去了。"说毕又对石正强盼咐,"月儿,快去把他们喊回来,有贵客到。"说完,他又开始琢磨起这个似乎很熟悉,但现在却怎么也想不起来的衣着考究的男人来。

"对,是有贵客到。"秦小雯急忙把已来到他们面前的陈明利介绍给大家,

"叔,这位是美国汉华园林开发实业总公司的总裁,也是咱们橘城人,还是你们成仙村人呢。"

说到这儿,秦小雯又望着石明理,觉得有些滑稽,含笑说:"叔,他也叫陈明理(利)。陈总这次回来可是要投巨资来开发橘园,开发清水河,建设咱们美丽的家乡啊!"

"啊?"

"啊?"

两个人同时都想起了对方。

石明理的眼睛里瞬间闪出一股仇恨的目光,但很快便消失了。三十多年了,还有什么仇怨不能忘记和化解的。

再说了,上不上大学只不过是人生的一个转折点,它根本不能左右一个人一生的命运嘛,这算什么仇?这算什么怨?这多半辈子经历的比这怨恨大得多的事件都过去了。

时间真像一把万能的神刷,它能消除世界上一切怨、恨、愁、苦、仇,总要使世间万物变得喜、乐、亲、和、静。

事实上,当他从石正峰的口中知道了付莎就是陈明利的女儿后,出于对付莎的同情和爱护,早就原谅了陈明利。

陈明利惊讶地跨了过来,深深地给石明理鞠了一躬,无比歉疚地说:"明理哥,对不起!对不住!真是对不住你呀!三十多年了,良心一直谴责着我,是我影响了你,不,是我毁了你一生的前程呀!"说着,又准备弯下腰去。

石明理赶忙拉住了他:"明利老弟,三十多年了,我早都忘记了,还提那些旧事干啥?我现在不是很好吗?我们应该忘记过去,着眼未来嘛!"

石明理拉住陈明利的手向后走了两步,指着新盖的五间教室,意味深长地含笑说:"我们这一代人的苦难,绝不能在我们下一代人身上重演。"

"你说得太对了!"两位同名且同村的老人把双手在三十年后的这个时刻,紧紧地握在了一起。一些多少了解他俩故事的人们为他们的这番谈话也深受感动,鼓起了掌声。

就在这化解怨恨的掌声还没停歇的时候,一位凄楚的少女已急急地走了过来。

"莎莎来了。"石明理指着付莎对陈明利轻轻地说。

陈明利老泪纵横地迎上前去:"莎莎、莎莎,我的莎莎,爸爸找你找得好苦哇……"

"爸爸、爸爸……"听到父亲泣不成声地喊着自己的乳名,付莎又像儿时一般张开双臂,哭着、叫着扑进了陈明利的怀里,"爸爸、爸爸,我想你,我想你!我好想你!"

"我也想你,很想你!女儿,可爸爸不是个好爸爸,是个罪人啊!我对不住你,对不住你妈妈,也太对不住你外公了……这些年来,我一直在四处打听你们的消息,一直在寻找你们呀!莎莎、莎莎,我知道你一定很恨我!可爸爸真的很想你!……"陈明利不停地捶打着自己的头,伤心自责地絮叨。

跟着而来的付柏林教授看到他们父女俩哭成了一团,也悲喜交加地流下了大把大把的眼泪。

"爸,爸爸,我不是人!我不是个好东西!我对不住你,对不住阿萍。呜呜……"看到自己岳父满头白发,用拄着的一根竹棍摇摇晃晃地支撑着颤栗的身子,陈明利心痛地给老人跪了下去。

庙场的所有人,无不为这一家人艰难而悲喜的重逢所动容。

何兰不停地用纸巾拭泪,秦小雯好几次都快哭出声来,还有小燕、小高她们的眼里都噙满了热泪。

148

两天后,石正峰和卜冬财也回到了村里。听了这么多的好事情,石正峰的心里真如花在怒放,高兴得不知如何是好。他连休息都顾不上,就拉着秦小雯去先后拜访了陈明利、付教授,还有何兰和吕小燕她们。

年轻人干什么事都是雷厉风行的,这一点尤其在石正峰的身上表现得更为明显。

第二天,他就找刘土根召集全村干部以及像"狼不吃"鲁长福、林雪红等这样的一些有识之士开会,重点研讨长峪村的未来发展方向。

在这个会议上,石正峰根据自己这次到南方去一路上的所见所闻,给大家分析了一些当前国家的经济发展形势,最后,又结合本村的实际,大胆提出了长峪村的未来五年发展规划。

规划的发展重点是依托良好的外部经济发展大环境,充分挖掘本村绿色自然资源优势,组织成立农民专业合作社,积极鼓励和引导村民大力发展天麻、猪苓、黄姜、银杏、厚朴、元胡等中药材;大力发展香菇、木耳等食用菌;大力发展生猪、肉牛、山羊规模化养殖;同时,积极争取林业、水利等部门支持,与省市一些科研院校合作,大胆研究大鲵人工繁育技术等。

这个规划具有前瞻性,把全村干部听得喜不自禁,这些几辈子只有在梦里发财致富的汉子,个个现在满怀着希望。许多人赞叹道:"哎呀,想不到咱们这个穷山沟,以后就要变成流金沟了哇!"

石正峰和秦小雯加班了两个晚上,亲自把规划起草出来,又分别送到何兰、付教授和陈明利那儿去征询意见。

何兰看后哈哈笑道:"好,是个好规划。说吧,需要我怎么支持,不过,正峰呀,我的技术人员最近又在一处山坡上发现了纯度很高的石英矿啊,看来,这长峪真是个流金的宝沟啊。把这个也一并写进去,到时候我也来投资开发。"

"又发现了石英矿?"石正峰也是一喜,不过只是一瞬间,他的脸色又沉了下来。

"对呀。那可是生产高档玻璃器皿和其他精密器具的重要化工原材料啊,比如石英沙、石英板等。嘿,用途广泛,经济效益很高哩!"何兰如数家珍,好像早就研究过似的。

"可是姨,大秦岭可是我们的'龙脉'呀,不能再开采了。"石正峰终于忍不住了,"这次到南方去的所见所闻,使我认识到保护山水环境的重要性。"

"什么?你说什么?"何兰顿时愣住了,哆嗦着手指,指着他厉声质问,"你小子怎么能这样?你这不是过河拆桥吗?哼!"

石正峰意识到自己把这位"大恩人"已气得够呛,赶忙把一杯热茶双手递上:"姨,也许我说话太直了,还请您谅解!不过,您老是有觉悟的聪明人,每天也在看书读报,国家的大政方针、发展方向,您一定比我看得准、看得远。我想,您一定会慢慢想通的。我认为咱们走绿色可持续发展道路也是大有前景的。"

何兰摸了一下石正峰递过来的茶杯,并没有接:"我不是没有想过,你们这里充其量也只能算大秦岭的浅山区,我们开采的这点石头,对于大秦岭而言简直连一根汗毛都算不上,影响不了什么。"

"可是姨,俗话说'千里之堤,溃于蚁穴',你来开采、他来开采,再大的山也经不起乱开滥采啊。再比如,假若大秦岭真是一条活龙的话,咱们在他身上炸石放炮,他一定会痛苦不堪的。我们就不心痛?"石正峰继续道,"这次到南方去,我接触到了一些新鲜事物,也接受了一些新理念,比如环保、旅游。那里许多发展好的环保企业、旅游产业公司都上市了。我们汉南有这么青的山、这么绿的水,我们为啥不来思考发展绿色产业呢?前两天,我在报纸上还看到一个有头脑的人,在大城市的街道上高价售卖山里的新鲜空气哩。嘿嘿。有图有真相的。"

"上市、上市,你知道什么是上市?还来给我讲大道理?"突然,何兰咯地一声笑了,准确地说是被石正峰说最后一句话时那洋洋自得的样子给逗笑的,"那又不是你们这里的空气。哼,看来啊,你小子这趟南方的确没白跑,不但找回了所爱,也增长了智慧,脑瓜子更灵光了。好,姨现在说不过你了。"

"哈,拿来比比,我们这里的空气比他那里的可好多了。"石正峰也笑了。

见他俩似乎化开了心结,在座的其他人也长舒了一口气,毕竟,人家何姨可

— 282 —

是没少帮助石正峰,更没少为长峪发展出资出力。有什么问题商量着解决了就好。

这期间,陈明利也到自己阔别三十多年的故乡成仙村去了几次,而且已经通过村上干部联系了镇党委、镇政府,共同研究了斥资打造橘园生态旅游的一些事宜,目前也在积极着手"汉南生态橘柑园"的旅游开发事宜。

陈明利看了长峪村的五年发展规划后,连连点头,尤其对大鲵人工繁育产生了浓厚的兴趣,因为自己当年在农学院也研究过这方面的课题,虽然他当时的研究重点是园林,可是他当年对这个生物科学也是蛮感兴趣的,一见规划就眼里放光,主动提出要参与这个科研项目,而且要提供全部科研经费。

这可把石正峰他们给高兴坏了。俗话说"万事俱备只欠东风",可是,现在对于十里长峪来说,什么也不欠了,正是扬帆起航时。

思路决定出路,科学发展就是硬道理,长峪的明天一定会更加美好!

149

来年春,长峪村挖到了第一桶金,卜冬财扒拉了一大撂账本后,兴奋地给刘土根和石正峰报告,今年村上一次性从金凤公司分得利润八十九万多元。

这可不是一笔小数目,可以超过同期十几个经济发展较好的村加起来的年收益了。

刘土根和石正峰都很兴奋,尤其是刘土根,泪眼婆娑:"啊,想不到啊,我刘土根在任上还能看到咱长峪富起来呀。呵呵,哈哈。"

"是啊。这都多亏了咱们正峰啊。"卜冬财也有点感慨,捏报表的手在微微颤抖。

"哪里呀,这都全靠党的好政策,是国家的改革开放给咱们创造的机遇和成果嘛。"石正峰听卜冬财这么一说,倒有些很不自在起来,"我们村的发展离不开长峪村全体干群的辛勤劳动,也离不开像何姨这样有爱心的企业家的大力支持。"

"噢,对咧,正峰,我还有一件高兴的事要给你讲哩。"刘土根忽然高兴起来,"你的入党申请通过了,真是可喜可贺啊!"

"真的吗,刘支书?"石正峰一听,这个消息比什么都要令人高兴,他的眼里一下子充满了热泪,心里喃喃,"党啊,我亲爱的母亲,您终于接纳我了,我一定会更加努力地为党为人民服务,绝不让您失望!"

半年后,长峪村的好几个大项目都进展得很顺利。

何兰没有再在山里办厂了,而是在橘城城郊租了一块地,办起了年产几十万吨石英沙的深加工企业,几乎把长峪所有精干劳力都给招聘进去当了生产工人。不过,鉴于国家对自然资源保护越来越严,公司也在思考着转型发展的事情。

她按照国土资源和环保部门的要求,缩减了石材开采量,实行有计划的适度开采,而且采取"采""补"结合模式,对采过的矿区进行补土复垦,栽植红松、刺柏或其他如杜仲、枣皮、厚朴等经济林木,并安排专人进行管护。

其实,何兰又何尝不知道青山的美和绿水的好呢,只是为了帮助长峪村脱贫发展,自己力排众议,这几年已经先后投资进去不下千万元资金了,自己的家当扔在这旮旯也就算了,可是公司其他人的呢?

不过作为一名共产党人,她在关键时刻还是能正确处理家国情怀、大局与个体关系的,孰轻孰重,她依然能很快分清。那次与石正峰谈话后不久,她就连着回了西都好几趟,下功夫给员工做思想工作,最终转变了原来的企业发展思路。

在一段时间里,只要一有空,她就会亲自去察看和管护那些复栽的树木和花草。当然,每次干重活的时候,石明理一定是她御用的骨干劳力。

何兰的一系列举动,得到了县委宣传部和有关媒体的关注。一时间,她的事迹,尤其是深入山区帮助贫困群众治穷致富的感人故事,传遍了大江南北。

林雪红和"狼不吃"鲁长福也瞄准了发展方向,精心办起了一个年出栏一千头猪、三百头牛、两千只羊的大型养殖场,基本把村里那些干不了重活的老弱病残之人都吸纳过去了,比如解跛子等手脚不灵便的人,他们能干点什么就安排干点什么。

总之,一下子,长峪就像城市里的一个产业园区一样了,户户都有人在企业里每月挣工资,个个高高兴兴上下班,家家生活变了样,群众的生活水平在一节节地提高。

村上也拿出了一大笔资金,用于改善村容村貌和农业生产基础设施,村委会也修成了一座三层楼房,村里的卫生所也进行了规范化建设。在庙场还专门修建了一个公共洗澡堂,安排戈秃子管理,村民洗澡全免费,在各个岔道口还安装了路灯。夜晚,一盏盏路灯就像天上的星星,十分好看,长峪人走夜路再也不怕黑了。

生活条件好了,村民手里活泛了,更加有了生气。马哈娃一合计,便紧挨着连寡妇的小卖店开了一个小酒馆,什么麻辣小炒、土豆焖鸡、水饺、扯面花样齐全,天天食客爆棚,至于他还有什么其他的目的,那只有他自己心里明白了。

当然,能干的连小凤也不甘落后,专门请了城里的装修公司把小卖店改建成了一个小超市,货物百杂,应有尽有,生意比原来好了不知多少倍。一个人已经忙不过来了,就招聘了村里的六七个小媳妇当销售员,自己俨然也成了一方老板。

铁嘴张也不常去"一品香"说书喝小酒了,村里把他安排到图书室工作,每月拿工资。图书室一溜三间大瓦房,阅览室里茶水村上免费供应,他如果有兴致了完全可以在庙场的图书室给乡亲们说书、唱戏、讲段子,直乐得铁嘴张整天眉飞色舞,动不动就扯起韵调地唱上一段秦腔折子戏。

大鲵人工繁育的科研也没有耽搁,石正峰和秦小雯直接上手,不但请陈明利主持,还请付柏林教授从西农派来了这方面的专家学者加强科研攻关,因而,大鲵人工繁育项目也进展得十分顺利。

第四十五章　最好礼物

150

从西藏支教回来,吕小燕就被组织上调进了区教育局干起了政务工作,你别说,教惯了书,突然之间让干行政工作,一时间她很不适应。

尤其是在这年底跟前,不是接待这个考察团就是应付那个检查组,说真的,实际工作没干多少,整天红酒、白酒的陪着喝,把人灌得东倒西歪地难受,有时连她也弄不懂,现在这工作到底是咋回事。

一天,接待完一个检查组,她就醉得不像样子了,司机把她送回家。何兰没好气地说了好几句:"喝喝喝,成天喝,小心哪天不喝坏身子才怪。"

"国家的钱都让你们这样糟蹋。"

"早知道回来是这样工作,你还不如不回来呢,最起码人身体不遭这样的罪嘛。"

何兰的牢骚话果真勾起了小燕的几多回忆,她朝何兰无奈地翻了翻白眼,就进入了梦乡。

在梦中,她又回到了支教的地方,深蓝深蓝的天空下,纯洁无暇的雪山如处子一样耸立在天际;庄严肃穆的寺庙,喇嘛把佛号吹得令人心颤;辽阔的草地上,牦牛在奔跑,羊群在移动,有藏族同胞骑着骏马在飞驰……

在一个山包下,渐远渐近地出现了一所土墙石瓦的小学校,琅琅的读书声随风飘荡,在一个简陋的教室里,一群身着藏族服装的小学生正在跟着她认真地读书。这个小学叫旺达小学,是柴旦乡一所比较僻远的小学。

三年前,出于对西藏的神往,她自愿报名从西都市到这里支教。这里的生存、生活环境虽然很差,但这里的藏族同胞却非常憨直、热诚。

不久,她就和他们建立了十分深厚的情谊。夏天,她会和他们一道在草地上骑马放牧;冬天,他们会和她一起围在火塘前跳舞、唱歌、煮酥油茶。

放学铃声响了,学生们雀跃地跑出了教室,见她出来了,学生们把她围了起来,争着要拉她到家去吃糌粑。她不停地谢绝,但最后还是被格吉和央珠硬给拽了去。

格吉和央珠是兄妹,爸妈死得早,是爷爷旺才大叔把他俩一手拉扯大的。旺才大叔可能有七十多岁了,但身子骨却很硬朗。见她去了,老远就张开双臂迎了上来,高兴得像个孩子。

不一会儿,央珠捧上酥油茶,格吉端上了糌粑、牦牛肉,旺才大叔又笑哈哈地从床头柜里取出了一瓶珍藏了很久的青稞酒。土围房里,牦牛粪被烧得冒着火焰,他们就围在这温暖的火塘边,喝起了青稞酒……

"喝喝喝,做梦都在喝,"何兰生气地把她摇醒,"我看你真是没救了。"

她一失惊,哎呀,第二天了,太阳都老高了。她冲母亲扮了个鬼脸:"我正和旺才大叔喝酒哩,都怪你。"

"这么说,你又梦游阿里了!"何兰被逗笑了,不过是无奈的苦笑。

是啊,她可真是太怀念在阿里的日子了,不知那些孩子们现在都好吗?回来都多半年了,她连封信也没有给孩子们写过。

她急忙扒拉了一口稀饭,就赶快去了教育局。

151

吕小燕刚在办公室坐下,传达室老刘就蹑手蹑脚地走进来,把一张纸条递给她说:"吕主任,你的包裹单。"

她心里好奇,就伸手接了,一看写信人和地址,一股暖流顿时传遍全身,是旺才大叔寄来的。哈,不知是啥东西呢?他们都还那么贫穷,送啥子东西呀!唉,这个旺才大叔!

当她正要出门到邮局去时,局长打来了电话,要她赶紧去郡上大酒店,按千元标准准备三桌酒菜,说要接待上边来检查工作的大领导一行。她心里一惊,这不又要喝酒吗,但又不敢不听局长的吩咐,就答应照办。

她叫上司机小王开车出去后还是先到了邮局,实在忍不住地想尽快感受一下西藏的气息了,哪怕就是通过那些包裹,因为她太想孩子们了。

包裹是一只大纸箱,沉甸甸得足有十多斤重,小王看着大纸箱冲她直笑:"吕主任,是些啥东西呀?从西藏寄来的,那地方可是盛产冬虫夏草、羚羊角等值钱东西的哟。"

她抱起箱子,忽然一股淡淡的腥臊味钻进了鼻腔,呀,这是多么熟悉的味道呀,但一时就是无法辨识出来是些啥。

小王把箱子抢过去闻了闻,低声神秘地说:"大主任,我敢肯定,一定是野生动物身上的东西,说不定就是羚羊角。"说着就给她放进了车后座。

小王的话,听得她心口怦怦直跳,但直觉告诉她这不可能。等她上了车,小王还转过头来:"老姐,这回发财了,看来你可没白去西藏支教三年。"

吕小燕若有所思地说:"是啊,西藏真是个令人梦回肠牵的地方啊!"

小王见她这样回答他,摇了摇头就不作声了。可小燕在心里想,"唉,你们怎么能理解我的心思呢?"

其实,她到西藏支教二年期满就可以回来,可是当吕小燕背着行李就要离开时,却发现孩子们那一双双清澈而明亮的眼睛里,满是闪烁的泪花和无助的失落。

她的眼睛也突然酸楚起来,这些年来,她与这些孩子已经建立起了深厚的师生情谊。她这一走,孩子们不舍,她其实也不舍,可是……

于是,她加快了脚步走出了学校,可是十几个孩子竟然跟着跑出来,流着眼泪声声呼唤:"吕老师,您留下来吧!"

"吕老师,我们离不开您啊!"

"吕老师!"

"吕-老-师!"

……

孩子们哭了,她也泪流满面,"不行我再坚持一年。"

于是,吕小燕折身返回学校,又在那所简陋的藏族小学,咬牙坚持了一年多才回到西都。

小燕支教的学校是阿里地区的一所牧区小学,周围前来上学的牧民孩子不是很多,教室简陋得不能再简陋,教师也少得可怜,算上她满共只有三名教师,她是唯一的一名汉族支教老师,这里气候多变,生活条件十分艰苦。

回到局里,她和小王就迫不及待地打开了纸箱。纸箱里整整齐齐放着一个个小纸盒,每个纸盒上都有一个名字。

"是孩子们!"当她抑制不住怦怦直跳的心,把一个小纸盒打开后,顿时瞪大了眼睛,心里有一种说不出的亲切。

小王也打开了一个盒子,见里面是一层一层的灰褐色的东西,眼睛顿时一亮:"这是啥呀?嘿嘿,肯定是好东西。"说着,撕了一圈下来就要往嘴里送,他等不及地想尝尝是什么滋味。

吕小燕回过神来,急忙制止他:"这可不是用来吃的。"

小王一愣:"我还没见过这种藏药,嘿,想品尝个药味哩,怎么?不能吃?"

她说:"这不是什么藏药,这可是大粪呀。"

"什么?大粪?"小王大吃一惊。吕小燕便给他讲,这是干牛粪,是藏牦牛的粪。

小王一听,一阵恶心,"啪"地把那盒子往她办公桌上一扔,直叫道:"这是什么事呀,这送礼还有送这个的。"就匆匆跑出了办公室,到洗手间去用肥皂洗手去了。

她没有再去理会小王,就一盒一盒地把那些牛粪往外取,当她把最后一盒取出来时,有半张纸突然在箱底打了个旋儿,她急忙取出来展开,央珠那熟悉的字体映入了眼帘:

吕老师,您好!我们都很想念您啊!

自您走后,县上就没有再派老师来。我们只好放假了。

冬天到了,这里的天气已经很冷了。雪山上不时传来雪崩的声音。爷爷很担心您的寒腿病,我们也知道这是您为了我们才在这儿落下的毛病,所以同学们就每人给您捡了一筐子的干牛粪,好让您在冬天取暖用。

原本,我们想坐火车给您送去呢,可是我和格吉去问了乡长,他说,一个人要好几百元的车费哩,没办法,我们只好去找爷爷,爷爷摸着我们的头说:"傻瓜蛋子,吕老师回到大城市,是用不着这东西取暖的。"可我们不信,我们就硬缠住爷爷想办法要给您送去。爷爷耐不住我们的软磨硬泡,就答应了,但是,他却只找来了24个小纸盒,从我们每个人的筐子里只挑了一小块,说只能通过邮局给您邮。

唉!爷爷这会儿咋变小气了呢?

看到这儿,小燕已是泪流满面了,"孩子们,谢谢你们,谢谢你们!旺才大叔,谢谢您,谢谢您啊!"她从心里喊着,竟哽咽得出了声。

可能是听到了她的低泣声吧,好几个同事跑了过来,关切地问:"你咋了?出了啥事了?"

他们不问还罢,一问又勾起了她的感慨,也不知咋的,这会儿,眼泪咋这么多,她语不成调地说:"孩子们,孩子们,失学了,又失学了,多么可爱的孩子们呀!这可咋办,这可咋办呀?"

大家都不知所措地看着她。

正在这时,电话铃响了,她伸手一接,是局长那气愤的声音:"你咋搞的?为什么不按我的要求准备中午的饭局?你把今天的事给搞砸了,我撤你的职。"

小燕一听,也不知从哪儿借了个胆,不由得怒火往上蹿,抹了一把眼泪,大声地对着话筒吼道:"撤吧,我正想辞职哩。"吼完,她"啪"地就把电话扔在了办公桌上,吓得刚才那些围观的同事都四散而去。

她端起一杯茶陷入了沉思,"我们国家的一些偏远农村,经济文化落后,那里的人们还用不上电,看不上电视,连冬天的烤火都成问题。然而,我们有些部门、单位动辄一掷千金地搞吃喝迎送,如果我们都能少吃一桌菜,少喝一瓶酒,少抽一盒好烟,把这些钱节省下来去支持那些落后地区搞建设、办教育、搞公益该有多好啊。大吃大喝掉的一桌菜,有时甚至一瓶酒,都要比一个穷困家庭一年的生活费还多哩。唉,这样的歪风何时才能刹住呢?"

想着想着,她摊开了稿纸,写了一份辞呈,再从裤兜里掏出了办公室的钥匙,郑重地往那份辞呈上一放,转身走出了教育局。

152

当天晚上,她做通了何兰的思想工作,第二天一早就拎上行李坐上了去西藏的列车。她想好了,她不能让那二十四名孩子再失学。

谁知她到达旺达小学没几天,局长就带着一个车队,满载着援助物资来看望他们了。

局长见了她就骂她:"你这个假小子,疯丫头,真变成了个牦牛脾气了。就你觉悟高是吧?哼!"

原来,那天适逢省厅在市里召开全省教育工作会议,教育厅新任的厅长亲自到会。由于她把会议的午饭忘记准备了,省、市(区)领导们只得吃了工作餐。

可是令人意想不到的是,正因为这样,他们局长不但未遭批评指责,反而受到了厅长的高度赞扬,说他们局廉政建设工作搞得好,不铺张浪费,不乱支乱开。

最后,厅长还当场宣布了一条铁律:以后在教育系统,大小会议和任何接待都必须节约,开会一律吃份饭,即工作餐。

会后,省市领导又到局里去检查参观他们局的工作,当走进局办公室时,厅长一眼就看到了满桌子的干牛粪饼。

当时,可把他们局长吓坏了,赶紧要去打扫。厅长却抢先拿起一块在鼻子尖上嗅了嗅,笑哈哈地说:"你们谁知道这是啥玩意儿吗?"

随行的许多头头脑脑都摇着头说不知道。厅长给他们讲:"这是干牦牛粪,这可是好东西哩。在藏区,这可是人们送情的最好礼物哩。我们当年在西藏当兵时,冬天就靠这东西煮饭、烤火、生存哩。"

厅长随之也看了那封孩子们写给她的信,又看了看她那份辞呈,眼睛忽然也湿润了。

后来,厅长又临时决定在他们局里召开一个援藏支教紧急会议,号召全省教育系统节约资金,捐款捐物,要与小燕支教的藏区文教系统结对子,给藏区孩子送温暖,尽力帮助藏区人民建设自己美好家园。

几天下来,局里不但收到了许多捐赠,而且吸引了十几名有志青年教师积极报名要前去支教,这里面就有抢先过来报名的安晓宁老师。

那天夜里,他们把干牦牛粪烧得通红通红的,酥油茶煮得远近飘香……

过了不久,何兰和石正峰也带了一个扶贫慰问车队,六辆车上装满了教学教具和一些生活物资,跋山涉水地奔赴西藏去看望小燕和她的学生们。

在洁白的雪山下,何兰、小燕母女俩激动地紧紧拥抱在一起。石正峰迅速按动了相机的快门,留住了这难得的瞬间,给这一对心存大爱的娘俩在洁白的雪原之上留下了一抹最为纯美的倩影。

153

这一年的春节似乎比往年来得更迟一些,这可急坏了戈秃子、马哈娃、连小凤以及小高、付莎他们,因为他们可一直在盼望着大年初八这个大吉大利的好日子哩。

为啥?因为在这一天,何兰和石明理、石正峰和秦小雯要喜结连理。

俗话说,好事多磨。这一年,长峪村的好事一件接一件,乡亲们的日子一天一个样,大多数人家盖起了新瓦房,几个像鲁长福一样头脑灵活、勤劳肯干的年轻人还在县城里买上了商品房,率先过起了富裕幸福的生活。

有极个别的特困户,村上又通过县上移民搬迁工程一举解决了他们的住房问题。弟弟石正强也以优异的成绩考上了一所名牌军校,一举圆了他从小立志保家卫国的军人梦。

由于石正峰在下派期间工作认真扎实,尤其在帮助长峪村治穷致富,大力发展村域经济上成绩突出,受到了省市组织部门的表彰奖励,破格被县委提拔为清河镇党委副书记。

按说,这是一件大好事,对石正峰来说也算一件大喜事了,可是长峪村的村民不高兴了,他们联名向上级请愿,不让石正峰走马上任。

为了能把石正峰留在村上,老支书刘土根也起了个私心,直接坐到镇党委书记的办公室,以自己年纪过了六十为由,说什么也要把支部书记辞了,要推荐石正峰担任。

面对村上干部群众接二连三为留人上访,镇党委在请示了县上后,几经考虑,主要是从石正峰目前在长峪村的影响力和发挥带头作用方面考虑,经过研究,同意让石正峰暂时还留在村上,因为目前长峪还有好几个大的发展项目正在攻关阶段。

组织上在征求石正峰意见时,石正峰微笑着说:"党叫干啥就干啥,我坚决服从党组织的决定!"

在全村干群的共同努力下,袋料香菇试验成功;天麻、茯苓人工种植取得实质性成果;第一批人工繁育的大鲵也成功度过高危期……长峪村前行的脚步,一步比一步走得坚实。

成仙村的生态环保型园林开发工程也全面启动了,这个盛产神话的地方,正在塑造崭新的姿容,抒写最新的神话!

第四十六章　新的征战

154

汉江东流去,清水故事多。

改革的春风温暖人心,大秦岭越发苍翠秀美,天汉儿女前行的步伐从来就不会停歇。

长峪甩掉了贫困的帽子,橘城也在发生着显著的变化。

橘子青了,又红了,时间一晃又过去了十多年。

长峪村已经从挖掘式发展走向了生态环保型发展。"青山绿水就是金山银山",为了防止水土流失和保护大秦岭的峻美雄姿,村里停止了原石开采,极力实施绿化复垦,注重发展环保型可持续生态项目,并且依托这里的秀美山水,与何兰的公司携手发展旅游产业,开发了河道漂流、养生休闲等许多好项目、大项目。

几年下来,鸟语花香漫山沟,游人如织乐陶陶,一个崭新的长峪展现在世人面前。

当"两个一百年"奋斗目标被中央提出,实现中华民族伟大复兴的"中国梦"又成为每一名中华儿女魂牵梦绕、奋力拼搏的强大动力。

党中央在十八届五中全会第二次全体会议上提出,要"实施精准扶贫、精准脱贫,以更大决心、更精准思路、更有力措施,采取超常举措,实施脱贫攻坚工程,确保我国现行标准下农村贫困人口实现脱贫、贫困县全部摘帽、解决区域性整体贫困"。之后,新的脱贫攻坚战役全面打响了。

这一年新春的一个上午,橘城县在政府礼堂召开了全县脱贫攻坚工作动员大会。县委、县政府向全体干部发出了"用三年时间精准扶贫,坚决使全县一百多个贫困村,二万三千多户,六万三千多名贫困人口全部脱掉贫困帽子"的号令。

大会议程进行到签订脱贫攻坚责任书环节时,现已担任县扶贫办主任的石正峰,第一个走上主席台与县上签订了脱贫攻坚"军令状"。

第二天早晨，当一抹朝霞染红东方天际的时候，石正峰又背上行李，以一名驻村"第一书记"的身份，踏着汉江奔流的节拍，坚定地走向了脱贫攻坚的新阵地。

向党组织软弱涣散村和建档立卡贫困村选派"第一书记"是推动基层建设全面进步、全面过硬和开展精准扶贫、精准脱贫等重要工作的一项有力举措。

改革开放以来，我国实施大规模扶贫开发，7亿多农村贫困人口摆脱贫困，取得了举世瞩目的成就。但是，我国脱贫攻坚形势依然严峻，中西部一些省（自治区、直辖市）贫困人口规模仍然较大，而且剩下的贫困人口大多数分布在革命老区、民族地区、边疆地区和连片特困地区，贫困程度深，致贫原因复杂，减贫难度大，脱贫成本高。扶贫开发进入了"啃硬骨头"、"攻坚拔寨"的冲刺期。

"我们必须贯彻落实党的十八届五中全会和中央扶贫开发工作会议精神，按照县委、县政府的总体部署，深入学习领会党的扶贫开发思想，坚持精准发力，坚决打赢脱贫攻坚战。"初夏的河水哗哗地流淌着，石正峰一路向部门包扶的贫困村——黄家山走，一路回味着最近一个时期中省市县的有关精准扶贫方面的文件和会议精神。

按说，一个部门的一把手是不会被选派下去驻村当"第一书记"的，尤其是作为具体承担全县扶贫任务的县扶贫办主任。

可是，也正因为有这个缘故，石正峰专门去找了县委、县政府的主要领导，向他们陈述了自己的观点。他说："如果我们不积极深入下去开展具体工作，又怎么能很好地指导其他部门，甚至全县的精准扶贫工作呢？在这次战役中，我们扶贫办必须要冲锋在前。作为扶贫办主任，我更要一马当先，冲在前头，去'啃硬骨头'。"

县委书记和县长见他信誓旦旦，再细细一想，觉得他讲得也不无道理，这一次扶贫与以往不同，层层传导压力，一级对一级立了军令状，是要"攻坚拔寨"打硬仗，这可关系到全面建成小康社会，必须要注重实践，干出成效才行。

"那好吧，我们就让你下去当个开路先锋。"最后，县委书记一锤定音。

155

黄家山村距离县城不远，也就八九公里左右吧，距镇政府不到三里路。今早，石正锋让司机小刘把他送到镇子口就回去了，他想一个人静静地徒步到村里去，顺便观察一下村容村貌，更主要的是，他想先直观地寻找一下这个村的贫困原因。

这是一个半平川半丘陵的村子，由九个自然村落、十五个生产小组组成，全村两千九百多人,其中党员九十一人,在上一次贫困户摸排中确定出了一百一十一户二百八十六人的贫困人口。按常理,这个村的主导产业是种植水稻和橘柑,距城镇较近,交通便利,人们出行便捷,应该是橘城县一个发展很不错的村子,可是怎么就摸排出来这么多的贫困户?是不是在摸排的时候不认真细致,没有坚持省定标线,有水分?是不是还有把真正贫困户没有摸上来的现象?是不是有走人情,优亲厚友确定贫困户的个案?

在县扶贫办的时候,石正峰就注意到了这个问题,他觉得有必要扑下身子来,进一步开展认真仔细的调研摸排。这一点很重要,因为,这关系到脱贫攻坚工作的质量和成败,关系到人民群众对我们党的信任和支持。

上级一再强调"脱贫攻坚关键在精准",那么,进行广泛的群众走访,认真细致的摸排,把真正的贫困户确定出来就是打好"脱贫攻坚战"的第一场关键战役。

石正峰一边走一边思考,不知不觉已来到了黄家山村村委会门口,早已等候多时的支书、主任、文书以及镇上的几名包扶干部热情地迎了上来。

一个堂堂的县扶贫办主任亲自下来帮扶自己的村,这对这个村子意味着什么?上级重视自不必说,那么以后在整体帮扶上,什么资金呀、项目的肯定不会少了关照吧?所以,镇村干部一见到他自然有些感慨和激动。

支书王华一把拉住他手的同时,另一只手就拿下了他肩头的小包袱:"哎呀,石主任来咧!怎么走的路呀?辛苦了、辛苦了,快屋里请、屋里请!"

"办公室里坐久了对身体没好处,下来走走路多好,既锻炼身体又接地气。"石正峰微笑着一边随他们往村委办公室走,一边看着腕上的手表问,"王支书,我来之前通知的会,准备得咋样了?大家都来了吗?"来之前,他就给王支书打过电话,让他提前通知所有村队干部和包扶干部,上午十点钟要在村上开一个全村的帮扶干部动员会。

"放心、放心,石主任,同志们都到齐了,就等你给做报告了。不过你刚到,先喝口茶歇会儿吧?"王支书说着就要去给他取纸杯倒开水。

"人齐了咱们就开会,干工作一定要抓紧节奏,不能拖拉。"石正峰摆摆手,"走吧,去楼上会议室。"

正要往楼上走,一辆黑色的小车开进了院子。车门打开,镇上党委书记和镇长走下来:"哎呀,石主任你来也不给我们通知一下,失迎、失迎呀!"

石正峰停住脚步:"我怕给你们添乱,最近大家都忙啊!你们这儿可是个大镇,工作一定忙得很!"

"再忙也要来拜见你呀,大主任!哈哈!有你来给我们助阵,我们觉得力量倍增啊！"年轻的陆书记是个睿智的领导，说话办事十分干练。

"就是的，就是的。我们一定要来和你见个面，取点经啊！"镇长姓邹，一脸笑容，十分阳光。

全县也就这么些科级领导干部，经常在县上开会，性格脾气也相互了解些。石正峰见是两位镇上主要领导来了，也十分高兴："好啊，我可是来接受你们二位的领导来了哦，你们以后可要多多支持哩。"

"哈哈哈。你老哥怎么这么谦虚啊，"陆书记被他这么说给逗笑了，"那就一起上楼吧。我们正好一起来聆听一番石主任的重要讲话。"

村委会的会议室不算大，却布置得很像回事，中间摆放着一个椭圆形大会议桌，南北靠窗的地方分别安放了两列桌椅，所有桌面都是紫檀色的，很有点文化韵味。

石正峰进去扫视了一下，这个会议室可以坐六十多个人，干净明亮，电教设施装备齐全，很有现代化的气息。这些年，加强基层组织建设，大力实施党建"七个全面过硬工程"的确取得了实效，每一个村都有了标准化的办公场所，配上了电脑等硬件设施。

会议由村支书王华主持，他首先把石正峰给大家做了一番介绍，又逐一把在座的镇村二十多名干部给石正峰做了介绍后就直奔主题："下面让我们以热烈的掌声，欢迎县扶贫办主任石正峰同志讲话。大家鼓掌！"

会议室里，掌声雷动。许多干部对石正峰的成长故事多少都有所耳闻，因此，大家给他的欢迎掌声是发自内心的。

面对同志们热情的掌声，石正峰内心只觉得沉甸甸的。他很清楚这些掌声中包含着信任、期待和责任。

石正峰站起来很谦逊地向大家鞠了一躬，然后坐下，说："同志们，谈不上讲话。咱们大家就来再学习领会一番党和政府当前关于脱贫攻坚工作的相关政策和精神要义吧。

'十三五'规划指出，农村贫困人口脱贫是全面建成小康社会最艰巨的任务。中央领导同志讲'消除贫困、改善民生、实现共同富裕，是社会主义的本质要求，是我们党的重要使命'。新中国成立前，我们党领导广大农民'打土豪、分田地'，让广大农民翻身得解放。现在，我们党就是要领导广大农民'脱贫困、奔小康'，让广大农民过上好日子。贫穷不是社会主义。因此，打赢脱贫攻坚战，是全面建成小康社会的现实需要，也是逐步实现共同富裕目标的基础和前提。

按照中央要求，坚持党的领导，各级书记一起抓，发挥政府的主导作用。落实贫困县主体责任，促使其把主要精力用在扶贫开发上。落实相关部门的行业扶贫责任,把扶贫任务优先纳入行业规划并认真实施。落实驻村工作队和第一书记的帮扶责任,不脱贫不脱钩。

为了做好精准扶贫工作,打好脱贫攻坚战,县上经过认真研究,建立县、镇、村三级包抓机制,层层夯实帮扶责任制。在座各位都属于这其中的帮扶成员,一定要贯彻执行好中央和省市县委的部署要求,扑下身子,认真扎实地开展脱贫攻坚工作。

中央领导指出,'扶贫开发推进到今天这样的程度,贵在精准,重在精准,成败之举在于精准',坚持精准扶贫、精准脱贫,'关键是要找准路子、构建好的体制机制,在精准施策上出实招、在精准推进上下实功、在精准落地上见实效'。这为脱贫攻坚明确了方向,提出了要求。

前几天,县上也召开专题会议,县委主要领导也就这一问题和工作作了重要的讲话和部署,强调要按照'扶贫对象精准、项目资金精准、资金使用精准、措施到户精准、因村派人精准和脱贫成效精准'这'六个精准'的要求,再一次在农村首先开展好大走访、大调研、大排查,要确保建档立卡贫困户符合标准要求,不能漏掉一个贫困人口,也不能误报一个非贫困人口,务求认真仔细、精准严实。

县委书记还专门对驻村帮扶干部提出了'住农家、走农户、吃派饭、摸家底、找办法、真帮忙'的'六句话'要求,强调县镇村各级帮扶干部一定要提高政治站位,进一步精准识别出贫困户、确定好贫困人口,把真正需要帮扶的人口摸排出来,对真正需要帮扶的人口进行真心帮扶,要让全体村民认可、信赖,要让上级党委放心、全社会高度评价。

因此,在这个动员会后,大家首要任务就是要迅速开展进村入户摸底走访工作。在精准识别的基础上摸出实情,真正解决好'扶持谁'的问题,为精准扶贫、精准脱贫打好基础。"

现在主张开短会,讲话提倡"捞干的"。石正峰讲了一些大政策后就直接安排了下一步的主要工作,几乎没有与村上"两委"进行商量或通气。当然,迅速开展入户走访,宣传扶贫政策,摸排贫困户目前大会小会都在讲,也不需要再磨唧。不过,就冲这干脆利落、雷厉风行的工作作风,底下的许多干部已悄悄为石正峰竖起了大拇指。

156

这天中午,石正峰正在村委会办公室里聚精会神地查阅一沓贫困户入户核查资料。镇帮扶干部李颖挎着一个小手包,笑嘻嘻地走了进来:"石主任,你看看都十二点多了,咱们该去吃午饭了吧?"

"哦,是吗?"石正峰抬头看了看这个年轻的女大学生,又看了一下手表,"哎呀,就是。不过,咱们还得忍一忍。"

"咋了?石主任,还有啥急需做的事吗?请指示,尽管给我安排就是了。"李颖很认真地问。

"啊,是这样。我想咱们正好利用这个吃午饭的点,去跑跑那几户老是见不着人的户。这个入户核查的工作一定要全面。上面催得也很急,我们得抓紧完成,以便及时汇总上报真实数据。"

"噢。就是就是。上午县扶贫指挥部还在催问这事哩。"李颖听石正峰这么一说,责任感油然而生,"那咱们这就去吧,石主任。"

"好。这可就要再饿一饿你了啊,小李。那你去通知一下支书和村主任,咱们一起去。"石正峰把手里的资料往桌边上推了一下。

"好的。没事。你看我这准备的有干粮哩。呵呵。"李颖一拍自己的小包,从里面掏出了两根黄生生的小麻花来,"给,你尝尝,可脆了,可好吃了。"

石正峰也没客气,接过来当即就咬了一口,"咔嚓"一声,"哎呀,就是,好脆的。这是哪买的?"

"哪买的?就在咱们村里买的。"李颖一笑,露出一排整齐亮白的牙齿,圆润的脸庞就像一朵盛开的月季花。

一周以来,石正峰他们把驻村帮扶干部分成六个小组,每组三人,每一小组都配置一两名村组干部作为向导带路,地毯式地进行逐户走访,一方面了解群众的生产生活,所思所想,一方面针对现行政策的执行情况与群众促膝交谈,问计于民,寻策于民。这样一来,既拉近了与群众的关系,又摸排掌握了第一手民情资料。一些真正的贫困户被拉了进来,一些抱着沾光心理的假贫困户被剔除了出去,他们认真扎实的工作劲受到了广大群众的欢迎和称赞。

可是,不得不承认,有些农村人的思想觉悟较低,他们只想着钻政策空子,伸手向上面要,更有甚者,隐瞒收入,假装贫穷争当贫困户。在他们的意识中,当上贫困户国家就会无条件地给发钱发物,坐享其成。可见,在扶贫的同时也要积极做好"扶智""扶志"工作,切实扭转一些群众的错误观念才行。

今天早上,石正峰与镇村干部在会议室里召开了一个入户走访碰头会。经过大家加班加点地入户走访,已经完成了百分之九十五的走访任务。剩下的十几户,不是家里长期无人的,就是这些年不知去向的。

村主任和支书建议:"这些户,去了不下数十趟了就是见不到人影,干脆算了,不管了。"

但石正峰不同意,他说:"现在可不像那些年代了,当下信息如此发达,没有不好找的人。现在连捡垃圾的人都在耍手机哩,还会联系不上人?发动他们周围的亲戚朋友,采用一切手段,必要时可动用公安局的大数据。'扶贫帮困,不漏一人!'这是咱们这次走访了解的底线,必须要户户走,家家过,人人见,确保精确。"

"我的好石主任哩,这道理归道理,可是老见不到人我们有啥办法?有的外出几十年了,连个影儿都摸不着。哎,就比如说,我包片的九组吧,那个外号叫'猪大肠'的,出去几十年了,听说在外面干得阔得很,可是自己村院老屋的一间烂瓦房都快要塌了,就是不回来,我之前给他打过十几次电话要他回来一下,咱们要找他了解了解情况,可是人家就是爱理不理的,我有啥子法?我总不能撵到省城去把人家硬扯回来吧?唉!"支书王华显得很无奈的样子,咂吧咂吧嘴,点燃了一支烟。

"话也不能这样说,这样吧,王支书,中午,准确地说吃中午饭的时候,你再陪我们工作队进村入户看看。"石正峰听了王支书的一通抱怨后,反而有了跃跃欲试的冲动。并且,他忽然听到支书说"猪大肠"这个外号,觉得这个外号怎么听起来这么熟悉呢?

"行行行,你是大主任,你是工作队队长,什么事我们都得听你的。"王华还是一肚的憋屈。这些天的走村串户,有的村民在县、镇干部面前可没少讲他们村上的不足和问题,自然心情不舒服。

第四十七章 精准识别

157

一辆黑色的小汽车不紧不慢地行进在黄家山的村道上,几只过路的鸭子被吓得"嘎嘎"地拍着翅膀乱飞,引得一条黄狗跟在车后"汪汪汪"狠叫。

"这一定是个不熟悉咱村的外来客,"几个在地里收割油菜的汉子,停下手里的镰刀,其中一个后生微笑了一下,"看,这才真是狗撵汽车——遭死哩。哈哈。"

开车的人身着浅蓝色格子短袖衫,戴着一副黑色蛤蟆镜,有点肥大的脑袋上留着板寸发,一边开车一边东张西望,似乎在寻找着什么。

"哎呀,好多年没回来了,村子里变化可真大呀!小洋楼一座一座的。嗯,好,那里有一片白杨树林,我正好需要个隐蔽车的地方。"说着,他把方向盘一打,汽车就一头钻进了村口的那片杨树林里。

胖子的身板足有一米七八左右,可是一身的赘肉直接削减了感官的高度,不过却更能凸显出一副富贵模样。记得范伟在一个小品里说过,"肚子大,脑瓜圆,不是老板就是伙夫"。这个人到底是谁?干什么的?

胖子下了车,先伸了个懒腰,然后从车上扯出一个黑色大皮包提上,把车门一锁,四下一看,就急急地从树林的一条小道上向村子里走去。

现在正值"三夏"大忙时节,村里有庄稼的人几乎都赶早到田地里干活去了。

此时,大约上午十点,巷道里有点空寂。不过,个别人家的院子里还有农妇在用连枷拍打油菜穗,发出"啪、啪"有节奏的声响。

胖子在巷道里七拐八转地走了几分钟后,在一间破旧的土坯房前停了下来,似乎颇有感触地摘下了墨镜:"啊,这就是我的老屋,几十年了,眼看就要倒塌。这在村里可能已经是最破烂的房子了吧。唉!"胖子又向周围望了一下,左邻右舍的场院里不是码着油菜穗就是堆着油菜夹子壳,并未见有大小熟识的人。

现在农村的青壮年都去经济发达的地方打工去了,一到农忙,就连在家的老弱病残都想着抓紧收庄稼,当下正是收割油菜的时候,眼看着麦子也要上场了,个个心里着急着。

一只蝉在房后的榆树上拼命地叫着。胖子皱了皱眉头,"不过也好,我正想利用这个破屋捞点实惠哩,嘿嘿。"

"铁将军"可能已经生锈了,胖子用钥匙怎么也弄不开,可能是来气了,顺手在地上捡起一块开口石,"咣咣"地就朝锁子狠砸了几下。可怜这把为他守护了若干岁月的铁锁,到头来竟然落得这样被砸碎的下场。

进了门,屋里满是蜘蛛网。一张木架床上铺着半张破烂的竹席子,一张老式带柜的桌子上,沉积的灰尘足有半公分厚。

胖子在屋里皱着眉转了一圈,来到那张桌子旁,忽然笑了,"现在政策好啊,前几天支书打电话,说村上在搞扶贫,约我回来要上门做了解。好嘛,听人说,如果当了贫困户,国家又发粮来又发钱,懒汉二流都能成富汉哩。虽然,我老朱在外面混成了房地产老板,不愁吃也不愁穿,口袋里的票子也不比这老板那经理的少。可是,这国家的政策咱可不能不回来享受嘛,有人给白送钱物都不要,那才叫个瓜怂哩。哈哈哈,走,我这就去找他们村上去。"

老朱说着就提上皮包向外走,可是他刚把一只脚跨出门槛就又缩了回来,自语:"咱可不能这么就往村上走,我这一身披挂再怎么看也不像个没钱人啊。我得把这身两千多元的'皮'换换才行。装就要装得像模像样嘛,嘿嘿。"

老朱这么想着就四处打量屋里,想找一套衣服,可是屋里除了几件破旧家什外哪有什么衣服之类的东西。不对吧?不可能以前没有旧衣服的,那些年那个穷啊,穿的和叫花子都差不多。再想想,忽然,老朱眼睛一亮,对了,这个桌柜里肯定有几件烂襟烂片的哩。

果真,老朱从那个桌柜里扯出了几件旧衣服。经过挑拣,他选了一件洗得发黄的圆领汗衫和一条花格子大裤衩,顺便又在一个墙角找到了一双黄胶鞋。

"这才好咧。"老朱一阵狂喜,说换就换,一个转身,已变成一个比要饭的还惨的模样了。

"走,找他们去。请他们上门细细看。哈哈。我看这村里哪个还有我穷?哪个还有我惨?这回这个贫困户我是当定了。哼!"老朱说着又要向外走,突然,他又感觉什么地方不那么协调,才发现这个皮包不能提。

他回头又看了看那几件换下来的高档衣服和那双皮鞋,"不行,这些衣服也不能往屋里放。待会儿,如果那些干部上门发现了就完了。我得找个隐藏的地方。"

老朱这么想着,就在屋里转开了圈子,可一连转了十几个圈子,也没找到一个适合藏这些东西的地方,屋里太小不说,连个像样的大件家具都没有,往哪藏呢?

忽然,他被窗外一堆收拾完的油菜细枝末梢吸引了目光,"对了,那里不是有个挺好的地方吗,嘿嘿,先在那里边藏一会儿再说。"打定主意,老朱便把换下来的衣服连同皮鞋一股脑塞进那个黑皮包,跑出了门。

158

"这口感可真不错!"石正峰已经从座位站了起来,"咱们村?咱们村还有这手艺的人?太好了!"说着,一口吞了那根剩下的半截麻花,面带惊奇地咀嚼着。

"那当然了。"李颖一副得意的表情,"你可能想不到,而且这还是一位残疾姑娘的杰作哩。"

"是吗?那改天你带我去拜访拜访这位姑娘,好不好?"石正峰用纸巾擦了下嘴,就往门外走。

"好啊,当然可以。"李颖满口答应着紧跟其后。

支书王华其实是个比较有经济头脑的村干部,性情耿直,虽然只有初中文化,可是从小就爱好把弄机械,二十岁左右就在乡拖拉机队当大队长。

那些年有个拖拉机开就了不得哩!大包干后,自己私人买了台拖拉机,在砖瓦厂送砖瓦,老早就成了万元户。后来,乡上一看,嘿,这小伙不错嘛,就被提拔到村上当干部。他也真是争气,干工作认真扎实,从队长干起,一步步地被推选到了支部书记的位置上。

扶贫工作开始后,自己一心扑在村里的工作上,千方百计地想多帮助帮助那些贫困户。但是,上级是有政策的,自己是村里"一把手",必须要严把政策关才是。在这一次入户调查中,经他手就剔除了二十多户不合格的贫困户,被剔除的有些人心怀不满,多次到村上来纠缠不休,有几次还跑到他家里去寻衅滋事。加之,最近上级不停地催报数据资料,所以,心里有点烦。

石正峰是干啥的?这么些年在基层当干部,对村里的工作以及干部的苦恼十分清楚。因此,早上他听了王华叫苦不迭的话也没放心上去,他知道这个支书是个说归说、做归做的人,有什么冤枉苦楚,只要一说出来,待会儿什么事都没有了,干起工作来依然是毫不含糊。

果真,王华看到石正峰从办公室里出来,就迎过来:"石主任,那咱们就走吧。这时候正是吃午饭的时候,找人是要好找些。"

"真是英雄所见略同嘛!嘻嘻!"李颖笑着说,"石主任也是这么想的哦。"

"他这个人我也早有耳闻,干起工作来也是个拼命三郎。"王华指着石正峰,笑了。

"哈哈哈,知道就好。午饭攒着,跑完了那几户回来,我请你们到街上去吃焖肉蒸饭。"石正峰笑着一挥手,"走吧。"

"太小气了吧大主任,我还以为你会说请我们下馆子吃大餐哩,想不到才请我们吃个焖肉蒸饭,哼哼,抠门。"李颖咂吧咂吧小嘴,一脸遗憾。

"哈哈,焖肉蒸饭怎么啦?想当年我们上学那会儿,吃个焖肉都争得头破血流哩,呵呵!"石正峰经李颖一挤兑,忽然想起了自己的学生时代。不过,往事如烟,他不想再去提及,"好好,我们的大美女,回来就请你们吃个大餐。"

三人就这么说笑着,走出了村委会院子。

159

穿过一条过村县道,就进入了九组的地盘。王华几步赶到石正峰前头:"我来带路,村里现在养狗的太多,有的人家不自觉,拴也不拴,任其在巷道里乱蹿,咬了人咋办?实在讨厌得很。"

过了一条巷道后,王华说:"再转一个弯就是朱大成的家,前两天终于联系上他了,他说就在这两天回来一趟,咱们先去看看。"

"朱大成?嗯?这个名字真的好熟悉。"石正峰一听,嘴里念叨了一下,"好、好,就去朱大成家。"

忽然,只听"嘭"地一声,王华一不留神与一个体格肥大的人撞了个满怀。王华身体瘦弱,被撞得当场捂着额头坐在了地上,"哎哟!哎哟!"叫个不停。

那个胖子先是一愣,随即一个秒扑,也捂着额头四仰八叉地躺倒在地,连声哀号:"哎哟,哎呀,哎呀呀,你撞得好!我可是个贫困户,这回我可算是找到大儿了啊。哎,哎哟哟,疼死我了啊!哎哟哟……"

听到叫喊声,一下子从巷道其他地方围上来了七八个人,有的觉得好笑,有的上前就去把那个胖子往起来拉。"嘻嘻哈哈"一阵嘈杂后,又引来了一大伙群众,有的还是端着饭碗来的。

"咦?这不是个赖皮吗?"石正峰发觉不对,明明是你把王华撞得厉害,你反倒趴到地上装起死狗来,心里不由得来气,就想走上去质问这个胖子。

此时,王华也被李颖给扶了起来,额头上被撞出了一个鸡蛋大小的肿块,紫得发青,有点像龙角,惹得那些群众哈哈大笑。

忽然,王华也哈哈大笑起来:"哎呀,这不是'猪大肠'兄弟吗?我还以为今天遇到了个'碰瓷党'哩。哈哈哈,你可算回来了。"

"朱大成?猪大肠?"石正峰一个激灵,不由仔细打量起这个胖子来,"啊,像,真像!"

听有人喊他外号,那个胖子这才趴在地上睁大了眼睛,接着一骨碌爬了起来,哈哈笑了:"哎呀哎呀。这不是支书老哥吗?别说,我当又遇上了个碰瓷的哩。哈哈,十几年没见了啊。我正要去找你哩。谁知……哈哈。这可真是找人不如撞人啊。"

王华就笑着走过去:"我们也正要去找你哩,谁知在这个硬拐角上竟然给撞上了。看来,还是咱哥俩有缘分呀,一见面就恨恨地来了个亲密接触啊。"

"哈哈哈!谁说不是呢!"朱大成这才一把拉住王华的手,摇晃着说,"可这一撞就撞出了个大人物呀。"

"啥大人物呀,"王华嘿嘿笑着说,"我们正要来走访你这个大老板哩。"

"你可别笑话我了,支书。"朱大成松开王华的手,"走访我,那好呀,那好呀,这也省得我去找你们了,请!"

于是,他们一行就跟着朱大成往家里走。石正峰这会儿一直走在最后,好像在想什么心事似的。

第四十八章　六个麻花

160

很快,他们就来到了朱大成的老屋前。

那些刚才看热闹的群众,听说是几十年没回来过的"猪大肠"回来了,一个传一个地都想过来一睹这个外出多年,听说已经发了大财的老乡到底变成什么样子了。

可是,当大家看到一个穿着比他们还差很多的大胖子男人后,一个个都觉得有点扫兴。有个别人就在底下小声议论:"都说这个'猪大肠'在外面当了老板,发了财,我看是胡传哩。发了财还穿成这样子,这穿戴还不如咱们村的有些贫困户哩。"

"哎呀,这个疼!"支书王华的头上突然针扎般疼了一下,他赶忙用手去捂了捂,转过身来看着朱大成,"来,大成兄弟,我先给你介绍一下这两位领导。"

"这位是咱们县扶贫办主任石正峰,是咱村的第一书记兼驻村帮扶工作队队长,这位美女是咱镇上的帮扶干部,叫李颖。"王华给他一一做介绍。

"石正峰?"忽然,朱大成好似电击般地瞪大了眼睛,看着站在王支书左侧的石正峰,"什么?你叫什么来着?"

"石正峰。"石正峰上前一步,微微一笑,"想不到,你还记得我?真是山不转水转呀。没想到我这回还转到了你们村,你的家里来了啊。呵呵!"

"好你个'山棒'娃呀,"朱大成冲过去就照着石正峰的胸脯擂了一拳,"你当年可把我害苦了啊。"

"谁说不是呢?猪大肠。"石正峰没有还手,只是轻拍了一下刚才被朱大成重击了一拳的衣服,"我们都被年轻气盛、爱冲动的毛病害得不浅哩。当年都是因为年少不懂事,都是些不成熟的青橘子嘛,呵呵。"

"嗯?怎么?你们认识?"王华觉得好奇。

"是啊,三十年前就认识了。"石正峰微笑着,竖了竖三根手指。

"三十年前?那你们那时才多大呀?可能还在上学吧?"李颖扑闪着大眼

睛,觉得有点不可思议。

"对对对,在学校认识的。"朱大成开始眉飞色舞起来,"想当年,我在学校里混得可是一样一样的。哼!"

石正峰觉得好笑,这朱大成可真应了俗话说的"江山易改,本性难移"啊,给点颜色就上脸,就故意逗他:"对对对,人家猪大肠当年在八中可是螃蟹走路——横着哩。哪个见了都要躲着走哩。"

"怎么?不服是吧?"朱大成觉得石正峰这话讲得话里有刺,有点不高兴地把脸一沉,"不服咱们今天再切磋切磋?"

"哎哎,朱大成,今天人家石主任可是专程上门看望你的啊,你想做啥?又想犯浑不成?"王华知道这朱大成的"二劲"大,经不得"烧",就赶忙制止,并做好了一副欲上前拉架的准备。

"哈!"石正峰一听朱大成这样说话,笑了,"猪大肠,几十岁的人了,没想到你还是这个臭怂脾气。好好好,我服、我服气你,行了吧?"

"你服?你服个屁你!"没想到朱大成更来气了,"你服的话,当年就不会因为我插个队想早点吃份红焖肉,就和我干架了。哼哼!"

"好好好。大成,我向你道歉,现在给你赔个不是。"石正峰说着给他鞠了一躬,"对不起!我当年不应该那么冲动。"

"不行!"朱大成忽然眼泪巴巴起来,"不行。你现在倒当了大官了,而我呢?就是因为那次打架,学校把我开除了,我没考上大学,我现在过成这般穷模样了我。"

"大成,请不要这样。"看到朱大成忽然这副样子,石正峰心里也有点不是滋味,就上去给他发了支烟,点上,"哎,一言难尽啊大成,我当年也遭了不少罪,走的弯路不比你少。哎,不提了好吗?人这一辈子,干什么事都要往前看。"

"对、对。想开些,大成兄弟。我们这次来主要是想和你聊聊,看你对咱们村现在开展的精准扶贫工作有些什么看法和意见。"王华被石正峰和朱大成的一番对话搞得有点晕,不过他可没忘记今天来找朱大成的目的。

"那好。"朱大成狠吸了一口烟,"我今天回来就是给你们说,我要当贫困户。你们看看,我现在都混成这个样子了。"

"朱师傅,你先看看这些宣传资料吧。"李颖这会儿总算抓住了个说话的机会,微笑着说,"精准扶贫,脱贫攻坚,想必你从电视上、广播里也听到了,了解到了吧。今天,我们又上门入户,就是要给每一户农村人口把党的精准扶贫政策宣讲清楚,要让所有农户都明白和掌握当下的相关政策。目前,我们正在开展精准识别工作,要把真正的贫困户识别出来。"

"好啊,好啊。党的政策就是好。"朱大成感激地说,"你们看看,我现在这个样子,应该算是个贫困户了吧?"

王华说:"贫困不贫困,这是有标准的,不能光看表面,这要根据实际综合研判,让群众评议,大家公认才行。"

"什么标准?当个贫困户还要标准?"朱大成有点儿诧异,一脸不屑。

"是的。有两个基本条件。"李颖对他讲,"咱们省上的标准是一条底线,还有就是'两不愁,三保障'。就是说,年人均纯收入高于这个'标线',吃不愁、穿不愁,住房安全有保障、义务教育和合作医疗政策全享受的就不是贫困户,反之,才能纳入贫困户。"

朱大成把头一偏,心里嘿嘿一笑,"哎呀,还是我老朱心计高,换了服装,藏了包。"回过头来,假笑着对石正峰他们说,"哎呀,还是党的好政策呀,这些线我都摸不到边。破屋就这一间,打工几十年也没赚到钱。穷得吃饭成问题,穿衣更是破破烂烂。这次回来找政府,列入贫困发些钱。发些钱来把身翻,懒汉二流都能成富汉。哈哈,好得很呐。"

李颖可是个伶牙俐齿的年轻人,一听朱大成这样讲,不由反驳道:"看来你把政策理解偏了,扶贫不是光发钱。扶贫'扶志'最重要,产业扶贫是关键。懒汉二流靠边站,社会都讨厌'大懒虫'。"

朱大成不以为然地辩解:"精准扶贫,不落一人。我就是个落魄汉,回家来当贫困人。党的阳光照四方,我也要沾点雨露的光。"

"哎呀,我说大成兄弟,谁不知道你在外边做生意发财当了大老板。"王华听不下去了,有点生气地说,"你不说回来帮助村上其他群众脱贫致富就算了,反而回来添乱子争当贫困户,真是没觉悟。"

"觉悟能值几毛钱?当上贫困户可是有得赚。"朱大成也有点生气地面向围观的群众,指着王华,"你去问问,现在哪个不想当贫困户?"

161

"我可不想当贫困户。"突然,一个漂亮的女孩拄着拐杖分开人群,有点艰难地走了进来,红红的脸蛋像苹果一样好看,在她的手里还提着一个黑色的老板皮包。大家的目光都"唰唰"地向她望去。

朱大成也打量着,忽然心里一个咯噔,"这不是邻居老黄家的小萍萍吗?她手里怎么提着我的那个包?"不由上前一步,有点心虚地问道,"萍萍,你、你怎么在这里,没去上学吗?"

小萍拄着拐杖一步一步地走到他面前,微笑着对他说:"给,朱伯伯,这是你的包,里面有你的名片和钱包。你怎么把皮包丢在我家的油菜秸秆里了?差点被我眼神不好的奶奶给你裹进灶塘当柴火烧了,给,还你的包。"

王华走过来扶住这个姑娘,对群众说:"你们看,这就是黄小萍。这是个多好的姑娘啊,拾金不昧!"说完,又转头对石正峰讲,"小萍五岁父亲去世,母亲出走,只得和年迈的奶奶相依为命,谁知祸不单行,在她读初中二年级那年,在有一天上学的路上,又被一辆拉渣土的车压坏了一条腿,落下了残疾。唉,可怜的孩子啊。"王华说到这里,摆了摆手,似乎喉咙有点沙哑了。

李颖这时也上去亲热地扶住了小萍的一只胳膊,接过话头:"在这次走访摸底中,我们了解了萍萍家的实际情况,要把她家纳入贫困户。可是,萍萍说啥也不同意。"

王华缓了一下,动情地说:"我们说,你家的情况完全符合贫困户条件嘛,应该纳入,应该得到国家的扶助。可是……"

李颖见王支书说着说着动了感情,连说话都有点想哭的意味,便接过来说:"可是萍萍说,'哥哥姐姐们,大叔大婶们,我知道党的政策,我也理解你们的好心,把党的扶贫好政策送给最需要帮助的乡亲吧。我虽然失去了一条腿,可是我还有一双手,你们看,我已经学会做麻花了。'"说着,李颖从随身小手包里掏出一根小麻花来晃着,"萍萍说,'麻花可是咱们这一带的特色零食,我正计划着把它做大做强,做成产业哩。'你们看,这就是萍萍制作的麻花,小巧金黄,香酥可口,就像艺术品一样。这好东西,可是我最近准备的以防入户误点吃饭后的最佳干粮哩。"

"对,她还说等她的产业一做起来,还要吸纳许多贫困户加入进来,用自己的力量帮助他们尽早脱贫致富。这真是一位善良的好姑娘啊!"石正峰马上反应过来。

早上李颖说的一定就是这位善良的女孩,听了李颖的介绍,又被这位姑娘金子般的心灵所感动,他只觉得有一股热流直涌心头,令他不能不再感慨一番。他面向越围越多的群众,大声地问:"大家说,黄小萍是不是咱村最美丽的姑娘?"

"是!"群众几乎齐声呐喊,没有悬念地为小萍叫好。

在听这些干部一个接着一个讲小萍故事的当儿,朱大成已经羞愧地蹲在了地上。

小萍一惊,赶紧挂着拐杖走过去,向他伸出纤弱的手,关切地问:"朱伯伯,你怎么了,哪儿不舒服吗?"

朱大成激动地站起来,双手握住小萍的一只手,眼里闪着泪花,"萍萍呀,伯伯真是老糊涂了。你今天可是给我上了一堂人生课啊。你说得很对,我们要把党的扶贫政策送给那些最需要帮助的人。"

石正峰与在场的干部,还有许多的群众一起鼓掌:"对,要把党的扶贫好政策,送给那些最需要帮助的人。"

朱大成看看群众,又看看石正峰,"哧溜"一声拉开皮包,拿出一张金灿灿的银行卡,往小萍手里塞:"孩子,我也不争当贫困户了。我还要支持咱村的扶贫工作,你不是要把咱村的麻花产业做大做强吗?这卡里有三万元,权当我支持家乡扶贫事业的一点点实际行动。你拿上。"

"这?这?"小萍这时却为难起来。

支书王华见小萍为难,就赶忙上前接了金卡,像害怕接慢了朱大成会反悔一样,哈哈笑道:"难得'朱百万'有了觉悟,先富带后富,朱老板这个头带得好。小萍你就收下,好好把咱村的扶贫攻坚产业做大做强,带动村民一起脱贫致富奔小康。"

不过,王华在递给小萍金卡的时候,忽然又回过头来,眯着眼睛笑着问朱大成:"嗯?我说老朱,这卡的密码是什么?你也一齐给说道清楚嘛,免得糊弄人。"

朱大成把头发往后一捋,瞪着眼没好气地说:"你这个支书当得可真成了咱们村的麻花了——拧拧心了。密码就是六个麻花。"

"六个麻花?"王华又晕了,急忙面向群众寻找答案。

底下就有人大声喊:"就是六个'8'嘛。哈哈哈。"

王华一拍脑门,并叉开一只手呈"八"字:"哎呀,看我这个榆木疙瘩。好啊,六个'麻花'助发展,脱贫攻坚人人夸!"

李颖和在场的许多群众都受到了感染,齐喊:"六个'麻花'助发展,脱贫攻坚人人夸!人人夸!"

就在大家同喊"人人夸!"的响亮余音中,石正峰主动走过去与朱大成把双手紧紧地握在了一起:"大成,回来吧。咱村的脱贫攻坚很需要像你这样既懂产业发展,又明白大事理的贤能之人啊!"

看着石正峰那真挚热切的目光,朱大成反倒有点腼腆起来:"正峰,我……我……我行吗?"

"怎么不行?你在外面那么艰难都闯出了一番事业,回来发展更是不成问题。一人富了不叫富,全村人富了才算富。脱贫攻坚的重点是产业扶贫,只有把所有贫困户联系在好的产业链条里,使他们实现稳定的收入增长,才能不会返贫,才能真正脱贫,党和政府才会放心,人民群众才会幸福开心!"

石正峰见朱大成有点儿犹豫,赶忙给他进一步引导:"现在咱们橘城的发展环境已经发生了巨大的变化,就拿交通来说吧,国道、铁路、高速路四通八达,机场、高铁也在咱县落了户,昔日的蜀道难变成了今日的一日还。这些年国家的许多优惠政策也在向咱们这中西部地区倾斜,目前正在进行的脱贫攻坚战役中,产业扶贫、美丽乡村建设等等工作大有前景。可以说,此时此刻,正是你们这些

'乡贤'抢抓发展机遇的大好时机哩！"

　　石正峰的一番话，听得朱大成心里热血沸腾，几十年没变的豪气又"唰唰"地生发出来："好，回来发展就回来发展。这回赚不赚钱都不重要了，只要能为乡亲们做点实实在在的好事情，我今生也就值当了。"

2019.3.24 修订于橘城

后　记

　　我的故乡在秦岭南麓一个盛产柑橘的农村,可以说橘园是生我的老屋,渭水河是哺育我的乳汁,大秦岭就是我儿时的乐园。在橘园,我度过了懵懂的童年、迷茫的少年和坎坷艰辛的青年时代……

　　不可置否地说,我曾两次试图离她而去,但都未能成功。第一次是在十四岁的那年春天,我掐了一片嫩绿嫩绿的橘叶,一路吹着哨进县城读书,原希望能金榜题名为她争光,却不曾想三年后名落孙山回乡;第二次是在二十四岁的那年夏天,我摘了一个扁圆的青橘子,一路咀嚼着下了广州,本指望能发财当老板为她添彩,却不料一月未满就饥饿、疲惫地逃回了家乡……看来命中注定,我只能依偎在她的身旁,成为她永远的牵挂。

　　从此,我便安静地在她的怀抱里聆听教诲,在她的指导下勤奋工作,在她的呵护下努力成长……慢慢地,我喜欢用心去和她交流,我喜欢用笔去描绘她日益靓丽的风采,还热衷用滚烫的情感去浇铸她永远向前的足印……尤其是在"西部大开发"的号角震撼着三秦大地的时候,"脱贫攻坚"决胜全面建成小康社会,"啃硬骨头"的关键时刻,渭水河里翻腾着的滚滚浪花和橘柑园里飞出的欢乐之歌,无不使我热血沸腾、喜泪满面。我一直在想,我是不是应该把家乡的这些发展变化写出来呢?

　　可是怎么写?从什么地方入手写?我一直非常

困惑。因为现实主义题材的作品不好写，既要尊重事实，又要把握尺度，还要体现文学性。更为严格的是，许多地方不能信口开河、信马由缰，要把分寸把握得恰到好处才行，这的确叫我大伤脑筋。

并且说真的，对于写作，我还是个门外汉，充其量算是个文学爱好者，我真的没有创作的勇气。可是不写吧，总觉得心里有一种遗憾和缺失，因为满脑子都是一幕幕挥之不去的人物对白和生活场景，似乎故事里的各色人等在不停地和我说这说那……

就是这样，我还是不敢动笔，直到2016年，我作为一名驻村工作队员背上行李，深入到脱贫攻坚包扶村开展具体帮扶工作后，我知道我不能再犹豫、再等待了。

坚决打赢脱贫攻坚战，让贫困人口和贫困地区同全国一道进入全面小康社会是我们党的庄严承诺。在这场"攻坚拔寨""啃硬骨头"的战役中，五级书记一起抓，四支队伍一起上，我县干部"住农家、走农户、吃派饭、摸家底、找办法、真帮忙"，聚精会神抓脱贫，发生了许许多多感人至深的故事。作为一名驻村帮扶的文联干部，我时时被感动着、激励着。一种难以抑制的冲动促使我终于拿起了笔。

算起来，我曾在四个乡镇工作了有十个年头，调回县城又在多达八个机关部门工作了二十多年，现在又因为脱贫攻坚回到农村一线。我觉得这就是一种宿命，一种生命之源对生命个体的召唤。我的人生轨迹似乎无形之中在此刻画了一个圆，也许不那么圆润光亮，但是，也算是一种行为上的圆满吧。什么是圆满，从哪里来到哪里去就是圆满。我是这样认为的。我从农村来，又回到农村去，我很踏实，我很高兴。

拉拉杂杂、语无伦次地说到这里，我只想告诉朋友们的是：我本来就是个农村娃，我生长在农村，我的根基扎在农村。因此，我所了解和熟悉的也是农村，我周围的人都是老百姓，他们是我的父老乡亲。所以，我要写农村，宣传农村，推介农村，尤其要描绘新时代的新农村。目的只有一个，我想把最底层人民群众的喜怒哀乐和所思所盼告诉更多的人，反过来，也希望有更多的人来关注农村，尊重农民，支持建设我们的新农村。《橘子青橘子红》就是在这样的一种心态和愿景的驱使下断断续续写成的。虽然对于书稿写作而言，我还十分稚嫩，但是我热爱我的故乡，无法忘怀曾经工作、生活过的地方，对于故乡和生长在这里的人民有一腔赤子般的真情。

　　《橘子青橘子红》仅仅是我在这片美丽热土上采撷的一朵小橘花和掬起的一捧浓浓的乡情。因为故乡的橘林里故事太多，三天三夜也讲不完；湑水河自身就是一首诗、一支歌、一部厚重的作品和一个美丽的传说；大秦岭就更不用说了，本身就是一位顶天立地、真情涌动的好儿男。

　　当然我也知道，想用一部薄薄的书本来浓缩乡愁，留住记忆，展望未来，那是很不现实的事情。并且自身文学功底尚欠火候，表现手法和叙事风格也不尽人意，肯定还有许多言不由衷或者表达不清等不足之处，敬请广大读者多提宝贵的批评意见。

　　在这部作品的创作过程中得到了省市县主管文化的领导和许多著名学者、老师及文友的关怀和鼓励，在此表示衷心的感谢！尤其要真诚地感谢著名文化学者肖云儒老师、著名作家莫伸老师对我的亲切关怀和悉心指导！

　　肖云儒老师亲自给这本书写了推介语，莫伸老师和他的夫人原西安电影制片厂文学部主任董希慧老师更是在百忙之中，从文本体例、章节分段、语言修辞甚至标点符号等方面都给予我悉心指点，并耗费心血地给这部书写了序言。莫老师严谨的治学精神和和蔼可亲的高尚品格深深地感动着我、激励着我。

还有,长期以来就关心鼓励我创作的汉中市委宣传部、汉中市文联、城固县文联、城固县乡贤文化促进会的各位领导都在这部书的创作过程中,给予了我太多太多的关怀和鼓励。借此,一并向他们表示最真诚的敬意!

我的每一部作品都是一篇或长或短的作文,我的每一名读者都是我尊敬的老师。我一定会谨记莫伸老师"小说都是一遍一遍改出来的……一遍一遍地打磨,总会越来越好!"的教诲,在今后的文学创作过程中,严肃认真地对待写作,下功夫雕琢每一部作品,力争不辜负各位领导、老师和读者朋友的期望。

最后,我要郑重声明:本小说纯属虚构,切勿对号入座而自寻烦恼。

溪 洋
2018 年草于城固